NÉCROLOGIE

Paul Cleave

NÉCROLOGIE

Traduit de l'anglais (Nouvelle-Zélande)
par Fabrice Pointeau

SONATINE ÉDITIONS

Directeur de collection : Arnaud Hofmarcher
Coordination éditoriale : Hubert Robin

Titre original : *Cemetery Lake*
Éditeur original : Random House

Sonatine Éditions
21 rue Weber
75116 Paris
www.sonatine-editions.fr

Pour Joe, qui a tout déclenché

Première partie

1

Des ongles bleus.

C'est à cause d'eux que je suis ici, debout dans le vent froid, tremblant. Les ongles bleus ne m'appartiennent pas, ils sont rattachés à quelqu'un d'autre – un type mort que je n'ai jamais vu. Le soleil de Christchurch qui me brûlait la peau plus tôt dans l'après-midi s'en est allé. C'est le genre de temps changeant auquel je suis habitué. Il y a une heure, je transpirais. Il y a une heure, je voulais prendre ma journée et aller à la plage. Maintenant, je suis content de ne pas l'avoir fait. Mes propres ongles sont probablement en train de virer au bleu, mais je n'ose pas regarder.

Je suis ici à cause d'un type mort. Pas celui qui se trouve dans la tombe devant moi, mais un autre qui est toujours à la morgue. Il a l'air aussi décontracté que possible pour un type qui a été découpé et recousu comme une poupée de chiffon. Décontracté pour un type qui est mort d'un empoisonnement à l'arsenic.

Je resserre ma veste autour de moi, mais elle n'est d'aucune utilité contre le vent glacial. J'aurais dû m'habiller plus chaudement. J'aurais dû regarder le soleil éclatant il y a une heure et deviner la tournure que prendrait la journée.

La pelouse du cimetière est haute par endroits, surtout autour des arbres, dans les zones que la tondeuse ne peut atteindre, et elle ondoie dans toutes les directions autour de moi comme si j'étais l'épicentre d'une tempête. Ailleurs, là où il y a beaucoup de passage, elle est courte et brune, asséchée par le soleil. Les arbres alentour sont des chênes épais qui craquent bruyamment et déversent des glands parmi les pierres tombales. Ceux-ci claquent sur les dalles de ciment, tels des os de cadavre lançant des SOS. L'air est aussi froid et poisseux que dans une morgue.

J'aperçois les premières gouttes de pluie sur le pare-brise de la pelleteuse avant de les sentir sur mon visage. Je tourne les yeux vers l'horizon, où les pierres tombales couvertes de moisissure s'étirent à perte de vue, les morts gagnant en nombre et s'étalant vers le centre-ville. Le vent redouble, les feuilles des chênes bruissent tandis que les glands pleuvent de plus belle, et je tressaille lorsque l'un d'eux me tombe dans le cou. Je lève la main et l'ôte de mon col.

Le moteur de la pelleteuse gronde bruyamment lorsque le conducteur, un type obèse dont la charpente dépasse de la portière, la positionne. Il a l'air aussi heureux que moi d'être ici. Il pousse et tire divers leviers, son visage raidi par la concentration. Le moteur hoquette tandis qu'il approche la pelleteuse de la tombe, puis frémit et s'emballe lorsque le godet mord le sol durci. Il s'enfonce, se redresse, se remplissant de terre. La cabine pivote et la terre est déversée en tas sur une bâche proche. Le gardien du cimetière, un jeune type, observe attentivement. Il peine à allumer une cigarette dans le vent qui gagne en force, ses mains tremblant presque autant que ses épaules. La pelleteuse déverse deux autres bordées de terre avant qu'il laisse tomber et renfonce ses cigarettes dans sa poche. Il me lance un coup d'œil que je ne parviens pas vraiment à interpréter, probablement parce qu'il ne croise mon regard qu'une fraction de seconde avant de détourner les yeux. J'espère qu'il ne va pas venir me voir pour râler sous prétexte que nous expulsons quelqu'un de sa dernière demeure, mais il ne le fait pas – il se contente d'observer le sol creusé.

Les vibrations de la pelleteuse pénètrent mon corps par mes pieds, provoquant un fourmillement dans mes jambes. L'arbre derrière moi les sent aussi, car il me canarde le cou de glands. Je quitte son ombre et avance sous le crachin, manquant de me tordre les chevilles sur des racines noueuses qui ont percé le sol. Il y a un petit lac à environ une quinzaine de mètres, à peu près de la taille d'une piscine olympique. Il est complètement encerclé par le cimetière, alimenté par un ruisseau souterrain. C'est le principal attrait des lieux, même si l'on ne vient pas ici pour s'amuser. Certaines tombes sont tout près de l'eau, et je me demande si les cercueils sont endommagés par l'humidité. J'espère que nous ne sommes pas sur le point d'extraire une boîte pleine de flotte.

Le conducteur s'interrompt pour se passer la main sur le front, comme si le fait d'actionner tous ces leviers lui donnait chaud dans le froid glacial. Son gant laisse une traînée de graisse sur sa peau. Il regarde en direction des chênes et de l'herbe luxuriante, du lac immobile, et il a probablement l'intention d'être enterré ici un jour. C'est ce que tout le monde se dit en venant ici. *Bel endroit pour être enterré. Mignon, joli paysage. Paisible.* Comme si ça changeait quoi que ce soit. Comme si les morts avaient quoi que ce soit à foutre que quelqu'un vienne abattre ces arbres. Mais bon, je suppose que, quitte à être enterré quelque part, ce cimetière l'emporte sur un paquet d'autres que j'ai vus.

Une camionnette à plateau se fraie un chemin parmi les pierres tombales. Une bande rouge décorative a été collée tout autour et des dés en fourrure ont été suspendus au rétro pour faire joli, mais elle n'a pas été lavée depuis des mois et les points de rouille au bord des portières et sur le pare-chocs ont été ignorés. Elle se gare près de la tombe. Un chauve en salopette grise descend du côté conducteur et s'enfonce les mains dans les poches pour regarder le spectacle. Un type plus jeune descend de l'autre côté et se met à bidouiller son téléphone portable. Ils n'ont pas grand-chose d'autre à faire tandis que la pile de terre s'élève de plus en plus haut. Je vois des gouttes de pluie canarder le lac, de minuscules gouttelettes bondissant vers les cieux. J'avance jusqu'au bord de l'eau. C'est toujours mieux que regarder l'opérateur de la pelleteuse faire son boulot. Je sens toujours les vibrations. De petites poignées de terre dévalent la rive du lac et plongent dans l'eau. Des touffes de lin et de fougères et quelques peupliers sont éparpillés autour du lac. De grands roseaux jaillissent près du bord, dressés vers le ciel. Des branches brisées et des feuilles détrempées sont agglutinées contre la berge.

Je me tourne de nouveau vers la pelleteuse lorsque j'entends le godet racler le couvercle du cercueil. On dirait un bruit d'ongles sur un tableau noir, et ça me fait encore plus frissonner que le froid. Le gardien tremble désormais sérieusement. Il a l'air transi et furieux. Jusqu'à ce que la pelleteuse arrive, j'ai cru qu'il allait s'enchaîner à la pierre tombale pour empêcher qu'on déterre un de ses locataires. Il était intarissable sur les implications morales de ce que nous allions faire. À croire que nous nous apprêtions à déterrer le cercueil pour le mettre dedans.

L'opérateur de la pelleteuse et les deux types de la camionnette enfilent des masques de protection qui leur couvrent le nez et la bouche, puis ils sautent dans le trou. Le type obèse se déplace avec une aisance surprenante. Tous trois disparaissent, comme s'ils avaient découvert un accès caché à un autre monde. Ils restent quelque temps accroupis, se demandant apparemment comment fixer la chaîne entre le cercueil et la pelleteuse. Une fois la chaîne attachée, l'opérateur reprend sa place et les autres s'extirpent du trou. Il s'essuie de nouveau le front. Réveiller les morts est un boulot qui fait transpirer.

Le moteur s'emballe lorsqu'il soulève le cercueil. La camionnette démarre et s'approche un peu en marche arrière. Tandis que les deux engins frémissent violemment, de nouvelles poignées de terre glissent le long de la rive et tombent dans l'eau.

Dans le lac, à environ cinq mètres de la rive, je vois des bulles remonter à la surface, puis un amas de boue. Mais il y a aussi autre chose. Quelque chose de sombre qui ressemble à une tache d'huile.

Un bruit sourd retentit lorsque le cercueil est abaissé sur le plateau de la camionnette. Les suspensions grincent sous son poids. J'entends les trois hommes échanger quelques paroles rapides, hurlant presque pour se faire entendre par-dessus le bruit des moteurs. Le gardien du cimetière a disparu.

La pluie s'intensifie. La tache sombre qui s'élève sous l'eau perce la surface. On dirait un énorme ballon de baudruche noir. J'ai déjà vu de tels ballons. Ils ne sont jamais ce qu'on espère.

« Hé, mec, vous voulez peut-être jeter un coup d'œil à ça », me lance l'un des hommes.

Mais je suis trop occupé à regarder autre chose.

« Hé ? Vous m'entendez ? » La voix est désormais plus proche. « On a quelque chose à vous montrer. »

Je lève les yeux en direction de l'opérateur qui marche vers moi. Le gardien commence également à s'approcher. Les deux hommes regardent dans l'eau sans dire un mot.

La bulle noire n'est en fait pas une bulle, mais le dos d'une veste. Elle flotte dans l'eau, et un objet gros comme un ballon de foot y est relié. Un ballon de foot avec des cheveux. Et avant que je puisse répondre, une autre forme remonte à la surface dans un tourbillon de bulles, puis encore une autre, à mesure que le lac relâche son emprise sur le passé.

2

L'affaire n'a jamais fait les gros titres car ça n'a jamais été une affaire. C'était une tranche de vie comme il s'en produit chaque jour, quoi qu'on fasse pour l'empêcher. Elle s'est retrouvée dans les dernières pages, là où sont publiées les notices nécrologiques, parmi tous les John Smith de ce monde qui étaient des parents et des grands-parents aimés que l'on regrettera terriblement. C'était l'histoire simple d'un homme qui était devenu vieux et qui était mort. On a tous déjà lu ça.

C'était il y a deux ans. Certains se réveillent chaque matin et lisent les notices nécrologiques en avalant leurs œufs brouillés et leur jus d'orange, à la recherche d'un nom qui surgirait de leur passé. C'est une façon tordue de tuer le temps. C'est comme une loterie morbide, pour savoir qui a eu son numéro de tiré, et je ne sais pas si ces personnes sont soulagées quand elles arrivent à la fin sans trouver de nom familier, ou si elles sont au contraire soulagées quand elles en trouvent un. Elles cherchent une raison ; elles cherchent quelqu'un, pour établir un lien et ressentir leur propre mortalité.

Henry Martins. J'ai retrouvé ces notices dans la base de données de la bibliothèque ce matin comme je l'ai fait il y a deux ans, et j'ai lu ce que les gens avaient à dire sur son compte quand il est mort, à savoir pas grand-chose. Mais bon, difficile de résumer une vie en cinq lignes de caractères d'imprimerie. Difficile de dire combien quelqu'un vous manquera. Onze notices avaient été publiées pour Henry par sa famille et ses amis sur une période de trois jours. Personne ne m'avait facilité la tâche en agrémentant ses lamentations d'un « ravi que tu aies crevé », et toutes les notices étaient semblables : barbantes, dénuées d'émotion. C'est du moins l'impression qu'elles donnent quand on ne connaît pas le défunt.

La fille d'Henry Martins est venue au commissariat une semaine après l'enterrement de son paternel. Elle s'est assise dans mon bureau et m'a raconté que son père avait été assassiné. Je lui ai répondu que non. S'il l'avait été, le légiste s'en serait rendu compte. Les légistes sont comme ça. Mais il était facile de voir qu'elle avait déjà les deux pieds fermement campés sur la route du soupçon, et je lui ai dit que je me pencherais sur son cas. Alors j'ai effectué quelques vérifications. Henry Martins était un directeur de banque qui laissait derrière lui une famille nombreuse et de nombreux clients, mais ce n'était pas avec son boulot qu'il allait se remplir les poches avec l'argent d'autrui. J'ai passé le peu de temps que j'avais à consacrer à l'« intuition » de sa fille à fouiller autant que possible dans sa vie, mais rien ne m'a semblé bizarre.

Deux ans plus tard, et le cercueil d'Henry est posé derrière moi sur des chaînes tandis que le vent redouble de force. Et la femme d'Henry Martins cherche à éviter tout ce qui peut s'apparenter à un flic depuis que son second mari est mort, ses ongles bleus indiquant un empoisonnement. La fille d'Henry ne m'a pas reparlé car je n'occupe plus le même poste qu'il y a deux ans. Il est aisé de laisser mon esprit s'égarer et de m'imaginer ce qui aurait pu se passer. J'aurais pu en faire plus à l'époque. J'aurais pu élucider un meurtre, si c'en était bien un. J'aurais pu éviter à un autre homme de mourir. Personne ne sait encore avec certitude si Mme Martins a été malchanceuse ou malavisée avec les hommes.

La pluie s'intensifie, créant un millier d'ondulations à la surface du lac. Le gardien recule, gardant les yeux rivés sur l'eau. Lentement les éléments semblent disparaître ; de même que les voix, les vibrations. Tout ce qui reste, ce sont trois corps qui flottent devant moi, chacun la victime de quelque chose – victime de l'âge, d'un crime, de la malchance, ou peut-être victime du manque de place au cimetière.

Les trois ouvriers sont venus se poster à côté de moi. Leurs exclamations surprises mais empruntées ont cessé. Nous nous tenons, tous les quatre, devant l'eau ; trois personnes sont dedans : comme si nous nous apprêtions à former des couples pour un bal, mais avec un de nous qui resterait en plan. L'occasion exige le silence, et aucun de nous n'est disposé à rompre celui qui s'installe. De nouvelles poignées de terre glissent dans l'eau et s'y mêlent, la faisant virer à un brun opaque. L'un des corps coule de nouveau et disparaît. Les deux autres dérivent vers nous, nageant sans bouger. Hors de question que je saute dans l'eau pour les sortir. Je le ferais, naturellement, s'ils se débattaient. Mais ce n'est pas le cas. Ils sont morts, peut-être depuis longtemps. La situation peut sembler urgente, mais en réalité elle ne l'est pas. Ils sont tous les deux sur le ventre, et semblent tous les deux habillés, et pas mal habillés en plus. On dirait qu'ils se rendent à une cérémonie. Un enterrement ou un mariage. Si on excepte les cordes. Car il y a des morceaux de corde verte attachés aux corps.

L'opérateur de la pelleteuse lorgne les cadavres comme si ses yeux lui jouaient des tours. Le chauffeur de la camionnette se tient la bouche grande ouverte, mains sur les hanches, tandis que son assistant ne cesse de consulter sa montre comme s'il craignait que tout ça ne le force à faire des heures sup.

« Nous devons les hisser sur la berge », dis-je, bien que les corps soient désormais en train de buter contre la rive.

J'avais prévu de rester sec aujourd'hui. J'avais prévu de voir un seul cadavre. Maintenant c'est foutu.

« Pourquoi ? Ils ne vont aller nulle part, réplique le chauffeur de la camionnette.

– Ils risquent de couler comme l'autre.

– Avec quoi on va les attraper ?

– Bon sang, j'en sais rien. Quelque chose. Une branche peut-être. Ou vos mains.

– Pas mes mains ! rétorque-t-il, et les deux autres s'empressent d'acquiescer en chœur.

– Bon, et si on utilisait une corde ? Vous devez en avoir une, non ?

– Celui-là, répond le chauffeur en regardant le cadavre le plus proche de nous, a déjà une corde.

– Elle a l'air pourrie. Vous devez en avoir une plus neuve dans votre camionnette, non ? »

Et nous nous tournons tous vers la camionnette alors même que nous l'entendons démarrer. Le gardien de cimetière est assis dans la cabine.

« Qu'est-ce qu'il fout ? » demande le chauffeur. Il se met à courir vers le véhicule, mais il ne va pas assez vite. Le gardien accélère et s'éloigne à toute vitesse. Le cercueil n'a pas été attaché ; il glisse par-dessus le bord et heurte le sol, mais il ne se brise pas. « Hé, revenez, revenez ! »

Le type continue de courir derrière la camionnette, mais la distance s'accroît rapidement.

« Il va où ? demande l'opérateur de la pelleteuse.

– N'importe où sauf ici, je suppose. » Je tire mon téléphone portable de ma poche.

« Vous avez de la corde dans la pelleteuse ?

– Oui, je vous apporte ça. »

J'appelle le commissariat et on me passe un inspecteur que je connais. Je lui explique la situation. Il me conseille d'arrêter de boire. Ajoute qu'évidemment il y a des cadavres dans le cimetière. Je mets une minute à le persuader que les corps remontent des profondeurs du lac. Et une minute de plus à le convaincre que je ne plaisante pas.

« Et envoie des plongeurs », dis-je avant de raccrocher.

L'opérateur de la pelleteuse me tend la corde. Le chauffeur de la camionnette est de retour; il n'arrête pas de jurer tandis que son partenaire appelle leur patron depuis son téléphone portable pour lui demander d'envoyer quelqu'un les chercher. J'attache une branche longue comme un bras au bout de la corde et m'avance sur la rive en pente douce, comptant lancer la corde derrière le corps le plus proche pour l'attirer vers nous, mais il s'avère que l'herbe glissante sous mes pieds en a décidé autrement. À un moment je suis sur la rive. L'instant d'après je suis dans la flotte.

Mes pieds sont embourbés dans la vase, l'eau me monte aux genoux. Quelque chose m'attrape les chevilles et je bascule en avant, battant des bras la surface près du cadavre, avant de boire la tasse. J'extirpe mes pieds de la vase, mais il n'y a rien sur quoi se tenir. Ce lac est un foutu piège à rats, et maintenant je sais pourquoi il est plein de cadavres. Ces gens sont venus pleurer leurs morts et ils ont fini par les rejoindre. L'eau est glaciale, elle m'enserre la poitrine et le ventre, provoquant des crampes musculaires. Mes yeux sont ouverts et l'eau les brûle. Tout n'est qu'obscurité autour de moi, à laquelle s'ajoute le silence, et je sens les morts qui tendent les mains pour m'entraîner vers le fond, les morts qui veulent que je les rejoigne, assoiffés de sang frais.

Puis soudain je remonte à toute vitesse, ma main droite serrant fermement la corde qui me tire vers le haut. Je bats des pieds, tout mon corps tendu vers la surface. Et une seconde plus tard je me retrouve juste à côté d'une femme toute gonflée et vêtue d'une longue robe blanche. On dirait une robe de mariée. Je m'écarte d'elle et les trois hommes m'aident à grimper sur la berge. Je m'assieds, haletant. Mes deux chaussures ont disparu.

« Bon Dieu, mon vieux, vous allez bien ? »

La question semble provenir de l'autre côté du lac, et je ne sais pas lequel d'entre eux l'a posée. Peut-être tous les trois à l'unisson. Je me penche en avant sur mes genoux et me mets à tousser. J'ai l'impression de suffoquer. Je frissonne, je suis en colère, mais surtout je suis embarrassé. Cependant, aucun des hommes ne rit. Ils sont tous penchés au-dessus de moi, manifestement inquiets. Avec deux cadavres qui flottent à proximité, on comprend aisément que personne n'ait envie de rire.

« Il y a autre chose que vous devez savoir, déclare l'opérateur de la pelleteuse. C'est ce que j'essayais de vous dire tout à l'heure. »

Il prononce ces dernières paroles comme si chaque mot était une phrase en soi, et il fait la grimace. Il produit un son qui semble signifier que ce qu'il a à dire va être pire que ce qui vient de se produire, et je ne vois qu'une seule chose qui pourrait l'être.

« Quoi ?

– Des marques. Sur le dessus du cercueil.

– Comment savais-je que vous diriez ça ? »

Il hausse les épaules.

« Des lignes fines. Comme des entailles. On dirait des entailles laissées par une pelle, dit-il.

– Vous croyez que ce cercueil a déjà été déterré ?

– Non seulement je le pense, mais je l'affirme. Il y a assurément sur le cercueil des marques qu'aucun de nous n'a causées. Merde, je me demande si elle est vide. »

Elle. Comme un avion ou un bateau, car le cercueil, dans un sens, est un vaisseau qui vous emmène quelque part[1].

Nous nous en approchons. Une large fissure provoquée par le choc qu'il vient de recevoir longe le côté depuis le coin en bas. Je suis tenté de l'ouvrir, pour voir la cargaison qu'il renferme, ou pour voir s'il a été pillé, mais des sirènes qui approchent me font me raviser.

Je vois deux voitures de police qui arrivent, accompagnées d'une ambulance et de deux breaks.

1. L'anglais utilise le pronom neutre *it* pour les objets, mais le pronom féminin *she* est possible pour les bateaux et les avions. *(N.d.T.)*

3

Les choses ont une progression naturelle. Une évolution. Tout d'abord vient le fantasme. Le fantasme appartient à quelque raté sadique, un type qui mange, respire et rêve avec pour seul désir de tuer. Puis vient la réalité. Une victime tombe dans sa toile, il s'en sert, et bien souvent la réalité n'est pas à la hauteur du fantasme. Alors il y a d'autres victimes. Le désir s'intensifie. Au début il survient une fois par an, puis deux ou trois fois, puis c'est tous les deux mois. Ou chaque mois. Des corps font surface. La police s'en mêle. Elle fait appel à des médecins et des pathologistes et des techniciens qui peuvent analyser les fibres et les échantillons de sang et les empreintes digitales. Ils créent un profil qui aidera à capturer l'assassin. C'est ensuite au tour des médias. Les médias transforment les fantasmes du tueur en or. La mort est une industrie qui rapporte. Les croque-morts, les vendeurs de cercueils, les liseurs de boules de cristal et de lignes de la main, puis finalement les opérateurs de pelleteuse et les détectives privés : nous sommes l'étape suivante de cette progression, debout sous la pluie à regarder tandis qu'une parodie de justice laisse place à une autre.

J'ai ôté ma veste mouillée et ma chemise mouillée, je me suis séché avec une serviette que m'a donnée l'ambulancier, et j'ai enfilé un anorak sec. Mes chaussures sont toujours portées disparues et mon pantalon et mes sous-vêtements sont trempés, mais je ne risque pas la pneumonie. Personne ne fait attention à moi tandis que je suis assis jambes pendantes à l'arrière de l'ambulance, observant la scène de ce qui est, à ce stade, un crime indéterminé.

Le cimetière a été bouclé. Les deux voitures de police sont devenues douze. Les deux breaks sont devenus six. Un barrage routier bloque l'entrée principale, comme si on se préparait à affronter un assaut de cadavres en colère. Il y a deux bâches étalées par terre; sur chacune repose un corps bien habillé dans un état de décomposition plus ou moins avancé. Une tente en toile a été dressée au-dessus pour les protéger des intempéries. Quelqu'un a tendu autour de la tente un cordon jaune sur lequel sont inscrits les mots « ne pas franchir ». Pour dissuader les macchabées de se faire la belle. Des hommes et des femmes vêtus de tenues en nylon examinent les cadavres. D'autres se tiennent près du lac. Ils ressemblent à des plongeurs se préparant à une mission dans les fonds marins, seulement il n'y a pas de plongeurs ici. Du moins pas encore. Il y a sous la tente des valises ouvertes qui contiennent des outils et des indices. La pluie continue de tomber et l'herbe haute ondule au gré du vent. La pelleteuse est repartie, et le cercueil a été emporté à la morgue.

Je resserre mon anorak autour de moi et saisis une couverture. C'est le foutoir dans l'ambulance, comme si elle avait pris à grande vitesse des douzaines de bosses en chemin : c'est à se demander comment les secouristes se débrouillent pour y retrouver quoi que ce soit. J'enveloppe la couverture autour de mes épaules et observe en claquant des dents les inspecteurs qui ont débarqué. D'autres arriveront bientôt. Comme toujours. Pour le moment ils n'ont pas eu grand-chose à faire à part examiner les deux corps et un paquet de pierres tombales. Ils ne peuvent pas mener d'enquête de voisinage vu que tous les voisins sont morts. Ils n'ont personne à interroger à part le gardien, mais le gardien a foutu le camp dans une camionnette volée.

Le vent souffle de plus en plus fort. Des glands continuent de tomber, rebondissant sur les pierres tombales et produisant de petits cliquetis métalliques lorsqu'ils heurtent le toit des véhicules. Toute cette activité, et pourtant aucun nouveau corps n'a surgi des profondeurs de Dieu sait quel enfer se trouve là-dedans. Je lance un coup d'œil à l'ambulancier. Il n'a rien à faire à part regarder le spectacle les mains enfoncées dans ses poches et me tenir compagnie. Nous sommes tous dans la même galère. Il tue probablement le temps en attendant qu'on l'appelle pour l'informer que quelqu'un est mort ou mourant, que du sang et des membres tapissent l'autoroute de la vie qu'il nettoie chaque jour.

Un hélicoptère des médias qui arrive du nord produit un bourdonnement qui rappelle un moustique. Je touche l'extérieur de la poche de mon pantalon et passe un doigt au-dessus de la bosse formée par la montre que j'ai volée sur l'un des cadavres après que nous les avons sortis de l'eau.

L'un des légistes, un homme d'une petite cinquantaine d'années qui a fait ce boulot pendant près de la moitié de sa vie, sort de la tente, balaie du regard la petite foule de gens autour de lui, me repère et se dirige ensuite vers un inspecteur. Ils s'entretiennent pendant quelques minutes, parfaitement décontractés – une conversation détendue entre deux hommes qui ont l'habitude de discuter de la mort. Lorsqu'il s'approche dans ma direction il soupire, comme si ça le barbait vraiment d'avoir à me parler. Ses mains sont profondément enfoncées dans ses poches. Il y a des petites gouttes de pluie sur ses lunettes. Je me lève mais ne m'écarte pas de l'ambulance. J'ai une assez bonne idée de ce que le légiste va dire. Après tout, j'ai passé un moment avec ces cadavres. J'ai vu comment ils étaient habillés.

« Alors ? dis-je, serrant les dents pour les empêcher de claquer.

– Vous affirmez qu'il y avait trois cadavres ?

– Oui.

– Nous en avons deux.

– L'autre a coulé.

– Ouais. Les cadavres font parfois ça. Les cadavres font beaucoup de choses étranges.

– Comme quoi ?

– Schroder m'a demandé de vous dire le strict minimum, rien de plus. Exactement la même chose que ce qu'il va raconter à ces vautours là-bas quand il fera une déclaration dans unc heure. »

Il désigne la limite du cimetière où les médias sont à coup sûr en train de se masser derrière le barrage de police.

« Allez, Sheldon, vous pouvez m'en dire plus que ça.

– Vous croyez ? »

Soudain, je n'en suis plus si sûr. Un jour tout le monde est votre meilleur ami ; et le lendemain vous devenez le roi des emmerdeurs.

« Donc je vais devoir émettre des suppositions ?

– Mes suppositions s'appuient sur la science.

– Alors, étalez votre science.

– Vous avez vu la corde ? »

J'acquiesce.

« Je dirais qu'ils ont tous été attachés au moyen de cordes à un moment, explique-t-il. Mais moins maintenant.

– Je ne vous suis pas.

– Vous avez probablement compris que nous n'avons pas affaire à des meurtres, n'est-ce pas ?

– Cette idée m'a effleuré.

– Du moins pas dans le sens traditionnel, ajoute-t-il. Probablement dans aucun sens.

– Vous voulez bien être plus clair ?

– Pourquoi ? Vous croyez que c'est votre affaire maintenant ?

– Je suis simplement curieux. C'est mon droit, non ? C'est moi qui ai trouvé ces pauvres gens.

– Ce qui ne signifie pas qu'ils sont à vous.

– Vous croyez que je les veux ?

– Vous me comprenez. » Il regarde derrière lui en direction de la tente qui recouvre les cadavres. Le vent s'est emparé d'un des battants de la porte et le fait claquer d'un côté et de l'autre comme une voile. Un agent prend les choses en main et l'attache.

« OK, laissez-moi reprendre depuis le début. Tout d'abord, les deux cadavres que nous avons. Seul un est intact.

– Il doit y avoir une raison à ça ?

– Oui. Et c'est une bonne raison. Personne n'a torturé ces gens ni ne les a découpés en morceaux – c'est du moins ce qu'indiquent mes constatations préliminaires. Celui qui est dans le pire état tombe simplement en morceaux à cause de la décomposition. Tout a foutu le camp en dessous de la ceinture pelvienne, et le peu qui reste est principalement retenu par ses vêtements. Difficile de dire combien de temps il a passé dans l'eau, mais il semble évident que quand nous trouverons le reste du corps nous trouverons d'autres morceaux de corde. Il pourrait y avoir des piles d'os embourbées dans la vase là-dessous. Mais, Tate, d'après ce que j'ai pu observer sur la femme, je suis à peu près certain que ces gens n'ont pas été assassinés et balancés dans le lac. Ils étaient déjà morts. Morts et enterrés, dirais-je. Je ne sais pas de quoi ils sont morts, mais nous l'apprendrons. Nous saurons aussi à peu près depuis combien de temps. »

Je regarde au-delà de Sheldon en direction des pierres tombales qui nous entourent. Quelques idées me traversent l'esprit. Je me dis que quelque part il y a un croque-mort ou un assistant funéraire qui économise de l'argent en revendant les mêmes cercueils à plusieurs familles. Ça coûte cher, un cercueil. Il suffit de l'utiliser une fois, de le déterrer, de balancer le corps dans la flotte, de rincer le bois, de vaporiser un coup de désodorisant à l'intérieur, et de lui rendre son éclat grâce à une couche d'encaustique. Puis on le remet en vente. Ni vu ni connu. Pas de pancartes indiquant « comme neuf, n'a eu qu'un seul propriétaire, une femme âgée, kilométrage bas ». Un même cercueil peut servir à des douzaines de personnes.

« Vous savez que vous pourriez acheter une voiture pour le prix d'un cercueil ? observe le légiste.

– Il ne s'agit pas de ça, dis-je, soudain frappé par un détail.

– Quoi ?

– Il ne s'agit pas de revendre les cercueils.

– Comment en êtes-vous si sûr ?

– Pourquoi balancer les corps dans le lac ? Pourquoi ne pas simplement les remettre dans le sol ? Ou remplacer les cercueils par d'autres cercueils bon marché ?

– Oui... peut-être. C'est possible.

– Je me demande combien d'autres corps il y a là-dedans. »

Il hausse les épaules.

« Nous le saurons bien assez tôt. »

S'il y a d'autres corps dans le lac, les plongeurs les trouveront. Mais je serai alors parti. Et je doute qu'on me tienne informé – j'apprendrai les chiffres dans la presse. Une chose que j'ai apprise avant de démissionner des forces de l'ordre, c'est que la vie et la mort ne sont qu'une question de chiffres.

« D'après vous, de quand date ce cimetière ?

– Quoi ? fait-il avec un haussement d'épaules. Qu'est-ce que vous voulez que j'en sache ? Soixante, quatre-vingts ans ? J'en sais rien.

– Vous voyez, le lac a toujours été là, ce qui signifie qu'il ne s'agit peut-être même pas de crimes. Ou alors peut-être simplement de négligence criminelle.

– Vous voulez bien être plus clair ?

– Ce n'est pas comme si des gens avaient été enterrés ici, que ce lac était soudain apparu, et que des tombes s'étaient retrouvées au fond de l'eau. On peut facilement imaginer que suite à une gestion médiocre certaines tombes ont été creusées trop près de l'eau histoire de gagner de l'espace. Peut-être que certains cercueils ont pourri à cause de l'eau et que les corps ont été entraînés dans le lac, ou peut-être qu'il y a un ruisseau souterrain qui a aspiré quelques cercueils.

– Pas dans ce cas.

– Vous en êtes certain ?

– Oui, à cause de la femme. Elle n'a passé que deux ou trois jours dans l'eau. Pas assez longtemps pour votre théorie du cercueil qui pourrit. Il y a des signes de toilette mortuaire qui suggèrent qu'elle a eu droit à un enterrement. En fait, c'est à cause d'elle que nous sommes tous ici. C'est elle le catalyseur – les réserves de graisse et les gaz l'ont fait remonter à la surface, et elle a entraîné les autres avec elle.

– Elle serait remontée, même après avoir été embaumée ?

– Elle n'a pas été embaumée.

– Je croyais que...

– Je sais ce que vous croyiez. Vous croyiez que tout le monde doit être embaumé, que c'est la loi. Mais c'est faux. L'embaumement ralentit le processus de décomposition pendant quelques jours pour que le corps puisse être exposé – c'est tout. C'est facultatif.

– Pouvez-vous voir si autre chose a été fait aux corps ?

– Comme quoi ?

– Je ne sais pas. Mais s'il ne s'agit pas d'un processus naturel et qu'ils ont été déterrés, ils ont dû l'être pour une raison, non ? Ont-ils été utilisés pour quoi que ce soit ? Pour des expériences ? Et des bijoux ? Est-ce qu'ils en portaient... ?

– Les mains de l'homme sont à l'état de squelette, donc rien de ce côté ; mais pour ce qui est de la femme, elle porte des bagues et un collier. Vous pouvez exclure l'hypothèse du voleur de tombes. »

Voleur de tombes. J'ai l'impression de me retrouver dans une aventure de Sherlock Holmes. Holmes, naturellement, verrait une logique à tout ça. Souvent il élucide une affaire rien qu'en se souvenant d'une chose qu'il a lue dans un manuel dix ans plus tôt. Il finit toujours par trouver la solution, et il donne l'impression que c'est facile. En regardant autour de moi, je ne suis pas sûr qu'il y ait le moindre indice qui permette de déduire que la personne qui a fait ça était gauchère ou droitière, ou qu'elle travaillait comme apprenti cordonnier. Seul Holmes le verrait. C'était un sacré veinard.

« Nous avons un moyen de les identifier ?

– Nous ? demande Sheldon.

– Vous me comprenez.

– Nous commencerons par la femme. Ça devrait être simple. Puis nous travaillerons à rebours. »

Je jette un coup d'œil derrière le légiste en direction de la tente qui abrite les cadavres trempés. Le vent semble avoir perdu cinq degrés et gagné vingt-cinq kilomètres-heure. Les côtés de la tente se gonflent, comme si elle s'apprêtait à décoller. La couverture qui m'enveloppe ne me tient plus chaud.

« Alors comment... ? »

Il lève la main pour m'interrompre.

« Écoutez, Tate, vos collègues savent ce qu'ils font. Laissez-les faire. »

Il a à la fois raison et tort. Bien sûr qu'ils savent ce qu'ils font, mais ce ne sont plus mes collègues. Je songe à la montre dans ma poche, espérant qu'elle portera une inscription du genre « Pour Doug, amoureusement, Beryl ». Alors il suffira de trouver une pierre tombale appartenant à un Doug qui était marié à une Beryl. Avec un peu de chance, la tombe sera ici. Avec un peu de chance, ces gens auront eu droit à des enterrements normaux avec des prêtres normaux dans des conditions normales et n'auront pas été autopsiés et déguisés par quelque cinglé criminel dans une cave.

Un 4×4 s'immobilise près de la tente. Deux types en descendent et marchent jusqu'à l'arrière du véhicule. Chacun en tire une bouteille d'oxygène, puis du matériel de plongée.

« Écoutez, Tate, je vous ai dit tout ce que je pouvais. Cette histoire ne vous regarde pas, mais si vous estimez le contraire, parlez-en à un de vos anciens potes. Je dois retourner au boulot. »

Je regarde Sheldon regagner la tente. L'hélicoptère continue de faire des allers-retours en bourdonnant, les pales du rotor me donnant de plus en plus mal à la tête. J'imagine ce que les journalistes racontent, ce qu'ils inventent, et nul doute qu'ils s'en donnent à cœur joie. Les malheurs qui frappent les braves gens font de superbes gros titres.

4

Je hais les cimetières. Je n'en ai pas peur ; ce n'est pas une phobie comme lorsque quelqu'un a peur de prendre l'avion mais est bien obligé de le faire. C'est simplement que je ne les aime pas. Je ne peux pas vraiment dire qu'ils représentent tout ce qui va mal dans le monde, car ce ne serait pas juste. Je ne peux pas logiquement dire ça. Mais c'est ce que je *ressens*. Je crois que c'est parce qu'ils représentent ce qui arrive à toutes les personnes du monde à qui on a fait du tort. Mais même alors ils ne témoignent que pour celles qu'on a retrouvées. Il y a toutes les autres qui gisent dans des tombes de fortune, dans des ruisseaux et des crevasses et des océans, ou qui sont retenues par des chaînes, qui ne peuvent pas être représentées par une pierre tombale, qui n'existent que dans le souvenir des êtres qui leur ont été chers. Bien sûr, dire cela n'est pas juste non plus. Ça reviendrait à supposer que toutes les tombes ici sont occupées par des victimes de crime, alors que celles-ci sont naturellement une minorité. La plupart de ces tombes sont occupées par des gens qui étaient trop vieux pour vivre, trop jeunes pour mourir, ou simplement trop malchanceux pour rester en vie.

Mon téléphone portable sonne à peu près toutes les minutes tandis que je suis au volant de ma voiture et j'ai de la chance qu'il fonctionne encore après avoir pris la baille. Si ç'avait été de l'eau de mer, ce serait une autre histoire. Sitôt le portail franchi j'atteins le barrage, où les voitures de police sont garées en travers de la route pour empêcher les gens de venir se recueillir, ou pour empêcher les morts de s'échapper et de se mêler aux personnes en deuil. Je me faufile à travers les véhicules jusqu'au barrage des médias. C'est le cycle de la vie ici. Des camionnettes et des 4×4 avec des logos de chaînes d'information peints sur les flancs et des paraboles montées sur le toit sont garées n'importe comment. La pluie n'a pas dissuadé les équipes de tournage et les reporters qui essaient de paraître à leur avantage malgré la bruine. Je parviens à le franchir, faisant semblant de ne pas entendre les mêmes questions hurlées dans ma direction par chaque intervieweur.

Après quoi c'est la première vague d'automobilistes de retour du boulot qui fait le blocus de la ville à cette heure de la journée. Ma veste et ma chemise mouillées sont sur la banquette arrière, de même que l'anorak que j'ai emprunté. J'ai étalé une couverture pour que mes fringues ne trempent pas son revêtement. À cause du chauffage qui est allumé à fond, la condensation se forme trop vite sur le pare-brise pour que l'aération puisse l'empêcher. J'allume la radio. Une chanson des Talking Heads passe. Elle laisse entendre que je sais où je vais mais que je ne sais pas d'où je viens. J'éteins la radio. Dans mon cas, les Talking Heads se plantent.

Le premier coup de fil auquel je réponds provient de l'inspecteur principal Landry, qui me demande de passer au poste pour faire une déposition formelle. Il se dit probablement qu'il rendra service à la terre entière en me retenant quelques heures, le temps que je passe en revue toutes les raisons exactes qui m'ont mené à me retrouver dans un cimetière avec de mystérieux cadavres. Quand je lui demande s'ils ont retrouvé la trace du gardien, il me répond qu'ils m'informeront dès que ce sera fait, et nous savons l'un comme l'autre qu'il se fout de ma gueule.

Les deux appels suivants proviennent de journalistes. Je savais que certains d'entre eux me reconnaîtraient lorsque j'ai quitté le cimetière. Les journalistes sont rapides pour ça. J'ai quelques années d'ancienneté, et ces types ont une mémoire d'éléphant. Je raccroche avant même qu'ils aient fini de poser leurs questions.

Puis c'est ma mère qui m'appelle, m'expliquant qu'elle m'a vu à la télé assis à l'arrière d'une ambulance et me demandant ce qui m'est arrivé. Il est clair que les flics n'ont pas aussi bien bouclé le cimetière qu'ils le pensaient. Je lui réponds que je suis tombé dans le lac, et que je suis toujours en un seul morceau. Elle me recommande d'être prudent, ajoute que je ne devrais pas me baigner tout habillé et qu'elle et mon père sont inquiets. Bridget, ma femme, observe-t-elle, serait également inquiète.

Quand je parviens enfin à raccrocher, le téléphone sonne de nouveau et un autre journaliste me demande si j'ai réintégré la police. Je décide d'éteindre mon téléphone, ce qui est une décision plutôt judicieuse si l'on considère que l'autre possibilité serait de baisser ma vitre et de le balancer dehors.

Je pose les deux mains sur le volant et réfléchis aux trois corps, me demandant s'il y en a d'autres. Je retourne les possibilités dans ma tête, mais suis bientôt forcé de penser moins aux cadavres et plus à ma survie à mesure que la circulation devient dense et que des 4 × 4 bloquent les intersections.

Mon bureau est situé en ville, dans un complexe qui abrite une centaine d'autres bureaux, dont la plupart appartiennent à des cabinets d'avocats et des sociétés d'assurance qui me fournissent l'essentiel de mon travail. Suivre les maris infidèles pour un règlement de divorce et photographier des gens en train d'arnaquer leur compagnie d'assurance me permet de payer le loyer, et même à l'occasion de manger. Maintenant je déterre des cercueils et je nage avec des cadavres, et le salaire est le même. Je me gare sur mon emplacement derrière le bâtiment et, toujours sans chaussures et trempé, je marche jusqu'aux ascenseurs et me rapproche de huit étages du paradis.

Comme la plupart de mes clients sont dans le même immeuble et que je démarche tous les autres soit par téléphone soit par le bouche à oreille, je vais et viens à ma guise, permettant à mon répondeur de me faire office de secrétaire. Je sais suffisamment me servir d'un ordinateur pour taper mes propres rapports; je sais classer des dossiers; et je sais faire du café. Une femme de ménage vient une fois par mois passer l'aspirateur et donner un coup de chiffon, mais le reste du temps c'est moi qui nettoie. Les privés qui bossent dans un bureau bordélique armés d'un chapeau de feutre et de cigarettes existent de nos jours uniquement dans l'esprit de scénaristes. Mon bureau abrite de jolis tableaux, de jolies plantes, une jolie moquette, et ainsi de suite. En fait, il est si joli qu'il me coûte les yeux de la tête.

J'ouvre la porte de mon bureau et allume la lumière. L'air est chaud et a conservé l'odeur du café de ce matin, probablement parce que la moitié a été renversée par accident sur mon bureau. L'odeur me redonne un petit coup de fouet. La pièce elle-même n'est pas grande, et mon bureau en occupe un quart, installé devant une vue de Christchurch qui parfois m'inspire et parfois me déprime. De l'autre côté se trouve un tableau blanc monté sur un chevalet dont je me sers souvent pour esquisser des idées et tenter de relier les points entre eux. Les tapis et les murs sont un assortiment de teintes fauves et grises qui semblent toutes avoir été baptisées d'après un type de café. Il y a des dossiers empilés sur mon bureau, un ordinateur au milieu, et un paquet de mémos dont je n'ai pas encore eu le temps de m'occuper.

Je regarde la ville dehors. Elle n'éveille pas en moi suffisamment de nostalgie pour m'inciter à redescendre et voir ce que je suis en train de louper. J'attrape mon téléphone portable. Je le rallume. Il se met à sonner. J'ôte la batterie et place les deux parties sous la lampe pour les faire sécher.

Je me rends à la petite salle de bains attenante et je me lave. J'ai une tenue de rechange suspendue à la porte, au cas où je tomberais dans le lac ou me prendrais une balle dans la poitrine. Je me change et place mes fringues trempées roulées en boule dans un sac.

Je sors la montre de ma poche. C'est une Tag Heuer hors de prix, analogique, et elle fonctionne toujours. Les piles de ces machins durent généralement environ cinq ans, et elles sont étanches jusqu'à deux cents mètres. Je regarde au dos : il n'y a pas d'inscription. Mais une chronologie commence déjà à s'établir.

Mon ordinateur est un peu lent, et il semble mettre chaque année une minute de plus à s'allumer. Je commence à chercher de vieux articles en ligne, me servant de moteurs de recherche pour limiter les réponses, en quête de la moindre allusion à des cercueils qui auraient été vendus plusieurs fois ; mais si ça s'est produit dans ce pays, personne ne l'a jamais découvert.

J'entre le nom du gardien dans ces mêmes moteurs de recherche et tombe sur des homonymes dans d'autres endroits du monde, des homonymes avec des métiers, des religions, des cultures et des crimes différents. Un lien me mène à un article sur le père du gardien. Celui-ci a pris sa retraite il y a deux ans après quarante années passées au service du cimetière.

J'utilise la base de données de la bibliothèque municipale pour parcourir les notices nécrologiques de la semaine dernière, dans l'espoir d'identifier la femme dans l'eau. Je me retrouve avec quatre noms, mais ne peux aller plus loin car les notices ne fournissent pas de descriptions ni n'indiquent le lieu de l'enterrement. Je me demande si Carl Schroder, l'inspecteur qui a dit au légiste qu'il pouvait me parler, l'a déjà identifiée, et je décide que oui, probablement. Facile quand vous avez les ressources. Il a probablement fait circuler une photo auprès des pompes funèbres de la ville ; ou, encore plus simple, il a demandé au prêtre de l'église catholique du cimetière d'y jeter un coup d'œil. S'ils l'ont identifiée, ils doivent être en train d'essayer d'obtenir un mandat pour creuser la tombe d'où elle a été sortie. Je consulte ma montre. Il est 17 h 30 passées : tout le monde va devoir faire des heures sup, mais l'exhumation aura lieu aujourd'hui.

Je remonte mon téléphone portable et l'enfonce dans ma poche. Il faut dix minutes pour aller en voiture de mon bureau à l'hôpital, mais une demi-heure quand la circulation est dense et que les feux rouges s'enchaînent. L'hôpital a un aspect morne, sans rien pour l'embellir, et son architecture irait tout aussi bien à une prison. Je me gare derrière, me dirige vers la porte latérale réservée au « Personnel autorisé uniquement », appuie sur l'interphone et, quelques instants plus tard, la porte s'ouvre. Je recommence à avoir froid, et la perspective de voir un cercueil puis de le faire ouvrir devant moi ne fait rien pour me réchauffer. L'ascenseur semble mettre une éternité à arriver, et je finis par me demander d'où il peut bien venir. Quand les portes s'ouvrent finalement, je monte dedans et descends au sous-sol.

La morgue est couverte de carreaux blancs et pleine d'une lumière froide et dure. C'est comme un autre monde ici. Il y a des formes sous les draps et des outils aux bords coupants. L'air semble plus froid que l'eau du lac. Les armoires sont remplies de flacons, de produits chimiques et d'instruments argentés. Les bancs, les lits roulants et les plateaux sont couverts d'objets destinés à réduire un corps à ses parties essentielles.

Le cercueil semble plus vieux sous la lumière blanche, comme si le trajet en voiture l'avait fait vieillir d'un quart de siècle. En plus il est tout défoncé. Des fissures courent sur le côté, et le couvercle est enfoncé. Il a reçu un coup de brosse avant d'être livré, mais n'a pas été lavé. Il y a de la terre et de la boue collées sur les bords, et aussi des signes de rouille. Il est posé sur une table à hauteur de genou, si bien que le couvercle est un peu en dessous de ma poitrine.

Je serre les mains pour essayer en vain de me réchauffer. Mon mal de tête ne me lâche plus ; il cogne à un rythme irrégulier. Je voudrais qu'il parte. Je voudrais pouvoir moi aussi partir. L'odeur des produits chimiques est à la fois entêtante et pas assez puissante pour recouvrir la puanteur des morts. Je ne me souviens jamais de cette odeur ; tout ce dont je me souviens, c'est de ma réaction ; pourtant, chaque fois que j'ai passé quelques minutes ici, j'ai cru que je n'arriverais jamais à l'oublier. Les cadavres ne pourrissent pas, ils ne sont pas assez décomposés pour empester la pièce, mais l'odeur est tout de même là – une odeur de vieux habits, d'os frais et de vieilles choses mortes.

Le cercueil est toujours fermé par un couvercle, et on peut facilement imaginer qu'il devrait y avoir une chaîne tout autour, maintenue par un de ces gros cadenas à l'ancienne. Je distingue à peine mon reflet flou par endroits, surtout sur les poignées en cuivre, mon visage tavelé de taches de rouille. Je passe un doigt sur les traces de pelle que m'ont montrées l'opérateur de la pelleteuse et le chauffeur de la camionnette. Elles se trouvent au beau milieu d'un long renfoncement concave.

« Il a déjà été ouvert », observe la légiste, sortant de son bureau et pénétrant dans la pièce derrière moi. Je savais qu'elle était là, mais son apparition soudaine me fait tout de même sursauter.

« Je me demande ce qu'il y a à l'intérieur.

– Ou ce qu'il n'y a pas à l'intérieur », dis-je. Je tends la main, m'attendant à ce que la sienne soit froide quand elle la serrera, ce qui n'est pas le cas.

« Content de te revoir, Tracey.

– Ça fait combien de temps, Tate ? Deux ans ? Trois ?

– Deux. »

Je lâche sa main, la reluque discrètement. Bien que Tracey Walter doive avoir le même âge que moi, elle paraît dix ans de moins. Ses cheveux bruns sont tirés en arrière et noués en chignon ; son teint pâle est d'un blanc d'os dans la lumière de la morgue ; ses yeux verts me fixent derrière une paire de lunettes élégantes. Je songe à notre dernière rencontre, et je suppose qu'elle aussi.

« Il a salement souffert en tombant de cette camionnette, dis-je en regardant les longues fissures. Le gardien était sacrément pressé.

– C'est la première fois que tu vois un cercueil exhumé, n'est-ce pas ?

– Oui. Comment tu le sais ? »

Elle sourit.

« Les films ne montrent jamais la pression à laquelle les cercueils sont soumis une fois qu'ils sont sous terre. Elle suffit souvent à les amocher sérieusement. Une partie de ces dégâts est due à la chute de la camionnette, mais l'essentiel provient de la pression dans le sol.

– Bon, est-ce que je dois faire quelque chose ?

– Signe juste ceci et tu pourras t'en aller, répond-elle.

– Tu ne vas pas l'ouvrir pendant que je suis ici ?

– Ton boulot consistait simplement à être présent au cimetière, Tate. Il n'a jamais été question d'aller plus loin.

– Hum hum, mais mon boulot était de m'assurer qu'Henry Martins arrivait jusqu'ici, et ces marques de pelle semblent indiquer le contraire. »

Elle soupire, et je m'aperçois qu'elle savait dès le début qu'elle n'opposerait guère de résistance.

« Enfile ça, dit-elle, et elle me tend des gants et un masque de protection. L'odeur ne va pas être agréable. Mais tout ceci reste entre nous. »

Nous nous approchons un peu du cercueil, et je ne veux soudain plus voir ce qu'il contient. Il faut que le monde soit sens dessus dessous pour que des cadavres surgissent de lacs et que des cercueils soient pleins de réponses vides. J'enfile les gants de latex et glisse le masque au-dessus de mon nez et de ma bouche. Si Henry Martins est dedans, ses ongles seront peut-être bleus. S'il n'est pas dedans et que le cercueil est vide, alors Martins est l'un des cadavres au bord du lac, ou dans ses profondeurs.

Tracey vaporise un lubrifiant sur les gonds avant de positionner un petit pied-de-biche et d'appuyer dessus.

Le couvercle reste collé pour de simples raisons physiques. Les cercueils sont conçus pour mettre les gens en terre, pas pour les en faire sortir, et la structure de celui-ci a été altérée par la pression de la terre au cours des deux dernières années. J'appuie également sur le pied-de-biche pour lui donner un coup de main.

Le couvercle se met à gémir, puis à craquer ; puis il s'ouvre. Une obscurité s'échappe de l'intérieur, ainsi qu'une odeur de chair depuis longtemps morte qui traverse les pores de mon masque et s'enfonce droit dans mes sinus. Je manque de vomir. Tracey achève de soulever le couvercle. Je me tiens à côté d'elle et regarde à l'intérieur.

Ce que nous voyons n'est pas du tout ce à quoi nous nous attendions.

5

Christchurch est une ville brisée. Ce qui n'avait aucun sens il y a cinq ans en a désormais, non pas parce que nos perspectives ont changé, mais simplement parce que c'est ainsi. Chacun de nous a son idée de ce que la ville devrait être, mais elle nous échappe des mains, personne ne parvenant à la retenir fermement tandis que Christchurch s'enfonce lentement dans la panique la plus complète. Prenez un journal, et il n'y en a que pour le Boucher de Christchurch, un tueur en série qui a terrorisé la ville au cours des dernières années. Les flics le détestent, les médias l'adorent. Il est à lui seul une machine à faire de l'argent qui met à rude épreuve les ressources de la police – et tout ce qu'elle trouve à faire, semble-t-il, c'est de lancer des campagnes de pub à la télé pour enrôler de nouvelles recrues. Mais tout cela ne suffit pas. Ça ne peut pas suffire, et la police n'arrive pas à résoudre le problème du Boucher, sans parler de la pandémie croissante de crimes.

Les solutions sont rares – mais au moins il y en a quelques-unes, et c'est là que les gens comme moi entrent en scène. Certains des petits boulots sont refilés à des sous-traitants – les tâches secondaires pour lesquelles la présence de la police n'est pas nécessaire – et au début les gens ont râlé. Mais ils ne râlent plus.

Aussi, hier, quand un des cabinets d'avocats de l'étage du dessus m'a contacté pour me proposer le boulot, ça m'a paru de l'argent vite gagné. La lutte contre le crime a beaucoup changé depuis Batman et Robin : aujourd'hui tout tourne autour des avocats et, parfois aussi, de la loi. Et dans ce cas, personne n'avait besoin qu'un flic fasse le pied de grue pendant qu'on exhumait un cercueil. Les flics avaient mieux à faire. Ils étaient dans les rues à tenter d'endiguer le flot de violence, de repousser les vagues et de livrer le bon combat. On m'a donc payé pour être là – pour être le professionnel qui s'assurerait que la chaîne d'indices demeurait intacte.

Mais personne ne me paie pour être ici à la morgue avec une fille morte dans le cercueil d'un autre.

Et les ressources de la police sont sur le point d'être mises à plus rude épreuve encore.

Je m'efforce de canaliser mes pensées. Elles couvrent toute une gamme de possibilités, et aussi des émotions. Je ressens du chagrin et de la douleur pour cette femme, qui qu'elle soit, et je ne vois que des mauvaises raisons pouvant expliquer sa présence dans ce cercueil. Je songe à un canular ou à une plaisanterie, espérant de tout cœur qu'il s'agit de l'un ou l'autre; et même si j'aime l'idée d'un coup monté complexe, je sais que c'est beaucoup plus grave que ça. C'est réel. Je ne devrais pas avoir une femme sous les yeux, elle ne devrait pas être morte, ne devrait pas être dans un cercueil qui n'est pas le sien – et pourtant elle est là, étendue devant moi.

Tracey se penche au-dessus du cercueil.

« Ce n'est pas Henry Martins », dit-elle, pas pour être drôle, pas pour enfoncer une porte ouverte, mais d'un ton neutre, d'une manière qui suggère qu'elle n'éprouve pas la même incrédulité que moi, que la froideur dont elle doit faire preuve dans son boulot a désormais pris le contrôle de son esprit. Les émotions de Tracey ont été mises sous clé. « Elle est décomposée, mais pas trop. La décomposition dépend de la température, du sol, de la profondeur du cercueil et du temps pendant lequel elle a été exposée à l'air libre avant d'être placée là-dedans. Impossible de déterminer son âge à ce stade. »

Je l'écoute à peine. Mon cœur bat à tout rompre tandis que je regarde le cadavre. À certains endroits des bouts de chair se sont ratatinés et asséchés, à d'autres elle a complètement disparu. Ce qui reste ressemble à une coquille, et si j'appuyais un doigt dessus elle se transformerait en poussière. Les quelques plaques de peau qui subsistent sont presque transparentes et ne parviennent pas à dissimuler les os gris comme un ciel d'orage qui sont pour la plupart exposés. Son visage et ses yeux sont partis, ne restent plus que des lambeaux de peau desséchée, de chair et de cuir chevelu accrochés à son crâne. Ses dents semblent trop grandes maintenant que rien ne les cache. Ses cheveux sont étalés en éventail sous son corps; ils sont longs et châtain foncé et j'imagine qu'ils étaient jadis bien entretenus, qu'elle aimait passer les doigts dedans, qu'ils sentaient le shampoing et l'après-shampoing, et qu'ils effleuraient le visage de son amant durant leurs étreintes. Ses mains ne sont plus que des os; l'une est posée sur sa poitrine, l'autre repose à côté d'elle. Entre sa paume et sa cuisse se trouve une bague sertie de diamants qui, dans la lumière de la morgue, refusent d'étinceler. Je suppose qu'elle s'est desserrée quand les doigts ont pourri, et qu'elle s'est détachée quand le cercueil est tombé de la camionnette.

Ses habits semblent en désordre; sa robe courte est de travers et les boutons de son chemisier sont mal alignés, comme si elle s'était habillée à la hâte ou que quelqu'un les lui avait passés alors qu'elle était déjà morte. J'enfonce la main dans ma poche et me mets à triturer mes clés de voiture, les enveloppant encore et encore dans mon mouchoir tout en réfléchissant à toute allure.

Tracey lève les yeux vers moi.

« Bon Dieu, tu vas bien ? On dirait que tu as vu un fantôme. »

Je sens la sueur se mettre à couler le long de mes flancs. Il fait un froid de canard ici et je transpire.

« Il y avait d'autres personnes dans le lac, Tracey, dis-je, peinant à former les mots. Peut-être que ça veut dire d'autres filles, et dans ce cas... bon sang, j'ai merdé.

– De quoi parles-tu ?

– Il y a deux ans. J'aurais dû exhumer Henry Martins il y a deux ans et nous aurions alors trouvé cette fille. Nous aurions su que nous cherchions un assassin. Nous aurions pu lui mettre la main dessus avant qu'il n'en tue d'autres. »

Tracey me regarde mais elle ne sait pas quoi dire. Elle ne peut pas me dire que le monde ne fonctionne pas comme ça, parce que nous savons l'un comme l'autre que si. Elle ne dit pas que n'importe qui aurait pu commettre la même erreur. Elle n'essaie pas de me dire que ce n'est pas de ma faute. Elle se contente de voûter légèrement les épaules et de baisser les yeux, incapable de soutenir mon regard.

« Merde, murmure-t-elle, les yeux toujours rivés sur le sol. Tu dois partir maintenant, Theo.

– Allez, Tracey, il doit y avoir...

– Je suis sérieuse, réplique-t-elle, relevant les yeux. Tu voulais savoir si Martins était à l'intérieur – eh bien, maintenant tu sais. C'était le marché. Tu ne peux pas regarder cette femme et considérer que cette affaire t'appartient désormais. Tout ce que tu parviendras à faire en restant ici, c'est compromettre l'enquête.

– Tu ne comprends pas, hein ?

– Quoi ? Que tu aurais pu faire quelque chose il y a deux ans ? Je connais l'affaire, et tu as raison. Il est fort possible que tu aies déconné et que d'autres filles en aient fait les frais, mais combien sont encore en vie parce que tu as débarrassé les rues d'ordures ?

– Il ne s'agit pas de trouver un équilibre.

– Je le sais. Mais toi, le sais-tu ? Et je sais aussi que tu devrais partir.

– Tu crois que c'est ce qu'elle voudrait ? fais-je en désignant de la tête la fille morte. Ou est-ce que tu crois qu'elle voudrait que le plus de personnes possible essaient de découvrir qui lui a fait ça ?

– Allez, Theo, tu dois y aller. Je te préviendrai si l'un des corps qui vont arriver est celui de Martins.

– Oui. OK, préviens-moi », dis-je tandis qu'elle me raccompagne vers la sortie.

À l'instant où nous pénétrons dans le couloir, la sonnerie de son téléphone portable retentit. Elle l'ouvre et se met à parler. Je tapote mes poches, puis les retourne. Je prononce silencieusement le mot « clés » à son intention tout en désignant la morgue derrière nous.

« Fais vite », dit-elle, abaissant le téléphone pour que la personne à l'autre bout du fil ne l'entende pas.

Je regagne la morgue. J'observe la fille morte et me demande à quoi elle ressemblait avant que la mort ne l'envoie dans ce cercueil, lui prenant brutalement tout ce qu'elle possédait. Regarder cette piètre imitation d'elle me rend malade.

Lorsque je la rejoins dans le couloir, Tracey en a fini avec son coup de fil.

« Ils ont trouvé le corps qui a coulé, et un autre, annonce-t-elle, glissant le téléphone dans la poche de sa veste. Ça en fait quatre en tout.

– Des noms ?

– Ils sont sur le point d'en identifier un.

– Comment ça se fait qu'elle soit remontée à la surface ? La plus récente ?

– À cause du parpaing, répond-elle. Il semblerait que la corde ait été attachée autour, mais ces parpaings ont des bords aiguisés. Il a atterri sur un autre parpaing au fond du lac, et ça a abîmé la corde. Ça l'a en partie coupée. L'accumulation de gaz dans le corps a suffi à la faire céder. Écoute, tu dois vraiment partir.

– J'ai le sentiment que je vais souvent entendre ça dans les jours à venir.

– Alors fais ce qu'il y a de mieux pour toi et laisse tomber cette affaire », réplique-t-elle, avant de se retourner et de reprendre la direction de la morgue.

6

Il fait frais dans l'ascenseur, comme s'il avait aspiré l'essentiel de l'air froid quand les portes se sont ouvertes. Dehors il fait légèrement plus chaud. Mais je crois que même si le soleil transformait la ville en une mare de lave en fusion, j'aurais toujours la même sensation en sortant de ce bâtiment.

En me dirigeant vers ma voiture je tire la bague de la femme de ma poche et l'examine. Il y a une inscription à l'intérieur, et je dois plisser les yeux dans la faible lueur du parking pour la déchiffrer. *Rachel & David pour toujours.* On dirait une inscription gravée par deux adolescents dans l'écorce d'un arbre. Les trois pierres ne sont pas des diamants ; ce qui pourrait expliquer pourquoi la bague était toujours au doigt de la femme et non en train de prendre la poussière dans une boutique de prêteur sur gages. C'est du verre, du verre opaque, ce qui, curieusement, me déchire encore plus le cœur. Quelqu'un lui a acheté cette bague ; il n'avait pas les moyens de lui offrir de vrais diamants, mais elle n'avait pas besoin de vrais diamants. Peut-être s'étaient-ils promis que quand les choses iraient mieux, quand il aurait élaboré un plan qui lui rapporterait plein d'argent, il lui achèterait toutes les pierres qu'elle voudrait. La bague ne provenait pas de l'annulaire de sa main gauche, elle provenait de l'autre main, mais peut-être y avait-il tout de même eu d'autres promesses.

Si Tracey a repéré la bague, elle ne tardera pas à remarquer sa disparition. La question est de savoir ce qu'elle fera alors. M'appeler ? Ou alors appeler quelqu'un d'autre pour me balancer ? Je n'aurais jamais dû la mettre dans cette position.

Cette fois, lorsque je regagne mon bureau, je me glisse derrière mon ordinateur et je l'allume, examinant la bague tandis qu'il se met en route. Si elle avait coûté cher, ou été faite sur mesure, il aurait peut-être été facile de déterminer sa provenance. Je me rends sur un site sécurisé, réservé à la police, aux travailleurs sociaux et à une poignée de détectives privés, qui recense les disparitions. Il ne me faut que quelques minutes pour obtenir une liste des Rachel portées disparues. Je limite la recherche à il y a deux ans, supposant qu'elle est morte après l'enterrement d'Henry Martins.

Je me retrouve avec deux noms, et l'un d'eux date du jour où Henry Martins est mort. La description pourrait aisément coller avec la Rachel que j'ai vue il y a une demi-heure.

J'imprime la fiche de Rachel numéro un. Personne n'a vu Rachel Tyler, la jeune fille de 19 ans dont la disparition a été signalée par sa mère, depuis deux ans. Je ne me souviens pas de cette affaire, sans doute parce que c'est une de ces nombreuses affaires dont nous avons dû estimer qu'il s'agissait d'une fugue. Le fait est que des gens disparaissent chaque jour dans ce pays. Parfois ils réapparaissent : fauchés, défoncés, logeant dans un motel miteux après avoir cramé tout leur fric dans des casinos en pariant sur le rouge au lieu du noir. Parfois ils tombent sous la coupe d'un maquereau et sont forcés de se prostituer pour rembourser leurs dettes de jeu ou de drogue, ou pour s'infliger une forme d'autodestruction. D'autres fois ils ont abandonné leur femme ou leur mari pour quelqu'un avec un plus gros compte en banque ou une plus grosse maison ou un corps plus jeune. Parfois ils ne réapparaissent jamais.

Sur la photo Rachel a une mine renfrognée, feinte ou réelle, et je préfère ça plutôt que de voir une fille heureuse et extravertie tenant une glace ou un diplôme ou aidant les vieux et les malades. Elle aurait désormais 21 ans si quelqu'un ne l'avait pas assassinée et balancée dans un cercueil.

J'observe la photo. Ses cheveux châtains sont plus sombres que quand je les ai vus il y a une demi-heure; ses yeux bleus sur la photo sont vifs et pleins de vie. Je lis la fiche. Il a été conclu qu'elle avait fugué, qu'elle s'était engueulée avec ses parents ou son petit ami et qu'elle en avait eu sa claque.

Je consulte l'annuaire et découvre que les parents de Rachel habitent toujours à la même adresse. Je me demande s'ils sont toujours mariés et dans quel état ils sont. Je me demande combien de nuits ils ont passé à regarder la porte, attendant que leur fille rentre d'un pas nonchalant en annonçant que tout irait bien maintenant.

Je glisse la bague dans un petit sachet en plastique que je place dans ma poche. Puis j'examine de nouveau la montre que j'ai prise sur le cadavre dans le lac. Je compare l'heure qu'elle indique à celle de ma montre. Elle n'a que deux minutes de décalage, mais il se pourrait que la Tag Hauer soit exacte et pas la mienne. Son propriétaire a dû mourir entre octobre et mars, car la montre est réglée sur l'heure d'été. La date est décalée de quatorze jours.

J'attrape un stylo et me lance dans des calculs. Chaque mois une montre analogique compte trente et un jours, quel que soit le mois, et l'utilisateur doit l'ajuster manuellement pour chacun des cinq mois qui comportent moins de jours. J'établis que ces cinq mois représenteraient un décalage de sept jours par an si la montre n'est pas ajustée. Ce qui signifie que celle-ci n'a pas été réglée depuis deux ans. Conclusion. Le mois de février touche à sa fin. Le type à qui cette montre appartenait a été mis en terre entre le début du mois de décembre et la fin du mois de février il y a deux ans.

Je consulte le dossier d'Henry Martins. Il est mort le 9 janvier. Ça pourrait être la sienne.

Je saisis le téléphone. L'inspecteur Schroder met une demi-minute à décrocher.

« Allez, Tate, tu sais que je ne peux répondre à aucune question, dit-il en entendant ma voix. Cette affaire ne te regarde pas.

Et bientôt elle ne me regardera plus non plus. J'ai trop de choses sur les bras pour m'occuper aussi de celle-ci.

– Tu enquêtes sur le Boucher ?

– J'essaie. À moins que je prenne ma retraite. Ce que j'envisage.

– Une question. Le corps sans jambes qui est remonté à la surface. Est-ce que c'est le plus ancien ?

– Je ne sais pas. Peut-être. Le légiste dit que c'est difficile à déterminer. On dirait qu'ils ont tous les deux fini dans l'eau à peu près à la même époque. Pourquoi ?

– Tu peux le découvrir ?

– Je peux.

– Et me tenir au courant ?

– Non. Au revoir, Tate », dit-il, et il raccroche.

Je scrute la montre. Elle a passé deux ans au poignet d'un mort, mais pas nécessairement deux ans dans l'eau. Tout dépend du temps qu'il a passé sous terre avant de finir dans la flotte. Quoi qu'il en soit, il semble que tout ait commencé il y a deux ans.

Je consulte les signalements de disparition, mais la liste de noms devient immédiatement trop longue et je n'ai aucun moyen de la réduire tant que je ne sais pas si l'assassin avait un type de victimes précis. Peut-être qu'il avait un penchant pour les filles plutôt jeunes, ou les filles avec des allures similaires. Ou alors peut-être que les autres cercueils ne renferment pas du tout des filles, mais des hommes.

J'attrape mon téléphone qui est désormais sec et la fiche de Rachel Tyler, et je retourne à ma voiture.

J'ai à peine atteint le parking que je reviens sur ma décision initiale. Ce n'est pas le bon moment pour débarquer chez des gens et leur annoncer que leur fille est probablement morte. La plupart des gens supposent qu'il n'y a pas de bon moment – mais c'est faux. C'est le genre de chose qu'il vaut mieux faire de bonne heure, pour que les gens puissent demander à leurs amis et à leur famille de venir les soutenir. Et puis, la bague est peut-être à Rachel, mais rien ne dit que le cadavre soit le sien.

Je roule en direction de la limite de la ville et me gare devant une boutique de fleuriste qui est ouverte chaque jour de la semaine jusqu'à 19 heures. J'ai besoin de remplacer cette noirceur par un peu de lumière, pourtant, la première chose qui me vient à l'esprit, c'est que les fleurs et la mort ont de toute époque été associées, comme les fleurs et l'amour.

« Salut, Theo. »

Une fille extrêmement jolie aux manières décontractées me sourit quand j'entre dans la boutique.

« Comment ça va, Michelle ? »

Je fais mon possible pour lui retourner son sourire.

Nous échangeons les platitudes de rigueur, puis elle me demande si je veux la même chose que d'habitude. Je lui réponds que oui.

« Votre femme doit vraiment aimer les fleurs », observe-t-elle, et j'acquiesce lentement.

Michelle sélectionne un bouquet dont elle pense qu'il plaira à Bridget, enveloppe les tiges dans du papier cellophane et me les tend. Elle note le prix dans un petit carnet derrière le comptoir. À la fin du mois, comme chaque mois, elle m'enverra une facture.

« Passez le bonjour à Bridget », dit-elle, et son sourire est contagieux.

Parfois je me dis que je pourrais regarder cette femme pendant des heures.

Je regagne ma voiture et pose les fleurs sur le siège du passager, prenant soin de ne pas les écraser. Je jette un coup d'œil à ma montre. Comme Bridget n'est pas pressée de me voir, je change d'avis et décide qu'après tout je peux peut-être rendre visite à la famille de Rachel Tyler. Je fais demi-tour et repars dans la direction opposée, emportant avec moi un bouquet de fleurs déjà mourantes et un paquet de mauvaises nouvelles.

7

Banalville. C'est là que vivent les Tyler. Toutes les maisons de la rue sont bien entretenues, mais il n'y a rien de spécial, comme si chaque résident craignait que sa maison ne sorte du lot. Pas d'énormes demeures, pas de voitures hors de prix garées dehors, pas de Porsche ni de BMW suggérant un monde de luxe et de grosses dettes. Les médecins et les avocats et les dealers habitent ailleurs. C'est une banlieue typique, où les cambriolages sont nombreux mais les meurtres rares. Un endroit agréable à vivre. Assurément mieux que certaines autres options.

Je ralentis et jette un coup d'œil aux boîtes à lettres, me faisant rapidement une idée de la distance qu'il me reste à parcourir. Ça n'était pas mon affaire quand les cadavres ont remonté à la surface. Ça n'était pas mon affaire quand le gardien du cimetière a mis les voiles. Mais c'est devenu mon affaire à l'instant où le cercueil s'est ouvert et où le cadavre de Rachel Tyler m'a laissé entendre que d'autres filles seraient peut-être encore en vie sans mon erreur. Je regarde le cocktail de géraniums à côté de moi, et l'espace de quelques secondes je pense à ma femme. J'aime croire que je sais ce qu'elle voudrait que je fasse, même si je ne peux pas en être certain. Ça fait longtemps qu'elle ne m'a pas donné le moindre conseil.

Je descends de voiture sous la pluie légère, devant une maison d'un niveau qui a été produite en série au début de l'expansion de la banlieue. Tout est en ordre, quoiqu'un peu vétuste. Il y a quelques mauvaises herbes dans le jardin ; la pelouse est un peu haute ; la maison entière semble un peu fatiguée.

« Oui ?

– Mme Tyler ?

– Oui... »

Je vois qu'elle se demande si je suis ici pour lui vendre des encyclopédies ou le bon Dieu, ou si je suis venu raviver ou détruire ses espoirs concernant sa fille disparue. J'enfonce lentement la main dans ma poche et en sors une carte de visite. Ses yeux s'écarquillent et sa bouche s'affaisse légèrement lorsque je la lui tends, et lorsqu'elle la lit sa bouche se raffermit. Elle semble ne pas savoir quoi dire. Ne pas savoir si ma présence à sa porte est censée la réjouir ou l'effrayer.

« Mon nom est Théodore Tate, dis-je, et je suis détective privé.

– C'est ce que dit la carte, répond-elle, sans une once de sarcasme.

– Est-ce que vous pouvez m'accorder quelques minutes ?

– Savez-vous où elle est ? demande-t-elle, déjà certaine du motif de ma visite.

– Il s'agit de Rachel, mais pas directement. S'il vous plaît, si vous me laissez entrer, je pourrai vous en dire plus. »

Elle essaie de dire quelque chose, butant peut-être sur les centaines de questions qui cherchent à sortir de sa bouche simultanément, les centaines de manières différentes de demander si sa fille est toujours vivante. Je parie qu'elle s'est préparée à ce moment un millier de fois, mais la réalité l'écrase, la rend confuse. Elle recule et je pénètre à l'intérieur.

Le couloir est chaleureux et accueillant. Il y a des douzaines de photos de Rachel aux murs, couvrant les dix-neuf années qu'elle a passé dans ce monde. Il y a des photos d'elle bébé, dans les bras de sa mère. Les années ont laissé leur marque sur Mme Tyler. Il y a des clichés de Rachel à côté d'un tricycle, dans un bac à sable, dévalant un toboggan. Un homme figure sur certains, tenant la main de Rachel, ou la poussant sur une balançoire dans un parc, ou l'aidant à souffler huit bougies plantées dans un gâteau. Rachel grandit. Ses parents vieillissent. Les modes changent et eux trois aussi, mais les sourires sont toujours là, préservant la jeunesse de ses parents. C'est l'une de ces photos qui aurait dû figurer dans son dossier de disparition, mais il est probable que Mme Tyler n'a eu le cœur de se séparer d'aucune d'entre elles. Je suis certain que la chambre de Rachel sera exactement telle qu'elle l'a laissée, avec les mêmes posters aux murs, ses peluches préférées l'attendant sur son lit, peut-être même un tas de cadeaux de Noël et d'anniversaire datant d'occasions manquées. Ce sera comme une capsule temporelle.

Patricia Tyler me guide jusqu'au salon.

« Votre mari est-il à la maison ? »

J'espère de tout cœur qu'elle ne va pas m'annoncer qu'ils sont séparés ou, pire, qu'il est mort de chagrin après la disparition mystérieuse de leur fille, qu'il a passé les six, huit ou dix derniers mois six pieds sous terre.

« Il est au travail. Il rentre parfois tard. Pratiquement tous les jours, à vrai dire, ces derniers temps. Je devrais l'appeler, je suppose. N'est-ce pas ?

– Si vous voulez.

– Qu'est-ce que je vais lui dire ?

– Peut-être ferions-nous mieux de commencer par nous asseoir quelques minutes.

– Oui, d'accord, bien sûr, je ne sais pas où sont passées mes manières. Est-ce que vous voulez boire quelque chose ? Thé ? Café ? » Elle commence à se redresser. « Tout ce que vous voulez, dites-moi. » Elle a presque quitté le salon lorsqu'elle se fige ; puis, tout en se triturant les mains, elle se retourne lentement vers moi. « Je ne sais plus ce que je fais », dit-elle, et elle se met à pleurer.

Elle n'est pas la seule à ne pas savoir ce qu'elle fait, et je regrette soudain d'être venu. J'ai une furieuse envie de la serrer dans mes bras pendant qu'elle pleure et une envie tout aussi pressante de tourner les talons, de foncer dans le couloir et de foutre le camp d'ici. Au bout du compte, je reste immobile.

« S'il vous plaît, dites-moi juste pourquoi vous êtes ici », demande-t-elle.

Mais je ne peux pas plus annoncer à cette femme que sa fille est morte que je ne pourrais lui montrer les photos de son cadavre. Je ne peux pas lui parler du lac du cimetière, de la jeune femme dont les restes décomposés semblent appartenir à Rachel. Je ne peux pas mentionner l'exhumation, lui raconter ma baignade avec les macchabées, expliquer que c'est dans ce même cimetière que j'ai failli enterrer ma femme il y a deux ans après l'accident. J'enfonce la main dans ma poche et produis le petit sachet en plastique qui contient la bague de Rachel. Elle le saisit sans un mot, puis s'affaisse lentement dans un fauteuil face au mien. Elle reste un long moment sans rien dire.

« Elle est apparue aujourd'hui au cours d'une enquête, dis-je, parvenant finalement à lui faire décoller les yeux de la bague pour les reposer sur moi. Est-ce que vous la reconnaissez ? Appartenait-elle à Rachel ?

– Où l'avez-vous trouvée ? demande-t-elle. Qui l'avait ? »

Je mens :

« Personne ne la portait.

– Mais alors, comment ?

– S'il vous plaît, j'ai besoin de vous poser quelques questions. L'inscription, elle dit *Rachel & David pour toujours.*

– C'est David ? Il vous a donné la bague ?

– Non. Personne ne l'avait. Je l'ai trouvée.

– Où ?

– S'il vous plaît, madame Tyler, pouvez-vous me parler de David ?

– Comment avez-vous su à qui elle appartient ?

– L'inscription », dis-je, mais je m'aperçois soudain de mon erreur.

Je n'aurais vérifié les signalements de disparition que si je croyais que la bague appartenait à une personne morte. Mme Tyler, Dieu merci, ne fait pas le lien.

« David la lui a offerte pour son anniversaire.

– C'est son petit ami ? dis-je, prenant soin de parler au présent.

– J'ai déjà dit tout ce que je sais à la police.

– Mais je ne suis pas la police, ce qui signifie que je peux aborder les choses différemment.

– Vous croyez qu'elle est morte, n'est-ce pas ? »

Je songe aux fleurs sur le siège passager de ma voiture, et je regrette de ne pas être d'abord allé voir ma femme. J'aurais pu lui parler. Lui raconter ma journée. Lui dire combien elle m'avait manqué. J'aurais pu lui tenir la main et tout lui expliquer.

« Je ne sais pas.

– Alors qu'est-ce qui vous fait croire que vous pouvez l'aider ? »

Le fait qu'elle me demande comment je peux aider Rachel, et non elle et son mari, est intéressant. *Intéressant* n'est pas le mot. C'est épouvantable. Cette femme n'espère pas simplement que sa fille est toujours vivante ; elle en est persuadée. Mais sa question a d'autres implications. Elle m'oblige à me demander ce que je peux faire exactement pour Rachel : rien. Pas maintenant. Je ne peux même pas aider les autres qui l'ont suivie.

« J'imagine que Rachel veut qu'autant de monde que possible l'aide. »

Elle acquiesce, puis se met à me parler de sa fille, et je m'aperçois que je pourrais être absolument n'importe qui et qu'elle serait tout aussi heureuse de parler de Rachel. Elle ferait probablement la même chose si j'étais à sa porte en train de lui vendre des encyclopédies ou le bon Dieu. Elle parle pendant près de vingt minutes. Elle me raconte tout ce qu'elle peut sur la vie de Rachel, allant jusqu'à me décrire les journées qui ont précédé sa disparition. Je ne l'interromps pas, je sais ce que ça fait de perdre quelqu'un. Je sais ce que ça fait d'entretenir des espoirs. Les faux espoirs sont cruels, mais peut-être pas aussi cruels que l'absence d'espoir. Il faut l'avoir vécu pour le comprendre.

« Et David ? Que pouvez-vous me dire à son sujet ? » dis-je.

– Je croyais qu'il savait ce qui s'était passé, répond-elle. Pendant les premières semaines j'étais certaine qu'elle était avec lui. Vous voyez, ils habitaient ensemble, mais pas vraiment. Toutes ses affaires étaient ici, elles le sont toujours, mais elle restait des journées sans rentrer à la maison. Après plusieurs jours sans nouvelles, nous avons essayé de la joindre, puis de le joindre lui, mais il a dit qu'il ne l'avait pas vue. J'ai cru qu'il mentait, et qu'il la protégeait de nous à cause d'une chose que nous aurions pu faire. Mais je savais que quelque chose ne tournait pas rond. Je ne sais pas pourquoi, mais je le savais. Alors Michael, mon mari, a appelé la police. Nous avons signalé sa disparition. Nous n'avions pas eu de ses nouvelles depuis près d'une semaine. Ça ne lui ressemblait pas.

– Que s'est-il passé quand les policiers ont parlé à David ?

– Rien. Ils ont dit qu'ils n'avaient aucune raison de croire qu'il mentait. Pourtant, je n'en étais pas convaincue. J'allais chez lui à des heures différentes, mais il n'y avait jamais le moindre signe d'elle. Je frappais à sa porte en pleine nuit. Après un moment j'ai commencé à voir que David était aussi affolé que nous, et je l'ai laissé tranquille. Je ne sais pas s'il croit vraiment que Rachel est toujours en vie. »

Je suggère deux noms. Bruce Alderman et Henry Martins. Elle secoue la tête et me dit qu'elle n'a jamais entendu parler d'eux, puis elle me demande pourquoi. Je lui réponds que je suis tombé sur ces noms mais que je ne sais pas trop quel est le rapport, qu'il est même probable qu'il n'y en ait aucun. Elle me fournit le nom des amis de Rachel, des endroits qu'elle fréquentait, me donne des photos d'elle, des personnes avec qui elle travaillait, l'adresse de David. Elle réfléchit à chaque fois longuement, espérant trouver un lien, espérant que l'un des noms qu'elle mentionnera sera la clé qui lui permettra de récupérer sa fille.

Puis elle me raccompagne jusqu'à la porte. Elle semble réticente à me laisser partir. Je me sens coupable de l'avoir trompée, de lui avoir donné aujourd'hui plus d'espoir qu'elle n'en avait hier, et ma culpabilité se transforme en une sensation de nausée qui fait légèrement vaciller le monde tandis que je regagne ma voiture. La police identifiera Rachel Tyler. Elle viendra ici demain ou après-demain, et elle annoncera à Patricia Tyler que sa fille est morte. Je ne peux pas l'empêcher. Je ne peux pas l'y préparer.

Il est près de 20 heures, et dans moins de vingt minutes il fera nuit, les épais nuages assombrissant le ciel plus tôt que de coutume en cette saison. Les fleurs sur le siège semblent toujours assez fraîches pour continuer de pousser. Je démarre et m'éloigne, une petite voix intérieure me demandant ce que je fabrique, et une autre, plus impérieuse, celle qui me sert chaque jour à justifier mes actes, répondant que je n'en ai aucune idée.

8

La perception est une chose bizarre. Surtout quand il est question de chance. Une personne qui survit à un accident d'avion est considérée comme chanceuse. Mais est-elle chanceuse ou malchanceuse de s'être trouvée à bord de ce vol ? La malchance d'être assis dans un avion condamné annule-t-elle la chance d'avoir survécu ? Je ne comprends pas qu'on puisse avoir de la chance de n'avoir perdu qu'un bras.

Ma femme a eu de la chance. C'est ce qu'on dit. À un centimètre ou une seconde près, tout aurait été différent. Je me serais retrouvé à devoir l'enterrer, et les fleurs que j'achète constamment auraient été pour sa tombe. Centimètre. Seconde. Chance. Une chance pour elle. Une chance pour tout le monde. Ça n'a aucun sens. Elle n'a pas eu de chance. Absolument pas. Elle n'a pas eu de chance quand la voiture lui a foncé dessus ; pas de chance quand sa tête a heurté le trottoir à quarante kilomètres-heure au lieu de cinquante. Pas de chance quand ses jambes ont été fracassées, ses côtes, brisées. De la chance d'avoir survécu, certes, mais pas de chance tout de même.

Le centre de soins est situé en dehors de la ville, là où naît la banlieue et où s'estompe le bruit du centre. Il couvre cinq hectares de terrain, avec des parcs si pittoresques qu'on pourrait y organiser des mariages. Les bâtiments ont quarante ans, de la brique grise illuminée ici et là par des appuis de fenêtre en chêne vernis – une combinaison de mauvaises idées, ou peut-être de bonnes idées qui n'ont pas fonctionné. L'allée est longue et ombragée par de gigantesques arbres qui fleurissent en été et ressemblent à des squelettes en hiver. Je me gare devant le bureau principal et tente pendant quelques secondes de m'imaginer que ce monde n'est pas devenu fou.

Les portes d'entrée en chêne sont lourdes, comme pour empêcher les faibles de partir, ou inciter les visiteurs éplorés à rebrousser chemin. L'infirmière derrière le guichet de réception me sourit. Ses cheveux roux sont assortis au coucher de soleil sur le tableau derrière elle.

« Bonjour, Theo. Qu'avez-vous fait avec le temps ? »

Je feins un sourire, le genre de sourire auquel toute personne sociable a recours quand la météo devient soudain le sujet de conversation.

« Demain j'apporte le soleil. Dieu a une dette envers moi. »

Elle acquiesce, peut-être pour convenir que oui, Il a une dette envers moi.

« Vous m'avez apporté des fleurs cette fois ? » demande-t-elle, comme elle le fait à chaque fois.

Les infirmières et les médecins sont toujours gentils, toujours amicaux, toujours professionnels, leurs questions et leurs plaisanteries sont toujours des clichés. Mais le contraire est impensable. S'ils vous disaient la vérité quand vous leur demandez comment s'est passée leur journée, vous ne reviendriez jamais.

« La prochaine fois, dis-je, comme à chaque fois. Comment va-t-elle ?

– Elle va bien, Theo. Mais et vous ? C'est vous que j'ai vu aux informations ?

– Oui, ça a été une de ces journées de dingue. »

Un résumé plutôt exact, me semble-t-il.

Elle acquiesce.

« Chaque jour dans cette ville nous montre un peu plus que les choses n'ont plus aucun sens.

– Parfois je pense que Christchurch est une ville brisée, dis-je, et que personne ne la réparera jamais. »

Je longe le couloir, passant devant des sièges vides, des portes fermées et un poste de garde qui a l'air désert mais ne l'est probablement pas. Tout l'étage est recouvert d'un lino vert moucheté, le genre de revêtement sur lequel le sang et le vomi et la merde sont faciles à nettoyer et qui durera deux cents ans. C'est une journée froide, mais ici il fait bon. Il y fait toujours bon, et c'est normal. Certains patients ne savent pas comment se plaindre, et d'autres qui savent comment le faire n'en ont tout simplement plus la faculté. Il y a d'autres tableaux représentant des plans d'eau et des couchers de soleil, des scènes paisibles peut-être censées calmer les résidents des lieux avant leur passage dans l'autre monde. Il y a des pots pleins de plantes artificielles. Et des décorations pour apaiser les visiteurs sur le point de craquer.

Je gravis une volée de marches et m'arrête au milieu d'un nouveau couloir au niveau de la chambre de Bridget. La porte est ouverte. Elle est assise près de la fenêtre, regardant la bruine et les arbres et l'absence de beau temps que les infirmières évoquent chaque fois que j'arrive. Tout cela semble l'intéresser. Je ne sais pas si elle m'entend entrer. Je ferme la porte derrière moi. Elle continue de regarder fixement dehors.

« Salut, chérie, tu m'as manqué », dis-je, mais elle ne me répond pas.

Je tire du vase les fleurs d'hier et les remplace par celles d'aujourd'hui. Elle ne remarque rien. Elle ne remarque pas que j'arrange le bouquet pour qu'il soit plus joli. Je m'assieds sur la chaise près de la sienne et saisis sa main. Elle est chaude. Sa main est toujours chaude, quelle que soit la température. J'en suis heureux, ça m'aide à me rappeler que ma femme est toujours vivante.

Elle cligne occasionnellement des yeux tandis que je lui raconte ma journée. Il n'y a aucune expression sur son visage lorsque je passe une brosse dans ses cheveux, les peignant encore et encore, attendant un signe de reconnaissance qui ne vient pas.

Elle ne rit pas quand je lui raconte que je suis tombé dans l'eau. Ne me reproche pas de ne pas avoir dit à Patricia Tyler que sa fille est morte depuis qu'elle a disparu. D'autres bruits, les pas traînants de patients, des grincements de roulettes, résonnent dans le centre de soins que j'ai, ces dernières années, secrètement surnommé le « Havre de Mort ». Je ne sais pas pourquoi ce nom m'est venu. Je ne sais pas si l'appeler ainsi me rend le lieu plus ou moins intime. Chaque jour j'ai cette idée romantique que Bridget lèvera les yeux vers moi et me sourira à mon arrivée. Chaque jour. Mais elle ne le fait jamais. Je me raccroche à cet espoir, je m'y suis sentimentalement attaché, de la même manière que Mme Tyler s'est attachée à l'idée que sa fille a fait une fugue, qu'elle mène une vie idéale dans une ville idéale et est si parfaitement heureuse qu'elle n'a pas trouvé le temps de téléphoner.

Je continue de parler jusqu'à avoir mal à la gorge et être à court de paroles. Bridget est pendant tout ce temps restée dans son état catatonique, heureuse dans son monde, ou peut-être triste ; j'aimerais avoir le moyen de savoir. La fenêtre et les arbres dehors la fascinent toujours autant après deux ans. Je me sens épuisé, comme à chaque fois que je me purge des événements de la journée. Le silence dans la chambre est paisible, et à ces moments de calme je songe souvent que ce serait mieux si j'étais moi aussi catatonique, sans conscience ni sentiments, tenant compagnie à Bridget. Je continue de lui tenir la main pendant quelques minutes, puis je me lève, soulevant légèrement sa main. Elle me suit et marche vers le lit. Ses gestes sont involontaires, son corps agissant par pur automatisme. Elle peut aller du lit à la chaise, et vice-versa. Parfois le personnel la retrouvera plantée dans le couloir, immobile, et à deux reprises elle est descendue dans le hall. Portez un verre à ses lèvres et elle boira. Une fourchette à sa bouche et elle mangera. Mais elle est incapable de se débrouiller seule, de parler, de vous regarder avec une expression qui suggère qu'elle sait que vous êtes là. Tout est à mille lieues d'elle, et ses yeux sont fixés sur ce point au loin, cherchant continuellement, mais ne trouvant jamais.

Elle s'allonge. J'embrasse le côté de son visage froid – ses mains sont toujours chaudes, ses joues, toujours froides – puis quitte lentement sa chambre. Je ne me retourne pas. Je ne le fais jamais, pas ces derniers temps. Je la verrai demain. Et après-demain. Et le jour suivant.

Patricia Tyler n'est pas la seule personne dans cette ville à attendre.

Dehors, l'air froid est comme de la soie sur mon visage. Je me tiens près de ma voiture pendant presque cinq minutes complètes. Je reste là sans rien faire tandis que la pluie imprègne ma veste. Je ne sais même pas avec certitude si je pense à ma femme, aux filles mortes ou à la malchance et aux mauvais augures, puis je trouve finalement la force de partir.

9

Je rallume mon téléphone portable et attends qu'il se mette à sonner, mais il reste silencieux. Ça pourrait signifier que des gens sont en train de se faire tuer ailleurs en ville et que les journalistes qui affluent sur les lieux m'ont oublié. Ou bien que la police sait qui a balancé les corps dans l'eau et n'éprouve pas le besoin de m'informer. Ou encore que Tracey n'a pas remarqué la bague manquante au doigt de la fille morte et que je navigue en eaux calmes. Ou alors rien de tout ça. Peut-être que la réception est simplement mauvaise. Ou que le séjour dans la flotte a finalement bousillé les composants de mon téléphone.

Je passe les vitesses et évite les autres voitures sans réfléchir, et ce n'est qu'après un moment que je m'aperçois que je ne retourne pas chez moi, ni même à mon bureau, mais que j'ai repris la route du cimetière où ma journée est soudain devenue intéressante. Où il y a la mort, il y a de la vie – du moins pour le moment. Des voitures de police sont éparpillées un peu partout, mais surtout autour du lac. Je les ignore et me dirige vers l'autre côté du cimetière, où les morts reposent toujours en paix.

Je marche dans le noir sans avoir besoin d'une lampe torche. C'est un trajet que je pourrais aisément parcourir les yeux fermés. L'herbe est humide et le bas de mon pantalon et mes chaussures ne tardent pas à être trempés.

Ça fait deux mois que je ne me suis pas recueilli sur la tombe de ma fille. Après son enterrement, je m'étais promis de ne jamais revenir. Voir la pierre tombale lisse avec la plaque de cuivre sur laquelle sont gravés son nom et ses dates de naissance et de décès est trop douloureux. Mais ça fait encore plus mal de ne pas venir. D'après les médecins, Bridget ne sait pas qu'Emily est morte, ni même qu'elle a jamais existé. J'espère qu'ils disent vrai – même si je ne suis pas certain de ce que ça dit de moi. Emily n'a pas eu la chance de devenir catatonique, elle a eu la malchance d'être tuée : elle avait deux fois plus d'os brisés que ma femme ; elle a heurté le trottoir tout aussi violemment, tout aussi maladroitement, et elle est morte sur le coup. Vraiment pas de chance.

Les larmes ne me viennent plus autant ces temps-ci. La douleur fait désormais partie de moi. M'en débarrasser serait comme perdre un membre.

Les fleurs sur la tombe ont fané. Le cercueil sous la terre est de la taille d'un enfant, et le simple fait qu'il existe un marché pour des cercueils de cette taille prouve que ce monde est déglingué – et pendant un bref moment je songe à l'état dans lequel est ce cercueil, me demandant s'il est aussi enfoncé et abîmé que celui qui a été déterré plus tôt dans la journée ou si sa petite taille l'a aidé à supporter le poids de la terre. Puis je me demande si ma fille est toujours dedans.

Je ne prends pas la peine de raconter ma journée à Emily car elle ne m'entend pas. Emily est morte, et aucune des idées romantiques que j'ai au Havre de Mort ne parviennent jusqu'ici.

Je marche vers le lac et m'arrête à proximité du cordon tendu par la police. Avec la recrudescence de la criminalité à Christchurch j'imagine que les gens qui fabriquent ce cordon doivent ajouter chaque année un kilomètre au rouleau. Une bonne année pour eux, c'est une sale année pour nous autres. La scène ressemble à un site de fouilles archéologiques. Il y a plus de grues et de camions qu'avant. Des rais de lumière brillent tout autour des tentes comme si un spectacle se déroulait à l'intérieur – sauf qu'ici les acteurs sont des hommes et des femmes en combinaisons de diverses couleurs qui vont et viennent, cataloguant les différents types d'échantillons qui accompagnent la mort. Il y a un amas de terre près de l'endroit où un autre cercueil a été exhumé. Je remercie Dieu qu'Emily soit enterrée loin de cette scène; après quoi je Le maudis de m'avoir forcé à l'enterrer. Puis je songe à l'ironie de cette réflexion, puisque je sais qu'il ne peut pas y avoir de Dieu – ou, s'il y en a un, qu'Il a depuis longtemps abandonné cette ville.

Je m'apprête à passer sous le cordon quand un agent qui n'était pas là auparavant s'approche de moi et m'informe que je ne peux pas aller plus loin.

« Je veux juste savoir comment les choses avancent », dis-je.

L'agent me toise avec des yeux de pierre, et il me conseille de lire les journaux demain. J'ai envie de lui en coller une.

« Est-ce que quelqu'un a parlé au gardien ?

– Écoutez, mon vieux, ceci ne vous regarde pas.

– Je suis venu voir ma fille, dis-je, m'apprêtant à jouer la carte de la compassion. Sa tombe est ici. »

Il plisse les yeux et paraît sur le point de me rétorquer que le fait que ma fille soit morte ne me donne pas le droit d'aller partout où ça me chante, mais il semble lentement s'apercevoir que s'il dit ça, il le regrettera.

« Désolé, mon vieux, mais vous avez choisi un mauvais moment pour venir ici.

– Oui, et elle, elle a choisi un mauvais moment pour mourir. »

Il ne sait pas quoi dire, alors il ne dit rien, supposant que ça vaut mieux, et je suppose qu'il fait bien. Je reste derrière le cordon, tentant d'accrocher le regard de quelqu'un qui accepterait de me parler, mais tout le monde est trop occupé. L'agent continue de me toiser comme si j'étais un voleur à l'étalage. Je sens ses yeux dans mon dos tandis que je retourne vers ma voiture. Il se demande probablement ce que je suis venu foutre ici.

Le cimetière est comme un terrain de golf, divisé en de nombreuses sections par des haies, des arbres et des buissons. Une allée principale le traverse et des allées secondaires desservent chacune de ces différentes zones. L'une des plus importantes mène à l'église catholique, qui se dresse sur la gauche du cimetière, à une quarantaine de mètres de la rue. Une ceinture d'arbres disposés en fer à cheval l'entoure partiellement, si bien qu'elle est invisible depuis le lac, ainsi que depuis d'autres parties du cimetière. C'est dans cette église que s'est déroulée la cérémonie pour ma fille, et c'est aussi là que j'ai plus récemment présenté au prêtre le permis d'exhumation d'Henry Martins.

Je me gare aussi près que possible des énormes portes en chêne qui permettraient à un géant de conte de fées d'entrer et gravis les marches de pierre. La porte de droite s'ouvre aisément et sans bruit. À l'intérieur la température semble chuter d'un degré supplémentaire à chaque pas que je fais. L'essentiel de l'éclairage provient de cierges, avec quelques lumières en hauteur qui illuminent faiblement la chapelle. Il y a une douzaine de bancs, tous vides, sauf celui situé à l'avant, où un homme regarde droit devant lui, perdu dans ses pensées – soit il n'a pas conscience de ma présence, soit il s'en fout.

Je longe l'allée, tapotant du bout des doigts le dossier des bancs au passage. À droite et à gauche se trouvent des tapisseries, des vitraux et des tableaux qui tous représentent Jésus. Il doit y avoir quelque part dans le coin une boutique de souvenirs où l'on vend des tasses à café ornées d'un jésus tout souriant. Au bout de l'église, derrière l'autel, se trouve un large crucifix orné d'un jésus taillé dans du bois. Jésus semble se foutre du fait qu'il est accroché légèrement de travers, et aussi de toute cette publicité faite en son nom.

Avant que j'atteigne le bout de l'allée une latte de plancher craque sous mes pieds, et le prêtre se retourne soudain. Il se lève du banc et me sourit, mais après quelques secondes son sourire s'estompe, et je comprends qu'il peine à garder son sang-froid sous la pression non seulement de ce jour, mais de chaque jour. Les prêtres ne voient pas la même violence que les flics, mais vous pouvez être sûr qu'ils en entendent parler – et pire encore.

Ils sont ceux qui essaient de ramasser les morceaux des familles brisées suite à la perte d'un être cher.

Le père Stewart Julian, un homme proche de la soixantaine qui officie ici depuis des lustres, me tend sa main. Il tient dans son autre main un carnet sur lequel il n'a pas écrit un mot, un journal plié est posé sur le banc à côté de l'endroit où il était assis. Son visage doux, ses cheveux gris et ses sourcils noirs lui confèrent une expression bienveillante, mais en ce moment il semble surtout fatigué. Pourtant, je suppose qu'en son temps, s'il n'avait pas choisi la prêtrise, le père Julian aurait été un bourreau des cœurs.

« Horrible journée, Theo, dit-il, secouant la tête pour accentuer ses paroles. Vraiment horrible. » Sa voix est basse et agréable à écouter. « Elle a été longue et il est déjà tard. Vous n'imaginez pas le nombre d'heures que j'ai passées à parler à la police. Ou aux parents des personnes enterrées ici. Ils n'arrêtent pas d'appeler, Theo, craignant que la tombe de leur mère, de leur père, de leur fils ou de leur fille soit profanée. Les appels ont fini par cesser il y a une heure, et je cherche depuis un peu de distraction. » Il agite légèrement son carnet. « Avez-vous vu ça ? demande-t-il, et il saisit le journal.

– Vu quoi ? »

Je suis certain que la distraction était à mille lieues d'ici, car c'est là que le père Julian regardait avant de m'entendre.

« Ceci, dit-il, désignant du doigt un article.

– Oui, je l'ai vu. »

Il s'agit d'un article sur la campagne publicitaire de la société McClintoch Spring Water. Des affiches ont été placardées à travers tout le pays et des espaces publicitaires ont été achetés dans les journaux. La publicité demande « Que boirait Jésus ? » et montre ce dernier transformant du vin en eau dans des bouteilles portant des étiquettes au nom de McClintoch Spring Water.

« Je ne comprends pas, fait-il, secouant de nouveau la tête.

– Les temps changent, dis-je, espérant que ma réponse sera appropriée dans ce cas. Mon père, j'espérais que vous pourriez m'aider.

– L'aide que je vous ai déjà accordée, Theo, m'a valu une très longue journée.

– Vous auriez préféré laisser les choses telles qu'elles étaient ?

– Eh bien, non, bien sûr que non. Mais je crois que vous devriez me prévenir à l'avance avant de me demander de l'aide pour que je puisse prévoir quelques vacances ensuite. »

Nous sommes assis l'un en face de l'autre, dans des positions similaires, les coudes posés sur le dossier du banc. Les bancs sont en bois brut, un peu usés aux entournures, mais ils ont résisté au temps comme seuls le font les éléments de mobilier fabriqués par des mains expertes il y a soixante ou soixante-dix ans. Le jésus de bois nous observe, des clous de bois transperçant ses mains de bois. Lui aussi résiste bien.

« Ç'a été une foutue journée pour moi, reprend-il. Pour nous tous. Parfois je me demande... »

Il n'achève pas sa phrase, la laisse juste en suspens, et je suppose qu'il se demande beaucoup de choses, ce que je peux comprendre. Nous nous posons tous beaucoup de questions. La principale pour lui étant probablement de savoir où Dieu a sa place dans tout ça.

« Vous commencez à envisager la retraite ? »

Son sourire revient l'espace de quelques secondes, dessinant quelques rides autour de ses yeux, mais il pousse alors un soupir.

« Non, non, pas encore. Si j'ai l'air plus vieux que d'habitude, c'est à cause de cette journée. Elle a été longue.

– Pour nous tous, mon père. Que pouvez-vous me dire au sujet du gardien qui m'a aidé cet après-midi ?

– Bruce ? Bruce Alderman ? Pourquoi me demandez-vous ça ?

– Je veux lui parler.

– Ah », fait-il, et il secoue lentement la tête. Il semble soudain moins fatigué que triste. « Vous le croyez responsable. Eh bien, je ne peux pas vous en dire plus que ce que j'ai déjà dit aux policiers.

– Et que leur avez-vous dit ?

– Que Bruce est un homme bon, et que ce type de dépravation, eh bien... il en est tout simplement incapable. »

J'ai appris par expérience que la dépravation épargne beaucoup moins de gens qu'on ne le pense, et je suis certain que le père Julian le sait.

Je change de position sur le banc. Une fabrication solide n'est pas nécessairement synonyme de confort.

« Leur avez-vous dit où ils pouvaient trouver Bruce ?

– Je n'en ai aucune idée.

– La culpabilité fait fuir les hommes, mon père.

– Et la peur aussi. Personne n'aimerait voir ce qu'il a vu.

– Mais la peur ne pousse pas à voler une camionnette et à aller se cacher.

– J'aimerais pouvoir vous demander de me croire, Theo. Je peux vous le garantir, Bruce n'est pas un mauvais bougre. Et il ne pouvait pas deviner que ces pauvres gens allaient faire surface dans le lac.

– Il savait ce que nous déterrions.

– Bien sûr. Vous aviez un permis d'exhumation.

– Avez-vous jamais entendu parler d'une jeune fille nommée Rachel Tyler ?

– Elle a disparu il y a deux ans, répond-il après quelques secondes de réflexion.

– Son cadavre a été découvert dans le cercueil d'Henry Martins. »

Une expression horrifiée s'empare de ses traits, et il n'a pas l'air à l'aise. De fait, il semble carrément malade. Il tend la main et agrippe le dossier du banc, comme pour se retenir de basculer et de tomber dans l'abîme qui s'ouvre sous lui.

« Elle a été assassinée. Et coupable ou non, votre gardien sait certainement quelque chose. Je vous en prie, mon père, vous devez m'aider. »

Il lâche le banc, se passe la paume sur la joue, puis il lève les deux mains en l'air comme pour me repousser.

« Je... j'aimerais pouvoir vous aider, mais je ne peux rien dire.

– Aimeriez-vous que je vous apporte une photo de Rachel ? Que je vous montre ce qu'on lui a fait ? »

L'église semble plus froide à mesure que son horreur vire au dégoût, presque à la colère, et je sens mon estomac qui se noue.

« Ce genre de stratagème ne vous va pas, Theo. Si je pouvais vous aider, je le ferais, comme je vous ai aidé il y a deux ans quand vous étiez perdu.

– Rachel n'a personne pour parler en son nom. Je dois faire tout ce que je peux.

– Elle a Dieu.

– Dieu l'a abandonnée.

– Vous devez avoir la foi, Theo.

– La foi abandonne tout le monde.

– Les gens s'abandonnent tout seuls. »

Je voudrais discuter, mais il n'est pas un argument qu'un prêtre n'ait déjà entendu et auquel il ne se soit préparé. Leurs réponses n'ont peut-être aucun sens, mais elles constituent une doctrine, destinée à être répétée encore et encore, comme si cette répétition était un argument en soi. Je pourrais sortir une photo de mon portefeuille et lui montrer ma femme et ma fille, mais bien entendu le père Julian se souvient d'elles. Je pourrais lui demander où Dieu était pendant leur accident, mais le père Julian aurait une de ces réponses dogmatiques dont se servent les personnes qui aiment et craignent Dieu – plus que probablement le sempiternel « Les voies du Seigneur sont impénétrables », cette phrase qui me donne envie de hurler chaque fois que je l'entends.

« Vous avez raison, mais rien de tout ça ne va m'aider à retrouver votre gardien. Il nous a vus déterrer quelque chose qui l'a fait fuir.

– Je continue de trouver cela difficile à croire », répond le père Julian. Mais l'expression sur son visage me convainc qu'il ne trouve pas cela difficile du tout. « Malheureusement, Theo, comme je n'ai de cesse de vous le dire, je ne sais pas où il est.

– Commencez par me dire où il habite.

– Les policiers y sont déjà allés et, pour être honnête, je ne suis pas sûr de pouvoir vous communiquer cette information. Vous ne faites plus partie de la police. Ce n'est pas votre enquête.

– Faux, c'est *devenu* mon enquête. Il y a deux ans j'avais une raison d'exhumer Henry Martins et je ne l'ai pas fait. Ce qui signifie…

– Je sais ce que ça signifie. Vous croyez que s'il y a d'autres victimes, vous auriez pu les sauver. Peut-être est-ce vrai.

– C'est vrai, dis-je, un peu stupéfait de voir à quelle vitesse il est parvenu à cette conclusion.

– Il y a deux ans, répète-t-il. Exactement deux ans ?

– À peu près.

– Alors vous ne pouvez pas vous en vouloir, dit-il, mais ses yeux semblent trahir ses véritables sentiments. L'accident… il s'est produit il y a deux ans, exact ? Était-ce à la même période ?

– J'aurais quand même dû en faire plus. Mais j'ai perdu l'essentiel de vue.

– Vous avez perdu votre famille, corrige-t-il. Et vous avez perdu le contrôle. Vous n'y êtes pour rien, Theo.

– Il va y avoir d'autres cadavres dans des cercueils, mon père. Trois. Je le sens. Je ne peux pas réparer ça, mais je ne peux pas non plus le laisser passer. »

Il baisse les yeux vers le sol, en proie à une lutte intérieure. Quand il les relève il semble avoir vieilli de plusieurs années. Il croit que cette journée a été dure pour lui, mais si je le conduisais chez Rachel Tyler demain pour rencontrer ses parents il se rendrait compte qu'elle a été tranquille par rapport à la leur.

« Je suppose que vous pourriez parler à son père. Il pourra peut-être vous donner plus d'informations. »

Je repense à l'article sur Sidney Alderman que j'ai lu avant de quitter mon bureau pour me rendre à la morgue. La retraite du paternel l'année dernière a été évoquée dans la presse, mais ce n'était pas vraiment une nouvelle, c'était juste une histoire à dimension humaine susceptible d'intéresser les gens qui connaissaient Alderman, et personne d'autre.

« Est-ce qu'il habite près d'ici ?

– Plus près que vous ne l'imaginez, répond-il. Mais promettez-moi d'être prudent. Promettez-moi que vous recherchez Bruce pour le questionner, et non pour le punir.

– Le punir ? fais-je avec un haussement d'épaules. Je ne vous suis pas. »

Le père Julian pousse un nouveau soupir, puis il secoue lentement la tête.

« Ne vous substituez pas à la justice, Theo. La vengeance appartient à Dieu, pas à vous, vous le savez. »

Il me suit jusqu'aux portes de l'église et m'indique le chemin de la maison d'Alderman. Je le remercie et il me souhaite une bonne soirée, avant de me conseiller une fois de plus la prudence. Je lui réponds que je suis toujours prudent.

Il me serre la main avant de partir, et lorsqu'il l'ôte je vois qu'il tremble. Puis il disparaît entre les portes. La journée de travail de Dieu n'est toujours pas finie.

10

La pluie a cessé. Pour le moment. Et la nuit s'est installée. Je suis assis dans la voiture avec le chauffage allumé, tentant de rassembler mes pensées, me demandant pourquoi je suis là à rechercher Bruce le gardien de cimetière quand je devrais être chez moi à m'enfiler une pizza avec Jim le Bourbon. Je n'en sais rien, peut-être que ma vie n'est pas assez intéressante et que je n'ai pas envie de me saouler chez moi devant des rediffusions de mauvaises comédies et de mauvaises nouvelles qui se produisent chaque jour. C'est ça le problème avec les informations. Les victimes ont des noms différents, les présentateurs sont habillés différemment, mais les histoires sont toujours les mêmes. Alors nous sommes quelques-uns à frapper du poing et à dire que ça suffit ; nous essayons de changer les choses. Mais quand j'étais flic, dès que nous arrêtions un tueur, un nouveau apparaissait.

C'était comme dans *Fantasia*, quand Mickey l'apprenti sorcier coupait des balais diaboliques en deux et que chaque moitié redevenait un balai à part entière et poursuivait ses activités diaboliques.

De la condensation apparaît sur le pare-brise et je redirige le chauffage pour m'en débarrasser. Mon reflet, qui apparaît lentement sur le verre qui se réchauffe, est vert pâle à cause des lumières du tableau de bord. Je fais un petit détour en repartant, reprenant la direction de la scène de crime qui était auparavant un lac paisible au milieu d'un cimetière paisible. Les machines s'activent – je les vois et les entends – et je me demande quelle fille malchanceuse est en train d'être exhumée par une gigantesque griffe d'acier.

L'allée principale s'éloigne des machines, du lac, de ma fille, et s'enfonce dans l'obscurité, parmi les arbres, parmi les tombes de plus en plus rares, avant de rejoindre la route. Après quoi je mets trente secondes à atteindre la maison d'Alderman, principalement en longeant la haie du cimetière. Il n'y a que quelques maisons alentour. L'une d'elles est vieille et semble sur le point de s'effondrer; une autre a l'air flambant neuve, comme si elle avait été construite hier. Je suppose que les maisons de ce quartier sont, comme dans de nombreux autres, lentement remplacées. Le neuf qui remplace l'ancien. Le neuf qui vieillit lentement. Puis qui devient si ancien qu'il est condamné à son tour. Difficile d'imaginer au moment où une maison est construite que c'est le sort qui l'attend. Mais je suppose qu'il en va de même avec les personnes. C'est le cycle de la vie.

Je m'efforce de lire les numéros sur les boîtes à lettres et finis par me garer devant une allée que j'emprunte à pied, la lueur trouble des réverbères révélant à chaque pas de nouveaux détails de la maison. Des planches tordues et des dalles de béton effritées, des fenêtres couvertes de crasse ou fêlées, des rebords de fenêtre inégaux. Les fondations et les marches qui mènent à la porte d'entrée sont mouchetées de moisissure verte, et c'est la première fois que je prends conscience que le béton lui aussi pourrit. Il n'y a pas de lumière à l'intérieur. Si une maison pouvait sembler atteinte d'un cancer en phase terminale, ce serait celle-ci.

Lorsque je frappe à la porte, la maison grince et je crains soudain qu'elle ne s'effondre. Quelqu'un à l'intérieur me hurle de m'en aller. Je continue de frapper du poing, histoire de faire autant de boucan que possible. Trente secondes s'écoulent. Puis une minute.

« Bon Dieu, qu'est-ce que vous voulez ? » demande une voix tandis que je continue de cogner.

La journée a été longue et je ne suis pas d'humeur pour une altercation, alors au lieu de lui dire d'ouvrir la foutue porte avant que je la défonce, je sors une carte de visite, m'identifie et annonce que j'ai quelques questions.

« On m'en a posé toute la journée, réplique l'homme. Les gens ne viennent frapper à ma porte que quand ils veulent quelque chose. J'en ai ma claque des gens qui veulent quelque chose. Et moi, qui se soucie de ce que je veux, hein ? Je veux qu'on me foute la paix. Bon Dieu, ça se voit pas que je veux qu'on me fiche la paix ? Vous avez reçu une invitation ?

– Ça ne sera pas long.

– Non.

– C'est vraiment dommage, parce qu'il fait un froid de canard. Je vais devoir me réchauffer, et le meilleur moyen de le faire, c'est de continuer à cogner sur votre porte. »

La porte frémit légèrement, puis elle se libère du montant et s'ouvre.

L'homme qui me fait face est celui dont j'ai vu la photo plus tôt dans la soirée accompagnant l'article sur le gardien de cimetière en retraite. Je tends ma carte à Sidney Alderman, mais il ne la saisit pas.

« Je sais qui vous êtes, dit-il. Vous êtes ce flic qui a dû enterrer sa fille. »

Il crache ça comme si c'était une insulte, et je ne sais pas trop comment réagir. Le fait que cet homme se souvienne de moi me donne le frisson. Il y a deux ans, il a recouvert de terre le cercueil d'Emily. Comment se fait-il qu'il s'en souvienne ? La façon dont il prononce ces paroles me donne envie de le frapper.

Il se fend d'un grand sourire, son visage vieilli se creusant de douzaines de rides dans des douzaines de direction. Il a une barbe grise de quelques jours ; ses cheveux sont en désordre, de même que ses vêtements. On dirait qu'il vient de passer une semaine dans le désert. Si je l'ai vu il y a deux ans, je ne m'en souviens pas. Ses yeux sont insondables dans la lumière faible.

Il empeste la bière pas chère et la vodka moins chère encore, et il flotte un autre relent, quelque chose que je ne parviens pas à identifier mais qui m'évoque les vieillards qui traînent dans les hôpitaux et les centres de soins et collectionnent les vieilles maladies.

« Je cherche votre fils, dis-je.

– Mais vous n'êtes plus flic, n'est-ce pas, Tate ?

– Pas besoin d'être flic pour chercher quelqu'un. C'est pour ça qu'il y a des annuaires.

– Alors servez-vous de vos foutus doigts », dit-il, et il commence à refermer la porte.

Je la bloque du pied.

« Qu'est-ce qui s'est passé ? demande-t-il. Vous en aviez marre de bouffer des donuts ? » Il éclate de rire, puis se gratte le ventre comme s'il venait de lancer la vanne de l'année. « Non, ils vous ont viré, pas vrai ? Pourquoi ils ont fait ça encore ? »

Il continue de me faire son grand sourire. Ses dents ont l'air de ne pas avoir vu de fluor depuis des années.

« C'est une sacrément jolie maison que vous avez là », dis-je. Et merde, peut-être que la journée n'a pas encore été assez longue après tout, parce que l'altercation approche à grands pas. « Vous êtes en plein dans les rénovations ?

– Oui. C'est un vrai putain de palais », répond-il, lâchant un éclat de rire dénué d'humour. On dirait qu'il essaie d'imiter un rire qu'il aurait entendu à la télé ou à la radio. « Quelqu'un est mort, pas vrai ? C'est pour ça qu'ils vous ont viré ?

– Où est votre fils ?

– Personne ne le sait. Les flics ont été ici tout l'après-midi, d'accord ? Ils ont fouillé la baraque et m'ont posé les mêmes foutues questions encore et encore, et ma réponse n'a pas changé pour eux et elle ne changera pas pour vous.

– Votre fils est coupable de quelque chose. Les choses seront plus simples pour lui s'il collabore. Dites-moi où il est et je pourrai l'aider.

– Vous êtes un putain de rigolo », lance-t-il, ricanant quelques secondes puis souriant comme le cinglé qu'il s'avère être.

Ça me rend malade de me dire que c'est cet homme qui a recouvert de terre le cercueil de ma fille. Malade qu'il ait pu s'approcher d'elle.

« Vous ne pourrez pas le cacher éternellement.

– Vous avez fini ? »

Je songe à Bruce Alderman et à la manière dont il se comportait pendant que nous exhumions le cercueil, et je le revois prenant la fuite dans la camionnette volée pendant que le cercueil glissait à l'arrière et heurtait le sol. Je songe au comportement qu'il a dû avoir toute sa vie. Cet homme était son modèle. Peut-être le monde devrait-il être reconnaissant qu'il n'y ait eu que quatre cadavres dans le lac et pas cent.

« Vous savez, je vais le trouver, dis-je, seulement maintenant ça va être à la dure.

– J'ai aucune envie de vous faciliter la vie.

– Ce n'est pas pour moi que ça va être dur. Vous auriez dû me dire où il est, Alderman. »

Au lieu de se mettre en colère, Alderman se remet à rire.

« Vous êtes rien qu'un putain de rigolo, dit-il. Et en plus, vous n'avez aucune autorité ici. » Il se ressaisit immédiatement, comme si son rire était aussi faux que la compassion qu'il a affichée pendant ses années passées à creuser et à remplir des trous. « Ils l'ont jamais retrouvé, pas vrai ?

– Qui ?

– Vous savez de qui je parle. »

Je renfonce la carte de visite dans ma poche. Je suis content qu'il ne l'ait pas prise. Je ne veux pas que ce type touche à ma carte ; je n'aime pas l'idée que mon nom puisse être imprimé où que ce soit dans cette maison damnée – pire, je n'aime pas l'idée de ses doigts effleurant les miens.

« Je vais trouver votre fils.

– Vous croyez ?

– J'en suis sûr. »

Il hausse les épaules, comme s'il s'en foutait. Peut-être que c'est le cas. Peut-être qu'il s'en contrefout, et que ça a toujours été le problème de son fils. Je vois déjà Bruce Alderman déclaré non coupable après avoir plaidé la folie. Avec un père pareil, il n'est pas un jury au monde qui resterait indifférent.

« Ç'a été un plaisir », dis-je, et je m'écarte de la porte, sans le lâcher des yeux.

Il me fixe comme s'il cherchait à élucider quelque grand mystère. Mais le seul mystère ici, c'est comment une personne aussi asociale a pu travailler aussi longtemps au cimetière. Il referme la porte.

J'ai honte de moi, je suis furieux après lui. Je suis venu ici pour questionner ce connard et la seule chose que j'ai réussi à faire, c'est le laisser me provoquer. Et je ne peux passer ma colère ni sur lui ni sur moi.

Je regagne le trottoir, déverrouille la voiture et ouvre la portière. Et c'est alors que ça se produit. Je le sens immédiatement. La chair de poule me recouvre les bras et la nuque, et je songe tout d'abord que c'est la sensation qu'éprouverait n'importe qui après avoir quitté cette maison ; mais quelque chose me touche alors le dos. Et je sais que c'est un pistolet, même si c'est la première fois qu'on me colle un pistolet dans le dos.

« D-d-doucement, dit une voix, avancez d-dou-ce-ment.

– Où ?

– Côté c-conducteur. Montez. »

J'obéis, tentant de conserver mon calme tandis que Bruce Alderman grimpe sur la banquette derrière moi.

11

Trop d'entraînement et pas assez d'expérience. C'est mon problème. En plus, mon entraînement n'a jamais rien couvert de tel. C'était une formation plus générale, des conseils de bon sens. Si vous êtes braqué à bout portant, restez calme. Essayez de négocier. Le genre de choses que j'aurais pu deviner par moi-même sans avoir à les apprendre.

« N-n-ne faites rien », dit Bruce.

Alors je ne fais rien. Je ne cherche pas à saisir le pistolet. Je n'essaie pas d'ouvrir la portière et de m'enfuir. Je ne fais rien de tout ça car ça ne servirait à rien, à part à me faire descendre.

À la place, je change lentement de position de sorte à pouvoir tourner la tête et lui faire face. Le pistolet semble énorme, mais simplement à cause de mon angle de vision et parce que ce n'est pas moi qui le tiens. Il y a deux mains autour de la crosse. Elles tremblent toutes les deux. Un doigt est enroulé autour de la détente.

Ça me demande un effort de fixer le canon, mais je ne le quitte pas des yeux. Si Bruce Alderman voulait ma mort, il m'aurait déjà buté, or j'ai le sentiment que si je quitte le canon des yeux je vais mourir.

« Que voulez-vous ?

– Je n-n-ne sais pas », bégaie-t-il, et sa réponse me pose problème.

S'il ne sait pas, ça signifie qu'il n'a pas de plan, ce qui le rend beaucoup plus dangereux, et ça signifie qu'il n'exclut pas de me descendre. Peut-être est-ce ce qu'il finira par faire.

Ses mains continuent de trembler, le pistolet montant et descendant par mouvements infimes.

« Vous devez vouloir quelque chose, dis-je. Probablement me parler. C'est ça ? Vous voulez me dire que vous n'avez rien à voir avec la fille morte que nous avons découverte ?

– P-p-pourquoi êtes-vous allé voir mon p-p-père ?

– Je vous cherchais.

– Vous avez t-tout déclenché, déclare Bruce. Sans vous, t-t-tout serait normal. Tout irait bien. »

Non, tout n'irait pas bien. Ça fait un bout de temps que ça ne va pas bien pour Rachel Tyler.

« Comment ça ? dis-je.

– Qu'a dit mon père ? demande Alderman, ignorant ma question.

– Votre père est un type vraiment affable. Il avait plein de choses à raconter. »

Il s'enfonce dans la banquette mais continue de pointer son arme sur ma tête.

« Vous croyez que j'ai t-t-tué ces filles ? »

Je ne réponds rien. Je regarde la maison de Sidney Alderman et me demande ce qu'il fait en ce moment. Si ça se trouve il savait que son fils m'attendait dehors et il a fait du cinéma, histoire de me mettre sur la mauvaise voie. Ou peut-être qu'il ne savait pas. Ce n'est pas comme s'ils avaient pu prévoir ma venue. Bruce a dû être ici pendant tout ce temps, ou alors il m'a suivi depuis l'église.

« S'il vous plaît, r-r-roulez. »

Je me retourne vers lui et scrute le canon du pistolet.

« Rouler ? Vers où ?

– Je ne sais... je ne sais pas.

– Je ne suis pas chauffeur de taxi. Je ne vais pas vous emmener quelque part où vous pourrez me tuer en toute tranquillité. Si c'est ce que vous voulez faire, faites-le ici, et peut-être que votre paternel pourra vous aider à vous débarrasser de mon corps.

Ou peut-être que vous n'aurez pas de pot et que les flics entendront le coup de feu. Ils ne sont pas si loin que ça.

– C'est ce qu-que vous voulez ? demande-t-il, approchant un peu plus le pistolet de ma tête. Vous croyez que je ne v-vais pas le faire ? Vous croyez que j'ai quelque chose à perdre ?

– Je ne crois pas que ce soit votre plan, dis-je, tentant de paraître calme, et je ne crois pas que vous allez tirer. Vous l'auriez déjà fait. Vous avez quelque chose à me dire. Peut-être voulez-vous vous confesser. Peut-être voulez-vous tout me raconter avant de me coller une balle dans la poitrine. » Ses tremblements s'accentuent légèrement, et je songe qu'il suffirait d'un rien pour que l'arrière de ma tête éclabousse le pare-brise. « Mais vous ne voulez pas que ça se produise ici.

– Vous vous trompez peut-être. »

Je songe à ma femme. Si je me trompe, je ne la reverrai plus. Si je me trompe – et si j'ai de la chance – peut-être que je verrai ma fille. Le seul problème est que je ne crois pas à une vie après la mort. Je pense à Bridget, déjà seule et sur le point de l'être encore plus. Sauf qu'elle se contenterait de regarder fixement par la fenêtre pendant que ma mort ferait les gros titres dans les journaux et à la télé et qu'elle n'éprouverait aucun chagrin.

« Alors, où voulez-vous aller ?

– Ailleurs qu'ici. M-maintenant. »

Je parviens à faire passer mon regard du canon à son visage pâle. Ses traits se sont creusés depuis cet après-midi, comme si la bulle de paranoïa qui les maintenait en place s'était dégonflée. Ses yeux vont et viennent nerveusement, incapables de se fixer sur quoi que ce soit pendant plus d'une fraction de seconde, comme sous l'effet de drogues. Des gouttes de sueur sont dangereusement proches de couler dans ses yeux rougis. Derrière lui, plus loin dans la rue, des morts sont en train d'être retrouvés dans des tombes qui ne sont pas les leurs. Je regarde de nouveau le pistolet, puis son visage. Ses yeux poursuivent leur va-et-vient incessant, cherchant quelque chose – soit de l'aide, soit les démons qui l'ont poursuivi pendant toute sa vie. Qui sait ? Si ça se trouve il attend que son gardien de cimetière de père prenne les choses en mains.

« S'il vous plaît », répète-t-il, plus une supplication qu'un ordre.

Je me retourne, et je peine à regarder devant moi, car mes yeux sont constamment attirés par le pistolet derrière moi. Je fais demi-tour, me demandant si son père observe la scène depuis ses fenêtres couvertes de crasse, pour autant qu'il puisse voir à travers. Dans le rétroviseur, la maison semble posée sur Mars à la lueur rouge de mes phares arrière. Je passe devant le cimetière, devant la douzaine de personnes occupées à aider les morts et ignorant, pour le moment, les vivants. Je passe devant le grand portail d'acier qui semble avoir été sculpté il y a deux mille ans pour protéger quelque forteresse grecque mythologique. Je passe devant l'église située en retrait de la route. Je ne sais pas quels sont les plans de Bruce Alderman, et j'aimerais que lui au moins le sache. Je choisis une direction et m'y tiens.

Nous nous arrêtons au premier croisement derrière un pick-up cabossé avec un autocollant délavé sur le pare-chocs arrière qui dit *Suce-moi*.

« Pourquoi ne me dites-vous pas ce qui se passe ? »

Le gardien ne répond pas.

« Je peux vous aider.

– M'aider ?

– Vous devez vouloir quelque chose.

– Personne ne peut me donner ce que je veux.

– Qu'est-ce que vous en savez ?

– Je le sais. C'est impossible. À moins de remonter dans le temps. Est-ce que vous pouvez le faire ? Est-ce que vous pouvez effacer les dix dernières années ? »

Son bégaiement a disparu et je soupçonne que c'est parce que nous nous sommes éloignés du cimetière. Ou, pour être plus précis, éloignés de son père. Il parle comme il parlait cet après-midi quand je me suis brièvement entretenu avec lui avant que la pelleteuse n'arrive et ne déterre toutes ces questions. Il semble également sincère, comme s'il s'accrochait à l'espoir que je puisse réaliser l'impossible. J'espère que ça ne fait pas partie de son plan.

« Vous n'êtes pas le seul à regretter de ne pas pouvoir remonter le temps. Tout ce que je peux faire, c'est vous écouter. Et ensuite je pourrais vous proposer quelques options. Vous voulez me dire pourquoi vous avez tué Rachel Tyler ?

– Vous connaissez son nom ? dit-il au lieu de nier comme le ferait un innocent.

– J'apprends vite.

– C'est pour ça que vous me cherchiez, parce que vous croyez que j'ai tué ces filles.

– Vous voulez que je pense le contraire ?

– Je n'ai jamais tué personne, déclare-t-il.

– Hum, hum. C'est pour ça que vous étiez tellement pressé de partir cet après-midi que vous avez volé la camionnette ? C'est pour ça que vous avez un pistolet pointé sur ma tête ? Est-ce que ça vous semble être la voie que prendrait un innocent ?

– Vous n'en savez rien, dit-il. Vous ne pouvez pas savoir. Vous feriez la même chose.

– Je suis assez sûr du contraire. »

Le croisement se dégage et nous poursuivons notre route, nous laissant emporter par le flot de la circulation.

« Vous avez un bureau, exact ?

– Pourquoi ?

– Vous devez en avoir un. Tous les privés du monde en ont un.

– Je ne connais pas tous les privés du monde. La plupart d'entre eux pourraient travailler dans leur voiture pour ce que j'en sais. Ou chez eux. »

Il m'enfonce le canon dans le cou. Il semble gagner en confiance. Seulement c'est une confiance relative. Il est plus confiant, peut-être, qu'une gamine de 6 ans qui traverserait un cimetière pour relever un défi. Mais pas autant qu'un type qui braquerait une banque.

« Serons-nous seuls là-bas ? demande-t-il.

– Oui. » Je change de voie et prends une nouvelle direction. « Mais le café ne vaut pas un clou. »

Il ne dit plus rien tandis que je conduis, et je décide de ne pas poser de questions. Je le laisse garder le silence, lui permettant de réfléchir à la suite des événements.

Je m'engage sur le parking derrière mon immeuble, et je me gare sur mon emplacement, d'où il m'est arrivé de faire enlever des véhicules.

« Et maintenant ?

– Est-ce qu'il y a un vigile ?

– Ce n'est pas une banque. »

Il conserve ses distances tandis que nous marchons vers la porte de derrière, mais se rapproche lorsque nous l'atteignons. Il y a un lecteur de carte magnétique fiché dans le mur – c'est un appareil très rudimentaire – et je passe ma carte dessus. Un cliquetis mécanique retentit, et je pousse la porte. Il me suit de près, et l'opportunité que j'avais de me débarrasser de lui en lui claquant la porte au nez s'envole.

« Combien d'étages ? demande-t-il.

– Combien d'étages quoi ?

– À quel étage êtes-vous ?

– Huitième.

– Prenons l'escalier. »

J'ai déjà enfoncé le bouton de l'ascenseur et les portes se sont ouvertes.

« Ce sera plus rapide, dis-je.

– Trop confiné.

– Vous êtes claustrophobe ?

– Où est l'escalier ?

– Par ici. »

Je le mène à la cage d'escalier. Il y fait froid et le bruit de nos pas résonne tandis que nous gravissons les marches deux par deux pendant les quatre premiers étages, puis une par une pendant le restant de l'ascension. Quand nous atteignons le huitième, nous respirons tous les deux bruyamment. Nous ne voyons personne lorsque nous nous engageons dans le couloir. Il y a des pots contenant des plantes vertes impeccables sans la moindre feuille brune, des huiles qui ne représentent rien, juste des couleurs et des formes combinées pour faire joli.

Nous arrivons à mon bureau. J'entre. Bruce passe la main derrière lui et referme la porte.

« Asseyez-vous et posez les mains sur le bureau », ordonne-t-il.

Je m'exécute, posant les mains de chaque côté de la montre que j'ai dérobée plus tôt dans la journée. Bruce s'assied de l'autre côté du bureau tel un client.

« Qu'est-ce que vous savez ? demande-t-il.

– Sur quoi ?

– Arrêtez ce petit jeu ! » s'écrie-t-il, tapant d'une main sur l'accoudoir de son fauteuil tout en tenant le pistolet dans l'autre.

Sa main est désormais ferme, comme s'il avait retrouvé son sang-froid. Comme si le fait d'être loin du cimetière l'avait guéri. Comme si au cours des quinze dernières minutes sa confusion, sa peur et sa culpabilité s'étaient combinées, neutralisées, et lui avaient permis de concevoir un plan génial.

« OK, voici ce que je sais, dis-je. À partir du moment où vous avez appris que nous allions exhumer Henry Martins, vous avez été nerveux. Vous êtes néanmoins resté, mais dès que les corps ont commencé à remonter à la surface vous avez décampé. Les choses étaient alors inévitables. Nous étions tous dans la même galère. Dans la voiture, tout à l'heure, vous avez été surpris que j'aie identifié la fille. Rachel Tyler. Vous m'avez demandé si je croyais que vous aviez tué les filles. Pas des personnes, mais des filles. Ce qui signifie que vous savez déjà que quand d'autres corps seront identifiés et que les cercueils correspondants seront exhumés, il y aura des jeunes femmes dedans. Vous ne pouvez le savoir que si c'est vous qui les y avez placées. »

Il ne répond rien. Il se contente de me regarder fixement, sa main tremblant légèrement, ses options défilant devant ses yeux agités. J'espère qu'il ne choisira pas celle où il me colle une balle dans la tête. Peut-être était-ce son plan dès le début, dès l'instant où il est monté dans ma voiture. Sa main libre vient rejoindre l'autre autour de la crosse pour stabiliser le pistolet.

« Qu'attendez-vous de moi, Bruce ? » Je me penche en arrière, tendant les bras pour ne pas décoller les mains du bureau. « Dites-le-moi.

– J'ai besoin d'une cigarette, déclare-t-il, et il enfonce la main dans sa poche.

– C'est un bureau non fumeur. »

Lorsque sa main ressort de sa poche, elle est vide. Il ne se plaint pas.

« Je n'ai jamais tué personne, reprend-il, après avoir regardé pendant quelques secondes ses mains tremblantes, dont l'une enveloppe fermement le pistolet. Je sais que vous ne me croyez pas, mais c'est la vérité. J'ai des preuves. Elles sont sous mon lit. Je pourrais vous y emmener. Vous pourriez parler à mon père. Il connaît la vérité.

– Hum, hum.

– Mais vous ne me laisseriez pas vous emmener là-bas, n'est-ce pas ?

– Non.

– Vous ne me croyez vraiment pas, n'est-ce pas ?

– Pourquoi ne commencez-vous pas par me donner quelques détails supplémentaires ?

– Ça ne sert à rien. Vous ne me croirez jamais. Et je savais que vous ne me croiriez pas.

– Alors pourquoi m'avoir amené ici ? Pourquoi faire tout ça ?

– Je n'ai rien eu à voir avec leurs morts. Rien. Mais je les ai enterrées – je le devais. Les filles, elles le méritaient.

Et maintenant, dit-il, maintenant leurs fantômes vont me laisser en paix, et vous, vous me prendrez au sérieux. »

Mon cœur s'emballe lorsqu'il retourne le pistolet et s'enfonce le canon sous le menton. C'est presque aussi effrayant que l'avoir braqué sur moi.

« Attendez, attendez », dis-je. Mon instinct est de tendre le bras pour l'empêcher de faire ça, mais je garde les mains à plat sur le bureau. « Écoutez-moi, écoutez, Bruce. »

Il desserre un moment son emprise sur le pistolet, me regardant comme s'il fallait que je sois idiot pour ne pas le comprendre, mais cela suffit à me laisser croire qu'il y a une chance pour qu'aucun de nous ne meure ici. Une chance infime, un moment trop court.

« Pourquoi avez-vous déterré les corps de leurs tombes ? Que méritaient ces filles ? »

Il semble momentanément confus, comme s'il n'arrivait pas à trouver les mots justes, puis soudain son visage devient serein et détendu tandis qu'une parfaite lucidité l'envahit, et je sais que c'est la lucidité d'un homme qui a fait la paix avec sa décision, et que je ne peux rien faire ou dire pour éviter son prochain geste.

« Pour la dignité, dit-il, elles méritaient la dignité. »

Le coup de feu résonne dans mes oreilles. Je continue de sentir l'odeur de poudre et de chair brûlée bien après que la brume rose est retombée, bien après que les bouts d'os et de cervelle se sont incrustés dans le plafond au-dessus de lui.

12

C'est un moment qui me restera toute ma vie. L'une de ces photos figées qui ne vous quittent jamais, qui ne semblent jamais s'estomper. C'est même le contraire qui se produit – les couleurs, les images et les détails ne se diluent pas, ils se renforcent, deviennent plus clairs ; cet instant gagne en puissance au fil des années tandis que les autres disparaissent lentement. L'odeur – l'odeur de la chair cuite, celle cuivrée du sang, de la poudre, la puanteur lorsque ses boyaux se vident, la sueur. L'air à un goût chaud, il m'assèche la bouche et ma langue reste collée à mon palais. Tout ce que j'entends, c'est un sifflement dont il me semble qu'il ne diminuera jamais, comme si lui aussi ne faisait que gagner en puissance.

C'est un moment qui me restera toute ma vie. Je suis assis immobile, je regarde droit devant moi, j'analyse la situation. Je ne sais pas s'il y a d'autres personnes dans l'immeuble. Je ne sais pas si le coup de feu a déjà été signalé à la police. Il y a des taches rouges au plafond. Elles semblent en suspens, immobiles, indifférentes à la gravité. Le corps de Bruce Alderman semble également en suspens, sa main toujours sur le pistolet, le pistolet toujours contre sa gorge. L'avant de sa chemise est propre, pas la moindre éclaboussure de sang dessus. Ses cheveux sont en bataille, la balle ayant formé une sorte de volcan au sommet de son crâne. Et il est assis là, aussi immobile que moi, nous nous regardons fixement, un moment qui me restera toute ma vie, mais un moment de mort pour lui. Le temps s'est arrêté, comme sur une photo.

Puis il reprend. Sa main, qui agrippe toujours l'arme, retombe. Elle heurte le dessus de sa cuisse, glisse contre l'accoudoir ; le pistolet claque contre le fauteuil et tombe par terre. Sa tête s'affaisse, son menton heurte sa poitrine ; le trou dans son crâne est comme un œil qui me regarde, le sang qui s'en déverse donnant l'impression qu'il cligne dans ma direction. Les cheveux agglutinés retombent en place et le dissimulent. Le sang s'accumule sur sa chemise. Il commence également à se décoller du plafond, les gouttelettes formant des stalactites avant de se détacher et de tomber par terre. Elles frappent doucement la moquette, produisent de petits bruits sourds lorsqu'elles heurtent l'avant de ses jambes, sa nuque, ses bras, mes mains qui sont toujours posées sur le bureau bien en évidence. Il reste affalé là, ce poids mort dans mon fauteuil, puis il bascule lentement en avant, gagne de la vitesse, et son front cogne lourdement contre le rebord du bureau, repoussant sa tête vers le haut tandis que son corps s'affaisse, le maintenant en équilibre un peu plus longtemps, l'arrière de sa tête touchant presque ses épaules, son visage exposé tandis que ses yeux vides me fixent, puis il poursuit sa chute jusqu'au sol où il gît en un tas, lui qui était encore vivant il n'y a que cinq secondes. Il est tombé sur le pistolet, et je reste assis là à le regarder, à attendre : peut-être quelqu'un va-t-il venir me dire que ça m'apprendra à me mêler d'une enquête qui ne m'appartient même pas.

La brume rose retombe doucement ; l'odeur du coup de feu commence à se dissiper, remplacée par celle de l'urine et de la merde ; et le sifflement dans mes oreilles s'atténue lentement, se transformant en un faible bruit strident.

Je me lève lentement, comme si le moindre mouvement brusque risquait de l'inciter à saisir de nouveau son pistolet et d'ajouter le mot « meurtre » au mot « suicide ». Je contourne mon bureau jusqu'au corps, prenant soin de ne pas mettre les pieds dans le sang. Je songe à ses dernières paroles. *Elles méritaient la dignité.* Il voulait que je le prenne au sérieux, et il a réussi. Le problème est que je ne crois toujours pas à son innocence. Se tirer une balle dans mon bureau n'est pas le meilleur moyen de prouver qu'on n'est pas coupable ; au mieux ce sera un signe de folie. C'est ce que je lui aurais dit s'il m'en avait laissé le temps.

Je m'accroupis et pose la main sur son épaule. Sans le faire rouler sur lui-même, en le touchant à peine, je fouille ses poches.

Il y a une petite enveloppe avec mon nom dessus, mais mal orthographié. Au fond de l'enveloppe se trouve une petite clé. Je suis sur le point de m'asseoir sur mon bureau lorsque je m'aperçois que la brume de sang en a recouvert la surface. Je plie l'enveloppe en deux et l'enfonce dans ma poche. Je continue de lui faire les poches. Je trouve des clés de voiture et un portefeuille ; des mouchoirs en papier, deux paquets d'antiacide, un crayon cassé et une de mes cartes de visite. Je laisse le tout en place.

J'appelle la police depuis mon téléphone portable puisque celui sur mon bureau est couvert de sang. Je demande l'inspecteur Schroder, mais on me passe l'inspecteur principal Landry. Je préférerais ne pas avoir affaire à lui, mais je n'ai pas franchement le choix. Je lui explique la situation comme si je débitais un bon vieux rapport de police. Avant de terminer je lui demande d'apporter du café.

« Bon Dieu, Tate, ce n'est pas mon premier meurtre, dit-il.

– Tu veux dire suicide.

– Ouais. C'est ça. »

Il raccroche.

Je m'assieds par terre dans le couloir, plaçant un coussin entre le mur et moi pour ne pas le tacher avec le sang qui a éclaboussé ma veste, et je m'adosse. Je pense à ce que m'a dit Bruce. Pourquoi se tuer si on n'admet pas sa culpabilité ? Comment croire qu'il n'a rien à voir avec la mort de ces filles s'il les a enterrées ?

Je tire l'enveloppe de ma poche. La clé semble un peu différente de toutes celles que j'ai vues, et je ne sais pas d'où elle provient. Elle ne comporte pas de marques, ni de nombres, ni de lettres. Ça pourrait être la clé d'une maison, d'une boîte, d'un coffre-fort, d'un bateau – de n'importe quoi. C'est juste un objet de plus que j'aurais récupéré sur un cadavre aujourd'hui. La bague est toujours dans ma poche, la montre, sur mon bureau. Je retourne dans la pièce et la glisse dans un sachet en plastique que je place dans ma poche. Il s'agit désormais d'une scène de crime, et je n'ai pas besoin de questions embarrassantes.

Je suis toujours dans mon bureau quand je les entends arriver. L'ascenseur tinte, les portes s'ouvrent, et une demi-douzaine de policiers, dont Landry, déboulent dans le couloir. Il y en aura bientôt d'autres quand le moment sera venu de poser des questions, de prendre des photos, de tout consigner et examiner. La scène de crime du cimetière m'a été reprise, mais celle-ci m'appartient.

Je me tiens près de la porte et les observe. J'ai travaillé avec la plupart de ces hommes et femmes par le passé, mais ils me regardent comme si j'étais un parfait inconnu. Ils me saluent sèchement et me demandent d'aller attendre dans le couloir.

13

La nuit s'éternise. Ni moi ni personne ne pouvons accéder à mon bureau, qui a été mis en quarantaine derrière un cordon jaune orné de lettres noires. Des types de la police scientifique vêtus de combinaisons en nylon blanc se déplacent lentement à l'intérieur, scrutant le moindre centimètre carré au cas où l'indice crucial serait microscopique. Personne ne songe à me fouiller, mais on recherche des traces de poudre sur mes mains et on me prend ma veste à cause de la poussière de sang qui s'est déposée dessus. Je ne suis pas du tout inquiet, car les indices démontreront que tout s'est passé exactement comme je l'ai décrit. Il ne peut pas en être autrement. Ils ne pourront pas revenir me voir demain en annonçant qu'ils ont tout bien soupesé et conclu que c'est moi qui lui ai collé le flingue sous le menton et qui ai appuyé sur la détente.

Pourtant, ce suicide évident ne doit pas être si évident que ça vu le temps qu'ils mettent à examiner les angles et les projections de sang. C'est du moins l'impression que j'ai. Ils prennent tout leur temps parce qu'il s'agit de moi. Ils ne me font plus confiance comme ils le faisaient lorsque j'étais l'un des leurs. En tant que type de l'extérieur, je tombe sous le soupçon, et je suis le seul responsable de cette situation. J'étais un homme différent il y a deux ans. Un homme très différent.

Leurs questions commencent à être répétitives au bout d'un moment. Leur formulation se modifie quelque peu, mais il s'agit toujours de variations sur le même thème – un thème qui devient vite lassant, d'autant qu'il suggère que je dois être en partie responsable. Seulement c'est faux. Je n'ai pas forcé le gardien de cimetière à monter dans ma voiture. Je ne l'ai pas forcé à venir ici. Je ne l'ai pas forcé à asperger mes meubles de cervelle et de bouts d'os.

Au bout du compte, on me dit de rentrer chez moi. Je ne suis pas sûr d'être vraiment heureux de le faire, mais je ne sais pas non plus quel autre choix j'ai. M'attarder ici et observer, je suppose, même s'il n'y a pas grand-chose à observer. Juste une poignée de types effectuant le genre de travail fastidieux que des types comme moi n'ont pas la patience d'effectuer. Si c'était la journée, il y aurait une foule de badauds qui se marcheraient dessus pour jeter un petit coup d'œil au cadavre, mais moi, j'y ai déjà jeté un petit coup d'œil, et plus – je lui ai fait les poches.

« Une dernière chose », me lance Landry tandis que je me dirige vers l'escalier.

Je me retourne mais garde la main sur la poignée de la porte de la cage d'escalier. Landry n'est pas mon plus grand fan. Fut un temps où nous nous ressemblions plutôt, mais sa vie est devenue son boulot pendant que je faisais tout mon possible pour conserver un équilibre. Il a le même âge que moi, mais il a pris un coup de vieux depuis deux ans que je ne l'ai pas vu. Il n'a franchement pas bonne mine. Il sent la fumée de cigarette et le café.

« Qu'est-ce que tu as emporté ? demande-t-il.

– Quoi ?

– Sur ton bureau. Il y a trois zones propres. Tout est couvert d'une brume de sang, sauf trois endroits. Deux correspondent à tes mains. Ce qui est une bonne chose, car ça indique où tu te trouvais quand il a appuyé sur la détente. Mais il y a autre chose. Une zone beaucoup plus petite.

– Mes clés.

– Ça ne ressemble pas à des clés.

– Il se passait tellement de choses. J'en sais rien. Peut-être que c'était mon téléphone.

– Ça ne ressemble pas non plus à un téléphone. Si je te fouillais, je ne trouverais rien d'autre ?

– Où veux-tu en venir, Landry ?

– Nulle part. Je me demande simplement ce qui pouvait être suffisamment important pour que tu le voles sur une scène de crime.

– Je n'ai rien volé, et puis c'est mon bureau. Tout ce qui est dedans m'appartient.

– Pas tout », réplique-t-il, et il regarde en direction de mon bureau, où le corps de Bruce Alderman est emmené dans une housse noire.

Dehors, il bruine de nouveau. Il est près de 2 heures du matin. Ma voiture est toujours humide à l'intérieur, mais au moins il n'y a personne à l'arrière avec un pistolet. J'enveloppe mon siège avec l'une des couvertures de l'ambulance pour le protéger du sang qui reste sur mes vêtements, puis je prends le chemin de la maison. Les prostituées et les sans-abri m'observent au passage. Je pourrais être leur salut, leur prochain repas, leur prochain verre, leur prochain coup.

Ma maison n'a rien de sensationnel, juste un de ces nombreux pavillons construits au beau milieu d'un quartier de banlieue. Les gens habitent ici, ils passent leur vie ici, ils font des petits et remboursent de gros prêts immobiliers, et il paraît, *il paraît*, que s'ils obéissent aux règles, il ne leur arrivera rien de mal. Le problème est que ce soir il y a une camionnette garée devant chez moi, bloquant l'accès à l'allée, de sorte qu'il m'est impossible de rouler jusqu'à mon garage, de rentrer chez moi en faisant comme si elle n'était pas là. Je me gare derrière et descends de voiture, beaucoup trop fatigué pour la moindre confrontation. Les portes de la camionnette s'ouvrent aussitôt. Un projecteur s'allume, un homme armé d'une caméra me contourne sur la droite pendant qu'une femme avec des cheveux jusqu'aux épaules jaillit sur ma gauche. La lumière vive accentue son maquillage lourd.

« Aucun commentaire, dis-je avant que le caméraman ait trouvé une position confortable et que la journaliste m'ait collé son micro sous le nez.

– Casey Horwell, annonce-t-elle, journal de TVNZ, juste quelques petites questions.

– Aucun commentaire, et est-ce que vous pourriez déplacer votre camionnette ? Vous bloquez mon allée.

– Nous avons appris que Bruce Alderman, le suspect dans l'affaire des Meurtres du Cimetière, a été assassiné ce soir dans votre bureau. »

Je me demande combien de temps il leur a fallu pour trouver ce nom – *Les Meurtres du Cimetière* – et si demain quelqu'un d'autre en aura pondu un meilleur. Casey Horwell tend le micro vers mon visage. Je la reconnais. Sa carrière s'est cassé la gueule il y a un an quand elle a révélé des informations qu'elle n'aurait jamais dû avoir, les accompagnant d'une interprétation toute personnelle et compromettant au final une enquête. Moyennant quoi un innocent a été déclaré coupable par l'opinion publique du viol d'un petit enfant. Le soir où le reportage a été diffusé, la maison du type a été incendiée alors qu'il était à l'intérieur. Il s'en est tiré avec des brûlures au troisième degré, mais pas sa petite amie. Je suppose que ce soir Horwell tente de redonner un coup de fouet à sa carrière.

« Aucun commentaire.

– Ça ne va pas vous mener loin, dit-elle.

– Vous devez déplacer votre camionnette.

– Pouvez-vous nous parler de votre implication dans les événements d'aujourd'hui ?

– Non.

– Vous n'appartenez plus à la police. Que faisiez-vous au cimetière ?

– Aucun commentaire.

– Bruce Alderman a été tué il y a quatre heures, et pourtant vous êtes ici, en train de rentrer chez vous. Comment ça se fait ? »

Je lui dis presque qu'il n'a pas été tué, qu'il s'est suicidé et qu'il y a une différence entre les deux, une très grosse différence.

« Comment se fait-il qu'on vous confie toujours des affaires ? demande-t-elle. Surtout des affaires de ce genre. J'ai été menée à croire que tout le monde dans la police vous détestait.

– J'ai toujours des amis dans la police. Ils font ce qu'ils peuvent pour m'aider. »

Elle sourit et je me demande pourquoi.

« Aimeriez-vous ajouter autre chose ?

– Non.

– La journée a été longue, j'imagine.

– En effet.

– Elle a été longue pour tout le monde. Je suppose que ça a dû être dur pour vous.

– Pouvez-vous déplacer votre camionnette maintenant ?

– Bien sûr. Merci pour votre temps, inspect... je veux dire, M. Tate. »

La lumière sur la caméra s'éteint. Casey Horwell me regarde quelques secondes de plus, toujours avec le même sourire, puis elle se retourne et grimpe dans la camionnette. Quelques instants plus tard le véhicule s'éloigne. Je retourne dans ma voiture et la gare dans l'allée, trop fatigué pour la mettre au garage.

Ma maison comporte trois chambres, mais je n'en utilise qu'une. Celle de ma fille est toujours meublée comme si je m'attendais à ce qu'elle rentre un jour, et je ne suis pas exactement sûr que ce soit sain, ni sûr de vouloir savoir si ça l'est. Si ma femme était ici, peut-être aurait-elle pris la décision de changer ça, mais elle n'est pas ici. C'est comme Patricia Tyler qui garde une chambre pour sa fille. Des photos d'une autre époque. La vie est apparemment ainsi.

J'insère un CD dans la chaîne, attrape une bière et sors sur la terrasse, enfonçant la touche « Lecture » de mon répondeur au passage. Il y a un message de ma mère. Elle a appelé pour savoir comment s'est déroulé le restant de ma journée, et pour me demander ce qui s'est passé. Je la rappellerai demain.

Il fait un peu plus chaud, et je m'assieds sur une chaise longue sous la bruine, levant les yeux vers la nuit, écoutant de la musique tandis que la bière me calme les nerfs. Bridget et moi nous asseyions parfois dehors quand Emily dormait. La terrasse est à l'abri du vent quand il est froid, mais quand le vent est chaud, il souffle dans la direction opposée et la balaie. Je sirotais une bière, elle sirotait un verre de vin et nous discutions de notre journée. J'avais toujours le sentiment de pouvoir tout lui dire, mais il y avait des enquêtes que je ne pouvais pas évoquer à la maison. J'y pensais constamment, mais je ne voulais pas qu'elle y pense aussi. Elles faisaient partie de ma vie et je ne voulais pas qu'elles s'immiscent dans la sienne. Nous parlions de nos passés et de notre avenir; nous avions prévu d'emménager dans une maison plus grande, nous parlions d'avoir d'autres enfants. Nous restions là à rire, à faire des projets, à nous engueuler.

La pluie s'éloigne et le ciel s'éclaircit un peu; une ouverture apparaît dans la couverture de nuages, et pendant un moment il y a là-haut un quart de lune qui projette suffisamment de lumière blanche pour que, lorsque je regarde ma montre, je m'aperçoive qu'il commence à être très tard. Le chat d'Emily, un mâle roux nommé Daxter, franchit la porte coulissante et me saute sur les genoux. Il se met à ronronner tandis que je le gratte sous le menton. Il n'avait que 6 mois quand Emily est morte, et tous les doutes que je pouvais avoir sur la fidélité des chats ont été anéantis par le fait que le seul endroit où il dorme, c'est sur le lit de ma fille, et que parfois il a dans les yeux la même expression que ma femme – comme s'il cherchait quelque chose qui n'est plus là.

Je termine ma bière et retourne à l'intérieur. Je remplis les gamelles de Daxter de nourriture et d'eau, et il semble plutôt reconnaissant. Je passe devant la chambre de ma fille sans y entrer.

Ça ne sert à rien. Je prends une douche et songe à Rachel Tyler, mais j'essaie de ne pas trop me demander à quoi a ressemblé sa dernière heure. J'essaie d'imaginer un scénario dans lequel Bruce le gardien mort est innocent, mais je n'y arrive pas vraiment. Je pense ensuite à Casey Horwell et ne peux m'empêcher de me demander s'il y a un fond de vérité dans ce qu'elle a dit sur le fait que tout le monde me détestait.

Daxter est endormi sur le lit d'Emily quand je vais finalement me pieuter. Je reste allongé dans le noir, pensant à ma famille morte et à l'homme qui l'a détruite. J'aurais aimé que, dans cette maison banale, dans cette rue banale, il n'arrive rien de mal, mais il est déjà trop tard pour ça.

14

Je me réveille tard, pas la meilleure façon de débuter une enquête. Lorsque j'ouvre mon téléphone portable je m'aperçois qu'il m'a lâché. Le séjour dans le lac lui a fait plus de mal que je ne croyais. Je le secoue un peu et fléchis le boîtier, j'ôte la batterie et la remets en place avant de le brancher à la prise, mais il ne se produit rien. Je ne sais pas combien d'appels j'ai manqués.

Je roule jusqu'au centre-ville en songeant que Christchurch et la technologie vont aussi bien ensemble que boire et conduire : ils ne font pas bon ménage, même si certains continuent de croire le contraire. Tout ici a l'air vieux, et l'est pour l'essentiel. Les personnes qui vivent dans le passé ont octroyé une valeur historique aux bâtiments qui ont plus d'un siècle afin de les protéger de l'avenir. Les promoteurs ne peuvent pas débarquer et les remplacer par des gratte-ciels et des immeubles d'habitation. C'est une ville froide, conçue pour l'être plus encore quand le temps est maussade. Tout est si foutrement archaïque. Même les prostituées paraissent avoir 50 ans. Un sniffeur de colle en VTT a un tube en carton qui relie sa bouche à un sac en plastique fixé près de son guidon. Il mène plusieurs tâches de front. Il sniffe de la colle et roule sur le trottoir, le tout sans avoir besoin de porter son sac à son visage.

Il n'est que 11 heures du matin et pourtant je peine à trouver une place de parking au centre commercial. Je me serre près d'une Skyline tunée qui a l'air hors de prix et suggère que son conducteur a un boulot, mais s'il est ici en même temps que moi en pleine semaine il n'en a probablement pas, à moins qu'il ne soit détective privé. Je pénètre dans une boutique de téléphonie et m'adresse à un type qui a l'air plus intéressé par le salon de coiffure de l'autre côté que par le téléphone que je lui montre. Je regarde dans la même direction que lui et je ne peux pas lui en vouloir.

« Ça vous coûtera moins cher d'acheter un modèle plus récent, explique-t-il, que de réparer ce truc. En plus, on sera obligé de le garder plusieurs semaines. Mais qu'est-ce que vous lui avez fait ?

– Il est tombé dans la baignoire.

– Oui... pas étonnant. Quoi qu'il en soit, ce truc est obsolète.

– Je l'ai acheté il y a environ dix-huit mois.

– Oui, comme j'ai dit, il est obsolète. »

Il me montre une gamme de téléphones portables et j'en choisis un qui n'a pas l'air trop compliqué. Il le règle de sorte que mon ancien numéro fonctionne dessus, et me prévient qu'il mettra une heure ou deux à s'activer.

« D'où je vous reconnais ? » demande-t-il lorsqu'il me rend ma carte bancaire.

Je hausse les épaules.

« Aucune idée. »

Il secoue lentement la tête.

« Je suis certain de vous avoir déjà vu », ajoute-t-il.

J'en suis moi aussi certain – probablement à la télé hier quand j'étais assis à l'arrière de l'ambulance. Nous achevons la transaction et je le laisse retourner à sa contemplation du salon de coiffure.

Le poste de police est un bloc de béton et de verre haut de dix étages qui était déjà démodé à l'époque de sa construction. Je me gare dans la rue et insère une pièce dans le parcmètre avant de gravir les marches jusqu'au hall d'entrée. Il ne se passe pas grand-chose au rez-de-chaussée, juste quelques personnes qui font la queue pour déposer une plainte. Je signe le registre au guichet; la procédure est assez simple car je suis attendu à l'étage. J'appelle l'ascenseur, qui arrive au bout d'un instant. J'enfonce le bouton du quatrième, mais l'ascenseur s'arrête au premier et j'ai de la compagnie. Un type en salopette, la trentaine, portant un seau et un balai.

« Je fais le ménage », dit-il, et il me fait un grand sourire, me montrant toutes ses dents.

Je lui retourne son sourire, l'ascenseur atteint le quatrième et les portes s'ouvrent. Je sors, et le type m'emboîte le pas. Nous marchons un moment ensemble jusqu'à ce que Carl Schroder nous voie et s'approche.

« Je peux aller vous chercher un café, inspecteur Schroder ? demande le concierge.

– Pas la peine, Joe. Mais merci. »

Le concierge s'éloigne et je le suis du regard avant de me retourner vers Schroder. Je connais Carl depuis de nombreuses années. Dans une autre vie nous enquêtions sur les mêmes affaires, gérions les mêmes problèmes. Nous étions plutôt bons amis, mais il est évident qu'il n'a pas vraiment envie de me voir ici. Il m'entraîne jusqu'à une table sur laquelle sont posés divers formulaires et me demande de les signer. Il m'explique que la police a quitté la scène de crime, je lui demande comment avance l'enquête, et il répond qu'elle avance. Il ne s'étend pas sur le sujet. Il dit juste qu'elle avance, rien de plus, ce qui signifie que soit il ne veut pas me tenir au courant, soit les choses se passent mal.

« Désolé, Tate, je n'ai vraiment pas le temps de te tenir au courant. Bon Dieu, tu n'aurais pas pu choisir un pire moment pour trouver ces corps.

– Pour qui ? Pour eux ou pour toi ? »

Il soupire bruyamment.

« C'est cette putain d'enquête sur le Boucher. Merde, c'est comme si ce type avait toujours une longueur d'avance. Je ne sais pas à quoi ça tient, mais on a un mal de chien. Bon Dieu, on manque tellement de personnel, je ne sais pas, il nous faudrait simplement plus d'hommes. C'est aussi simple que ça.

– Tu me proposes un boulot ?

– Bien essayé, Tate. Tu es encore plus marrant que ce dont je me souvenais. Surtout après ton numéro d'hier soir.

– Comment ça ?

– Tu as déconné. Ça la foutait mal, vieux, vraiment mal. Des amis dans la police ? Bon Dieu, pourquoi tu as dit ça ?

– Qu'est-ce que tu… » Mais ça me revient alors. Je me passe la main sur le visage et me pince le menton. « Merde.

– Oui. Exactement.

– Elle m'a piégé, hein ?

– Nous avons une copie si tu veux y jeter un coup d'œil. La salle audiovisuelle est libre. »

La salle audiovisuelle est assez grande pour contenir quatre personnes si aucune d'entre elles n'est trop grosse, et ses murs sont bordés d'ordinateurs et d'écrans. Les reportages d'informations sont conservés dans la base de données pour les enquêtes en cours, ou préservés sur disque dur. Schroder démarre l'enregistrement :

« Ça a été diffusé ce matin. Ils l'ont passé à 7, 8 et 9 heures. Ils attendent probablement midi pour remettre ça s'ils n'ont rien de mieux. »

Je me tiens près de ma voiture, m'approchant des journalistes. De leur point de vue, ils n'auraient pas pu trouver de meilleur moment pour me filmer. Du mien, ils n'auraient pas pu en trouver de pire. Il y a du sang sur ma chemise et sur mon visage, et ce qui doit être des bouts d'os et de cervelle dans mes cheveux. Ma peau est pâle et cireuse et j'ai des cernes noirs sous les yeux. Je pourrais être un de ces cadavres découverts dans les cercueils, et je sais désormais où le type de la boutique de téléphonie m'a vu.

La journaliste me parle, et je lui réponds, mais on n'entend pas ce que je dis car le son a été coupé. Tout ce qu'on entend, c'est le commentaire de Casey Horwell tandis que les plans qui me montrent devant ma maison alternent avec des scènes tournées au cimetière.

... était inspecteur au sein de la police de Christchurch, mais subsiste depuis deux ans en travaillant comme détective privé. Il a proposé de nous parler devant sa maison où il nous a présenté certains aspects de l'affaire, mais lorsque nous lui avons demandé pourquoi il rentrait chez lui au lieu d'être placé en garde à vue en attendant que l'enquête sur le meurtre de Bruce Alderman progresse, il n'a su quelle réponse donner.

On continue de me voir parler. Mais il n'y a pas de son. Je leur demande de déplacer leur camionnette, je leur dis que je n'ai aucun commentaire, j'essaie de me débarrasser d'eux, mais on dirait que nous sommes en grande conversation. Puis je disparais, et Casey Horwell se tient devant la camionnette, et je parie qu'ils se sont arrêtés sitôt après avoir tourné à l'angle de la rue pour filmer ce plan.

Il y a deux ans, l'homme soupçonné d'avoir tué la fille de Théodore Tate a disparu et n'a jamais été revu, et bien que l'enquête soit toujours ouverte, il semble que personne ne cherche à apprendre ce qui s'est réellement passé. La disparition de l'homme a mené au renvoi de l'inspecteur Tate de la police. Ce soir Bruce Alderman a été la victime d'un meurtre brutal dans le bureau de Théodore Tate et il semblerait qu'on le laisse une fois de plus tranquille. On ne peut s'empêcher de se demander pourquoi un tel homme est toujours en liberté au lieu de devoir répondre de ses actes...

L'image revient sur moi, toujours debout devant ma voiture. Et je sais ce que je vais dire avant même de l'entendre. C'est la phrase. Ma phrase. Et elle l'a insérée au moment parfait.

J'ai toujours des amis dans la police, ils font ce qu'ils peuvent.

Le reportage s'arrête et Schroder éteint l'écran.

« C'est des conneries, Carl.

– Tu crois que je ne le sais pas ? Horwell est l'exemple typique de la personne qui a flingué une carrière prometteuse et qui se raccroche à tout ce qu'elle peut pour la récupérer. Mais tu as déconné, Tate. Il y a deux ans tu n'aurais pas commis cette erreur. Et peu importe ce que tu as dit, elle t'a fait paraître coupable, mon vieux, descendant de ta voiture avec tout ce sang sur toi... tu avais l'air d'un monstre. Tu t'imagines les emmerdes que ça nous vaudrait si tu étais encore flic ? »

Je sens la colère monter en moi.

« Je sais, je sais. » Mais ce n'est pas après Carl que je devrais en avoir. C'est moi qui ai déconné. « Mais qu'est-ce que j'étais censé faire ? Passer en voiture et ne pas rentrer chez moi ? »

Il me reconduit à l'ascenseur.

« C'est exactement ce que tu aurais pu faire. Y as-tu même songé ?

– Tu es toujours sur l'enquête ?

– Landry la reprend. Je suis toujours sur le Boucher.

– Est-ce qu'il a identifié la femme qui était dans l'eau ?

– Oui. Une femme âgée morte et enterrée la semaine dernière.

– Et le cercueil ? Quand vous l'avez identifiée vous avez exhumé le cercueil correspondant, non ? Qu'est-ce qu'il y avait dedans ?

– Pourquoi ai-je l'impression que tu connais déjà la réponse à cette question ?

– Une chose que Bruce Alderman a dite.

– Oui. Nous avons une fille qui a été portée disparue il y a six jours.

– Qui ça ?

– Oh, eh bien, son nom était... oh, attends, attends une seconde. Tu ne travailles plus ici, si ?

– Et il y avait aussi une fille dans le cercueil d'Henry Martins, n'est-ce pas ? »

Il acquiesce.

« Tu sais déjà tout ça, Tate. Arrête de faire ton innocent.

– Vous l'avez identifiée ?

– Presque. Nous nous basons sur ce que nous savons de la fille de la semaine dernière. Nous supposons que la fille dans le cercueil d'Henry Martins a disparu vers le moment où il a été enterré.

– Ça semble une hypothèse raisonnable.

– Raisonnable, mais non confirmée.

– Et les deux autres ?

– Les deux autres vont être une galère à identifier, et nous ne pouvons pas nous mettre à déterrer des cercueils au petit bonheur la chance. »

L'ascenseur arrive et les portes s'ouvrent. Je ne bouge pas.

« Nous aurions pu faire quelque chose, dis-je.

– Quoi ?

– Il y a deux ans. Tu te souviens ? »

Il me fixe pendant quelques secondes, sans la moindre expression, sa tête parfaitement immobile, puis il acquiesce lentement.

« Tu vas trouver d'autres filles. »

Il ne répond rien. Il le sait déjà. Je répète :

« Nous aurions pu faire quelque chose. »

Tandis que les portes de l'ascenseur se referment, Schroder reste planté là, me regardant fixement.

Au lieu de regagner mon bureau, je fais un détour par la morgue. J'imagine que si Tracey avait remarqué que j'ai volé la bague, elle m'aurait appelé.

Elle est un peu débordée et ne semble pas franchement ravie de me voir. Pas plus que Sheldon West, le légiste à qui j'ai parlé au cimetière. Mais Tracey décide de se montrer plus accommodante quand je lui explique que ça ira plus vite si elle m'aide au lieu de m'avoir dans les pattes pendant deux heures à lui poser encore et encore les mêmes questions.

« Tu es vraiment chiant, dit-elle.

– Il faut juste que tu passes un peu plus de temps avec moi, c'est tout. Que tu apprennes à me connaître un peu mieux.

– Moins de temps, Theo. C'est pour ça que j'accepte de te montrer. Oh, et au fait, bien joué pour hier soir. Tu devrais essayer de te trouver un boulot à la télé.

– Très drôle. »

Elle tire un énorme tiroir d'acier sur lequel repose Rachel Tyler et se met à décrire certains détails comme si elle était la Mort décrivant à un client potentiel une façon de mourir proprement.

« Difficile de définir exactement le moment du décès, mais il a dû se produire il y a environ deux ans, ce qui colle avec l'inhumation d'Henry Martins. J'aurais supposé qu'elle a été enterrée à sa place, mais la marque de pelle sur le cercueil suggère qu'il a été inhumé avant. Quoi qu'il en soit, je dirais qu'elle a été placée dans le cercueil peu de temps après lui. Nous sommes proches d'une identification. Landry a son nom ; nous attendons simplement la confirmation du dossier dentaire. »

Inutile de dire à Tracey que je sais déjà qui elle est. Ça ne mènera qu'à des questions embarrassantes, et j'en aurais déjà bien assez dès que Landry identifiera catégoriquement la fille et ira voir la famille. Hier la mère de Rachel a ouvert la porte à l'espoir. Aujourd'hui elle la refermera.

« Tu sais quelque chose, n'est-ce pas ? dit-elle, ses lèvres dessinant une fine cicatrice tandis qu'elle me scrute.

– Comment est-elle morte ?

– Qui est-elle, Theo ?

– Quelqu'un qui était trop jeune pour mourir.

– N'est-ce pas toujours le cas ?

– Je ne sais pas. Peut-être. » Je lance un coup d'œil en direction d'une autre table sur laquelle gît un type qui devait déjà être né quand ces bâtiments ont été construits il y a cent ans. Je me demande s'il s'estimait trop jeune pour mourir, ou s'il avait hâte d'en finir.

« Mais je vais l'aider. Peux-tu me dire comment elle est morte ?

– Assassinée. Mais je suppose que tu l'as su dès l'instant où nous avons ouvert le cercueil. Son os hyoïde est brisé. Elle a été étranglée.

– Des sévices sexuels ?

– Impossible à dire après tout ce temps.

– Elle a été rhabillée après sa mort, n'est-ce pas ? Qu'est-ce que ça te dit ?

– Rien de précis. Juste quelques suppositions.

– Dignité.

– Quoi ?

– C'est ce que Bruce Alderman a affirmé hier soir. J'essaie toujours de comprendre ce qu'il voulait dire. »

Tracey hausse les épaules.

« Ça dépasse mes compétences, Theo. »

Je regarde Rachel Tyler dont le corps momifié est sillonné par une énorme incision en Y. Elle n'a pas été recousue car ce qui reste est principalement réduit à l'état de squelette. Elle ne ressemble même plus à une personne. Juste une coquille. Une enveloppe. Quelque chose qu'on enverrait promener d'un coup de pied ou qu'on balancerait à la poubelle. Si c'est Bruce qui lui a fait ça, alors il s'en est tiré à bon compte hier soir. Je ne me serais pas contenté de lui coller une balle dans la tête.

« Rien d'autre ?

– Qu'est-ce que tu espérais ? demande-t-elle.

– Je ne sais pas. Quelque chose d'utile, je suppose. »

Tracey lâche un petit rire et recouvre Rachel.

« Peut-être qu'on aurait eu plus de chances si on l'avait retrouvée avec quelque chose sur elle. Je ne sais pas... un bijou peut-être. Ou alors une bague.

– Et l'autre fille ? Schroder a dit que tu en avais une autre.

– Je n'ai pas le droit d'en parler.

– Elle aussi a été étranglée, n'est-ce pas ?

– Bonne chance, Theo. D'un côté j'aimerais que tu découvres avant la police qui lui a fait ça. Mais j'aimerais aussi que tu laisses tomber tout de suite. »

Je passe en sortant devant le cadavre de Bruce Alderman. Il gît nu sur une table d'acier. Il a un trou sous le menton et un autre en haut du crâne. Je me demande pour la première fois où il s'est procuré le pistolet.

J'enfonce le bouton de l'ascenseur, et quand les portes s'ouvrent je tombe sur Landry. Son costume est aussi froissé que s'il avait dormi dedans, et il ne s'est pas rasé depuis hier soir. À côté de lui se tient Sidney Alderman. Il est pâle ; ses yeux vont et viennent comme s'il cherchait quelque chose derrière moi. Puis il semble fixer son regard, comme s'il avait trouvé ce qu'il cherchait, et il se précipite en avant, traînant à sa suite une puanteur d'alcool.

« Espèce de salaud ! » hurle-t-il. Il bondit de l'ascenseur et tente de m'envoyer un swing à la mâchoire, mais je fais un pas en arrière et Landry saisit l'arrière de la chemise d'Alderman, lui faisant perdre l'équilibre. Le corps d'Alderman va s'écraser contre le mur, puis, un instant plus tard, son visage aussi.

« Vous avez tué mon fils !

– Ça suffit ! crie Landry.

– Il a tué mon fils ! » Alderman tente de s'écarter, mais Landry le retient toujours. Les jointures de ses doigts sont en sang. « Pourquoi il est pas en prison ? J'ai vu les informations, espèce d'enfoiré, j'ai vu ce que vous avez fait.

– Je n'ai pas tué votre...

– Tate, pourquoi ne nous rends-tu pas service à tous et ne montes-tu pas dans l'ascenseur ?

– Putain d'assassin ! » hurle Alderman. Puis, beaucoup plus doucement : « Pourquoi le laissez-vous toujours s'en tirer impunément ? »

Alertés par les cris, les deux légistes ont fait irruption dans le couloir. Sheldon a l'air ennuyé, comme s'il craignait qu'une escalade de violence ne le force à s'en mêler. Tracey semble déçue.

« Entre dans l'ascenseur, Tate, répète Landry.

– Vous êtes un homme mort ! hurle de nouveau Alderman lorsque la porte commence à se refermer. Vous m'entendez ? Un homme... »

Je ne saurais dire si j'entends le reste de sa phrase ou si c'est mon esprit qui comble le vide.

Durant le trajet jusqu'à mon bureau je m'imagine à la place d'Alderman, et j'ai la sale impression que j'en arriverais à la même conclusion que lui. Je lui ai dit que les choses seraient dures pour son fils. Le même soir, ce dernier finit mort. Et le lendemain matin je me retrouve aux informations, et j'ai l'air d'un foutu assassin.

De retour à mon bureau, je suis accueilli pas les badauds qui ont loupé le spectacle d'hier soir et qui essaient d'avoir leur dose de drame quotidien en m'observant tandis que je longe le couloir. Ils me posent des questions. Ils ont l'air déçus que je ne sois pas couvert de sang. Il y a un cordon de la police en travers de ma porte. Je le roule en boule, l'emporte à l'intérieur et referme la porte au nez de mon public. Je suis obsédé par l'idée que nombre de ces gens ont vu les informations et, grâce à une journaliste prête à tout pour se faire remarquer, croient désormais que c'est moi qui ai tiré.

La puanteur dans le bureau me donne un peu la nausée. J'étale une serviette et quelques pages de journal sur mon fauteuil avant de m'asseoir. Je déchire un mouchoir en papier en deux, roule les morceaux et me les enfonce dans le nez. Je branche mon téléphone portable, mais comme il n'est toujours pas actif j'essuie mon téléphone de bureau avec des mouchoirs en papier humides jusqu'à ce qu'il soit suffisamment propre pour être utilisé. J'appelle ma compagnie d'assurance. Il s'avère que j'ai une assurance vie, une assurance habitation, une assurance mobilier et automobile, mais pas le genre d'assurance qui me couvre pour ça. Si un tuyau avait pété ou si la moquette avait pris feu, l'assurance aurait coopéré. Mais comme c'est un suicide qui a tout salopé, elle ne veut rien entendre. Après avoir raccroché, je feuillette l'annuaire à la recherche du numéro d'une société que je n'ai jamais appelée jusqu'alors, mais que j'ai déjà vue à l'œuvre au fil des ans. L'équipe de nettoyage promet de venir dans la journée. Elle remplacera ce qui ne peut pas être nettoyé, ce qui inclura les fauteuils de bureau.

Quand je repose le téléphone, je regarde en direction du fauteuil où Bruce Alderman était assis, puis je me lève lentement et jette un coup d'œil par-dessus le bureau, comme si je m'attendais à le voir gisant par terre. Mais tout ce que je vois, c'est beaucoup de sang. Je me rassieds et consulte l'annuaire. Le premier numéro que je compose est celui de la mauvaise famille Martins, mais je tombe juste la deuxième fois, et c'est Laura Martins qui répond.

Je lui explique qui je suis, et la fille d'Henry Martins se souvient de moi.

« Donc maintenant vous pensez différemment, déclare-t-elle, et un autre homme est mort. Cette sorcière les a tués, ajoute-t-elle, faisant allusion à sa belle-mère. Et la seule chose qu'on voit aux infos, ce sont ces gens qui ont fait surface dans le lac et le gardien de cimetière mort. Et mon père ? Pourquoi on ne parle pas de lui ?

– La police n'a pas encore révélé les noms aux médias, dis-je. Elle ne peut pas le faire tant qu'elle n'a pas identifié tout le monde.

– Pourquoi mon père ? Pourquoi choisir de le déterrer et de le balancer dans le lac ? Pourquoi pas quelqu'un d'autre ?

– Le hasard. Le jour où la fille est morte coïncidait avec l'enterrement de votre père.

– Donc c'est le hasard ? Un simple accident ? Comme une mauvaise statistique ? »

Aucune réponse ne la satisfera, je n'en propose donc pas. À la place, je poursuis :

« Votre père, possédait-il une montre ?

– Oui.

– A-t-il été enterré avec ?

– Je... je ne sais pas. Peut-être. Je ne sais vraiment pas.

– OK. Vous souvenez-vous du genre de montre dont il s'agissait ?

– Pas vraiment. Mais elle était ancienne.

– Ancienne ?

– Oui. Je l'ai toujours vu avec. Est-ce que c'est bizarre que je ne me souvienne pas s'il l'avait quand il a été enterré ? »

Je lui cite quelques noms, mais elle n'en reconnaît aucun. Puis je la remercie pour sa coopération. La Tag Hauer n'appartenait pas à Henry Martins, vu qu'elle a tout au plus 10 ans.

J'allume mon ordinateur et reprends le fichier que j'ai créé hier, pianotant timidement sur le clavier et touchant à peine la souris car ils ont été éclaboussés de sang. Je retourne au site Internet qui recense les disparitions de personnes et recherche des jeunes femmes qui ont disparu il y a deux ans. Le nom de Rachel Tyler apparaît de nouveau, ainsi que quatre autres. Je lis les fiches. L'une d'elles a été retrouvée deux mois plus tard. Les autres n'ont jamais été revues. Je regarde les photos. L'une des filles avait 17 ans, une autre, 32. Si ça se trouve elles sont toutes les deux enterrées au cimetière. La fille de 17 ans, Julie Thomas, a assurément des points communs avec Rachel Tyler. Même taille, même âge, longs cheveux blonds, toutes les deux jolies. La plupart des tueurs en série ont un type. On dirait que j'ai trouvé celui de notre assassin, mais pour m'en assurer je vérifie les signalements de disparition datant d'il y a six jours. Il n'y a qu'une jeune femme. Jessica Shanks avait 24 ans et sa disparition a été signalée par son père le jour où elle n'est pas rentrée du travail. Je lis les informations la concernant. Le dossier n'est toujours par répertorié comme clos, mais j'imagine que la mise à jour sera effectuée dans les vingt-quatre heures à venir.

J'imprime les photos, une par fille. Je les dispose côte à côte par terre puisque mon bureau est inutilisable. Rachel Tyler, Julie Thomas et Jessica Shanks. Aucun doute, l'assassin avait un type. Quelque part dans cette base de données il y a une autre jeune femme qui complétera la série.

J'imprime les fiches, j'éteins mon ordinateur et le débranche. J'ôte les bouts de mouchoir de mes narines, puis j'emporte l'ordinateur jusqu'à ma voiture. Je ne veux pas qu'il soit endommagé par l'équipe de nettoyage, et je ne sais pas quand je reviendrai ici. Tant que tout le sang n'aura pas disparu, je travaillerai depuis chez moi.

Lorsque tout le matériel est chargé dans ma voiture, je retourne chercher le tableau blanc, que j'essuie avec d'autres mouchoirs en papier humides. J'attrape aussi mon téléphone portable. Un trait apparaît au niveau de la jauge de batterie – j'aurais aussi dû acheter un chargeur à brancher sur l'allume-cigare de ma voiture. Je laisse le chevalet et porte le tableau blanc à ma voiture, opinant du chef en direction des gens qui me posent des questions en chemin et les ignorant quand ils me demandent de rester un peu plus longtemps histoire de leur donner tous les détails sanglants.

15

David le petit ami loge dans une maison qui est presque aussi délabrée que celle de Sidney le gardien de cimetière. Elle a moins vu de peinture au cours des dernières années que de rouille et d'araignées. Les gouttières sont rongées par la corrosion, les fenêtres sont couvertes de crasse, les planches des murs sont tordues et peu accueillantes. Elle est située au milieu d'une douzaine d'autres maisons, chacune ayant besoin d'un bon entretien ou d'un boulet de démolition. Je ne comprends pas comment David peut continuer de vivre ici. Je ne comprends pas comment quiconque pourrait vivre ici pendant plus d'une semaine. Mais peut-être que ça lui plaît et que c'est simplement moi qui ne saisis pas. Peut-être est-ce le mode de vie typique de la pop culture. La négligence remplace le noir. Être cradingue est à la mode, être fauché est à la mode, s'assurer que la maison dans laquelle on vit a l'air pourrie est à la mode. La maison ne lui appartient pas, il est locataire, comme tous les autres étudiants du quartier, ce qui signifie qu'il n'a pas grand-chose à foutre de l'état de la propriété, et comme les propriétaires savent qu'un jour ils devront la détruire au bulldozer ou y mettre le feu, ils n'en ont rien à foutre non plus tant que le loyer est payé. Ce n'est pas la banlieue typique : la plupart des habitants du quartier sont des étudiants qui peinent à joindre les deux bouts. Rachel Tyler était étudiante. Je n'arrive pas à l'imaginer restant ici plus de quelques jours avant de rentrer chez elle pour récupérer quelques affaires, passer une bonne nuit de sommeil ou avoir la possibilité de sortir de la douche plus propre que quand elle y est entrée.

Un jeune type avec des clous dans les oreilles, les lèvres et le nez ouvre la porte. Il doit vraiment se marrer chaque fois qu'il franchit les contrôles de sécurité avant de prendre l'avion. Il plisse les yeux car l'éclat du ciel nuageux est trop vif pour lui. Son T-shirt porte l'inscription *La vérité est ici-bas*, avec une flèche pointée vers son entrejambe. Tout d'un coup, le dernier de mes désirs est de connaître la vérité.

« David Harding ?

– Non, mec, il est pas là.

– Où est-il ? »

Le type hausse les épaules.

« En train d'étudier, je crois. Ou de dormir.

– De dormir ?

– Ouais, mec, vous savez, ce truc qu'on fait le matin après être sorti toute la nuit.

– Je croyais que les gens dormaient la nuit.

– Vous venez de quelle planète ?

– D'une planète plus ancienne. Est-ce qu'il dort ici ?

– Ouais, mec.

– Donc, s'il dort, serait-il possible qu'il le fasse ici en ce moment même ? »

Il semble réfléchir à ma question.

« Possible, je suppose.

– Alors si tu mettais en pratique ton éducation universitaire et que tu t'en allais vérifier pour moi.

– Comme vous voulez, vieux. »

Il se retourne et longe le couloir, s'agrippant deux fois au mur pour s'assurer que ni le mur ni lui ne se cassent la gueule.

Je fais deux pas à l'intérieur, supposant que Tête de Clous n'a rien contre et a simplement oublié de me proposer d'entrer. Il fait plus froid dedans que dehors – probablement une constante toute l'année dans ces baraques. L'air est humide, et la moquette, le papier peint et les murs auraient besoin d'un déshumidificateur permanent. Il y a des posters aux murs mais pas de photos d'amis ou de parents. J'entends des marmonnements de l'autre côté de la maison mais ne parviens pas à les déchiffrer. On dirait une discussion de gueules de bois.

Je continue d'avancer. Le couloir me mène à une cuisine sortie tout droit du début du siècle dernier, avec ici et là de la nourriture en train de pourrir qui pourrait dater de la même époque. Le comptoir de la cuisine a un plateau de formica orné de fleurs jaunes et est jonché de vieux emballages de fast-foods. La cafetière à piston est chaude. Je remplis une tasse alors que le Clouté revient. Il ne semble aucunement surpris de voir que j'ai envahi sa maison et fais comme chez moi. Je suppose que c'est comme ça avec les étudiants.

« Il est fatigué, annonce le Clouté, résumant la gueule de bois dans un mensonge ambitieux.

– C'est par là ? »

Je sors de la cuisine et regagne le couloir.

« Mec, j'ai dit qu'il était fatigué. Il veut pas parler. »

Je me retourne et le fixe des yeux, et quelque chose dans mon regard lui fait décider qu'il se moque que j'aille ou non réveiller David, tant que je lui fous la paix. Il hausse les épaules et se met à farfouiller dans le réfrigérateur à la recherche de quelque chose de comestible.

La chambre de David Harding est sombre et empeste encore plus que le reste de la maison. J'allume la lumière, mais ça n'arrange pas vraiment les choses. Sur le sol se trouve un grand matelas sans sommier. On dirait qu'une demi-douzaine de personnes ont fait des bonds dessus. David ne lève pas les yeux. Il a la tête enfoncée sous un oreiller.

Je m'accroupis à côté de lui.

« David.

– Tirez-vous.

– J'ai quelques questions à te poser.

– Je m'en fous. »

Il y a des vêtements éparpillés par terre, des pages de devoirs et des manuels empilés sur le bureau et la chaise. Des emballages de nourriture et des miettes recouvrent la moquette. J'ouvre les rideaux pour laisser pénétrer la lumière. Il gémit légèrement. Je le roule sur le flanc, et il me regarde pour la première fois. Ses cheveux collés sont dressés à l'arrière et sur le côté gauche de sa tête, là où l'oreiller les a écrasés. Il a les yeux chassieux. Sa peau est pâle, ce qui laisse penser qu'il ne voit pas beaucoup le soleil. Il y a chez lui quelque chose de familier, et je suppose que j'ai pu voir sa photo dans les journaux quand Rachel a disparu. Il a l'air perdu, comme seule peut l'être une personne d'une vingtaine d'années qui engrange les diplômes universitaires sans la moindre idée de ce qu'elle veut faire de sa vie.

« Bois ça.

– Allez-vous-en.

– Il est brûlant, dis-je, et tu ne veux pas que je te le renverse dessus. »

Il s'assied et je lui tends la tasse.

« Qu'est-ce que vous me voulez ?

– Te parler de Rachel.

– Laissez-moi deviner... c'est sa mère qui vous a demandé de venir ici, exact ? Elle croit que je l'ai tuée.

– Je travaille pour Rachel, pas pour sa mère. Est-ce que tu l'as tuée ?

– Allez vous faire foutre, mec. Et tirez-vous de ma piaule.

– J'ai retrouvé son corps. »

Il se redresse et serre plus fort la tasse de café.

« Elle est morte ? »

C'est une question toute simple, dénuée d'émotion. Il a l'air surpris, sa bouche est légèrement entrouverte et ses yeux un peu écarquillés. Pas de larmes, pas de colère, pas de frustration. Juste de l'acceptation. L'acceptation de la réponse à une question qu'il s'est posée une multitude de fois – l'éternel « Et si ». *Et si elle était toujours vivante ? Et si elle ne l'était plus ?* Maintenant, il a la réponse.

« Elle a été retrouvée hier.

– Vous en êtes sûr ? »

Je lui tends la bague. Il pose son café par terre afin de pouvoir l'examiner. Il la retourne et lit l'inscription. Puis il la passe au bout de son doigt et la fait lentement tournoyer.

« C'est moi qui la lui ai donnée, dit-il. Peu de temps avant sa disparition. Je lui ai promis que quand on aurait notre diplôme je l'emmènerais loin d'ici et qu'on reviendrait jamais.

– Elle détestait vivre ici ? Pourquoi ?

– Je crois pas qu'elle détestait vraiment. Je crois que c'est le problème avec cette ville, hein ? On peut l'aimer et la détester en même temps. Je crois qu'elle étouffait simplement, vous voyez ? Elle voulait voir le monde, et j'allais le lui montrer. Où l'avez-vous trouvée ?

– Elle était enterrée dans un cimetière.

– Hein ?

– Elle a été placée dans le cercueil d'un autre.

– Je pige pas ce que vous dites. Elle était enterrée ? »

Ses émotions commencent à remonter. Ses mains tremblent un peu, et ses yeux commencent à scintiller, comme je l'ai vu des douzaines de fois chez les personnes qui ont perdu un être cher.

« Nous exhumions un corps. La personne que nous pensions déterrer n'était pas là. Nous avons trouvé Rachel à sa place.

– Vous déterriez qui ?

– Un certain Henry Martins. Ça te dit quelque chose ? »

Il secoue la tête.

« Pourquoi ça me dirait quelque chose ?

– Il était directeur de banque. Tu es sûr de n'avoir jamais entendu parler de lui ?

– Est-ce que j'ai l'air d'avoir déjà eu besoin d'un directeur de banque ? Comment elle est morte ? Est-ce qu'elle a été enterrée vivante ? Oh, bon Dieu, dites-moi que non.

– Je ne suis pas certain.

– Vous n'êtes pas certain ? Vous l'avez vue ?

– Oui.

– Comment elle était ?

– Elle portait toujours la bague, dis-je, ce qui n'est pas tout à fait vrai.

– Comment elle était ? répète-t-il.

– Elle est morte depuis deux ans, David. Voilà comment elle était. »

Il se passe les deux mains dans les cheveux.

« Bon sang, dit-il. C'est pas juste. »

Il repousse les couvertures ct se lève. Il porte un caleçon, et son corps est d'une pâleur cadavérique. Il enfile un jean.

« Ça ne l'est jamais. Dis-moi ce qui s'est passé.

– Quoi ?

– La dernière fois que tu l'as vue, dis-moi ce qui s'est passé.

– Il s'est rien passé. C'était juste un non-moment. Je m'en souviens même pas.

– Bien sûr que si. Tout le monde se souvient des derniers moments. »

Il s'avère que les derniers moments de David avec Rachel n'ont en effet rien de particulier. Il a dîné avec elle. Ils ont mangé tout en révisant. Ils sont allés au lit ensemble, et il me précise que la maison était plus en ordre à l'époque. Ils se sont réveillés ensemble ; il est parti en cours et elle est allée prendre un petit déjeuner. Une tranche de vie ordinaire qu'il s'est probablement repassée un millier de fois dans sa tête au cours des deux dernières années. Il aura songé à tous les facteurs qui se sont combinés pour arriver à ça. Il aurait pu sécher les cours. Ses cours auraient pu être à une autre heure. Ou alors ceux de Rachel. Ils auraient pu prendre leur petit déjeuner ensemble. Ils auraient pu dîner séparément la veille au soir. N'importe quel maillon de la chaîne aurait pu être brisé, moyennant quoi ils seraient toujours ensemble.

Bien entendu, la réalité est qu'ils auraient pu rompre, ou qu'il aurait pu la mettre enceinte et la quitter pour fuir ses responsabilités, ou qu'elle aurait pu le tromper. Le jeune amour peut mener à tout. Mais il ne devrait jamais mener à ça. David explique qu'il ne savait même pas qu'elle avait disparu, qu'il supposait qu'elle était rentrée chez elle ce soir-là et qu'elle ne l'avait pas appelé.

« Est-ce qu'elle avait des problèmes ?

– Elle m'en a jamais parlé.

– Quelqu'un qui l'importunait ? Qui la harcelait ? Quoi que ce soit qui sortait de l'ordinaire ?

– Vous croyez pas que je me suis déjà posé ces questions ? Merde, j'ai ressassé tout ça avec tellement de gens, et je le ressasse tout seul chaque putain de jour. Je l'aimais. Je l'aime encore.

– Où est-elle allée prendre son petit déjeuner ?

– Elle le prenait dans un café de la fac. Je l'ai déjà dit à vos collègues. »

Je n'éprouve pas le besoin de lui préciser que je ne suis pas flic.

« Aide-moi », dis-je.

Il se met à tourner en rond dans la pièce.

« Elle a été vue dans le café. Elle est partie vers 10 h 30. Elle a mangé des œufs et du bacon baignant dans le ketchup. J'ai jamais compris comment elle pouvait avaler ça. Elle est partie. Et c'est tout ce qu'on sait.

– Était-elle censée rencontrer qui que ce soit ?

– Elle allait en cours.

– Voyait-elle quelqu'un ?

– Quoi, vous voulez savoir si elle avait une liaison ?

– Oui.

– Rachel n'aurait jamais fait ça.

– Et toi ?

– Bon Dieu, non. Je l'aimais.

– Donc tu ne vois pas un autre endroit où elle aurait pu aller ?

– J'en sais rien, mec. Si je le savais, je vous le dirais.

– OK. OK. Qui d'autre puis-je questionner ?

– Quoi ?

– Elle devait avoir une meilleure amie, non ? Quelqu'un auprès de qui elle se plaignait à ton sujet ?

– Elle se plaignait pas.

– Alors tu devais être le petit ami parfait.

– Alicia North. Elles allaient tout le temps faire du shopping ensemble et elles cassaient du sucre sur le dos des mecs. Rachel disait qu'elle le faisait plus pour Alicia que pour elle. Mais Alicia ne l'a pas vue ce jour-là. Moi, je crois que Rachel y allait parce qu'elle aimait faire du shopping. C'était plutôt énervant. Elle achetait tout un tas de trucs sur des coups de tête.

– Où habite Alicia ?

– J'en sais rien. Je ne lui ai pas parlé depuis.

– Tu as déjà entendu parler d'une jeune femme nommée Julie Thomas ?

– Heu... je ne crois pas. Elle est étudiante ici ?

– Non. Tu es sûr de ne jamais avoir entendu parler d'elle ?

– Oui. Pourquoi ?

– Elle a disparu à la même époque que Rachel. Et Jessica Shanks ?

– Elle a aussi disparu ? demande-t-il.

– Tu as entendu parler d'elle ? »

Il secoue la tête.

« Et Bruce Alderman ?

– Alderman ? Hum... non, je crois pas. Je devrais ?

– Je ne sais pas.

– Est-ce qu'il a tué Rachel ?

– Je ne suis sûr de rien.

– Vous pouvez pas l'interroger ou quelque chose ?

– Il est mort. Il s'est suicidé hier soir. Mais il a dit que ce n'était pas lui. »

Il cesse de tourner en rond.

« Quoi ? Il s'est suicidé ? Je... hum... vous le croyez ? Que c'est pas lui qui l'a tuée ?

– Suffisamment pour poursuivre l'enquête.

– Sa mère croit que c'est moi.

– Je sais.

– Je l'ai pas tuée. »

Je regarde dans ses yeux. J'y vois du chagrin, je le reconnais et je le sens, et même s'il ne le sait pas, ce chagrin constitue un lien entre nous. Il ne fait pas du cinéma. Sa douleur est réelle. Suffisamment réelle pour que, si je l'enfermais dans une pièce avec l'assassin de Rachel, il devienne un autre homme. Il franchirait un point de non-retour, et ça ne le gênerait pas. Il le franchirait encore et encore s'il le pouvait.

« Je sais.

– Et cet Harry, qu'est-ce qui lui est arrivé ?

– Henry Martins. Nous ne sommes pas exactement certains. Écoute, David, pas la peine de te recoucher. Les flics seront bientôt ici. Dis-leur simplement ce que tu sais.

– Vous êtes pas flic ? »

Je lui tends ma carte et lui reprends la bague.

« Je l'étais, mais c'était il y a longtemps. »

16

Il n'y a pas de voitures de police stationnées devant la maison des Tyler. Soit les flics sont déjà repartis, soit ils sont en route. Il y a cependant dans l'allée une voiture qui n'était pas là hier soir. Probablement celle du mari. Sa femme a dû l'appeler aussitôt après mon départ, et il sera rentré précipitamment. Il n'a pas mis la voiture au garage. Il ne s'est pas levé ce matin pour la déplacer. Il est à l'intérieur avec sa femme, attendant les nouvelles. Attendant d'apprendre que sa fille est morte.

Je vérifie mon téléphone. Il y a un trait à la jauge de batterie, trois à l'indicateur de signal, mais il n'est toujours pas connecté au réseau.

La porte s'ouvre avant que je l'aie atteinte. Patricia Tyler porte les mêmes vêtements qu'hier. Elle a probablement dormi dedans. Ou alors elle n'a pas dormi.

« Il se passe quelque chose, n'est-ce pas ? demande-t-elle.

– Oui.

– On va nous informer aujourd'hui, c'est ça ?

– Oui.

– Saviez-vous hier ? Quand vous êtes venu ici, quand je vous ai laissé entrer. Saviez-vous que ma fille était morte ?

– Je le soupçonnais.

– Pourtant vous n'avez rien dit.

– Je suis désolé.

– Vous êtes désolé, dit-elle, et sa voix est calme et plate, fatiguée. La police a appelé il y a quelques minutes. On ne nous a rien dit, mais j'ai compris. Des agents sont en route pour nous parler. »

Il n'y a rien que je puisse dire pour soulager sa douleur, alors je me tais. J'attends, conscient qu'elle n'a pas fini.

« Vous êtes désolé, et pourtant vous êtes venu. Vous m'avez fait croire qu'il y avait des chances que ma fille soit toujours en vie. »

Je ne lui ai rien fait croire. Même si j'avais débarqué avec la main de sa fille dans un sachet en plastique et pas seulement sa bague elle se serait accrochée à son espoir. Je crois qu'elle continue de s'y accrocher.

« Je peux entrer ?

– Je ne crois pas.

– Un homme s'est suicidé dans mon bureau. Hier soir. Il s'est collé un pistolet contre la tête et il m'a dit qu'il n'avait rien à voir avec ce qui est arrivé à Rachel, puis il a appuyé sur la détente. »

Elle ne semble pas choquée. Ni satisfaite. Elle semble simplement fatiguée, assommée.

« Je vous ai vu aux informations, dit-elle. Vous n'étiez pas à votre avantage. Croyez-vous qu'il a tué Rachel ?

– Peut-être qu'il a menti. Auquel cas c'est toute la justice que vous obtiendrez. Mais s'il a dit la vérité, alors il y a toujours quelqu'un en liberté qui doit payer. C'est pour ça que je suis ici. Pour Rachel.

– Pour Rachel », répète-t-elle. Sa voix est dénuée d'inflexion, et je ne suis pas sûr de ce qu'elle veut dire. « Cette journaliste, poursuit-elle. Elle a dit que votre fille a été tuée. Donc vous comprenez. Et peut-être que la douleur que nous partageons vous mènera plus loin que la police. Peut-être qu'elle vous poussera à vous battre plus dur pour Rachel. »

Elle me guide jusqu'au salon. Son mari, un type obèse aux cheveux gris avec des cernes sombres sous les yeux, se lève du divan. Il semble sur le point de me serrer la main, puis il retire son bras, comme si le fait de me toucher risquait de souiller la nouvelle qu'il est sur le point d'apprendre.

« Est-ce que c'est vous qui l'avez retrouvée ? demande-t-il.

– Oui.

– Comment... » Il baisse les yeux, scrute le tapis pendant quelques instants comme si c'était son ultime planche de salut, puis il poursuit sans relever les yeux. « Comment était-elle ? »

Le petit ami m'a posé la même question. Ils veulent entendre qu'elle semblait en paix, qu'elle est toujours bien conservée pour une fille qui a été assassinée il y a deux ans. Seulement elle n'était pas bien conservée. Elle avait l'air de quelqu'un qui a connu une sale mort.

« Elle avait l'air de dormir, dis-je, espérant qu'ils croiront mon mensonge, espérant que quand ils imploreront les inspecteurs de les laisser voir le corps, ceux-ci refuseront.

– C'est difficile de croire qu'elle est vraiment morte », dit-il en relevant la tête. Son visage est raide, dénué d'espoir. Sauf son regard. Son regard est obsédant. Je suis obligé de détourner les yeux. « Ça devrait être plus facile, ajoute-t-il. Ces deux années auraient dû nous préparer. »

Il sait sans doute exactement combien de jours se sont écoulés. Je songe à ma femme et à ma fille, et je songe à ce à quoi m'ont préparé les deux dernières années. Le destin a détruit la famille Tyler, et une semaine plus tard il a détruit la mienne.

« Les gens croient que le temps guérit toutes les blessures, poursuit-il. Ils disent que la vie continue. Comme si nous étions censés oublier complètement Rachel. Comme si nous étions censés cesser de nous interroger. Abandonner tout espoir. Ils ne comprennent pas. Ils croient que c'est comme perdre un chiot ou égarer ses clés de voiture. Mais ils n'ont pas vécu ça ; ils dispensent leurs conseils, croyant savoir ce que nous voulons entendre, certains que la meilleure chose pour nous est de simplement passer à autre chose.

– Mais vous, vous savez tout ça, n'est-ce pas ? dit Patricia Tyler.

– Pourquoi êtes-vous ici ? demande le mari.

– Pour Rachel.

– Quel dommage que vous n'ayez pas été là pour elle il y a deux ans.

– Michael...

– Désolé. C'est juste que... »

Il n'achève pas sa phrase. Il se rassied sur le divan et se met à balayer la pièce du regard comme s'il avait égaré quelque chose.

« J'ai parlé à David, dis-je.

– Vous avez parlé à *David* ?

– Il a dit que Rachel aimait faire du shopping. »

Patricia se tourne vers son mari. Ils s'observent. C'est le genre de regard que deux personnes échangent lorsqu'elles essaient de décider si elles doivent ou non révéler au reste du monde un grand secret. Ma phrase était innocente, et je suis sûr qu'elle recevra une réponse innocente, mais ils cherchent tous deux une question et une réponse différentes, ils veulent savoir ce qui est arrivé à leur fille. Ils essaient de comprendre comment son goût pour le shopping a pu entraîner sa mort.

« Bien sûr, elle faisait du shopping, dit Patricia.

– Rachel utilisait-elle une carte de crédit ?

– La foutue banque nous a envoyé la facture, déclare Michael Tyler. Ils nous ont dit que si on ne payait pas ils nous mettraient en recouvrement. Nous avons expliqué que Rachel avait disparu. Bon sang, c'était dans la presse, alors ils étaient déjà au courant. Mais ils s'en foutaient. Leur argument était que comme personne ne pouvait prouver ce qui était arrivé à Rachel ça n'était pas à eux de régler la note.

– C'était horrible. » Patricia Tyler se met à pleurer. Pendant quelques instants elle ne fait rien pour contenir ses larmes, se contentant de les laisser couler sur son visage comme si elle ne les avait pas remarquées. Puis elle soulève un mouchoir et les essuie, mais elles continuent de couler. « Vous imaginez ça ?

Notre fille avait disparu, elle était peut-être morte... en fait, elle l'était. Ou plutôt, elle l'est.

– Les deux, à vrai dire », intervient son mari.

Il semble lui aussi au bord des larmes et il hausse légèrement les épaules, comme s'il ne savait pas pourquoi il a dit ça. Je sais que dès que je serai parti ils tomberont dans les bras l'un de l'autre pour une étreinte que l'un comme l'autre voudrait ne jamais rompre.

« Et ces bandits sans cœur de la banque nous ont envoyé une agence de recouvrement.

– Est-ce que vous avez son dernier relevé de carte de crédit ?

– Oui, répond Patricia.

– Je peux le voir ?

– Pourquoi ?

– Ça pourrait me dire où était Rachel ce jour-là, ou les jours précédents.

– La police en a déjà une copie. Ça ne les a menés à rien.

– Mais ça pourrait me mener ailleurs. »

Elle ne discute pas. Elle se contente de quitter la pièce, nous laissant son mari et moi attendre dans un silence gêné. À son retour, elle me tend le relevé. Je le parcours. Vêtements, CD, encore des vêtements. Essence.

« Ce sont les endroits où elle avait l'habitude d'aller ?

– Ils figurent sur tous ses relevés.

– Où sa voiture a-t-elle été retrouvée ?

– À l'université. À l'endroit où elle la garait toujours.

– Et le fleuriste ? »

Je désigne du doigt une dépense qu'elle a faite une semaine avant sa disparition.

« Elle a acheté des fleurs pour sa grand-mère.

– Quoi que ce soit d'inhabituel ? demandé-je.

– Rien.

– OK. Je peux l'emporter ?

– Ne le perdez pas », dit Patricia.

Elle me raccompagne jusqu'à la porte. Michael Tyler se lève, semble sur le point de nous rejoindre, mais il se rassied. Le couloir est chaleureux et il semble y avoir plus de photos de Rachel accrochées aux murs que quand j'étais ici hier soir, comme si les Tyler espéraient qu'elles les protégeraient d'une mauvaise nouvelle.

« L'homme hier soir. La journaliste a dit qu'il s'appelait Bruce Alderman. Vous ne l'avez pas dit, mais vous le croyez innocent, n'est-ce pas ? C'est pour ça que vous êtes ici. »

Je pense à l'expression dans les yeux de Bruce avant qu'il n'appuie sur la détente. Je pense à la clé dans sa poche, enfermée dans une enveloppe à mon nom.

« Je ne crois pas que ce soit lui.

– Trouverez-vous le coupable ?

– Je vais essayer. Je vous le promets. »

J'ai parcouru la moitié de l'allée lorsqu'une idée me vient. Je me retourne et Patricia est toujours là à m'observer, à observer l'homme qui, deux ans après la disparition de sa fille, est venu leur annoncer que tout était fini.

« Les fleurs pour sa grand-mère. Il y avait une occasion spéciale ?

– Ma mère est morte une semaine avant la disparition de Rachel. C'est l'une des raisons qui ont poussé la police à croire qu'elle avait fugué. Rachel et ma mère étaient proches. Pendant les premières années, elle m'a aidée à élever Rachel. La police a supposé qu'elle était déprimée et qu'elle avait eu besoin de s'enfuir. Elle a acheté ces fleurs pour l'enterrement.

– Dans quel cimetière ?

– Woodland Estates. »

Woodland Estates. Le cimetière avec le lac. Le cimetière où repose ma fille.

Le cimetière où Rachel a été découverte.

17

Le lien existait déjà il y a deux ans, mais personne ne l'a cherché. Personne ne savait même qu'il fallait le chercher. Comment le savoir ? Personne ne pouvait deviner que Rachel serait retrouvée un jour enterrée dans un cimetière. Personne ne pouvait deviner qu'en se rendant à l'enterrement de sa grand-mère elle s'était jetée dans les griffes de son assassin.

Mon téléphone portable sonne, ce qui est une bonne nouvelle, car ça signifie qu'il fonctionne enfin. Je regarde l'écran, mais ne reconnais pas le numéro.

« Allô ?

– Qu'est-ce qui te prend de te mêler de mon enquête ?

– Qui est à l'appareil ?

– D'après toi ? Tu es allé voir les Tyler.

– Écoute, Landry, j'étais... »

Mais je ne sais pas comment achever ma phrase.

« Bon Dieu, Tate, à quoi tu joues ? Tu vas nous mettre vraiment dans la merde.

– Je sais ce que je fais.

– Si tu savais ce que tu faisais, tu serais toujours flic. Tu vas foutre le bordel, et si ce n'est pas Bruce Alderman qui a tué ces filles, alors nous avons une enquête sérieuse sur les bras. Ce qui signifie qu'il y aura un procès quand nous aurons attrapé le coupable, et que nous allons soudain devoir expliquer tes actes pendant le procès. Tu vas avoir l'air de quoi ? Et nous ? N'importe quel avocat de la défense taillera notre enquête en pièces sous prétexte que tu as bidouillé tous nos indices. Bon sang,

Sidney Alderman est certain que tu as tué son fils. Merde, Tate, tu dois être plus prudent. Tu dois éviter ce genre de conneries.

– Je ne l'ai pas tué.

– Je le sais. Nous le savons tous. Tous sauf Alderman. Il est certain que c'est toi qui as appuyé sur la détente. Tu ferais bien de surveiller tes arrières.

– Ma menace n'était pas sérieuse.

– Peut-être. Mais si j'étais toi, je ferais tout de même gaffe. Il est en train de puiser du courage.

– Comment ça ?

– Il est allé direct de la morgue à un bar. Il est en train de se saouler, et je ne suis pas sûr que ce soit une bonne chose.

– Laisse-moi deviner. C'est toi qui l'as déposé ?

– C'est vraiment une question à la con, Tate. J'essaie de t'aider.

– OK, OK, message reçu.

– Non, je ne crois pas. Parce que tu t'es démerdé pour récupérer la bague de la fille.

– Quoi ?

– Rachel Tyler. Tu as sa bague. Tu l'as montrée à ses parents.

– C'est Bruce qui me l'a donnée.

– Conneries. Tu l'avais hier après-midi. Comment te l'es-tu procurée ? Tu l'as piquée dans le cercueil ? Où es-tu en ce moment ? »

J'étais devant le cimetière il y a quelques secondes, mais maintenant que je sais que Sidney Alderman n'est pas chez lui, je vais aller y faire un petit tour.

« Je suis à la maison.

– Non. Je suis chez toi, et tu n'y es pas.

– Bien essayé, Landry. Mais je suis dans mon allée, et je ne te vois nulle part. »

Je suis quasiment certain que chacun de nous sait que l'autre bluffe.

« Pas touche à mon enquête, Tate. Si j'entends une fois de plus ton nom, je vais prendre des mesures radicales. Pigé ?

Tu pourrais finir au trou, mon vieux. Tu compromets les choses. Tu as volé une pièce à conviction que, soit dit en passant, je veux récupérer.

– OK, je... »

Mais il a déjà raccroché. Je descends de voiture et scrute chaque côté de la rue, craignant soudain que Landry soit quelque part en train de m'observer. Il n'y a personne en vue. Mais il avait raison sur un point. Il va de nouveau entendre mon nom dans environ vingt minutes quand il ira parler à David. C'est, comme il dit, le bordel.

Je frappe à la porte et personne ne répond. Je vais d'une fenêtre à l'autre, essayant de regarder à l'intérieur, mais comme même la lumière du soleil semble incapable de transpercer la crasse, je n'ai guère de chance de voir quoi que ce soit. Un type comme Sidney Alderman sortirait pour me dire de foutre le camp s'il savait que je suis en train de regarder à travers ses fenêtres. Ce qui signifie qu'il est bel et bien absent. J'essaie la porte de derrière. Elle est fermée à clé. Idem pour celle de devant. Je sors la clé que Bruce m'a laissée et essaie les deux serrures, mais ce n'est pas la bonne. Elle est loin d'avoir la bonne taille.

Il reste néanmoins un tas de façons d'entrer, et j'opte pour la méthode la moins subtile, qui consiste à défoncer à coups de pied la porte de derrière. Celle-ci s'ouvre relativement facilement, rebondissant contre le mur et se refermant presque, uniquement stoppée dans sa course par le montant tordu. Les flics sauront qui a fait ça. Mais si j'ai raison, ça n'aura aucune importance. Ils seront heureux que je l'aie fait.

La première chose que je perçois est une odeur d'alcool. Je longe le couloir. La moquette est râpée et le plancher en dessous gémit. Il y a trois chambres, une en désordre, une en ordre, et la troisième complètement vide – pas le moindre meuble ni le moindre poster au mur. Des deux chambres utilisées, celle en ordre l'est uniquement par rapport à celle en désordre, et la façon dont tout est légèrement de travers suggère que la police est déjà venue fouiner et que l'un des Alderman a rangé à la hâte. Je suppose que ce que Bruce Alderman pouvait cacher sous son lit se trouve désormais sur un bureau quelque part au poste de police.

La cuisine est pleine de vaisselle sale et de boîtes de bière vides. Dans le salon, le moindre espace horizontal disponible est occupé par des canettes et des boîtes de bière. Sidney Alderman a eu une nuit difficile. Les accoudoirs des fauteuils et du canapé sont lacérés sur le devant, ce qui suggère la présence d'un chat, mais il n'y a de gamelle nulle part, alors peut-être qu'il en a eu marre de vivre dans ce taudis et qu'il a déménagé. Je suis en revanche surpris de découvrir des albums photo empilés sur une table basse – Alderman ne semblait pas du genre à ressasser ses souvenirs de famille. J'enfile une paire de gants en latex avant de soulever la couverture de l'album du dessus. Des photos couleur de périodes plus heureuses sont soigneusement disposées sur la page. Un homme, une femme, un enfant. La famille Alderman. Ils semblent heureux. Des sourires, des moments de détente sincères, des photos posées pour les anniversaires et les Noëls. Sidney Alderman semblait différent à l'époque, le genre d'homme qu'il était possible d'apprécier.

Je continue. Je pressens déjà la suite. L'homme, la femme et l'enfant commencent à vieillir. Ils changent. Ils ont toujours l'air heureux. Je reconnais la maison à l'arrière-plan de certaines de ces images. Des photos d'été. Des photos d'hiver. Des clichés de pièces de théâtre et de compétitions sportives à l'école. Je passe à l'album suivant. La maison est propre et en ordre et semble accueillante. Elle paraît bien entretenue. Peinture fraîche, vitres propres, pas de tuiles brisées sur le toit.

Les modes changent. Les années 1980 deviennent les années 1990. Une partie du mobilier est renouvelée. Sur l'une des photos je vois une infâme moquette orange et marron à l'anglaise datant de la fin des années 1960, remplacée par la suite par un infâme truc vert pâle moucheté du début des années 1980.

La télé est mise au goût du jour. Un chat apparaît sur certaines photos, une bête noire avec une bande de fourrure blanche autour du cou.

Les parents vieillissent, et le gamin grandit et commence à avoir les traits de l'homme que j'ai rencontré et vu mourir hier. Sidney Alderman a l'air d'un homme heureux. Heureux sur les photos de vacances. Plages, bateaux et cannes à pêche. Affreuses chemises, vilaines coupes de cheveux et voitures mastoc dévoreuses d'essence. La maison reste la même. Les sourires restent les mêmes. Je passe à l'album suivant. Encore des photos de vacances.

Puis la femme d'Alderman n'est plus là. Les sourires sont faibles et forcés, et il s'écoule de plus en plus de temps entre chaque photo. Plus de vacances. Plus de moments heureux. Juste des obligations. Comme les anniversaires et les Noëls que personne ne veut célébrer. La femme ne revient pas, et l'état de décrépitude de la maison sur les photos laisse entendre qu'elle ne le fera pas. Les années passent avec seulement quelques moments capturés sur pellicule, mais rien qui fasse chaud au cœur – les participants font semblant, puisant dans leurs souvenirs d'événements anciens pour se rappeler comment sourire. À la fin de l'album se trouve une série de coupures de presse.

Mon téléphone sonne et rompt ma concentration. Encore un numéro que je ne connais pas. Je réponds, mais personne ne parle. Je ne dis rien non plus. J'entends le léger sifflement que tous les téléphones portables du pays doivent produire, le genre de sifflement qui indique que la communication n'est pas transmise par une ligne terrestre.

Puis, après dix ou vingt secondes, une voix se fait entendre.

« Vous avez tué mon fils. » Les mots sont lents et fermes, comme si chacun était une phrase à lui seul, comme si mon interlocuteur avait du mal à les prononcer et devait fournir un gros effort de concentration. « Vous avez tué mon fils », répète-t-il face à mon silence.

Je baisse les yeux vers les albums et les bouteilles d'alcool vides. Alderman a appris la mort de son fils la nuit dernière. Impossible que les flics ne l'aient pas informé aussitôt. Impossible qu'ils aient décidé que c'était le genre de chose qui pouvait attendre jusqu'au matin, quand ils passeraient le chercher pour l'emmener à la morgue. Ça doit être la raison pour laquelle il a sorti ces albums photo. Je me rappelle avoir fait la même chose, et il m'arrive encore de le faire. Je me demande si au cours des dernières heures il en est venu à la conclusion que tout était de ma faute – le départ de sa femme, le délabrement de sa maison, le suicide de son fils, le fait que son fils a enterré d'autres cadavres.

« Je voulais l'aider. Je ne souhaitais pas sa mort. Mais je ne l'ai pas tué. Il s'est suicidé. C'était son choix et je n'y suis pour rien.

– Vous l'avez tué.

– Je ne l'ai pas tué.

– Vous l'avez tué parce que vous êtes un assassin. Vous avez ça dans le sang. Vous avez dit hier soir que vous alliez le retrouver. Vous avez dit que si je vous aidais vous le ménageriez, mais je ne vous ai pas aidé et vous vous en êtes pris à lui. Vous vous êtes acharné sur lui.

– Il s'est suicidé parce qu'il se sentait coupable. Vous saviez ce qu'il faisait.

– Il ne faisait rien du tout.

– Combien y en a-t-il d'autres ?

– Vous l'avez tué.

– Combien d'autres ? Ou est-ce qu'il n'y en a que quatre ?

– La police ment pour vous protéger, tout comme elle vous a protégé il y a deux ans, comme l'a dit la journaliste.

– Vous ne savez pas de quoi vous parlez.

– Je l'ai vu ce matin. Il était allongé sur une table en acier. Il ne ressemblait plus à rien. Ce n'était plus mon fils. Ce n'était plus Bruce. C'était un truc avec la tête toute défoncée. Vous lui avez collé un flingue sous le menton et vous avez tiré.

– Vous savez que je n'ai rien fait de tel.

– Ne me dites pas ce que je sais ! hurle-t-il. Vous n'avez aucun droit de me dire ce que je sais ! C'était mon fils ! Mon fils ! Et vous l'avez tué.

– Il s'est suicidé.

– J'ai souvent songé à ce que vous avez fait, et j'aurais voulu avoir le courage de faire pareil.

– Quoi ?

– Quand Lucy est morte. C'était pareil, vous savez. Mais je n'ai rien fait. J'ai laissé ça me ronger pendant toutes ces années sans rien faire. Mais pas cette fois. »

Je déplie les coupures de presse. Ce ne sont pas des articles longs, car l'histoire n'était pas assez importante pour faire la une. Comme pour ma famille. De petits articles relégués aux dernières pages avec les courriers des lecteurs, les critiques et les rubriques dont tout le monde se fout. La femme d'Alderman a été tuée par un jeune conducteur qui ne savait toujours pas quand céder la priorité et quand passer. Il y a une citation : *Elle a surgi de nulle part.* C'est une histoire relativement similaire à la mienne. Peut-être suffisamment pour créer un lien entre Alderman et moi. Sa femme est partie faire des courses et a perdu la vie dans un accident. Une histoire banale : vous grimpez dans votre voiture et une heure plus tard on vous extirpe de son épave. Pas de malveillance. Pas de calcul. Juste de la malchance pour toutes les personnes impliquées. Un virage à gauche au lieu d'un virage à droite, dix secondes trop tôt ou dix secondes trop tard : rien que ça, et elle serait toujours en vie. Similaire à certains égards à ma propre histoire. Mais également différente. Ma femme et ma fille n'étaient pas en voiture. Elles étaient à pied. Ce n'est pas un jeune conducteur qui les a renversées, mais un homme expérimenté. Un homme expérimenté dans bien des domaines. Encore plus doué pour boire qu'il ne l'était pour conduire. Il avait un casier criminel long comme le bras. C'était un récidiviste. Quand il se faisait arrêter, il recevait une amende.

Sa voiture et son permis lui étaient retirés, et puis il les récupérait. C'était devenu une routine. Il continuait de conduire, et le monde ne faisait rien pour l'en empêcher. Et quand les amendes augmentaient, ça n'avait aucune importance. Il continuait de les régler, creusant son découvert pour s'acquitter de ses condamnations pour conduite en état d'ivresse. Le système n'était disposé à rien faire, hormis retenir son souffle à chaque fois pour voir si ce coup-ci il allait tuer quelqu'un. Tout le monde s'en foutait. Tant qu'il payait ses amendes, il était une source de revenus. Il rapportait de l'argent. Il était bénéfique au pays.

Le lien entre Alderman et moi est fort à certains égards, mais pas à d'autres. Nous avons l'un comme l'autre perdu la vie le jour où nous avons perdu une partie de notre famille. Il s'est enfoncé dans un abîme au fond duquel il se trouve toujours. J'ai mon propre abîme. Je suppose que si Alderman avait fait quelque chose à l'époque, peut-être qu'il serait aujourd'hui différent. Mais comme il l'a dit, il n'a rien fait. J'imagine que si je n'avais rien fait, je serais moi aussi différent.

Serions-nous des hommes meilleurs ? Peut-être. Ou peut-être serions-nous pires.

« Vous vous êtes substitué à la justice, dit-il. Vous l'avez fait après l'accident, et vous avez recommencé hier. Vous avez tué mon fils. Vous l'avez tué pour rien. Il y a dix ans, quand Lucy est morte, je n'ai rien fait. Mais pas cette fois. Cette fois *vous* allez payer. Votre femme va payer. Et cette fois vos amis flics ne pourront rien faire pour vous aider. »

La température dans cette maison déjà glaciale chute de quelques degrés supplémentaires. C'est comme si quelqu'un m'avait attaché un bloc de glace dans le dos. Je sens son poids qui me pousse vers le sol. Je serre le téléphone plus fort. L'air est épais et moite, il a un goût de sueur aigre, et tous les mots de l'article de presse semblent tourbillonner comme si l'encre était humide et dégoulinait.

« Vous feriez mieux de pas déconner, espèce de salaud.

– Vous croyez que la police déconne et que mon fils n'est pas vraiment mort ? Qu'est-ce que vous en dites, Tate ?

– Ma femme n'a rien à voir avec ça.

– Comment pouvez-vous être assez idiot pour croire que les innocents sont épargnés ? Vous avez vous-même vécu ça. Vous l'avez vécu hier soir quand vous avez tué mon fils. Vous l'avez vécu il y a deux ans. Et vous le vivez en ce moment même. »

La ligne est coupée. Je regarde l'écran de mon téléphone. La batterie n'est pas à plat. Alderman a raccroché.

Je le rappelle. Il ne répond pas.

Je me précipite dans l'allée. J'atteins ma voiture, je démarre, les pneus crissent un peu et laissent des traces sur la route. Je passe à toute allure devant le cimetière tandis qu'une voiture de police est en train de franchir le portail. Le chauffeur regarde par-dessus son épaule et son reflet rétrécit rapidement dans mon rétroviseur. J'appelle le centre de soins où vit ma femme – pour autant que « vivre » soit le terme approprié. Résider, peut-être, plutôt que vivre. Une infirmière à qui je n'ai parlé que quelques fois répond au téléphone. Je demande à parler à l'infirmière Hamilton. Quelques instants plus tard, celle-ci est au bout du fil.

« Theo ? Que puis-je faire pour vous ?

– C'est Bridget.

– Qu'est-ce qui se passe ?

– Je crois qu'elle est en danger. J'ai besoin que vous alliez voir si elle va bien.

– En danger ? Quel genre de danger ?

– Pouvez-vous simplement vous assurer qu'elle va bien ? Et restez avec elle jusqu'à ce que j'arrive.

– Mais...

– S'il vous plaît, je suis en route. Allez juste la voir.

– Soit, mais je peux vous assurer qu'il n'y a aucun problème. Nous dispensons des soins excellents, comme vous le savez, et...

– Je reste en ligne », dis-je, espérant que ça lui fera accélérer le mouvement, ce qui est le cas.

Je continue de foncer. Je voudrais avoir encore ma voiture d'il y a deux ans, celle qui était équipée d'une sirène. Je voudrais pouvoir la déclencher et allumer le gyrophare pour que les autres bagnoles s'écartent de mon chemin.

Je grille trois feux d'affilée ; je passe deux fois à l'orange. Et je ralentis à un feu rouge avant d'accélérer entre les voitures dans un concert de klaxons.

L'infirmière Hamilton revient. Je l'entends décrocher le téléphone, mais elle ne dit rien. Comme si elle était au bout du fil, en train de mettre de l'ordre dans ses pensées. De réfléchir à ce qu'elle va dire. Parce qu'il y a un problème.

« Carol ?

– Bridget est dans sa chambre, annonce-t-elle.

– Vous en êtes sûre ?

– Évidemment.

– Est-ce qu'il y a quelqu'un avec elle ?

– Nous avons un personnel tout à fait suffisant, monsieur Tate, répond-elle d'un ton formel, comme si elle témoignait devant un jury.

– Ce n'est pas ce que je veux dire. Écoutez, c'est difficile à expliquer, mais je serai bientôt là. S'il vous plaît, rendez-moi service et restez avec elle jusqu'à mon arrivée.

– Très bien, Theo. Nous allons... »

Je n'entends pas la suite car la ligne est coupée. Je regarde l'écran et vois mon téléphone qui s'éteint. J'essaie de le rallumer pour appeler Landry ou Schroder, mais la batterie est complètement à plat.

J'arrive au centre de soins dix minutes plus tard. Le temps est de plus en plus clair, des pans de ciel bleu promettant de s'agrandir au fil de l'après-midi. Je regarde les autres voitures autour de moi, tentant d'en repérer une qui n'aurait rien à faire ici, mais je ne sais même pas quel modèle conduit Alderman.

Une fois à l'intérieur, je passe à toute allure devant le poste des infirmières. La femme au guichet me reconnaît comme le type qui a appelé il y a peu et me lance un regard qui me laisse entendre que j'ai gâché son après-midi.

Bridget est assise devant la fenêtre, comme chaque jour. C'est toujours la même chose, quel que soit le moment de la journée. Elle ne regarde pas la télé. Elle ne se lève pas pour aller prendre une douche, elle ne remplit pas une grille de mots croisés. Son monde est le même vingt-quatre heures sur vingt-quatre, il n'y a pas d'interruptions. Je me précipite jusqu'à elle et l'étreins. Elle ne me rend pas mon étreinte, mais ça n'est pas grave.

« Tout cela est très inhabituel », déclare Carol.

Je m'écarte de Bridget tout en gardant sa main dans la mienne.

« Est-ce que quelqu'un est venu la voir ?

– Personne qui ne soit pas déjà venu.

– Et quelqu'un d'autre ? Un inconnu qui serait venu voir un autre patient ?

– Où voulez-vous en venir, Theo ? »

Les choses sont simples pour moi, mais peut-être pas pour elle. Pourtant, je décide de tenter ma chance.

Je lui résume la conversation que j'ai eue avec Alderman, n'abordant que quelques points, et sans entrer dans les détails. Elle écoute sans sourciller, comme j'imagine que seuls un flic ou une infirmière peuvent le faire – deux catégories de personnes qui en ont beaucoup trop vu pour être encore surpris par quoi que ce soit. À la fin elle m'indique qu'il ne s'est rien passé, donc l'homme qui a menacé Bridget mentait, il cherchait simplement à me faire flipper à tout prix. Le centre de soins est un établissement haut de gamme, me rappelle-t-elle, et le personnel fait en sorte qu'il n'arrive rien aux patients. Elle promet néanmoins d'accroître sa vigilance et me conseille d'appeler la police. Je réponds que je le ferai.

Elle me laisse seul avec Bridget. Je ne veux pas la laisser ici. Plus maintenant. Je voudrais pouvoir l'emmener avec moi, mais où ? Chez moi ? Comment pourrais-je m'occuper d'elle ? Non. Elle est plus en sécurité ici.

Carol revient.

« Il y a un appel pour vous. Vous pouvez le prendre dans le bureau. »

Je la suis jusqu'au rez-de-chaussée.

« Allô ?

– C'était comment, hein ? demande Alderman. De croire qu'elle était morte ? De croire que je lui avais fait quelque chose ? Voilà ce que je ressens, espèce de salaud. Mais comme vous avez tué mon fils, cette sensation est toujours là. À jamais. Je voulais que vous sachiez ce que ça faisait. Je voulais que vous imaginiez la douleur. Mais pas la douleur que vous avez connue il y a deux ans. Le genre de douleur qu'on ne peut connaître qu'après un acte délibéré, quand un être humain fait l'effort de tuer quelqu'un qu'on aime. Ça fait mal, pas vrai ? Je viens de vous rendre un grand service en laissant votre femme hors de tout ça. Ce n'est pas de sa faute. Mais je veux tout de même vous faire souffrir. Je veux que votre douleur soit permanente. Et il y a toujours un membre de votre famille qui se foutra de ce que je lui ferai.

– Qu'est-ce que vous racontez ?

– Vous m'avez pris mon fils, dit-il. Vous avez toujours une dette envers moi. »

Il raccroche.

Je rends le téléphone à l'infirmière, tendant le bras sans vraiment la voir. Le bureau, les tableaux, la fenêtre qui donne sur le bureau derrière elle – tout semble lentement disparaître.

« Theo ? »

Elle me touche l'épaule, et le contact de sa main semble produire son effet. Je la regarde et elle commence à dire quelque chose, mais je n'attends pas de savoir quoi. Je traverse le hall à grandes enjambées et la lourde porte ne pèse rien quand je la tire.

Lorsque j'atteins le cimetière, j'ai une sensation de vide dans le ventre, semblable à celle que j'ai éprouvée le jour où ma fille est morte. La sensation s'accroît quand j'immobilise la voiture. Je cours vers la tombe d'Emily, bien que la pile de terre à côté m'indique déjà ce que je vais trouver. Tous ces flics dans les parages, et personne pour empêcher Alderman de profaner sa tombe. Mais pourquoi le feraient-ils ? Ils n'étaient pas là pour la sauver. Moi non plus. Et aujourd'hui Alderman devait simplement avoir l'air de faire son boulot. Il creusait un trou. Il reprenait le cours de sa vie après avoir perdu son fils. Mais encore aurait-il fallu qu'ils le voient. Et en regardant en direction du lac, je m'aperçois qu'ils n'ont pas pu. Impossible.

Je me tiens au bord de la tombe. Je sais désormais qu'Alderman a menacé ma femme pour deux raisons. La première était de m'effrayer. La seconde était de m'éloigner du cimetière. Ce qui signifie qu'il m'observait depuis le début. Il attendait.

Le cercueil de ma fille est dans le trou. Le couvercle est ouvert et Emily a disparu.

18

Je n'arrive plus à respirer. Je regarde fixement le cercueil avec sa doublure de soie et son oreiller doux, et le monde autour de la tombe s'évanouit et devient noir. Il y a des fragments de terre à l'endroit où devrait se trouver ma fille. Les poignées de cuivre sont piquetées, le lustre brillant du bois a depuis longtemps disparu. Le cercueil est fêlé et cabossé. Mon premier instinct est de descendre dans la tombe et de m'assurer avec mes mains aussi bien qu'avec mes yeux qu'Emily n'y est pas. Mon deuxième instinct est de hurler. Mais à la place je fais ce que j'ai fait il y a deux ans quand on m'a appelé pour m'informer de l'accident. Je tombe à genoux et me mets à pleurer tout en essayant de me convaincre que tout cela n'est pas réel.

Je devrais savoir ce qui est pire – la disparition de ma femme ou celle de ma fille – mais soudain je n'en sais rien. Soudain les deux hypothèses me semblent aussi effroyables l'une que l'autre. Je suppose que la pire des deux est celle qui est en train de se produire. J'ai vu un paquet de choses au fil des années, mais je n'ai jamais vu un enfant mort être dérobé dans un cimetière. Kidnappé. Je ne sais même pas si c'est le terme qui convient.

Je ne sais pas vraiment quoi faire. Aucune idée de la direction à prendre. Perdre un enfant est le pire cauchemar de tout parent. Qu'est-ce que ça devient quand tous les cauchemars se réalisent ?

J'ai perdu Emily. Encore une fois.

Il y a deux ans, c'était un mardi : les mardis sont des jours vides. Personne ne fait de grands projets le mardi. Personne ne se marie. Personne ne part en vacances. On n'organise pas de crémaillères. Mais le fait est qu'une personne sur sept meurt un mardi. Et une sur sept naît. Quel meilleur jour pour perdre sa famille ? Y a-t-il un jour pire ? Ce mardi-là aurait dû être comme tous les autres. J'ai embrassé ma fille et ma femme en quittant la maison, et quand je les ai revues, Emily gisait sur une table en métal avec un drap remonté jusqu'au cou pour que je puisse voir son visage, et Bridget était entre la vie et la mort, branchée à des machines et entourée de médecins.

Un peu plus tôt elles étaient allées au cinéma. Il était 14 heures et Disney distrayait ma fille avec des animaux qui parlaient, qui s'échappaient, qui payaient des impôts et faisaient tout ce que les animaux intelligents peuvent faire. C'était les vacances scolaires. Ma femme était enseignante, elles étaient donc toutes les deux en vacances. À 15 h 45 le film s'est terminé et ma femme et ma fille sont sorties en même temps que des douzaines de parents et d'enfants. Elles ont traversé le centre commercial en direction de la voiture. Il était 15 h 50, et Quentin James était déjà saoul. 15 h 50 et Quentin James était au volant du 4 × 4 bleu marine qu'il avait récupéré le matin même en s'acquittant d'une amende de quatre cents dollars. Il n'avait plus de permis, mais ça n'avait pas empêché les tribunaux de lui restituer ses clés. Je ne peux qu'imaginer ce qui s'est produit – des fragments d'images mis bout à bout à partir des récits de témoins. Le 4 × 4 qui fait une embardée sur le parking. Le 4 × 4 qui bondit sur le trottoir. Ma femme et ma fille qui l'entendent, toutes deux se tournant vers le bruit. La main minuscule d'Emily dans celle de ma femme. L'expression sur le visage de Bridget lorsqu'elle prend conscience qu'elles ne peuvent rien faire, que le 4 × 4 va les faire voler comme des poupées de chiffon.

Elle a poussé Emily. C'est ce que m'ont dit les témoins. Elle a fait ce que n'importe quelle mère ferait et a tenté de sauver sa fille. Mais ça n'a pas suffi. Le 4 × 4 les a percutées de plein fouet, projetant ma femme par-dessus le capot et envoyant Emily sous les roues, les brisant toutes deux. Il a définitivement détruit ma fille. Et il a fait la même chose à ma femme. À moi. À mes parents.

Mais Quentin ne s'est pas arrêté pour autant. Il m'expliquerait deux semaines plus tard, alors que je l'aurais emmené dans un petit coin isolé du monde, qu'il ne se rappelait même pas les avoir renversées. Il prétendrait que ce n'était pas lui, pas vraiment, mais l'homme qu'il devenait quand l'alcool prenait le dessus. Donc je tenais le mauvais homme. Il était malade, qu'il disait, et c'était le Quentin malade qui avait écrasé ma fille. Le Quentin qui me suppliait de lui laisser la vie sauve n'était pas l'homme qui avait tué Emily, du moins à en croire le Quentin sobre, mais ça n'avait pas d'importance pour moi. C'était la supplication bidon d'un ivrogne faible et lâche durant l'un de ses rares moments de lucidité. Il disait qu'il ne se rappelait pas les avoir écrasées, mais ça n'avait pas d'importance non plus. Moi, je m'en souvenais. Et les témoins aussi. Ils m'avaient expliqué que l'impact avait produit un bruit sourd, comme une lourde valise qui tomberait sur le trottoir depuis une fenêtre au deuxième étage. Ils m'ont expliqué que ma femme avait roulé sur le capot du 4×4 avant d'être projetée violemment sur le béton. Que ma fille avait basculé et rebondi sous le châssis avant d'être recrachée à l'arrière, éjectée de sous les roues toute tordue et en sang. Que ma femme et ma fille avaient fini au même endroit, côte à côte sur le trottoir. Et Quentin ne s'est pas arrêté.

Quentin James a été rattrapé en moins d'une heure. Son 4×4 avec les barres antibuffles à l'avant, qui n'avait jamais roulé ailleurs que sur des routes depuis quatre ans qu'il le possédait, a été confisqué. Il a été inculpé pour homicide involontaire et conduite imprudente, mais il aurait dû être inculpé pour meurtre. Je n'ai jamais compris ça. Il avait choisi de rouler saoul. Il avait choisi de le faire chaque foutu jour de sa vie. Ce qui signifie qu'il n'était pas question de destin ni de malchance, mais d'un choix conscient. Et aussi de statistique. C'était mathématique. Ça devait arriver. Envoyez un ivrogne sur les routes chaque jour et il finira par tuer quelqu'un. C'est forcé, de la même manière que si vous lancez encore et encore une pièce en l'air elle finira obligatoirement par atterrir du côté pile.

Donc à mes yeux, l'homicide involontaire ne suffisait pas. Loin de là. Il a été relâché sur caution et a tenté de récupérer sa voiture, mais pour la première fois le juge ne l'a pas autorisé à l'avoir. Il ne pouvait pas – parce que la population était scandalisée par l'accident. Elle était furieuse après un système qui l'avait constamment relâché. Donc, cette fois, on a refusé de lui rendre sa voiture, du moins tant que le procès ne serait pas terminé. C'était comme si le juge avait finalement compris que rendre sa voiture à ce type, c'était comme donner un scalpel à Jack l'Éventreur, que dans ce cas il ne s'agissait pas simplement d'encaisser une amende. Cette fois James finirait en prison. C'était certain. On l'enfermerait pour deux ans dans une cellule qui serait sacrément plus grande que le cercueil dans lequel ma fille était enfermée.

Mais rien ne s'est passé comme prévu. Quentin James n'a jamais fini en prison. Ma fille ne repose plus dans sa dernière demeure. Le monde est sens dessus dessous et je ne sais pas quoi faire. Je suis à genoux dans l'herbe près d'un monticule de terre et d'un cercueil vide. Sidney Alderman est venu déterrer ma fille comme il a déterré les autres. Il a creusé et déchiré les sutures du souvenir, et la douleur que je ressens est aussi forte que le jour où Quentin James m'a pris ma fille. James n'est plus ici pour faire les frais de ma colère, mais Alderman si, et je vais retrouver cet enfant de salaud.

Je me lève. Je tourne le dos à la tombe de ma fille. Le ciel est encore plus dégagé qu'avant et on dirait que ça pourrait devenir une assez belle journée. Aussi belle que possible, pour ce qui est du temps. Aussi moche que possible pour tout le reste. Je démarre et roule jusque chez Alderman. Je suis tenté de rouler carrément à l'intérieur, de percuter ce taudis à cent à l'heure et de réduire en miettes les lattes de bois et les plaques de contreplaqué. Mais je m'arrête brutalement dans l'allée, projetant des cailloux tout autour de moi et créant un mince nuage de poussière qui flotte devant la voiture en direction de la maison. Je sors et claque la portière, regrettant de ne pas avoir le pistolet avec lequel le fils du gardien de cimetière s'est brûlé la cervelle. Tout ce que j'ai, c'est ma colère – ça devrait suffire. Je songe qu'au bout du compte la colère l'emportera toujours sur le chagrin. Même un mardi.

19

La maison empeste toujours l'alcool et l'air est moite. Le mobilier me débecte comme nul mobilier ne devrait le faire. Je voudrais foutre le feu à cette baraque. Asperger de l'essence sur les murs, par terre, sur le canapé et les fauteuils griffés, et réduire le tout en un putain de tas de cendres. De préférence avec Sidney Alderman à l'intérieur. De préférence bâillonné et ligoté et bien conscient de ce qui lui arrive.

Seulement il n'est pas là. Il est quelque part avec ma fille à faire Dieu sait quoi. À l'enterrer ailleurs, je suppose. Ou à la balancer dans un autre lac, ou dans une rivière, ou dans l'océan.

Les albums photo ont tous disparu. Ce qui m'indique qu'Alderman savait que j'étais venu et qu'il se doutait que je reviendrais. Je fouille ses tiroirs et ses placards mais je ne trouve rien d'utile, car tout ce qui pouvait être utile, la police l'a déjà trouvé. J'arrache tout. Je balance dossiers et détritus et livres par terre, mais il n'y a rien. Je repousse tout grossièrement, savourant le foutoir que je suis en train de mettre. Ça ne suffit pas à faire disparaître la douleur, mais à court terme je vais devoir m'en contenter.

Je retourne à ma voiture et attrape le chargeur de mon téléphone. Je le branche dans une prise à côté du grille-pain d'Alderman et regarde mon téléphone s'allumer. Je le laisse se charger tandis que je vais vérifier les chambres. Bruce Alderman a dit que la preuve de son innocence se trouvait sous son lit, mais elle doit avoir disparu depuis un bail. Les deux chambres utilisées reflètent des personnalités totalement différentes. Il est aisé de deviner laquelle appartient au paternel et laquelle au fils. La chambre du père a des photos de mariage au mur. Des sous-vêtements qui jonchent le sol. Un radio-réveil déglingué qui gît parmi une vieille pile de journaux. Il y a des bouteilles d'alcool alignées sur les rebords de fenêtre. Les rideaux sont crasseux et hors d'âge. Le lit est défait ; l'oreiller est noirci au milieu par la saleté et Dieu sait quel produit le vieux s'appliquait jadis sur les cheveux. La perte de sa femme l'a tellement affecté qu'il ne s'en est jamais remis. Il a perdu le contrôle de sa vie, et dix ans plus tard il ne l'a toujours pas retrouvé.

Je pénètre dans la chambre de Bruce. C'est comme pénétrer dans un motel bon marché dont le propriétaire est fier de faire ce qu'il peut avec les moyens du bord. Le lit est fait. Des livres sont empilés presque minutieusement sur la table de chevet. Trois paires de chaussures sont alignées sous la fenêtre. Baskets, chaussures de ville, chaussures de travail. Je regarde sous le lit. Si un indice s'est trouvé ici, il a disparu. Je vais voir dans la penderie, fouille les poches de tout ce qui y est accroché. Puis les tiroirs. Je ne me soucie pas plus de l'ordre que les flics. J'arrache complètement les tiroirs et les retourne à la recherche d'enveloppes ou de photos scotchées en dessous. Mais il n'y a rien. J'attrape et feuillette les livres. Rien n'en tombe. Je jette un coup d'œil aux titres sur les dos. Il lisait un mélange de *fantasy* et de science-fiction, mais il ne semble pas y avoir de livre sur les tueurs en série ni de manuel du FBI expliquant comment éviter de se faire prendre. Il y a des boîtes à chaussures empilées dans sa garde-robe, principalement remplies de bric-à-brac – un Rubik's Cube, des petits Schtroumpfs en plastique, des pièces anciennes, même quelques vieilles chaussures.

Je vérifie une fois de plus sous le lit, juste au cas où, mais il n'y a rien du tout. Juste de la poussière. Ce qui n'a aucun sens. Les gens entassent toujours tout un tas de bazar sous leur lit. Ici il n'y a rien, hormis une épaisse couche de poussière, et il n'y a pas de zones propres où des objets auraient pu se trouver. Je tire le lit du mur.

Le coin de la moquette est facile à soulever, car il l'a déjà été. De nombreuses fois, je suppose, et c'est pourquoi Bruce n'a jamais rien entreposé sous son lit. Je découvre quatre enveloppes au format A4 disposées côte à côte, toutes très fines. J'arrache complètement la moquette, mais il n'y a rien d'autre.

Je vide le contenu de la première enveloppe sur le lit. J'ouvre les trois autres. Elles renferment toutes la même chose. Des articles sur plusieurs jeunes filles découpés dans divers journaux. Près de vingt en tout, avec une enveloppe précise pour chaque jeune fille. Les articles commencent il y a deux ans et s'arrêtent il y a deux jours. Il y en a sur les trois filles que j'ai identifiées, et sur la quatrième aussi. Son nom est Jennifer Bowen. Je connais désormais les quatre noms.

Quatre jeunes femmes disparues de Christchurch, mais la terre a continué de tourner. Personne n'a pris un moment pour réfléchir à ce qui se passait. Quatre jeunes femmes – toutes dans la même tranche d'âge – et personne n'a fait le lien. Pour la simple et bonne raison que personne ne voulait le faire. Les articles sont pleins de suggestions. Les filles étaient rebelles. C'étaient des fugueuses. Les articles sur Rachel Tyler laissent entendre qu'elle s'engueulait avec son petit ami. Ils insinuent que le petit ami pourrait être responsable. Ils mentionnent la grand-mère morte et mènent le lecteur à croire qu'elle a pu fuguer parce qu'elle était bouleversée. Ils suggèrent de nombreuses choses et ne prouvent rien, ils balancent juste des idées en espérant que s'ils couvrent un éventail assez large ils tomberont peut-être juste.

Je place tous les articles dans la même enveloppe. Ils ne permettent pas vraiment d'innocenter Bruce Alderman. Elles ont pu mourir toutes les quatre ici. Et Emily ? Le père de Bruce a-t-il amené Emily ici avant de repartir ? A-t-il posé son cadavre sur le canapé pendant qu'il faisait ses valises ? Non.

Il l'aura balancée dans le coffre de sa voiture. Il n'en aura pas pris soin.

Je saisis mon téléphone et sors. Le lac, l'église, le cimetière – rien de tout ça n'est visible depuis la maison, à moins d'aller chercher une échelle dans la remise et de grimper sur le toit ou d'escalader la clôture. J'opte pour cette dernière option.

L'arrière de la propriété donne sur le cimetière. Mais la police, les fouilles, les tentes en toile et les techniciens de l'identité judiciaire sont invisibles depuis la maison d'Alderman. Je me demande ce que ça peut faire de grandir dans une maison où il suffit d'escalader la clôture de derrière pour tomber sur des arbres et des pierres tombales en granit. Ça doit être perturbant. Ça ne peut pas être sain. Je me demande si cet environnement a déglingué Bruce Alderman. S'il a déglingué Sidney Alderman. Ou si c'est la perte de Lucy qui les a rendus ainsi.

20

En rentrant chez moi je m'attends presque à découvrir qu'on a foutu le feu à ma maison. Ou que les fenêtres ont été cassées. Ou, au moins, que quelqu'un a peint à la bombe le mot « assassin » sur ma porte de garage et sur ma clôture. Je me gare dans l'allée, me tiens à côté de ma voiture et scrute la rue de chaque côté. Je cherche Sidney Alderman, mais il n'est pas là. Il n'y a personne. Pas même Casey Horwell. Tous mes voisins vaquent à leurs occupations de voisins. Tondre la pelouse. Désherber. Préparer le repas et regarder la télé. Aucun d'entre eux n'essaie de retrouver son enfant mort. Je rentre prudemment chez moi. J'ai eu un pistolet braqué sur moi hier soir, et quelques heures plus tard un micro, et je n'ai aucune envie de répéter ni l'une ni l'autre erreur.

Je branche le chargeur de mon téléphone, puis je vais chercher l'ordinateur dans la voiture et je l'installe sur la table de la salle à manger. Ça n'aurait pas plu à Bridget. Je me connecte à la base de données de la bibliothèque de Christchurch pour trouver d'autres articles liés à ceux que Bruce a découpés. Je note tout ce que je peux et fais de même avec les signalements de disparition, cherchant autant d'informations que possible sur la vie et la mort des filles. Aucun article ne dit expressément qu'elles sont mortes, mais il est clair que les journalistes auraient tous parié leur salaire dessus. J'imprime une photo de la quatrième fille, puis je pose les clichés côte à côte. Leur tueur avait assurément un faible pour un type de filles spécifique.

Je passe deux heures à lire tout ce qui concerne les disparues, et c'est dur, car je n'arrête pas de penser à Alderman et à Emily.

Je consulte les notices nécrologiques des semaines qui ont précédé la mort des filles, cherchant des noms de famille identiques pour voir si la moindre d'entre elles a eu une raison d'aller à un enterrement. Ça ne donne rien. Mais cette piste n'est pas encore foutue à ce stade car elles ont pu assister à l'enterrement de personnes qui n'étaient pas de leur famille, ou de parents qui portaient un nom différent. Le seul moyen de m'en assurer serait de passer quelques coups de fil mais, pour le moment, parler aux familles de ces filles mortes est la dernière chose que j'aie envie de faire.

J'installe le tableau blanc, le posant sur une chaise et calant la partie supérieure contre le mur. Je n'ai qu'un marqueur permanent, mais je m'en sers quand même, commençant par tracer une chronologie. Je suppose qu'Henry Martins a dû être enterré deux jours après son décès, ce qui colle à merveille. Il est mort un mardi et aurait été enterré un jeudi. Rachel a été vue pour la dernière fois le mardi matin, et sa disparition a été signalée par ses parents le mardi suivant. Mais lorsque j'ajoute les autres disparues à cette chronologie, je m'aperçois que le temps qui s'est écoulé entre les disparitions est inégal. Les deux premières filles ont disparu à un mois d'intervalle, puis dix-huit mois s'écoulent jusqu'à la troisième, et la dernière a disparu il y a moins d'une semaine. Ça ne signifie pas une escalade ni un ralentissement de l'assassin, et à vrai dire je ne sais pas trop ce que ça signifie. Les types comme ça tuent de plus en plus souvent à mesure que le besoin supplante le désir. Ou alors il y a quelque chose dans leur vie qui déclenche le besoin de tuer. J'examine la chronologie et me demande ce qui a poussé ce type à tuer à ces moments précis. Est-ce simplement que le type de fille qu'il voulait est entré dans son petit monde ? Ou bien a-t-il cherché des filles qui correspondaient à son type ? Il doit y avoir autre chose – j'écris « Prison ? » sur le tableau, me demandant si l'assassin a pu passer dix-huit mois derrière les barreaux. Il est fréquent que les tueurs en série se fassent arrêter pour un délit sans rapport.

Je parcours une fois de plus les notices nécrologiques, repérant les personnes décédées dans les jours qui ont précédé la disparition des filles. Deux de ces personnes ne sont plus dans leur cercueil et gisent sur des tables à la morgue dans divers états de décomposition, leur corps saturé d'eau ou gonflé ou pourri.

J'observe la chronologie. Je pense à Emily. Je pense à Bruce Alderman et à son père. Puis je songe au fait que j'aurais pu faire quelque chose il y a deux ans quand j'étais flic. J'ai eu l'opportunité de sauver ces filles. Peut-être que Landry a raison et que je fous tout en l'air. Je n'en sais rien. Tout ce que je sais, c'est que je dois retrouver Emily.

Mon téléphone portable est finalement complètement chargé. Je consulte la liste des appels entrants, enregistre le numéro de Landry dans le carnet d'adresses, puis je l'appelle. Il décroche au milieu de la première sonnerie.

« J'allais t'appeler, dit-il. J'entends ton nom partout. Il faut que tu arrêtes de te mêler de mon enquête.

– Je peux t'aider.

– M'aider ? Tu as vu les informations récemment ?

– Écoute, ça n'est pas...

– Je ne parle pas de ta connerie d'hier soir. Je parle de celle d'aujourd'hui.

– Je ne suis pas au courant. Qu'est-ce que j'ai encore fait ?

– Bon sang, vieux, tu as vraiment dû faire chier cette Horwell à un moment. Qu'est-ce que t'as fait, t'as couché avec elle ?

– Ouais, c'est ça, Landry.

– Il s'avère que quand les gens ne t'aiment pas, ils ne t'aiment vraiment pas. Je crois que je commence à comprendre pourquoi.

– Tu veux en venir à quelque chose de précis ?

– Elle a interviewé Alderman ce matin. Il avait déjà dû picoler, mais ça ne se voyait pas trop. Il n'avait pas l'air trop bourré.

– Et ?

– Et ce n'était pas bon. C'est comme si elle avait vu un feu brûler en lui et qu'elle l'avait aspergé d'essence. Sans les angles et les projections de sang, même moi je te croirais coupable. Enfin bref, tu n'imagines pas à quel point Alderman est furax. Alors fais gaffe. Et rends-nous service à tous, hein ? Reste chez toi et éteins ton téléphone jusqu'à ce qu'on ait réglé cette affaire. Quand cette affaire sera jugée, on risque de se retrouver avec un avocat de la défense qui te désignera du doigt en disant...

– Oui... on en a déjà parlé.

– Alors pourquoi je ne me sens pas tranquille ? »

Je regarde les photos et les coupures de presse.

« Écoute, Landry, j'ai quelque chose pour toi. Tu veux l'entendre ou non ?

– Ça dépend de la manière dont tu te l'es procuré. Est-ce que ça va me retomber dessus ? Si tu as quelque chose que tu as obtenu illégalement, je ne veux pas l'entendre, d'accord ? Sinon ça va nous péter à la gueule.

– OK. »

Il ne dit rien et moi non plus, et il interprète correctement mon silence.

« Putain, Tate, t'es incroyable.

– Tu veux le nom des autres filles ou non ?

– Rends-moi service et ne me dis rien. Nous avons mis en place une hotline. Appelle anonymement et donne les noms, OK ? Appelle depuis une cabine ou quelque chose comme ça. Tout ce que tu me donneras qui a été obtenu illégalement est un poison. Putain, Tate, tu le sais.

– Je ne suis plus flic. Ces règles ne s'appliquent plus à moi.

– Ouais, et l'avocat de ce tueur en série avec lequel tu ne veux pas que je te rebatte les oreilles va...

– D'accord. Pas de problème. Donc tu ne veux pas que je t'aide.

– M'aider ? C'est ce que tu crois avoir fait ? Faut que j'y aille. Assure-toi de...

– J'ai autre chose.

– Quoi ? Bon Dieu, Tate. Tu vas me filer une putain d'attaque cardiaque.

– Écoute, c'est important. Tu peux faire comme si tu l'avais découvert tout seul, alors inutile de...

– Arrête, je connais mon foutu boulot.

– Rachel Tyler, avant de mourir, s'est rendue à Woodland Estates pour l'enterrement de sa grand-mère. C'est le même cimetière. »

Landry ne répond rien. Je devine qu'il n'avait pas fait le lien.

J'insiste.

« Je crois que les autres filles ont pu y aller aussi. Je crois que c'est ça, le lien. C'est ça qui les a menées au tueur.

– Tu as quoi que ce soit pour confirmer ça ?

– Pas encore, mais je...

– Pas de mais, Tate. Tu oublies cette affaire. Vas-y, passe ce coup de fil, donne-nous ces noms. Fais-le maintenant. »

Il raccroche avant que j'aie pu lui dire qu'Alderman a ma fille. Et c'est très bien comme ça – je veux m'occuper de lui personnellement.

L'appel que je m'apprête à passer va grandement leur faciliter la tâche sur le terrain. Grâce à lui le contenu des deux autres cercueils sera identifié. Mais cet appel peut attendre. Je vais commencer par trouver Sidney Alderman et faire le nécessaire pour récupérer ma fille, et pour ça je n'ai pas besoin de Landry.

21

L'un des côtés de l'église est baigné de soleil, l'autre est dans l'ombre, deux moitiés séparées par une ligne ténue, comme le bien et le mal. On dirait qu'il y a une différence de vingt degrés entre les deux. Les vitraux sont ternes et rendus troubles par l'âge. Les parpaings de béton qui longent le bord du côté ombragé sont mouchetés de moisissure. Les jardins comportent des arbustes modestes et peu entretenus plantés à un intervalle d'environ un mètre. Il n'y a pas de mauvaises herbes, mais ça va probablement changer maintenant que Bruce n'est plus là.

Ma voiture est la seule garée devant, et il n'y a personne non plus dans l'église. Hormis, naturellement, le père Julian, qui apparaît à une porte latérale située à la droite de l'autel quand j'atteins le milieu de l'allée centrale. Peut-être que je suis passé devant un détecteur de mouvement. Peut-être qu'il a attendu toute la journée de mettre le grappin sur le premier venu pour lui causer du bon Dieu. Mais la façon dont il s'approche de moi me laisse penser que c'est moi qu'il attendait.

« Vous êtes venu, dit-il gravement.

– Nous devons parler.

– En effet. » Il paraît plus pâle qu'hier, comme si une partie de sa foi l'avait abandonné pendant la nuit. Ou lui avait été volée. « Nous devons parler de Bruce. Même si, pour être honnête, je ne sais pas si je peux. Je ne sais pas si je peux vous parler.

– Mon père, je vous en prie, vous devez...

– Je ne sais pas, Theo », dit-il, baissant les yeux vers la grande enveloppe que je tiens à la main. Son visage retrouve un peu de couleur, mais l'expression de ses yeux suggère que c'est sous l'effet de la colère. « Bruce était... eh bien, Bruce était comme un fils pour moi. Ce que vous avez fait...

– Je ne l'ai pas tué. »

Son expression ne change pas. On dirait qu'il s'est préparé à m'entendre dire ça, et préparé à n'y accorder aucun crédit. Il a l'air d'un homme qui peine à se contrôler.

« Ce n'est pas le moment et surtout pas l'endroit pour vos mensonges.

– Je ne l'ai pas touché.

– Oh, vous ne l'avez pas touché, hein ? dit-il, sa voix gagnant en puissance, et je m'aperçois que c'est la première fois que j'entends un prêtre hurler. Alors comment se fait-il qu'il soit mort ?

– Il s'est suicidé. Je ne pouvais rien faire.

– Pourtant vous avez été capable de faire quelque chose il y a deux ans.

– C'était complètement différent. » C'est désormais moi qui suis près de hurler. « Et vous le savez. Vous le savez pertinemment !

– Je vous ai dit que Bruce était un bon garçon, reprend-il, écartant les bras et agitant les mains vers le haut, comme s'il essayait de débarrasser ses doigts de quelque chose de collant. Je vous ai dit qu'il n'avait rien à voir avec la mort de ces filles. Je vous l'ai dit ! Pourquoi ne m'avez-vous pas écouté ? Vous m'avez témoigné tellement de confiance par le passé, pourquoi ne le faites-vous plus maintenant ?

– Bon sang, mon père ! » Je hurle, mais mes paroles ne le font pas reculer – d'ailleurs, il fait un petit pas en avant. « Je ne l'ai pas tué ! Pourquoi vous ne décrochez pas votre téléphone pour appeler le commissariat ou la morgue et demander ce qui s'est passé ? Ils vous le diront.

– C'était un bon garçon, répète-t-il d'une voix beaucoup plus basse.

– Peut-être. J'en suis en partie persuadé. Alors si vous m'aidiez à laver son nom ? Bruce m'a dit qu'il était innocent ; qu'il avait enterré les corps mais qu'il n'avait pas tué ces filles. Vous pourriez m'aider, ou êtes-vous trop pétri de certitudes pour le faire ? »

Il me regarde pendant ce qui semble un long moment, comme s'il cherchait au fond de lui-même ce qu'il devait faire. Le temps qu'il met à se décider suggère que soit il peine à trouver, soit il ne sait plus à quel saint se vouer ces temps-ci.

« Je vais vous écouter, Theo, rien que cette fois. Mais vous devez promettre de ne jamais revenir ici.

– Quand vous aurez entendu ce que j'ai à dire, vous ne me demanderez pas de... »

Il secoue la tête et m'interrompt.

« Promettez-moi, dit-il. Devant Dieu, dans Son église, promettez-moi que vous ne reviendrez jamais. »

C'est une décision difficile, mais je promets.

« Allons dans mon bureau. Nous pourrons y parler. »

Je franchis la porte derrière lui. Le couloir est faiblement éclairé, et nous rencontrons d'autres portes et tout un tas de courants d'air – les églises sont pleines de courants d'air. Il me conduit à une petite pièce poussiéreuse qui est encombrée de livres manifestement anciens et de meubles mal assortis. Il s'assied derrière son bureau. Le soleil a dessiné un arc dans le ciel et l'illumine directement. Il rend son visage plus blanc, presque rayonnant. Comme un halo. Les particules de poussière qui flottent dans l'air sont toutes d'un blanc étincelant. La lumière fait paraître inégale sa barbe légère, elle efface la colère de ses yeux et la remplace par de la tristesse. Il y a un crucifix accroché au mur derrière lui. Jésus a l'air découragé, comme si tout l'ennuyait, comme s'il avait vu toutes les églises du monde et qu'après deux mille ans de ce régime il en avait sa claque des églises. Le bureau donne l'impression que chaque nuit quelqu'un se glisse ici et déplace légèrement chaque objet. C'est la même impression que j'ai chez moi quand je ne sais plus où j'ai laissé mon portefeuille ou mes clés. Je m'assieds face à lui.

« Si je vous avais aidé hier soir, peut-être que... » Le père Julian hésite. « Eh bien, qui sait ?

– Je ne l'ai pas tué. »

Il pousse un soupir.

« Qu'attendez-vous de moi, Theo ? Êtes-vous en quête de pardon ? Car si c'est le cas, vous frappez à la mauvaise porte.

– Saviez-vous que Bruce possédait un pistolet ?

– C'est faux.

– C'est pourtant l'impression qu'il donnait.

– C'est censé être drôle ?

– Non. Mais réfléchissez. Si j'avais voulu le tuer, pourquoi l'aurais-je amené à mon bureau ? Vous croyez que je l'aurais tué dans mon fauteuil pour que la terre entière soit au courant ?

– Je... je suppose que non. Je ne sais pas. Je ne sais que penser.

– Vous me connaissez. Vous savez que si j'avais voulu le tuer je l'aurais emmené ailleurs. »

Sa mâchoire se crispe et ses yeux se rétrécissent légèrement, et le regard qu'il me lance est le genre de regard que je ne veux plus jamais qu'on me lance. C'est un regard plein de dégoût et de déception. Finalement il se penche en arrière sur sa chaise et joint les mains en clocher, le bout de ses doigts touchant son menton. On dirait qu'il prie. Jésus le regarde mais Il ne semble pas écouter.

« Allons, dis-je, ça ne vous fait peut-être pas plaisir, mais vous savez que je dis vrai. »

Il acquiesce.

« Que vous a dit Bruce d'autre ? Savait-il qui a tué ces filles ?

– Il ne me l'a pas dit. Il m'a juste conseillé de parler à son père. La seule personne pour laquelle je puisse imaginer que Bruce Alderman ait enterré ces filles, c'est son père.

– Vous croyez que c'est Sidney qui les a tuées ?

– C'est possible.

– Alors qu'attendez-vous de moi ? Que je vous parle de Bruce ? Je vous l'ai déjà dit, c'était un brave garçon. Mais il y a autre chose, et je veux que vous y réfléchissiez bien. Hier il était en vie, et aujourd'hui il ne l'est plus. »

Je ne réponds rien. Je le laisse parler, conscient que plus vite il dira ce qu'il a sur le cœur, plus vite je pourrai passer à autre chose, et plus vite je pourrai retrouver ma fille et la remettre en terre. Le monde est vraiment déglingué quand le but de votre journée est d'enterrer votre fille.

« Que s'est-il passé après la mort de la mère de Bruce ? Qu'est-il arrivé à Sidney ?

– Quoi ? fait-il, manifestement surpris.

– Sa mère. Il y a dix ans, quand elle est morte, comment ça s'est passé ? »

Il pousse un gros soupir, me faisant clairement comprendre que c'est pour lui un supplice de me voir ici.

« Ça a été la même chose, je suppose. Comme si un jour il était vivant, et le lendemain il ne l'était plus. Enfin presque. Car il n'était pas vraiment mort. Il était juste... perdu. Ils l'étaient tous les deux.

– Et ?

– Et quoi ? Les gens sont perdus quand ce genre de chose se produit. Allons, Theo, vous moins que tout autre avez besoin que je vous l'explique. Parfois ils ne s'en remettent jamais, ou ils ne s'en remettent pas comme il faudrait. Et certains sont tellement perdus qu'on n'arrive pas à mettre le doigt sur ce qui cloche. »

Je songe à Bruce Alderman déterrant le cadavre de ma fille, et je peux affirmer sans risque que je peux mettre le doigt sur des douzaines de raisons qui m'indiquent qu'il est plus détraqué que perdu.

« L'un d'eux s'est-il jamais confessé à vous ?

– Allons, Theo, vous savez que je ne peux pas répondre à ça.

– Il y avait quatre personnes dans le lac, mon père. Pour le moment, la police n'a identifié que deux cadavres. Bientôt elle aura identifié les quatre.

– Quatre filles, dit-il. Quel gâchis de jeunes vies.

– Eh bien, c'est votre chance de... »

Soudain une idée me traverse l'esprit. La colère du père Julian ne peut pas être uniquement dirigée contre moi. Elle doit aussi être dirigée contre lui-même.

« J'ai dit hier qu'il pouvait y avoir d'autres cadavres dans des cercueils, mais je n'ai jamais dit qu'il s'agissait de filles. Ni qu'elles étaient jeunes. »

Il s'apprête à dire quelque chose – probablement qu'il l'a entendu quelque part ou qu'il l'a deviné – mais il abandonne les faux-semblants et ne dit rien.

« Vous saviez ! Putain, vous saviez !

– Theo ! hurle-t-il, cognant du poing sur le bureau. Assez ! Comment osez-vous utiliser...

– Comment j'ose ? » Maintenant c'est mon tour de cogner du poing. « Comment vous, vous osez ? Vous saviez depuis le début et vous n'avez rien dit ? Vous n'avez rien fait ? Comment avez-vous pu ? »

Il ne répond pas, et le silence qui s'abat alors sur nous est inattendu, comme si nous ne comprenions l'un comme l'autre que trop bien que ce que nous allons dire maintenant risque de bousiller irrévocablement la relation que nous avons.

« Qu'étais-je censé faire, Theo ? » demande-t-il, presque dans un murmure. Et sa question semble sincère, comme s'il voulait réellement trouver d'autres options quand il n'y en a pas. « Vous connaissez les règles. Vous pouvez les remettre en cause, vous pouvez les haïr et râler contre cette injustice, mais vous savez, Theo, vous savez comment c'est.

– L'un des Alderman s'est confessé à vous. L'un d'eux a tué ces filles !

– Ce n'est pas ce que j'ai dit, et ce n'est pas ce qui s'est passé ! »

Je me lève, j'ouvre l'enveloppe et renverse son contenu comme je l'ai fait quand je l'ai trouvée. Les articles en tombent comme la première fois. Je passe la main au-dessus, les étalant en éventail comme un jeu de cartes. Les yeux du père Julian sont rivés dessus.

« Vous saviez déjà que les filles étaient dans ces cercueils. Vous saviez qu'elles étaient mortes.

– Rasseyez-vous, Theo.

– Voici les filles que vous auriez pu sauver. Qu'est-ce que vous m'avez dit hier quand je vous ai dit que cette affaire était importante pour moi ? Vous avez dit que ce n'était pas de ma faute. Vous aviez à la fois raison et tort. Vous voyez, je croyais que c'était complètement de ma faute. Mais plus maintenant. Maintenant je partage ce fardeau avec vous. »

Il tend la main et touche les articles, en soulève certains. J'observe ses yeux, mais il ne lit pas les mots imprimés devant lui. Plus il manipule les coupures, plus il y a de poussière qui s'envole. Je ne sais pas ce qu'il cherche. Aucune de ces disparitions n'a fait la une des journaux. Il n'y a pas de gros titres. Peut-être que si l'une d'elles avait été rock star ou fille du maire, les choses auraient été différentes. Mais c'est sur le point de changer. Demain Rachel Tyler sera dans tous les journaux. Et les autres filles aussi. Leurs amis et leur famille ne seront plus les seuls à se soucier d'elles. Les gens liront leur nom et verront leur visage et ils se demanderont comment cette ville a pu engendrer le genre de violence nécessaire pour faire disparaître ces filles, et le genre d'ignorance nécessaire pour qu'on laisse faire sans poser de questions.

« C'est tellement facile pour vous, Theo, n'est-ce pas ? Ça l'a toujours été. Les types comme vous croient qu'ils peuvent débarquer ici et avoir ce qu'ils veulent. » Je ne sais pas trop ce qu'il entend par les types comme moi. « Vous êtes persuadé que vous n'avez qu'à demander pour que je brise le sceau de la confession et que je raconte tout. Vous ne croyez pas que ça fait mal ? Hein ? Vous ne croyez pas qu'entendre tout le poison déversé par ces gens est douloureux ? Vous ne croyez pas que j'aimerais pouvoir décrocher le téléphone et rendre ce monde meilleur ?

– Alors pourquoi vous ne le faites pas ? Ces filles, vous auriez pu les sauver.

– À quel prix ? Vous ne comprenez toujours pas, n'est-ce pas ? Vous croyez que s'il ne s'agissait que de moi je ne le ferais pas ? S'il s'agissait juste d'être renvoyé et de perdre mon église, je laisserais tout tomber pour le bien de tous. Mais il ne s'agit pas de moi, Theo. Il ne s'agit pas de vous non plus. Et il ne s'agit pas de ces filles. Il s'agit de Dieu. De notre foi. Il s'agit de violer l'une des plus anciennes règles de l'Église. »

Il y a tellement d'angles à partir desquels attaquer cet argument, mais à quoi bon ? Il a raison et j'ai raison et nous le savons l'un comme l'autre. Et nous ne pouvons rien y faire. Il se conforme à ses croyances, et moi, je suis furieux qu'il n'ait rien fait pour empêcher tout ça.

« C'est pour ça que vous saviez que Bruce était innocent. Ce n'est pas lui qui s'est confessé.

– Nous ne pouvons pas suivre cette voie.

– Quelle voie ?

– Celle où vous commencez à biaiser, où vous demandez qui ne s'est pas confessé afin de réduire votre liste de suspects. »

Il se passe les deux mains dans les cheveux, puis les essuie sur le devant de sa soutane.

« Je crois l'avoir déjà réduite, dis-je, et je commence à récupérer les articles.

– Ce n'était pas Sidney Alderman. »

D'un côté j'aimerais me pencher en avant, l'attraper par le col et le secouer jusqu'à ce que s'ouvre cette chambre forte dans laquelle il conserve ses secrets. Mais je lui suis aussi reconnaissant. Il ne révélera pas ses secrets, et il ne révélera pas non plus les miens.

« À cause de vous un assassin va s'en tirer. »

Mes paroles sont sans conviction. C'est une tentative de la dernière chance, et je ne m'attends pas à ce qu'elle donne quoi que ce soit.

Il semble le savoir.

« Ça me hante », répond-il.

Si je lui disais ce que Sidney Alderman a fait à ma fille, est-ce qu'il envisagerait les choses différemment ? Je ne crois pas. Le prêtre ne voit plus Sidney Alderman tel qu'il est réellement. Il s'est lié d'amitié avec lui il y a trente ou quarante ans, et il le voit toujours de la même manière. Je me demande ce qu'il faudrait – combien de douleur – pour que le père Julian accepte que sa foi et ses convictions ne valent tout simplement pas la peine. Y a-t-il un nombre limite ? Une douzaine de jeunes filles mortes ? Cent ?

« Sidney Alderman. Dites-moi où il est.

– Je ne sais pas.

– Est-ce qu'il a tué ces filles ?

– Je veux que vous partiez, Theo. Et je veux que vous vous rappeliez votre promesse.

– Mais vous pouvez me parler de lui, non ? Vous pouvez au moins me raconter un peu son histoire.

– Sidney Alderman est un homme très triste, Theo. Comme vous, il a perdu sa famille. Vous vous souvenez sûrement de ce que vous avez ressenti le jour où Emily est morte. Vous pouvez sûrement comprendre. »

Bien sûr que je me souviens. Mais je ne me suis pas mis à exhumer des cadavres pour autant.

« Que lui est-il arrivé il y a deux ans ?

– Je ne vous suis pas. »

J'achève de replacer les articles dans l'enveloppe. Il est écrit dans l'un deux qu'il a pris sa retraite il y a deux ans. Est-ce que ça a suffi ? Il faut un déclencheur pour transformer quelqu'un en assassin. Il faut un moment précis où la personne craque. J'imagine que celui-ci se serait plus que probablement produit il y a dix ans quand sa femme est morte, pas il y a deux ans quand il a pris sa retraite.

« Quelqu'un doit payer pour ce qui est arrivé, dis-je.

– Quelqu'un a déjà payé.

– Mais pas la bonne personne. » J'enfonce le rabat à l'intérieur de l'enveloppe. « La police est proche de découvrir la vérité. Tout est en train de se démêler. Vous avez eu la possibilité de nous aider, mais vous ne l'avez pas fait. C'était votre chance de vous racheter.

– Ne faites pas de bêtise, Theo. Bruce Alderman, c'était un homme bon. Et Sidney – eh bien, au fond de lui, c'est aussi un homme bon, et un homme qui en ce moment pleure son fils. Respectez ça. Laissez-le faire son deuil, et laissez la police s'occuper de lui. »

Je marche jusqu'à la porte et le père Julian ne se lève pas. Il ne fait même pas mine de me suivre.

« Je ne peux pas faire ça », dis-je.

Il secoue la tête, mais ne prodigue aucun conseil supplémentaire. Je le laisse dans son bureau et passe devant les images de Jésus et ses potes. Je me demande ce qu'ils penseraient de la décision du prêtre de garder pour lui les secrets qui lui ont été confiés, s'ils seraient d'accord avec ses convictions ou s'ils lui diraient qu'il est idiot. Je me demande si en ce moment même le père Julian implore Dieu de le guider.

À l'avant de l'église se trouve une alcôve dans laquelle, posé sur un piédestal, se trouve un registre – épais, divisé en sections, avec des lettres d'or sur la couverture. Les entrées sont classées par ordre alphabétique et les sections sont divisées chronologiquement. Je parcours les pages, cherchant des indices aux périodes où les filles ont disparu. Mais je ne trouve rien. Il y a aussi un grand plan du cimetière punaisé au mur ; un plan quadrillé, comme un plan de ville. C'est tout ce qu'il me faut pour trouver mes deux destinations suivantes.

La première est une tombe. Elle est située à l'arrière des maisons qui se trouvent plus loin dans la rue, à peu près aussi éloignée de l'église et du lac à l'est qu'il est possible de l'être sans sortir des limites du cimetière. Je m'approche le plus possible en voiture, puis parcours le reste du chemin à pied. Un sentier s'enfonce parmi les arbres, et soudain je me retrouve dans une zone du cimetière qui semble isolée. Je suppose qu'Alderman ne va pas revenir de sitôt, il ne passera donc pas devant ma voiture, ne devinera pas ma présence. Je suppose qu'il est en train de se saouler dans un bar, ou qu'il roule au hasard à la recherche d'un endroit où se débarrasser de ma fille. Ou qu'il est garé au bord de la route, en train de retrouver ses esprits, de se demander ce qu'il fabrique. Ou peut-être qu'il est sur le point de se coller une balle. Tel père tel fils. Seulement ça semble peu probable. Il y a dix ans, peut-être, Alderman aurait été le genre de type à s'interroger sur ses actes. Mais plus maintenant.

Le ciel s'éclaircit. Il commence à faire plus chaud. Mais je me sens toujours froid à l'intérieur. Je contourne les pierres tombales, chacune racontant une histoire, chacune chargée de souvenirs. Certains bons, certains mauvais. Ces gens ont tous eu une influence sur la vie d'autres personnes. Ils ont fait une différence. Ils avaient une famille, des projets pour l'avenir. Certains sont morts de vieillesse. D'autres de maladie. Les messages sur les pierres tombales se ressemblent tous. Des sentiments, des déclarations, les ultimes messages laissés à l'intention du monde pour lutter contre l'oubli.

La tombe que je cherche est propre – pas de mauvaises herbes, pas de gazon haut – mais il n'y a pas de fleurs non plus. Je me tiens devant pendant environ une minute avant de retourner à ma voiture.

Ma seconde destination est une grande remise située dans le coin nord-est du cimetière. Elle est séparée du reste du cimetière par une clôture en bois, puis par une rangée de peupliers. Elle est à peu près aussi grande que ma maison, mais il n'y a ni murs ni cloisons à l'intérieur pour soutenir le toit. Elle est pleine d'outils de jardinage et de sacs de graines. Je vois un tracteur, une tondeuse à gazon à siège, une pelleteuse. Tous les outils nécessaires à l'exhumation d'Henry Martins se trouvaient ici hier, bien alignés. Mais à la place, des sous-traitants sont venus avec leur propre matériel, et je me demande si les choses auraient été différentes s'ils n'étaient pas venus. Je parcours la pièce du regard, mais rien ne me saute aux yeux – il y a trop d'armes potentielles ici, il faudrait une semaine pour examiner chacune d'elles. La remise elle-même pourrait être une scène de crime.

Il y a une pile de parpaings sous l'un des établis. Un rouleau de corde verte est suspendu à un clou près de la fenêtre. Je la palpe. Elle est constituée de centaines de fils qui ressemblent à du chanvre. C'est la même corde qui était attachée aux cadavres, et elle a dû gonfler au contact de l'eau. Des milliers de personnes dans cette ville en utilisent probablement.

Je m'approche de la pelleteuse. Il y a de la terre fraîche sur les dents du godet. Sidney Alderman s'en est servi pour ramener ma fillette à la lumière. Il l'a probablement soulevée dans la gigantesque griffe avant de la ramener ici. Je cherche Emily du regard, mais elle n'est pas ici.

Cette remise pourrait parfaitement être l'endroit où les quatre jeunes femmes ont trouvé la mort. Je me tiens au centre de la pièce et pivote lentement sur moi-même, couvrant chaque angle du regard. Deux brouettes. Des plaques de contreplaqué. Des seaux. Des traces de bottes terreuses, des morceaux de bois, des bâches, des cordes, des établis. Un endroit horrible pour mourir. Ça sent le renfermé, et je perçois une odeur d'essence et d'herbe coupée. Il y a des toiles d'araignée, des taches, des planches gondolées, la vitre est fêlée. Il y a des taches de rouille au plafond et des seaux de plastique en dessous pour recueillir l'eau de pluie. Il y a des étagères couvertes de pièces mécaniques – leviers, roues dentées, bouts de moteur – pour la plupart rouillées.

Je grimpe dans la pelleteuse et la mets en route. Le siège n'est pas confortable, de longues fentes dans le vinyle laissent échapper une mousse qui ressemble à de la neige. J'actionne un levier pour reculer le siège. Je n'ai jamais conduit un tel engin, mais il ne me faut que quelques minutes pour maîtriser les leviers et les pédales. La pelleteuse vibre tandis que je me mets à rouler. Elle cahote à chaque irrégularité du sentier. Les roues laissent de profondes empreintes dans l'herbe humide.

Je retourne à la tombe.

Récupérer ma fille est ma priorité, et tout ce qui se produira d'ici là, je l'imputerai à la volonté de Dieu. Ça devrait faire plaisir au père Julian.

22

Il y a un abîme. On peut se tenir au bord du précipice, certains y passent leur vie, et il y en a d'autres qui plongent dans ses profondeurs, comme lestés par des parpaings. Je ne sais pas trop où je me tiens, et c'est peut-être un des problèmes avec cet abîme – on ne sait jamais si on peut tomber plus bas. Voilà à quoi ont ressemblé les deux dernières années. J'ai glissé dans l'abîme, ce que j'ai vu au fond m'a effrayé ; et depuis, j'ai fait tout mon possible pour m'en extirper. Mais peut-être suis-je simplement resté au même niveau, attendant le moment où je sombrerai plus bas.

Je crois que ce moment est arrivé. Je ne sais pas. J'espère que le fait que je m'adonne à une sorte d'introspection signifie que j'ai conscience de ma chute, tout comme un fou ne peut pas l'être s'il se demande s'il l'est. Un homme qui pense qu'il ne peut plus tomber plus bas n'est peut-être pas tombé si bas que ça. Le problème, c'est quand on sombre sans chercher à se raccrocher à rien ; peut-être alors est-on perdu.

J'essaie de rappeler Sidney, mais il ne répond pas. Son téléphone est allumé, car je tombe sur la boîte vocale après cinq sonneries. Il le regarde probablement. Il a ma fille morte à l'arrière de sa voiture, ce qui signifie qu'il va continuer à ignorer mes appels. Il a son propre fils mort allongé sur une table d'acier dans une morgue froide, recouvert d'un drap, et il va devoir organiser ses funérailles. Il va devoir choisir le cercueil, les fleurs, la pierre tombale. Il va devoir choisir un costume pour son fils, et un funérarium, et envoyer des faire-part. Il a du pain sur la planche. Mais il doit tout d'abord décider ce qu'il va faire d'Emily. Et il craint ma réaction.

Je ferme les yeux. Je ne sais pas si j'ai raison de faire ça, mais tant pis. Je lui envoie un SMS.

Je veux récupérer ma fille et vous allez me la rendre. Nous allons effectuer un échange. Croyez-moi, vous voudrez effectuer cet échange.

Je suis assis dans la pelleteuse sous l'un des ciels les plus bleus de cet été. J'ai regagné la remise. Il m'a fallu près de deux heures pour faire ce qui, je suppose, aurait pris vingt ou trente minutes à l'un des deux Alderman. Personne n'a été alerté par le bruit. Les cimetières ne sont guère fréquentés en milieu de semaine, et j'ai été parfaitement seul.

Mon téléphone se met à sonner. Je le déplie.

« Allez vous faire foutre, lance-t-il. Vous avez assassiné mon fils, et vous croyez que vous avez quelque chose à échanger ? »

Il peine à articuler, et je devine qu'il est retourné au bar où il se trouvait avant d'enlever ma fille.

« Je n'ai pas tué votre fils.

– Il est mort, non ?

– Ramenez-moi ma fille et nous en parlerons.

– Quoi ?

– Vous m'avez entendu. Je veux procéder à un échange.

– Un échange ? Vous n'avez rien pour moi.

– C'est ce que j'ai tout d'abord cru. Jusqu'à ce que je me mette à jouer au même jeu que vous. Ce n'est pas difficile d'utiliser une pelleteuse. J'ai fini par attraper le coup.

– Où êtes-vous ? demande-t-il.

– Là où vous étiez il y a dix ans », dis-je, et je raccroche.

Quelques secondes plus tard le téléphone sonne de nouveau. Je l'éteins.

Il y a un robinet à l'extérieur de la remise et j'ai soif, mais je ne veux pas que mes lèvres touchent quoi que ce soit que celles de Sidney Alderman aient pu toucher. Je descends de la pelleteuse et pénètre dans l'ombre de la remise. Je passe les outils en revue. Du matériel de jardinage, principalement, mais aussi quelques outils de charpentier. Peut-être qu'il y a vingt ans, dans une autre vie, Alderman avait un hobby. Peut-être que son fils et lui restaient dans la remise pour fabriquer des tabourets ou des colombiers en bois, et qu'ils passaient le temps à discuter d'angles, d'onglets et de jointures. Il y a aussi tout un assortiment d'outils électriques. Je les ignore et soulève une pelle.

Je la porte jusqu'à la tombe, laissant la pelleteuse derrière moi. Je me repose sous un arbre qui m'abrite du soleil. J'essaie de ne pas penser aux dernières vingt-quatre heures qui m'ont mené jusqu'ici, puis je m'aperçois que ce sont en fait les deux dernières années qui l'ont fait. Je me demande si l'homme que j'étais à l'époque aurait jamais songé à faire le genre de saloperies qu'il est capable de faire désormais. J'espère que non, puis je m'en fous : si je devais espérer quoi que ce soit, ce serait que les deux dernières années ne se soient jamais produites.

Ce qui m'amène aussitôt à penser à Quentin James. J'ai eu deux vies – une avant ma rencontre avec James, et une après – et j'ai été deux personnes différentes. Je suppose que dans un sens ça nous rapproche. Il y avait Quentin le Sobre et Quentin l'Ivrogne. Il y en avait aussi probablement un troisième. Un Quentin qui percevait le changement, mais qui était trop abruti par la bière, le sport à la télé, les remboursements de prêts immobiliers, pour dire quoi que ce soit. Il y a aussi un troisième Tate – celui qui ne peut pas s'opposer à ce que je suis en train de faire. J'ai ressenti un paquet de choses quand Quentin m'a dit qu'il était désolé, mais pas de pitié. Et je n'en éprouve toujours pas.

Alderman met une demi-heure à arriver. Le soleil est un peu plus bas mais pas moins chaud. Le 4×4 défoncé approche sur la route, le soleil se réfléchissant sur le pare-brise, la seule surface propre de tout le véhicule. Le 4×4 zigzague tandis qu'il s'échine à le contrôler.

Je ne bouge pas. Il se gare le plus près possible et la portière s'ouvre. Il descend, marque une pause, regarde autour de lui, se demandant sans doute où je suis. Il ne me voit pas. Il doit traverser le bosquet d'arbres où je suis assis mais il ne me voit toujours pas. Il s'approche lentement de la tombe, oscillant légèrement, comme si le sol se défilait sous lui à chaque pas. Moi, j'aurais couru. Il arrive au bord de la tombe et regarde au fond sans rien dire. Il plonge juste les yeux dans la terre, oscillant, regardant fixement, jusqu'à finalement descendre dedans.

Je marche vers lui. L'angle s'accroît à mesure que j'approche, me laissant d'abord voir le bord opposé de la tombe, puis la tête d'Alderman, puis le reste de son corps. Il est là-dedans, en train d'essayer d'ouvrir le cercueil de sa femme, mais il a du mal à cause de son propre poids qui porte sur le couvercle. Mon ombre traverse le cercueil et il la remarque. Il est obligé de se tortiller pour parvenir à lever les yeux, ce qui n'est pas pratique pour lui. Il est assis à califourchon sur le cercueil mais n'arrive pas à baisser les jambes sur les côtés. Il lève les yeux vers le soleil et doit placer sa main en visière pour me voir.

« Espèce de salaud, lance-t-il.

– Où est-elle ? »

Il se lève et doit s'appuyer aux parois sombres pour conserver l'équilibre. Je lui montre la pelle.

« Vous croyez que j'ai peur de vous ? demande-t-il. Vous croyez que je ne m'attendais pas à quelque chose comme ça ? »

Je le frappe au visage avec la pelle – pas très fort, mais suffisamment pour le faire tomber en arrière, ses jambes s'élevant dans les airs et sa tête rebondissant sur le cercueil.

« Bon sang », dit-il en se touchant le visage. Il se penche sur le côté et crache un peu de sang, puis il s'essuie la bouche.

« Merde.

– Où est-elle ?

– Allez vous faire foutre. Est-ce que ma femme est dans son cercueil ? Oui ou non, espèce d'enfoiré ?

– Oui, et à moins que vous ne souhaitiez la rejoindre, vous allez me dire où est ma fille.

– Votre fille ? Et si vous me disiez où est mon fils ? Ou peut-être que vous avez oublié ? Il est à la putain de morgue ! » Les mots jaillissent de sa bouche dans un nuage d'alcool et de postillons. « Oui, on est en train de le découper avec des pinces et des scies, et vous savez quoi ? Vous voulez entendre la meilleure ? C'est vous qui l'avez envoyé là-bas ! »

Inutile de discuter. Inutile de lui répéter indéfiniment que je n'ai pas tué son fils. Casey Horwell l'a d'ores et déjà convaincu du contraire.

« Ma fille. Où est-elle ?

– Vous avez tué mon fils !

– Dites-moi !

– Vous ne la retrouverez jamais.

– Espèce de salaud ! » Je lève la pelle comme pour le frapper de nouveau. Il s'écarte et je fais un pas en arrière. « Espèce de salaud ! »

Je lance la pelle vers lui. Fort. La lame de la pelle l'atteint à l'épaule et rebondit sur le cercueil. Alderman bascule en arrière et se retient au mur. Il se masse l'épaule.

Je serre les poings ; je tremble et je ne sais pas trop où va me mener ma colère. Le fond de l'abîme m'attend.

Alderman saisit la pelle et s'appuie dessus pour se relever. Il essaie d'agripper le bord de la tombe. Il doit être vraiment saoul pour s'imaginer que je vais le laisser sortir de là sans rien faire. Je lui écrase les doigts avec le pied. Il les ôte, arrachant la peau sur le revers de sa main. Il lève les yeux vers moi comme si c'était lui la victime, comme s'il n'avait rien fait de mal. Une tache de sang se répand sur son épaule, et maintenant sur sa main.

« Les filles, qu'est-ce qui s'est passé ?

– Quelles filles ?

– De quelles filles croyez-vous que je parle ? »

Il hausse les épaules, mais il sait.

« Je n'ai rien à voir avec ça. Et Bruce non plus.

– Il les a enterrées. Il l'a avoué. Est-ce qu'il les a tuées ?

– Allez vous faire foutre.

– Ou est-ce que c'est vous qui les avez tuées ?

– C'est des conneries. Vous avez assassiné mon fils, et vous ne savez même pas pourquoi.

– Et si vous me l'expliquiez ?

– Vous vous adressez à la mauvaise personne.

– À qui dois-je m'adresser ?

– D'après vous ? Votre pote le père Julian. Allez lui demander.

– Qu'est-ce que ça signifie ?

– Allez vous faire foutre. Je ne dirai plus rien tant que vous ne m'aurez pas laissé sortir d'ici. »

Je m'écarte de la tombe.

« Putain, vous allez où ? » lance Alderman.

Je ne lui réponds pas. Je marche jusqu'à son 4×4. Il est poussiéreux et il y a plusieurs traces d'impact rouillées à l'avant. La portière du côté conducteur est ouverte et un « ding ding » retentit au niveau du tableau de bord – ses clés sont toujours sur le contact. J'ouvre la portière arrière. Ma fille gît sur la banquette sous une bâche bleu foncé, ses cheveux tout collés et flasques, sa robe préférée en meilleur état que son petit corps qui a été ravagé par la décomposition. Je m'appuie contre le 4×4 et baisse les yeux, luttant contre la nausée, tentant de ne pas regarder son visage dont l'essentiel a disparu. Il a pourri, et le masque qui le remplace est si horrible que tout ce que je veux faire, c'est hurler. Elle devrait être à l'école en ce moment. Elle devrait avoir deux ans de plus. Elle devrait avoir hâte de rentrer à la maison et de se débarrasser de ses devoirs pour pouvoir s'amuser avec ses ours en peluche. Bon Dieu, le monde est si déglingué que je commence à me dire que ce qu'a fait Bruce Alderman hier soir n'est pas une si mauvaise option.

Je referme la portière. Alderman est toujours en train d'essayer de sortir de son trou. Il a du mal car les dynamiques jouent contre lui. Il est saoul, il n'a plus son habileté d'homme jeune, son épaule et ses doigts le font souffrir. Il aurait besoin d'être plus grand, plus fort, plus jeune ou plus sobre, ou alors il aurait besoin d'une échelle. Il lève les yeux vers moi.

« Espèce de salaud, dis-je.

– Donc je me suis trompé. Vous l'avez retrouvée.

– Il est temps que vous me donniez quelques réponses. »

Je me baisse et saisis une poignée de ses cheveux dans une main, et l'avant de sa chemise dans l'autre. Je tire violemment, pour lui faire mal, et il grogne tandis que je le hisse par-dessus le bord de la tombe.

« Ah, putain, doucement, bordel ! »

Mais je n'ai aucune intention d'y aller doucement.

« Je n'ai pas tué votre fils », dis-je tout en continuant de le hisser.

Il m'agrippe les deux mains pour soulager la douleur qui doit lui transpercer le haut du crâne. J'entends le cuir chevelu et les cheveux qui commencent à se déchirer.

Lorsqu'il est suffisamment sorti, il pose les genoux au sol et cesse de s'agripper à mes bras. À la place il tourne la tête, tire ma main vers le bas et serre les dents autour de mon pouce.

« Merde ! »

Je tente de retirer ma main. Mais ça ne sert à rien. Il mord fort, cherchant à me sectionner le doigt.

Je ne peux pas lui donner un coup de genou dans le menton car ça ne ferait qu'enfoncer ses dents plus profondément. Je le lâche donc et me mets à le frapper. Mais sa tête bouge et ses dents me cisaillent le pouce, comme celles d'un grand requin blanc qui agite la tête pour déchiqueter sa victime. Alors je le pousse en avant. Nous basculons tous les deux, et un instant plus tard nous tombons.

Et nous nous retrouvons dans la tombe.

23

J'atterris pour l'essentiel sur Sidney Alderman. Mon coude heurte le cercueil et mon pouce s'arrache de sa bouche. Mon genou cogne contre la paroi, mais le reste de mon corps atterrit sur le vieux bonhomme, de sorte que l'impact est amorti. Alderman a moins de chance. Il n'a personne sur qui atterrir. Juste sa femme, sauf que ça fait des années qu'elle n'est plus en état de le soutenir. Alors il heurte violemment le bois et la pelle qui se trouvent sous lui – plus violemment, je suppose, que s'il était tombé seul. Comme je tombe avec lui, il y a mon poids, et il y a l'élan, et il y a les lois de la physique, une sale combinaison pour Sidney Alderman. Sa tête rebondit contre le bord du cercueil.

Je me redresse, m'appuyant des mains contre les parois de terre et contre le cercueil. Mon pouce pisse le sang. La peau s'est décollée au bord de la morsure, révélant une chair rose vif. Je tire mon mouchoir de ma poche et l'enroule fermement autour de la blessure. Je ne sens rien, mais je suppose que dans vingt secondes je vais jongler. Je m'agenouille et secoue un peu Alderman. Pas de réaction. Je le secoue un peu plus fort. Comme il ne remue toujours pas, je passe à l'étape suivante et cherche ce que je commence à craindre, plaçant mes doigts contre sa nuque. Du sang se met à couler sur le cercueil. Le couvercle est légèrement incurvé, si bien que le sang ne forme pas une flaque ; il s'écoule vers les côtés et est retenu par une petite rainure décorative qui borde le couvercle. Goutte après goutte il s'accumule, puis il déborde de la rainure et imprègne la terre.

Il n'y a pas de pouls.

J'entreprends de rouler Alderman sur lui-même, mais m'interromps en voyant les dégâts. Le bout de la pelle est enfoncé dans sa nuque, pointé vers le cerveau. Sa tête s'affaisse quand je le bouge, et le manche de la pelle tourne sur lui-même. Ses yeux sont ouverts mais ils ne voient rien. Je le lâche, et il retombe sur le cercueil. J'ai les mains couvertes de sang. Je les regarde fixement pendant quelques secondes. Je les essuie sur les parois de la tombe, puis je les regarde de nouveau avant de m'écarter autant que possible d'Alderman, à savoir, pas très loin. Je frotte une fois de plus mes mains contre la terre humide et les essuie sur ma chemise. J'ai le regard braqué sur Alderman, comme si je m'attendais à ce qu'il se redresse et me dise de ne pas m'en faire, que ces choses arrivent, que ça aurait pu arriver à n'importe qui.

Bon Dieu.

Je m'extirpe de la tombe. C'est beaucoup plus facile pour moi que ça ne l'était pour Alderman. Je m'étends sur la pelouse, levant les yeux vers le ciel qui est aussi bleu que quand j'étais assis dans la pelleteuse en train de creuser.

Bon Dieu.

Je me lève et observe Sidney Alderman sous divers angles, mais ça n'arrange rien. J'essaie de penser à Emily, regardant en direction du 4×4 qui est caché par les arbres, conscient qu'elle se trouve à l'arrière, espérant que sa présence rendra la situation plus acceptable. Espérant justifier la mort d'Alderman en me disant que c'est tout ce qu'il méritait. J'essaie, mais ça ne fonctionne pas. Ça devrait. Mais ça ne fonctionne pas. Il méritait une chance de me dire tout ce qu'il savait sur les filles mortes, et elles le méritaient aussi. Je songe à Casey Horwell et je me demande comment elle réagirait si je l'appelais et lui disais à quoi son reportage a mené. Je suppose qu'elle serait ravie – elle aurait enfin le scoop qu'elle cherche si désespérément.

Je marche jusqu'aux arbres de sorte à voir et la tombe et le 4×4. Je regarde l'une et l'autre. Et maintenant, je fais quoi ?

Il doit y avoir quelque chose. Il y a toujours quelque chose. De fait, j'ai le choix entre deux options – le problème est que chacune mène dans une direction opposée.

La première serait de sortir mon téléphone de ma poche et d'appeler la police. Mais je ne le fais pas. Les flics me diront que c'est ce que je voulais. Ils diront qu'Alderman m'a poussé trop loin, et que j'ai réagi. Seulement ils ajouteront que j'aurais eu le temps de me calmer vu qu'il s'est écoulé plusieurs heures entre le moment où Alderman a tiré Emily de terre et celui où je l'y ai mis. Des heures au cours desquelles j'ai creusé la tombe de sa femme, parlé au prêtre et poursuivi l'enquête. Alors ils diront que je n'ai pas agi sous le coup de la colère. Ils diront que c'était forcément prémédité, parce que j'ai eu tout le temps d'aller à la police mais ne l'ai pas fait. Ils diront que je savais ce qui se passait, que j'ai regardé dans l'abîme et décidé d'y plonger.

Alors je choisis la seconde option.

Je retourne dans la tombe et fais rouler Sidney Alderman sur lui-même. Son sang forme désormais une flaque de chaque côté du cercueil. Je tire sur la pelle, mais elle refuse tout d'abord de bouger. Elle est coincée. Je l'agite d'un côté et de l'autre, comme si j'essayais d'extraire une dent, et elle se détache en produisant le même bruit de succion qu'un pied se soulevant dans la boue. Je la balance sur l'herbe et ressors du trou.

Je traverse le bosquet d'arbres et parcours le cimetière du regard. Il n'y a personne en vue. Je retourne à la tombe et commence à recouvrir Alderman de terre. Celle-ci retombe lourdement, produisant un bruit sourd; certaines mottes restent là où elles atterrissent, d'autres dégringolent sur les côtés et se mêlent au sang. Je jette la pelle. Il y a des bouts de terre noire à l'extrémité, collés par le sang de Sidney Alderman. Je regagne la remise et reviens avec la pelleteuse. J'emprunte l'allée un moment puis suis obligé de me frayer un chemin parmi les tombes et de contourner les arbres avant d'atteindre l'emplacement. Après quoi il me faut moins de temps pour combler le trou qu'il ne m'en a fallu pour le creuser. Lorsque j'ai fini je reconduis la pelleteuse jusqu'à la remise et me tiens immobile, tentant de ne pas perdre l'équilibre tandis que le monde vacille sous mes pieds. Un nouveau Tate vient de s'ajouter à ma liste de personnalités. Chacune plus déglinguée que l'autre. Où cela va-t-il me mener ?

Je sens ma poitrine se serrer et la remise semble soudain trop étroite, comme si les murs se resserraient, le plafond s'abaissait. Je ressors et découvre que le monde entier semble désormais minuscule.

Les nuages sont revenus, le soleil a totalement disparu. C'est le crépuscule, et j'ai un peu de mal à voir autour de moi. Je retrouve le 4×4 et roule jusqu'à la tombe de ma fille. Je m'assieds devant, attendant le départ de quelques visiteurs. Puis je la porte doucement, craignant qu'elle ne se désagrège, craignant de me désagréger moi-même. Je la pose par terre puis descends dans la tombe, me rapprochant de six pieds de l'enfer qui, je le sais, m'est destiné. Je lève les mains et la saisis, puis je l'étends dans son cercueil. Elle ne ressemble plus à Emily. Elle porte la même robe, elle a les mêmes cheveux, mais tout le reste est différent. Et je ne veux pas penser à ce qui est différent. J'écarte ses cheveux de ce qui lui reste de visage et les coince doucement derrière ce qui lui reste d'oreilles. Je replace le couvercle. Je ne veux pas passer plus de temps avec elle, et en même temps je voudrais rester ici toute la nuit, à lui tenir la main.

J'utilise la pelle qui a tué Sidney Alderman pour l'ensevelir. Ça me semble la bonne chose à faire, et je savoure la douleur qui part de mon pouce et remonte le long de mon bras. Je mets une heure à la recouvrir, et lorsque j'ai fini ma chemise est couverte de terre et trempée, le ciel est sombre, et le pansement de fortune sur mon pouce est plus sombre encore. Je balance la pelle à l'arrière du 4×4. Le véhicule est couvert de mes empreintes. Ma propre voiture est toujours ici. Je suis un assassin, et si je ne fais pas gaffe, le monde entier le saura bientôt.

Je regagne la remise. Je trouve du white-spirit et en imbibe quelques chiffons, puis entreprends d'essuyer chaque surface avec laquelle j'ai été en contact. Je roule jusqu'à la maison d'Alderman, gare le 4×4 dans l'allée et procède de la même manière. Je nettoie le véhicule et porte la pelle jusqu'à ma voiture. Quand je pars, personne ne me suit. Personne ne semble se soucier de ma présence.

Les infirmières du centre de soins ne semblent pas ravies de me voir. Carol Hamilton est rentrée chez elle, et personne ne me demande ce qui m'a pris ce matin. Personne ne me demande pourquoi j'ai une sale gueule, pourquoi mes vêtements sont cradingues, pourquoi ma peau est noircie par la terre, pourquoi j'ai un mouchoir infect autour du pouce. Je passe une heure avec ma femme, et j'ai plus que jamais besoin d'un signe – de sentir sa main se serrer autour de la mienne, de voir ses yeux se poser sur moi au lieu de fixer le vide – mais elle ne peut rien m'offrir de tel. Je ne lui raconte pas ce qui s'est passé. Je regarde par la même fenêtre qu'elle, je vois les mêmes choses qu'elle, et je ne me suis jamais senti aussi proche d'elle en deux ans. J'envie presque son monde.

De retour chez moi, je brise la pelle en une douzaine de morceaux. J'essuie chacun d'entre eux, mais je sais que je vais devoir faire plus que ça – je vais devoir m'en débarrasser quelque part où on ne les retrouvera jamais. Je prends une douche et regarde la terre et le sang disparaître, même si j'ai toujours l'impression d'en être couvert. J'ôte le mouchoir de mon pouce et nettoie ma blessure, qui continue de saigner faiblement. Il faudrait la recoudre, mais je n'irai pas à l'hôpital. Je la panse et me prépare à manger, mais je suis incapable d'avaler quoi que ce soit. J'allume la télé et ne comprends rien à ce que le présentateur du journal raconte. J'attrape une bière et vais m'asseoir dehors, et je regarde fixement un pan de béton que nous avons laissé exposé il y a cinq ans quand nous avons construit la terrasse. Le ciment était humide et nous avons gravé nos noms dedans. Daxter sort de la maison et saute sur mes genoux, avant de redescendre quelques secondes plus tard. Je regarde les noms dans le ciment tout en finissant ma bière, puis je fixe le plafond de ma chambre tandis que j'attends le sommeil. Je songe à Quentin James, à la famille Alderman, aux quatre filles mortes que je n'ai jamais rencontrées. Par ma faute leurs familles ne connaîtront jamais le fin mot de l'histoire, car l'homme qui aurait pu m'aider est mort. J'ai emporté tous leurs espoirs de réponses dans l'abîme avec moi.

24

À 4 heures du matin j'abandonne l'idée de dormir et m'assieds à la table devant du café. Je ne cesse de me remémorer ce que j'ai fait, comme si le fait de visualiser chaque détail pouvait m'aider à revenir en arrière et à changer le déroulement des événements.

Il y a deux ans, après avoir parlé à Quentin James, j'ai dormi comme une souche. Je suis rentré chez moi et me suis préparé à manger, j'ai regardé un peu la télé, et à 1 heure du matin je me suis couché. C'était un nouveau jour et j'étais un nouvel homme, et lorsque je me suis glissé sous les draps, j'ai fermé les yeux, je me suis représenté ma famille, et je me suis endormi. Il n'y a pas eu de cauchemars. Pas de questions. Pas de culpabilité.

Mais pas cette fois.

Je retourne au cimetière. La nuit est froide et le soleil ne se lèvera pas avant quelques heures. En chemin je jette mes vêtements de la veille dans une benne à ordures, comme des centaines d'hommes coupables l'ont fait avant moi. Une fois au cimetière, je me tiens près du coin du lac et songe aux choix qui ont fait de moi la personne que je suis. Puis je comprends que ces choix ont été faits à ma place. C'est Quentin James qui m'a mis sur cette voie. Il ne m'a pas laissé d'autre option que de l'emmener au milieu de nulle part et de l'abandonner là-bas. Qu'aurais-je pu faire d'autre ? Le laisser purger sa peine pour qu'il recommence à tuer une fois libéré ? Rien à foutre de ces gens qui croient que l'alcoolisme est une maladie. Le cancer est une maladie. Allez dire aux cancéreux que l'alcoolisme est une maladie et voyez ce qu'ils en pensent. Tout est question de choix. On choisit de boire. Mais on ne choisit pas d'avoir une leucémie. Donc James ne pouvait en vouloir qu'à lui-même. Il a choisi de continuer à boire. Il aurait pu choisir d'arrêter. De se faire aider. Mais il a choisi son destin et je n'ai été que l'exécutant.

Je donne un coup de pied dans une motte de terre et la regarde disparaître dans l'eau. Ai-je des limites ? Tuerais-je la première personne que je soupçonnerai d'être un assassin ? Bon sang, et la prochaine fois que je devrais faire la queue quelque part et que j'en aurais marre d'attendre ? Je bute toutes les personnes devant moi ? Je descends mon garagiste sous prétexte qu'il essaie de gonfler la facture ?

Sur la scène de crime des bouts de cordon laissés par la police volettent dans la brise. Mais ce n'est pas vraiment une scène de crime. C'est plus une scène de dépravation, où des cadavres ont été remplacés par d'autres. Le matériel de creusage a disparu. Les tentes ont été démontées. L'herbe a été aplatie. Le cirque a quitté la ville. J'observe le lac. Je me demande quelle profondeur il fait, ce que les plongeurs ont vu dans l'eau. Je me repasse mentalement les deux derniers jours, tentant de tout filtrer jusqu'à trouver des réponses claires, mais s'il y en a, elles n'ont de cesse de m'échapper.

Je m'éloigne de l'eau sans regarder en arrière. J'atteins la tombe du gardien de cimetière et me tiens près de la terre retournée, j'écoute le vent et les sons du petit matin, tentant de percevoir une voix qui proviendrait de sous mes pieds. Mais il n'y en a pas. Je roule jusqu'à l'église. Je laisse le moteur tourner, gravis les marches jusqu'aux lourdes portes et me mets à cogner dessus, manquant à la promesse que j'ai faite au père Julian de ne jamais revenir. Comme personne ne répond, je contourne le bâtiment et me mets à cogner à une porte latérale beaucoup plus petite.

Le père Julian me hurle d'attendre une seconde. Quelques instants plus tard la porte se déverrouille, puis s'ouvre en grand. Il porte un pyjama décoloré et un peignoir. Ses cheveux sont dressés sur un côté de sa tête.

« Theo. Qu'est-ce que vous faites ici ? Vous savez l'heure qu'il est ?

– Vous devez m'aider.

– Vous aider ? Je l'ai assez fait dernièrement.

– Je vous en prie, c'est important. Sidney Alderman, est-ce que c'était lui ?

– Je ne peux... »

Je tends une main et saisis son bras, et je pose mon autre main sur son épaule. Je l'agrippe fermement et l'attire vers moi de sorte que nos visages se touchent presque.

« Est-ce que c'était lui ?

– Theo...

– Si c'était lui, vous n'êtes pas forcé de me le dire. Vous ne violerez pas le secret de la confession, dis-je d'une voix éperdue. Mais si ce n'est pas lui, s'il ne s'est pas confessé, vous pouvez me le dire. Dieu s'en moquera.

– Qu'avez-vous fait, Theo ? Qu'avez-vous fait ?

– Répondez-moi. »

Il me regarde dans les yeux, car à une telle distance il ne peut pas faire autrement. Puis il secoue lentement la tête.

« Rentrez chez vous, Theo.

– Pas tant que vous ne m'aurez pas répondu. »

Il se dégage de mon emprise et me pousse au niveau du torse. Je vacille en arrière sans tomber, mais j'ai déjà l'impression d'être tombé de toute manière.

« Bruce a enterré ces filles pour quelqu'un, dis-je. Était-ce pour son père ?

– Cette conversation n'a que trop duré.

– Était-ce pour vous, mon père ? demandé-je, sans trop savoir où je suis allé chercher cette idée. Avez-vous tué ces filles ? Bruce les enterrait-il pour vous ? Sidney m'a conseillé de m'adresser à vous. Il a dit que vous en saviez beaucoup plus que vous ne le prétendiez. Quelle est votre implication ? Avez-vous tué ces filles ? Ou vous contentez-vous de protéger l'homme qui l'a fait ?

– Allez-vous-en, Theo. Décampez ou j'appelle la police. Je suis sérieux. »

Il fait un pas en arrière et claque la porte.

Je reste planté au même endroit pendant une demi-minute, me demandant si cet échange a bien eu lieu, si j'ai réellement demandé au père Julian si c'était lui qui avait forcé Bruce à enterrer les filles, et je me demande quelle folie s'est emparée de moi pour envisager une telle possibilité.

Je suis certain qu'il m'observe depuis l'intérieur de l'église tandis que je regagne ma voiture. Je me sens étourdi, nauséeux, j'ai l'impression d'avoir l'estomac vide, comme si je n'avais pas mangé depuis des mois. Je grimpe dans ma voiture et m'éloigne du cimetière, désormais persuadé d'avoir tué un innocent.

Deuxième partie

25

La ville est blanche, froide et remplie d'ombres longues. L'air est glacial. Le chauffage tourne suffisamment fort pour que seul le bord de mon pare-brise soit couvert de givre, mais pas suffisamment pour empêcher le centre de s'embuer. Il y a des traces circulaires aux endroits où je l'ai essuyé avec la main. Mon bourbon semble me protéger du froid beaucoup plus efficacement que le chauffage.

L'hiver n'est pas encore arrivé, du moins pas en théorie, mais ça n'empêche pas l'herbe givrée de craquer comme du verre sous les pieds. Les ombres des pierres tombales en ciment sont plus longues qu'il y a un mois quand je suis tombé dans le lac. On ne sait jamais ce qui nous attend dans cette ville – une année il ne commence à faire froid qu'au milieu de l'hiver, l'année suivante il gèle en automne. En ce moment l'air est parfaitement immobile. Les arbres sont figés, comme sur une photo. Rien ne bouge. L'église semble inhospitalière, comme si le froid terrible à l'intérieur avait convaincu Dieu de déménager ailleurs. Mais elle n'est pas complètement vide. Le père Julian est à l'intérieur. Quelque part.

Je bois une nouvelle gorgée. Ma gorge brûle. Je frissonne.

L'horloge du tableau de bord retarde d'une heure car je n'ai pas pris la peine de la régler lors du passage à l'heure d'hiver. Elle indique 9 heures du matin, et je sais que ça signifie que je dois ajouter une heure, ou peut-être en soustraire une – je ne sais jamais lequel des deux. Non que ça ait la moindre importance.

Je regarde dans le rétroviseur la voiture de police qui s'arrête derrière moi, le gravier roulant et crissant sous ses roues. Trente secondes s'écoulent sans que rien ne se passe tandis que ses occupants attendent bien au chaud. Puis les portières s'ouvrent. Les deux hommes approchent. Je baisse ma vitre, juste assez pour pouvoir leur parler. L'air hivernal en profite pour envahir la voiture, si glacial que chaque articulation de mon corps se met à me faire souffrir.

« Bonjour, Tate », dit le plus grand des deux.

Le ton de sa voix suggère qu'il est bien disposé à m'embarquer. Ses mots forment de minuscules nuages de buée dans l'air.

« Je croyais que c'était le soir.

– Vous n'avez rien à faire ici.

– Ma fille est enterrée ici. Ça me donne le droit.

– Non.

– C'est un espace public.

– Il y a une interdiction d'approcher à votre encontre, Tate. Vous le savez. Vous ne pouvez pas vous trouver à moins de cent mètres du père Julian.

– Je ne suis pas à moins de cent mètres de lui.

– Si.

– Je ne le vois pas.

– Parce qu'il est à l'intérieur.

– Mais ce serait illégal pour moi d'aller vérifier, vous ne croyez pas ?

– Ce que je crois, c'est que vous faites tout ce que vous pouvez pour vous faire arrêter.

– Alors vous feriez bien de croire autre chose. Parce que vous risquez de tomber de haut.

– Est-ce que c'est ce que je pense ? »

Il regarde mon gobelet en polystyrène qui ne contient pas du café.

« Aucune idée. Ça dépend de ce que vous pensez. Vous êtes beaucoup plus négatif que je ne l'aurais cru. »

Il regarde en direction de son équipier, puis pose de nouveau les yeux sur moi.

« Bon Dieu, Tate, il est un peu tôt pour picoler, non ?

– C'est l'heure de l'apéro quelque part dans le monde.

– Alors vous pouvez nous accompagner sans que ça vous retarde trop. »

Il ouvre la portière et je descends. Mon souffle forme des volutes dans l'air. Le gravier givré craque sous mes pieds, et les arbres qui étaient si parfaitement immobiles quand j'étais dans la voiture semblent se ruer vers moi tandis que je me mets à marcher. Les agents m'escortent jusqu'à leur voiture, et je dois m'y agripper pour ne pas tomber. Puis ils me prennent mon gobelet de bourbon. Bon Dieu, et puis quoi encore ? D'abord je perds ma famille, et maintenant on m'interdit de boire ?

Il fait plus chaud dans la voiture de police que dans la mienne, et la vue est un peu meilleure puisque le pare-brise n'est pas couvert de givre. Le trajet se déroule sans un mot, et je passe le temps à regarder mes pieds et à me répéter que je ne dois pas vomir, car la voiture semble tanguer comme pas possible. Au commissariat nous prenons un ascenseur qui semble monter beaucoup trop vite et je dois agripper le mur. Puis les agents me font passer devant des douzaines de paires d'yeux curieux. Je ne croise aucun regard, me contentant d'apercevoir leurs mines déçues avant d'atteindre la salle d'interrogatoire.

Ils me font asseoir devant un bureau de l'autre côté duquel, dans une autre vie, j'avais l'habitude de m'asseoir. Ils ressortent, ferment la porte, et quand je me relève je m'aperçois qu'elle est fermée à clé. Je tourne un moment en rond avant de décider que je ferais aussi bien de me rasseoir. Je connais la procédure. Je sais qu'ils vont me faire poireauter avant de m'envoyer quelqu'un. J'ai besoin d'aller aux toilettes, et s'ils me font attendre trop longtemps je ne me gênerai pas pour pisser dans un coin de la pièce. Pourquoi pas ? Si je peux tuer des gens, je peux faire n'importe quoi.

Quarante minutes s'écoulent avant que l'inspecteur principal Landry n'entre. Il tient à la main un gobelet de café qui, je le sais, ne m'est pas destiné, et une chemise qu'il pose sur le bureau sans l'ouvrir. Il a l'air de ne pas avoir dormi depuis une semaine, et il a des cernes noirs sous les yeux. Il sent la fumée de cigarette et le café. Il semble stressé. Il a été occupé avec tout le boulot qui lui est tombé dessus en même temps qu'il essayait de découvrir comment ces cadavres avaient fini à la flotte. D'autres meurtres, d'autres affaires.

Il s'assied et me regarde fixement.

« Explique-moi une fois de plus cette obsession, dit-il.

– Ce n'est pas une obsession.

– Tu as fini de jouer au malin ?

– Je suis libre de partir ?

– D'après toi ? Tu as enfreint une interdiction d'approcher. Tu étais dans une voiture, au volant, en état d'ébriété.

– On ne m'a pas fait passer d'alcootest.

– Tu en veux un ?

– À quoi bon ? Je ne conduisais pas.

– Mais je pourrais affirmer que tu as conduit jusque là-bas saoul. Ou que tu étais sur le point de repartir saoul. Tes clés étaient sur le contact.

– Tu pourrais affirmer ça, et je pourrais affirmer que tu es un connard.

– Putain, Tate, pourquoi tu n'essaies pas de faire ce qui est bon pour toi ? Hein ? Pourquoi tu ne profites pas du fait qu'en ce moment je suis ton meilleur ami dans cette ville ?

– Et pourquoi ça ?

– Parce que tu as passé ce coup de fil et que tu nous as donné le nom des deux autres filles. Ça nous a mis sur la voie.

– C'était il y a un mois. »

C'était le jour où j'ai contacté Alicia North, la meilleure amie de Rachel dont David m'avait parlé. Alicia North n'avait jamais entendu parler du père Julian, ni de Bruce ou Sidney Alderman, elle ne savait rien d'utile. C'était aussi le jour où j'ai commencé à déboucher un paquet de bouteilles d'alcool pour essayer d'effacer de ma mémoire l'image du corps sans vie de Sidney Alderman.

« Oui, c'était il y a un mois, mais je suis un type généreux, et en ce moment je fais preuve de bonne volonté. Tu vois, ce qu'on pense, c'est que Sidney Alderman a mis les voiles le jour où tu m'as dit que tu avais le nom des filles et la veille du jour où un anonyme a téléphoné pour nous refiler des informations. Depuis, aucune fille n'a été portée disparue.

– Donc tu m'as à la bonne et tu as Alderman dans ton collimateur. Bien. Tu vas me laisser partir ?

– Le souci, commence-t-il, et il boit une gorgée de café en grimaçant, c'est le père Julian. Il est impliqué d'une manière ou d'une autre, et ça nous pose problème. Si nous estimions que l'enquête était pliée, tu serais chez toi en ce moment. Tu ne passerais pas ton temps à suivre le père Julian. Et si tu croyais Alderman coupable, tu le chercherais.

– Maintenant c'est toi qui sembles avoir une obsession.

– C'est bizarre qu'Alderman n'ait pas attendu que son fils soit enterré. Il n'a pas pris sa voiture. Il n'a pas emporté de vêtements. Ça ne colle pas, Tate, et j'en viens constamment à la conclusion que tu sais quelque chose. Ça fait combien de fois que nous t'embarquons ?

– Si tu as quelque chose à dire, dis-le.

– Pourquoi tu ne m'expliques pas ce que tu sais, alors peut-être que je pourrais comprendre ce qui t'arrive. Bon sang, tu es de plus en plus saoul chaque fois que nous t'embarquons. C'est la troisième fois depuis que l'interdiction d'approcher a été prononcée il y a une semaine. Si c'était quelqu'un d'autre, il serait en garde à vue. Il risquerait de finir en prison. On ne te fera plus de cadeau si on t'embarque une quatrième fois. Allez, vieux, tu sais que ça la fout mal d'envoyer un ex-flic au trou.

– Je peux y aller maintenant ?

– Non. Parle-moi du père Julian.

– Qu'est-ce que tu veux que je te dise ?

– Tu campes quasiment chaque nuit dans ta voiture devant son église. L'alcool est en train de te déglinguer car tu ne comprends même plus ce qu'une interdiction d'approcher signifie. Il dit que tu le harcèles, et c'est exactement ce que tu fais. » Il boit une nouvelle gorgée de café, repose son gobelet et se penche en avant. « À moins que quelque chose m'échappe, on dirait que tu veux finir en prison. C'est ça ? »

Je hausse les épaules comme si je m'en foutais, mais la vérité, c'est que je ne veux pas finir en prison. Si c'était ce que je voulais, je lui raconterais ce qui est arrivé à Sidney Alderman et je lui dirais où ils peuvent le retrouver.

« Alors pourquoi passes-tu ton temps devant son église à l'épier ? » demande-t-il.

J'essaie de soutenir son regard mais ne réponds rien.

« Bon Dieu, Tate, accorde-toi une chance. Assez joué. La prochaine fois qu'on t'embarque, tu restes ici. Tu saisis ?

– Tu l'as déjà dit. J'avais compris la première fois.

– Pourtant tu es ici.

– Écoute, je n'ai rien de plus à dire.

– Eh bien, il n'en va pas de même pour le père Julian. Il a un paquet de choses à dire sur ton compte.

– J'en doute.

– Pourquoi ? Tu crois que ce que tu as pu lui dire est couvert par le sceau de la confession ? Tu as raison – jusqu'à un certain point. Il affirme qu'il ne peut pas partager ce que tu lui as dit. Mais ce qu'il peut partager, c'est son inquiétude. Il a dit qu'il y a quatre semaines tu es allé le voir pour lui demander de t'aider à trouver Bruce Alderman. Nous savons tous à quoi ça a mené, pas vrai ? Le soir même Bruce Alderman débarque mort dans ton bureau.

– Écoute, Landry, il n'est pas arrivé mort, OK ? Ce n'était pas comme s'il s'était tiré une balle avant d'entrer dans mon bureau.

– Le lendemain tu retournes voir le père Julian, cette fois pour lui demander de t'aider à retrouver Sidney Alderman. Le même jour tu m'appelles en me disant que tu sais qui sont les filles disparues. Le père Julian affirme que s'il avait su où se trouvait Sidney, il lui aurait recommandé de ne pas croiser ton chemin. D'après toi, pourquoi il dirait ça ? »

Je baisse les yeux vers mon pouce et la profonde cicatrice laissée par la morsure de Sidney Alderman. Parfois elle me fait encore mal.

« Tu crois que le père Julian est coupable de quelque chose ? demande-t-il.

– De quoi serait-il coupable ?

– J'en sais rien. À toi de me le dire. Tu crois qu'il a tué ces filles ?

– Tu dérailles.

– Il sait quelque chose sur toi, quelque chose qu'il refuse de me dire. Mais je vais le découvrir. »

Il passe la main sur la chemise qu'il a apportée. C'est une chemise épaisse, et, pour autant que je sache, les pages entre les couvertures pourraient être vierges, même si Landry veut que je croie qu'elles sont remplies de présomptions qui tôt ou tard s'agenceront et lui donneront une bonne raison de m'arrêter.

Je ne dis rien.

Landry comble le silence.

« Tu vois, il s'agit juste de relier les points entre eux. Dans ton cas, c'est facile, car il s'agit d'une simple chronologie. Ces deux dernières années, Tate, il t'est arrivé beaucoup de choses. L'accident de ta famille. Je compatis – personne ne devrait perdre ce que tu as perdu. »

Je ne dis toujours rien. Je ne veux pas aider Landry à arriver là où il veut arriver.

« D'après toi, qu'est-ce qui est arrivé à Quentin James ?

– Je ne sais pas.

– Tu sembles calme, Tate. Moi, je serais dingue de rage. Je ne crois pas que je me serais résigné au fait qu'il s'en est tiré. Je ferais du raffut, j'appellerais la police et les médias, et je le chercherais. Je ferais chier tout le monde – je poserais des questions, je mettrais la pression sur autant de personnes que possible pour que retrouver Quentin James devienne une priorité. Mais pas toi.

– Peut-être qu'il refera surface un jour et que justice sera faite.

– Si elle n'a pas déjà été faite. C'est difficile de disparaître aussi longtemps, surtout dans ce pays. Et puis il y a un mois, nouveau rebondissement. Des personnes meurent. Elles disparaissent. Et qu'est-ce qui se passe ? Tu te mets à boire. Tu te mets à débarquer saoul à l'église. Tu harcèles le père Julian. Tu le bombardes de questions. Il y a une semaine, il demande une interdiction d'approcher, mais tu l'ignores. Tu veux savoir ce que je pense ?

– Pas à moins que tu aies l'intention de m'inculper pour quelque chose. Sinon, je m'en vais. »

Je me lève. La salle d'interrogatoire vacille un peu. J'agrippe le bureau.

« Rassieds-toi, Tate, avant de tomber dans les pommes.

– Inculpe-moi ou je me trouve un avocat.

– Tu as enfreint une interdiction d'approcher. Ça signifie que je peux t'inculper.

– Alors fais-le. Tu crois que j'en ai quoi que ce soit à foutre ?

– Tu sais, je crois que tu t'en moques. Et c'est ça le problème. » Landry se lève. Il attrape sa chemise et son café, et il gagne la porte. Il est obligé de jongler avec sa chemise et son gobelet pour l'ouvrir. « Je vois que je perds mon temps ici. Mais je te préviens, ne retourne pas à l'église. Si tu t'approches du père Julian, je te fais embarquer. Tu arrêtes tes conneries, pigé ? Fini les scrupules à cause des galères que tu as eues ; fini d'être désolé pour toi et de chercher des raisons de t'épargner. Tu es en train de t'effondrer, et le respect que tu avais acquis ici est en train de se dissiper rapidement. Tu veux éviter la prison ? Alors regarde-toi bien et vois ce qui cloche. Tu me comprends ? »

Je le comprends.

« Et pour l'amour de Dieu, Tate, rentre chez toi et prends une douche. Tu pues l'alcool. »

26

Je reste assis quelques minutes à réfléchir à ce qu'il a dit, me demandant si les flics pourraient m'aider si je leur disais la vérité, ou s'ils me crucifieraient. Quand je me lève, je suis de nouveau forcé d'agripper le bureau pour trouver l'équilibre. J'arrive alors à la conclusion que Landry n'a aucune idée de ce qu'il raconte – qu'aucune de ces personnes ne comprend – et qu'ils feraient mieux de me foutre la paix.

Depuis chaque box, depuis chaque coin du quatrième étage, quelqu'un me scrute. Je marche jusqu'à l'ascenseur. Il y a deux ans je faisais partie des meubles. J'appartenais à l'équipe, je faisais ce que je pouvais pour recoller les morceaux de cette ville, pour repousser les vagues de violence soudaine dans ce qui était, et est toujours, une bataille perdue d'avance. Puis les choses ont changé. Le monde a changé. J'ai donné ma démission car je savais qu'on allait me la demander. Je ne voulais plus rester et je ne savais pas ce que je ferais une fois parti. Le jour de mon départ, des gens sont venus me taper sur l'épaule et me serrer la main en me disant que, quoi qu'il soit arrivé à Quentin James, il l'avait mérité. Personne ne m'a dit de but en blanc qu'il savait que je l'avais tué, car personne ne le savait et, surtout, personne ne voulait savoir. Tout le monde avait des soupçons, et tous les flics étaient de mon côté, mais si la moindre preuve avait fait surface ils n'auraient eu aucun scrupule à m'envoyer en prison.

Maintenant ces mêmes flics me scrutent. Aucun ne s'approche. Ils me regardent de la tête aux pieds ; ils observent mes fringues froissées et mon visage mal rasé, et ils se demandent quelles emmerdes il faudrait qu'il leur arrive pour qu'ils deviennent comme moi. Ils se demandent si je vais me flinguer à force de picoler, si l'alcool aura ma peau ou si je vais finir par me coller le canon d'un fusil de chasse dans la bouche. Bon sang, on se pose tous la même question. Je voudrais leur hurler que je n'en ai plus rien à foutre, et que je ne veux pas de leur pitié.

Je pénètre dans l'ascenseur et, avant que les portes ne se referment, Landry se glisse à l'intérieur. Il tient un paquet de cigarettes à la main.

L'ascenseur entame sa descente. Je la sens dans mon estomac, comme si nous chutions à cent à l'heure. Je me tiens au mur. Quoi qu'il ait à me dire, Landry va devoir faire vite.

« Je sais que tu les as tués, commence-t-il. Alderman et James. »

Il se tourne vers moi et me pousse doucement vers l'arrière de l'ascenseur. Il a la main plaquée sur mon torse et le bras tendu, comme s'il repoussait une mauvaise odeur.

« Ce connard de Quentin James, je me contrefous que tu l'aies tué. Bon sang, c'est une chose que nous avons en commun, je crois que je serais capable de faire la même chose. Mais la différence est là, tu vois ? Je n'ai pas eu à franchir ce pas car je n'ai pas perdu ce que tu as perdu. Et qui sait ? Peut-être que nous tous ici aurions fait la même chose. Ce boulot, Tate, c'est une putain de mission – mais tu es désormais du mauvais côté de la barrière. Tu vois, on a pu te pardonner pour Quentin James. Mais plus maintenant. Ce que tu fais désormais, c'est mon boulot de le découvrir. Pas parce que je te déteste, tu le sais bien. Mais parce que ça fait partie de la mission. Tu aurais compris ça autrefois. Tu es peut-être disposé à laisser ton monde s'écrouler, mais pense à ta femme. Es-tu vraiment disposé à la laisser dépérir ?... »

Je le pousse et tente de le frapper. Il esquive, repousse mon bras dans son élan et me plaque violemment contre la paroi adjacente. J'ai le visage appuyé contre le miroir et ce que je vois n'est pas joli. Des lignes rouges aussi fines que des fils de coton sillonnent mes yeux, révélant ma douleur à tous. Mon souffle forme un halo brumeux sur le miroir.

« Tu as fini ? demande-t-il.

– J'ai fini. »

Les portes s'ouvrent et il me laisse partir. Je sors, il me suit. Il tapote son paquet de cigarettes entre ses mains et s'éloigne dans une autre direction. Je fais tout mon possible pour marcher en ligne droite, mais c'est impossible. Je m'arrête aux toilettes du rez-de-chaussée avant de sortir.

L'air froid me donne la nausée, comme, apparemment, à peu près tout en ce moment. Il fait remonter des fragments de ma conversation avec Landry. Le bourbon qui s'écoule dans mon système ne parvient pas à les maintenir à distance. Je hèle un taxi, et lorsque je suis rentré chez moi, je reste un moment dans le couloir au cas où je devrais me précipiter aux toilettes pour vomir. Puis je titube jusqu'à mon lit. Je m'affale dessus et m'endors pour ne me réveiller qu'en milieu d'après-midi.

27

Il n'y a rien de pire que de se réveiller tard avec la gueule de bois. C'est une chose que tout flic connaît à un moment ou un autre. Peut-être que la différence entre un bon et un mauvais flic est la fréquence à laquelle ça se produit. Mais même cela n'est peut-être pas vrai. Les bons flics boivent souvent beaucoup juste pour tenir le coup. Et je ne suis plus flic de toute manière.

Ma chambre est un vrai foutoir. Je ne me rappelle plus quand j'ai fait le lit pour la dernière fois, et je ne sais même plus trop à quoi ça me servirait de le faire. Des chaussettes, des sous-vêtements, des T-shirts, encore des chaussettes et des sous-vêtements jonchent le sol. Un mois de boîtes de pizza et de bouteilles de bourbon recouvre le comptoir de la cuisine. Il y a des verres partout et des odeurs qui s'échappent de placards que je n'ai pas ouverts depuis une éternité. On dirait la maison d'Alderman. Je remplis un verre d'eau et gobe deux antalgiques. Je devrais probablement manger, mais c'est à croire que je n'ai plus jamais faim – même si le nombre de boîtes de pizza suggère le contraire. J'ouvre le réfrigérateur en espérant que ça va me creuser l'appétit, mais quand je vois ce qu'il y a dedans je me dis que je ne mangerai probablement plus jamais. Je prépare du café, puis je prends une douche. Ça fait un mois que je n'ai utilisé ni la machine à laver ni le fer à repasser, et je ne vois pas pourquoi j'irais bouleverser une tradition qui semble fonctionner. J'attrape quelques vêtements sur le dessus d'un des paniers à linge, supposant qu'ils pueront moins que ceux du fond, et assurément moins que ceux dans lesquels je viens de passer la moitié de la journée à dormir. Puis je plonge les mains dans le panier et tire les vêtements du fond, les plaçant sur le dessus pour qu'ils prennent un peu l'air.

Sur la table de la salle à manger sont empilées des lettres non ouvertes. Factures d'électricité, de téléphone, remboursements d'emprunt immobilier, notes d'hôpital pour ma femme. L'essentiel des frais pour les soins de Bridget sont couverts par son assurance, mais pas tous. Il y a même une facture impayée de la fleuriste. Le bail de mon bureau a expiré – ou, plus exactement, j'ai cessé de payer le loyer, et on m'a laissé un message pour m'informer que le bail était résilié. Je pense qu'après ma dernière nuit là-bas ils se sont empressés de me foutre à la porte. La société de nettoyage est passée pour me présenter un devis, mais je n'étais pas là pour le voir. Elle a essayé de me contacter pendant un moment, puis elle a laissé tomber. Je ne sais même pas si le bureau a été nettoyé. Il y a probablement une facture dans ce tas de courrier pour me le dire.

Je n'ai pas les moyens de me payer un taxi – je ne sais même pas comment j'ai payé pour rentrer du commissariat. Le peu d'espèces qu'il reste dans mon porte-monnaie est déjà réservé pour autre chose. Mes options sont donc limitées.

Je mets plus d'une heure à aller à pied au cimetière, et à mon arrivée le soleil décline et mes mains et mes pieds sont presque totalement engourdis. L'église est sombre et lugubre. Ma voiture est la seule garée devant. J'enfreins mon interdiction d'approcher rien qu'en venant la récupérer, mais ça aussi, je n'en ai pas grand-chose à foutre.

À l'instant où je démarre une camionnette s'immobilise derrière moi et me bloque le passage. C'est la même situation que ce matin, sauf que ce ne sont pas deux policiers qui approchent, mais une journaliste et un caméraman. Je reconnais immédiatement Casey Horwell. Elle ajuste l'avant de sa veste de tailleur pour essayer de rendre sa poitrine un peu plus avantageuse, et je me dis que si elle n'est pas fichue de provoquer un tel miracle sur le parking d'une église, alors elle n'y parviendra jamais.

« Juste quelques questions », dit-elle en cognant à ma vitre.

Sa voix est étouffée par le verre.

« Pas de commentaire. »

Je ne sais pas quoi faire. Je ne peux aller nulle part, je ne peux pas parler à ces gens, et je ne peux pas rester ici à me planquer, parce que ça me fera paraître idiot ou coupable, ou les deux. La seule possibilité est d'ouvrir la portière et de sortir. En fait, il y en a une autre, mais elle impliquerait de balancer Casey Horwell sur le gravier et de piquer sa caméra au caméraman. À la place, je m'efforce d'arborer un visage impassible et de regarder la caméra.

Et je ne dis rien.

« Vous êtes revenu au cimetière où tout a commencé », dit-elle.

Je me demande comment elle a su que je serais ici – tuyau ou coup de pot ? Ou peut-être qu'il ne s'agit pas de chance, mais simplement de logique.

Je ne réponds pas.

« Ce qui est étrange, poursuit-elle, car on vous a officiellement interdit de venir ici. Vous avez été arrêté ce matin après avoir enfreint votre interdiction d'approcher, et, au lieu d'avoir été envoyé en prison, les amis dont vous êtes si fier au sein de la police vous ont relâché, et le pire est qu'ils vous ont ramené ici pour que vous puissiez récupérer votre voiture. »

Je la laisse dire, ne prenant pas la peine de la corriger en lui expliquant comment je suis arrivé ici. La dernière chose qu'elle veuille, c'est que je reste silencieux. Elle se met à faire des pieds et des mains, tentant de m'arracher quelque chose.

« Voulez-vous faire un commentaire sur la disparition de Sidney Alderman ? »

Pas de réponse.

« Car ma source m'a dit que vous étiez impliqué dans sa disparition. »

Toujours rien.

« Que pensez-vous de l'implication du père Julian dans tout ça ? Pendant combien de temps allez-vous continuer de le harceler ? Et jusqu'où pensez-vous aller ? »

Ses questions sont tendancieuses, mais je n'y réponds pas. Je suis sûr qu'à la télé on verra que je suis fatigué, que j'ai la gueule de bois, que je ressemble parfaitement à l'assassin qu'elle veut que je sois. Mais hors de question que je lui dise quoi que ce soit.

Elle finit par abandonner.

« On coupe », dit-elle, et elle se passe un doigt en travers de la gorge.

Le caméraman abaisse sa caméra. La lumière s'éteint.

« Qui est votre source ?

– Je croyais que vous ne parliez pas, réplique-t-elle.

– Qui ?

– Vous ne croyez pas sérieusement que je vais vous le dire ?

– Vous ne pouvez pas, n'est-ce pas, parce qu'il n'y a pas de source. Vous passez votre temps à emmerder le monde, Horwell, et un jour ça vous retombera dessus.

– Et vous vous en chargerez ? C'est ce que vous faites, pas vrai ? »

Je remonte dans ma voiture. Horwell regagne la camionnette avec le caméraman, et je crois l'entendre dire qu'ils auront assez de temps d'ici ce soir pour tirer quelque chose de ce qu'ils ont filmé. Ce qui signifie qu'on me verra au journal de 22 heures. Juste quand mes parents sont susceptibles de regarder.

La camionnette s'éloigne, et j'attends que la lumière des phares ait disparu avant de prendre la même route, direction le centre de soins. Je ne veux plus passer de temps avec les morts. J'ai conscience de l'ironie, bien sûr – Bridget n'est pas franchement vivante. Mais elle semble se moquer de mon apparence et du fait que mes fringues sont couvertes de taches de nourriture. Elle se fout que je ne lui apporte plus de fleurs. Elle me laisse lui tenir la main pendant que je fixe à travers la fenêtre la même vue inutile que celle qu'elle fixe depuis désormais vingt-cinq mois. Je ne lui parle pas. Qu'est-ce que je lui dirais ? Que j'ai passé le premier tiers de la journée bourré, le deuxième au pieu, et que je compte me saouler de nouveau pour le troisième ?

Plus la nuit tombe, plus notre reflet se consolide sur la fenêtre. Si l'accident ne m'avait pas pris ma femme, est-ce qu'elle m'aimerait encore ? Les quatre dernières semaines de ma vie l'auraient-elles éloignée de moi ? Ou est-ce qu'elle m'aurait sauvé ?

En quittant le bâtiment je lève les yeux vers sa fenêtre, et je la vois qui regarde fixement dehors. J'agite la main avec l'espoir furtif qu'elle me retournera peut-être mon geste. Mais elle ne bouge pas.

Je m'arrête à la boutique d'alcool sur le chemin du cimetière. L'attraction de ces deux lieux est si forte que ce sont les seuls que je fréquente. La boutique est petite, froide, pleine de couleurs vives et de bouteilles étincelantes qui suggèrent que boire est beaucoup plus marrant que ça ne l'est vraiment. Le type derrière le comptoir ne me reconnaît pas – j'alterne entre plusieurs boutiques depuis un mois, ce qui, je suppose, signifie que je ne souhaite pas vraiment être identifié comme un ivrogne par des inconnus. J'utilise le reste de mes espèces, vidant mon porte-monnaie et fourrant les quelques pièces restantes dans ma poche.

Je me gare à proximité de la rangée d'arbres près de la tombe du gardien de cimetière. J'ouvre la bouteille de bourbon. Je compte laisser le restant de la journée s'écouler sans violer d'autre loi que mon interdiction d'approcher le père Julian. Je me demande aussi, sans grand espoir, si le froid m'emportera pendant la nuit.

28

Vers minuit, je me réveille couvert de brouillard. Il s'accroche à moi de ses doigts froids et brumeux. Lorsque je me lève je m'aperçois que le brouillard est concentré au niveau du sol et qu'il me monte à peu près jusqu'à la taille. Je ne vois pas mes jambes. Ni ma bouteille. Je m'agenouille et cherche à tâtons mon bourbon. La bouteille est sur le flanc. Je la redresse et y jette un coup d'œil. L'essentiel de son contenu a disparu, absorbé par le sol. Peut-être que le gardien de cimetière en profite.

Une douleur lancinante commence à me cogner dans la tête et je cherche des antalgiques dans ma poche. On apprend quelques trucs quand boire n'est plus une simple habitude mais un mode de vie. Je les fais passer avec une rasade d'alcool, et pendant un moment j'envisage de les avaler tous, vu le temps qu'ils mettent à faire effet. Puis je titube jusqu'à ma voiture et me sers de ma carte de crédit pour racler la glace sur le pare-brise – c'est la seule utilité qu'elle ait ces temps-ci. Je mets le chauffage à fond et démarre, mais je laisse les phares éteints et attends que la température ait monté avant de rouler dans le brouillard. Je coupe le moteur à proximité du parking et bois une nouvelle rasade au goulot. De toute évidence, les choses me sourient – sinon tout le bourbon se serait renversé pendant mon sommeil.

L'église est sombre et la partie habitée à l'arrière du bâtiment est invisible. Je reste assis dans la voiture avec le chauffage allumé, continuant de siroter du bourbon pour me donner du courage, pertinemment conscient qu'autrefois je n'avais pas besoin de carburer au bourbon pour trouver de la force.

Je referme la portière en silence et marche lentement vers l'église. La partie supérieure de mon corps semble flotter au-dessus du brouillard. Le quart de lune projette des ombres faibles et fait danser des reflets pâles sur les vitraux, donnant l'impression que les images bougent, qu'elles me regardent. Mes orteils sont engourdis et douloureux, j'ai les jambes mouillées à cause du brouillard. J'ai presque atteint le côté de l'église lorsque je trébuche sur ce qui ressemble à une pierre. Je tombe sèchement, amortissant ma chute avec mes mains. Je ressens une brûlure cuisante au niveau des paumes à cause des cailloux qui ont pénétré ma peau.

Je me roule sur le dos et fixe le ciel, mais tout ce que je vois, c'est le brouillard qui m'a enveloppé. C'est comme être à l'intérieur d'un nuage. Je lève la main comme pour percer un trou au travers duquel je pourrais regarder, mais elle ne laisse aucune empreinte.

Je suis allongé là, ôtant les cailloux de ma paume, quand j'entends la porte de l'église se refermer. Je me fige. Je reste à plat et tourne la tête en direction du bruit. Je sens l'humidité du sol rafraîchir le sang chaud sur mes mains. Je suis obligé de me redresser pour voir à travers la couche supérieure de brouillard.

Une silhouette longe le mur de l'église, tapie dans l'ombre. Je reste calme, conscient que le père Julian ne peut pas me voir. Soudain je sens quelque chose s'allumer en moi, quelque chose qui a été engourdi au cours du dernier mois. C'est un mélange d'espoir et de curiosité. Le sol semble vaciller lorsque je me relève et commence à le suivre. Julian contourne ma voiture, à bonne distance, protégé par l'ombre de l'église, puis il s'enfonce parmi les arbres qui longent le sentier menant à la route. Si j'étais resté dans ma voiture, je ne l'aurais jamais vu.

Il traverse la route en direction de sa voiture, insère la clé dans la serrure. Je me retourne et me précipite vers ma propre voiture, et j'attends qu'il ait démarré avant de faire de même. Sur la route, je le vois à trois ou quatre blocs devant moi. Le brouillard qui s'est accroché au cimetière et à l'église a une emprise toute aussi forte ici, et seuls les réverbères le font paraître plus fin. Le prêtre tourne à gauche. J'allume mes phares et continue de le suivre. Je distingue simplement ses phares arrière à travers le brouillard à quelques dizaines de mètres devant moi.

De temps à autre une voiture arrive en sens inverse. Julian contourne le cimetière, puis prend la direction de la ville. Il accélère et je l'imite, conscient que s'il prend trop d'avance sur moi je le perdrai dès qu'une autre paire de phares arrière apparaîtra. Il franchit les croisements à toute allure, et je fais de même. Il ne cherche pas à me semer, mais ça ne signifie pas qu'il n'ait pas vu que je le filais. Il est cependant tout à fait clair que s'il a garé sa voiture dans la rue et est passé furtivement devant ma voiture, c'est qu'il ne veut pas que je sache où il va.

Le feu devant nous passe à l'orange. Julian le franchit à temps. J'enfonce l'accélérateur, gagnant un peu plus de terrain que je ne l'aurais voulu, même si je suis certain qu'il ne va pas...

Seulement je ne franchis pas la totalité du croisement.

Une voiture jaillit du brouillard tel un train. Je tourne la tête dans sa direction, puis lève les mains pour me couvrir le visage lorsqu'elle m'emboutit de plein fouet dans un hurlement de métal suffisamment puissant pour me crever les tympans.

Pendant quelques instants tout est sans queue ni tête alors que je m'efforce de reprendre le contrôle de ma voiture. Mais c'est impossible. Une nouvelle explosion de bruit retentit tandis que mon véhicule s'immobilise, puis plus rien, et le monde autour de moi s'assombrit lentement.

29

Alcool et métal brûlant. C'est tout ce que je sens. Le pare-brise a été pulvérisé en un million de diamants minuscules. Le moteur a calé, l'avant de la voiture est plié autour d'un réverbère. Le capot est courbé en V, d'en dessous s'échappent des panaches de vapeur qui se mêlent au brouillard. De la vapeur envahit également l'habitacle de la voiture par les aérations. L'autoradio est allumé. Le chauffage est allumé. Un bourdonnement strident me transperce les oreilles. Le réverbère est tordu. Son ampoule fluorescente a explosé et des étincelles pleuvent lentement sur la voiture. J'ai dans la bouche le goût du sang et du bourbon. Mon torse. La douleur est partout. Je penche la tête en arrière, ferme les yeux et attends que tout disparaisse. Mais rien ne disparaît.

Ma nuque me fait souffrir quand je bouge, mais je parviens à détacher ma ceinture de sécurité. La portière est déformée et j'ai les cuisses couvertes de verre. Il y a des éclats de peinture sur mes mains, des fissures sur le tableau de bord et des bouts de plastique acérés qui en ressortent. L'un de mes ongles s'est soulevé et replié en arrière, quelques simples fibres de peau l'empêchant de venir toucher l'articulation de mon doigt. Sans trop réfléchir, je passe mon doigt sur ma jambe, de sorte que le morceau de peau s'étire et cède et que l'ongle reste collé à mon pantalon. La portière refuse de s'ouvrir, alors j'essaie d'escalader le siège du côté passager. C'est alors que les vannes s'ouvrent et que la douleur envahit mon corps. Un de mes genoux heurte le frein à main, l'autre la bouteille de bourbon qui a Dieu sait comment bondi du sol et atterri sur le siège durant l'accident. Je me retiens de hurler tandis que j'ouvre la portière et sors péniblement de la voiture. Je glisse sur des graviers et des éclats de verre, et je tombe à genoux.

Le monde est secoué par un tremblement de terre, mais je suis le seul à le sentir. Je me lève et parviens à garder l'équilibre en agrippant le côté de la voiture. Une douleur lancinante me court dans la jambe. Le halo qui enveloppe le croisement change de couleur tandis qu'une série de feux passe au rouge et une autre au vert. Le verre crisse sous mes pieds quand je bouge, des éclats se plantant dans la semelle de mes chaussures. Il y a du sang sur ma chemise, sur mon pantalon, sur le côté de mon visage. Je porte mes doigts à ma joue, et lorsque je les ôte ils sont couverts de sang. Je ne vois que d'un œil.

Je regarde la bouteille de bourbon dans la voiture et comprends aussitôt que c'est elle qui m'a mené là. Je la saisis et la lance au loin. Elle disparaît dans la nuit. Jésus me regarde avec un petit sourire depuis une affiche qui se dresse au-dessus du brouillard vaporeux. Il regarde en moi, mais il ne me réprimande pas. Il est trop occupé. Ses mains entourent une bouteille d'eau de source McClintoch. La bouteille de bourbon se brise et le fracas me ramène à la réalité. Le bourdonnement dans mes oreilles s'estompe et d'autres sons me parviennent soudain. Je détourne les yeux de l'affiche et me frotte les yeux, puis je m'éloigne de la voiture pour inspirer une bouffée d'air frais.

L'abîme est de plus en plus profond.

Une femme hurle. Son cri est une note stridente qui menace de faire voler en éclats le pare-brise des voitures qui approchent. Devant moi une berline quatre portes a fait un tête-à-queue au milieu du croisement. Son avant est complètement enfoncé. Des nuages de vapeur l'entourent, si bien que je ne peux pas voir s'il y a quelqu'un dedans. Le hurlement provient d'une femme qui a immobilisé sa voiture et qui a probablement cru toute sa vie qu'elle saurait quoi faire dans une telle situation et découvre soudain qu'elle est impuissante. Elle a ouvert sa portière, est descendue de voiture, mais n'est pas allée plus loin. Une autre voiture s'arrête.

Je suis le premier à atteindre le véhicule accidenté. Je tends les bras dans la vapeur et touche le métal, m'approchant suffisamment près pour voir à l'intérieur. Il y a une femme dedans, affalée sur le volant. Elle semble jeune. Comme moi, elle n'a pas d'airbag. J'essaie d'ouvrir la portière, mais elle est coincée. Les yeux de la femme sont ouverts, révulsés, et sa mâchoire qui fait saillie est soit brisée soit disloquée. Un filet de sang continu s'écoule du côté gauche de sa bouche. Je tire mon téléphone de ma poche et le regarde bêtement.

« Écartez-vous », me lance un homme en passant devant moi. Il essaie à son tour d'ouvrir la portière, puis il va du côté passager, et la portière s'ouvre dans un grincement sonore. Il regarde dans ma direction. « Vous allez le passer ce coup de fil ? »

Je baisse les yeux vers mon téléphone portable. Il a survécu à l'accident, mais tout ce que j'arrive à faire, c'est le regarder fixement.

Je viens de devenir la chose que je déteste le plus. Je suis devenu Quentin James : ivrogne à plein temps et assassin à temps partiel.

30

Les flics veulent m'emmener au poste, mais mes blessures les en empêchent. Je suis assis à l'arrière d'une ambulance et personne ne me parle. Un secouriste panse mes plaies, mais il ne semble pas y mettre beaucoup d'entrain. Comme tout le monde, il voudrait que ce soit moi qui sois mort.

Après un moment un agent vient prendre ma déposition. Il ne sait pas qui je suis. Ne connaît pas mon histoire. Je lui explique ce qui s'est passé. Il réplique que les déclarations des témoins indiquent que j'ai grillé un feu rouge. Qu'il était passé au rouge depuis au moins deux secondes quand j'ai atteint le croisement. Il me demande si j'ai bu. Je réponds que oui, vu qu'il va me tester de toute manière. Il sort un éthylomètre et me demande de prononcer mon nom dedans, comme s'il m'interviewait et que l'éthylomètre était un microphone. Il regarde les chiffres, les note. Je sais ce qu'ils disent. J'ai largement dépassé la limite, même si je me sens sobre. Tuer une femme a le don de vous faire dessaouler.

À l'hôpital je me retrouve dans un service d'urgences avec des douzaines d'autres patients. Mon lit est entouré d'un rideau. L'entaille à ma jambe a été recousue et pansée et on m'informe qu'elle laissera une cicatrice. Il y a aussi d'autres coupures sur mon corps, d'autres cicatrices. Le doigt sans ongle a été nettoyé et enveloppé dans de la gaze. J'ai une coupure en haut du front, que l'on est en train de suturer. On m'ôte des éclats de verre du genou. Mes paumes éraflées et criblées de petits cailloux sont nettoyées.

Quand l'infirmière a fini de me rafistoler, elle écarte le rideau pour s'en aller et Landry entre. Il a un visage sans expression, comme s'il ne voulait même plus prendre la peine d'être furieux après moi. C'est encore pire.

« S'il y a une personne qui n'avait pas besoin de conduire ivre, commence-t-il.

– Épargne-moi ton sermon.

– Qu'est-ce que tu croyais, Tate ?

– J'en sais rien.

– J'ai essayé de te mettre en garde.

– Je sais.

– Bon sang, tu n'as rien d'autre à dire ?

– Je... je ne sais pas. J'aimerais bien. Bon sang, je me sens complètement engourdi. Complètement engourdi.

– La fille est dans le coma, dit-il. C'est sérieux. Quatre côtes cassées, un poumon perforé et la mâchoire disloquée. Tu as de la chance qu'elle ne soit pas morte. »

J'ai de la chance.

Mon cœur s'emballe.

« Je... je croyais qu'elle était morte. »

Elle a de la chance.

De la chance.

« Je sais. C'est juste que personne n'a voulu te le dire. »

Je suis trop furieux après moi-même pour l'être après lui.

« Elle va s'en sortir ?

– Tu ferais bien de prier, Tate. Tu ferais vraiment bien de prier. »

Personne ne vient voir comment je me porte durant l'heure qui suit, et personne n'a pris la peine de me donner des antalgiques, bien que mon mal de tête et la douleur de mes blessures deviennent insupportables. Personne n'en a rien à foutre. Ils ne se soucient que de la femme que j'ai blessée, et c'est normal. Je voudrais aller la voir. Je voudrais parler à ses parents et leur dire combien je suis désolé. Mais je ne peux pas, naturellement. Ils ne feraient que passer leur colère sur moi.

Finalement, deux agents viennent me chercher. Ils ne me passent pas les menottes. Avec le strict minimum de mots et de gestes ils m'escortent jusqu'à une voiture de police. Je prends place à l'arrière pour le court trajet jusqu'au commissariat. Ils ne me mènent pas à une salle d'interrogatoire. À la place ils m'escortent jusqu'à la cellule de dégrisement qui est pleine de personnes qui ont fait le même genre de conneries que moi ce soir.

Je trouve un petit espace où m'asseoir, un bout de banc entre un type dans les vapes et un autre sur le point d'y tomber lui aussi. J'ôte ma veste et la roule en boule afin de m'allonger et de l'utiliser comme oreiller. Je n'ai jamais été en cellule – du moins pas de mon plein gré – mais même ça, ce n'est qu'un préliminaire avant les choses sérieuses. L'odeur est abominable et les gémissements des autres ivrognes, irritants. Le sol est couvert de pisse et les chiottes sont cradingues au possible. Les murs de parpaings couleur crème rendent la pièce froide. Je me demande si la chance va me sourire cette fois.

Je ne ferme pas l'œil de la nuit. De temps à autre notre nombre s'accroît, et nous attendons tous là jusqu'au matin. Quand on me fait sortir de cellule je songe à Bridget et Emily et à ce qu'elles penseraient de moi en ce moment. Je me rappelle m'être posé la même question hier.

On me mène à la même salle d'interrogatoire qu'hier. Tout le monde m'observe au passage. Hier, c'était avec pitié. Aujourd'hui, c'est avec mépris.

31

« Conduite en état d'ivresse. Conduite dangereuse. Bon Dieu, tu es dans un sale pétrin », déclare Landry.

Il porte les mêmes vêtements qu'hier soir. Ils sont tout froissés, ce qui signifie qu'il a probablement dormi dedans. Il a l'air encore plus crevé que la dernière fois que je l'ai vu.

« Comment va la fille ?

– Stable.

– Elle va s'en sortir ?

– Tu aurais peut-être pu te soucier de la sécurité des autres avant de conduire saoul.

– Est-ce qu'elle va s'en sortir ?

– Je ne sais pas. Probablement.

– Probablement ? Tu t'en fous ?

– Non, je ne m'en fous pas, espèce d'abruti ! » Landry cogne du poing sur la table. « Je suis le seul dans cette pièce à ne pas m'en foutre, et ce que tu as fait cette nuit le prouve. »

Je détourne les yeux.

« Qu'est-ce que tu foutais ? demande-t-il.

– Rien.

– Tu ne faisais rien à cette heure de la nuit ? Allez, Tate. Tu étais encore à l'église.

– Non.

– Si, tu y étais. Je t'y ai vu. Beaucoup de gens t'y ont vu. Tu vois, c'est passé à la télé. Ta journaliste nous l'a montré. Elle a bien pris soin de te filmer devant l'église en train d'enfreindre ton interdiction d'approcher.

– Je récupérais ma voiture.

– Tu enfreignais la loi.

– Allez, Landry, tu m'as probablement vu monter dans ma bagnole. Et je suis parti aussitôt.

– Et après ? Tu es revenu quelques heures plus tard et tu as décidé d'épier le père Julian ? C'est quoi ton plan, Tate ? Tu cherches vraiment à te suicider ? »

Je me demande si le père Julian a entendu l'accident. Je me demande s'il a regardé dans son rétro et décidé qu'il avait mieux à faire.

« Qu'est-ce qui va se passer maintenant ?

– Deux choses. Nous allons parler au père Julian. Nous allons lui demander si tu étais là-bas hier soir, et s'il répond par l'affirmative, tu sais ce qui se passera : nous le croirons sur parole. Nous allons lui poser la question une fois et le laisser réfléchir, et s'il dit oui nous ne lui demanderons même pas s'il en est sûr. Tu me suis ?

– Je te suis.

– Mais nous allons tout d'abord t'inculper pour conduite en état d'ivresse. Tu seras escorté jusqu'au tribunal dans la matinée. Je vais te faire une fleur et t'autoriser à attendre ici plutôt qu'en cellule. Mais c'est la dernière fleur que je te ferai jamais. »

Il me laisse seul. Je pose la tête sur mes bras et parviens à dormir deux heures avant que les agents qui m'ont amené ici ne viennent me chercher pour me conduire au tribunal. C'est une journée humide, froide, grise. On me garde en cellule avec un paquet de types dont l'avenir est sur le point d'être décidé par les mêmes personnes que celles qui s'apprêtent à décider du mien. Ma tête me fait souffrir, et mes blessures aussi. On m'octroie un avocat commis d'office et nous avons la possibilité de nous entretenir deux minutes avant la lecture de l'acte d'accusation.

Dans la salle d'audience, je me tiens dans le box, tête baissée, et j'écoute les chefs d'inculpation. Je plaide coupable. Je connais la musique. Il est arrivé la même chose à Quentin James. Le juge fixe la caution et explique que si elle ne peut pas être payée je serai détenu jusqu'à mon procès, qui est fixé dans six semaines. On m'emmène aux cellules, en attendant mon transfert en prison dans l'après-midi.

Je ne sais pas combien de temps s'écoule avant qu'un des agents de sécurité du tribunal n'ouvre la cellule et ne m'ordonne de le suivre.

« Votre caution a été payée.

– Payée ? Par qui ?

– Votre avocat.

– Je ne connais même pas mon avocat.

– Oui, eh bien, ce n'est plus le même, dit-il en haussant les épaules. Vous avez un nouvel avocat maintenant. Ce qui signifie que vous allez avoir droit à une vraie défense. »

Un type vêtu d'un costume hors de prix vient me saluer. Son costume est si classe qu'on imagine difficilement qu'il ose s'asseoir dedans de crainte de le froisser, mais il n'est pas aussi classe que son sourire.

« Theo, dit-il, faisant un pas en avant et me serrant la main si vigoureusement que c'en est louche. Ravi de vous rencontrer enfin.

– Ravi ?

– Certes, les circonstances sont naturellement délicates. Mais pas désespérées, avec votre passé nous devrions pouvoir vous tirer de ce mauvais pas.

– J'ai déjà plaidé coupable.

– Oui, bien sûr, et c'était peut-être une erreur, dit-il. Mais c'est la sentence qui est importante. Votre histoire, la raison qui vous a poussé à boire, tout cela contribuera grandement à l'alléger. »

Il se présente comme Donovan Green. Il se tient au-dessus de moi tandis que je signe une série de formulaires avant d'être relâché. Les agents me rendent mon portefeuille, ma montre, mon téléphone dont la batterie est à plat.

Green m'accompagne dehors et me guide vers une BMW noire garée dans le coin le plus éloigné du parking entre un mur de béton et un 4×4 bleu foncé avec des vitres teintées et des éclaboussures de boue sur les côtés. C'est une journée fraîche et le vent me brûle aux endroits où mes écorchures sont exposées. J'accélère un peu le pas pour atteindre sa voiture plus vite.

« Qui vous a embauché ?

– Vous voulez dire que vous ne le savez pas ?

– J'ai mes doutes. »

À vrai dire, je n'en ai aucune idée.

« Vous avez toujours des amis dans la police, dit-il, et cette phrase commence à être beaucoup trop familière.

– Je veux aller à l'hôpital. »

Il marque une pause.

« À l'hôpital ? Vos blessures qui vous font souffrir, hein ?

– Je veux voir la femme que j'ai blessée.

– Je ne comprends pas. Vous voulez la voir ?

– Je veux voir comment elle se porte. Elle est là-bas par ma faute.

– Je ne le sais que trop bien, dit-il, d'un ton un peu trop sévère. Écoutez, Theo, ce n'est vraiment pas une bonne idée.

– J'ai besoin de la voir. »

Il hausse les épaules, comme s'il s'en moquait après tout.

« Soit, allons-y. »

Il me mène à sa voiture. Il s'avère que c'est le 4×4 sombre et non la BMW. Il pose sa serviette tandis qu'il cherche ses clés dans ses poches. Il fouille dans une, puis dans une autre, et je sais ce que c'est de ne pas retrouver ses clés.

« Elles doivent être dans ma serviette, dit-il en l'ouvrant. Oui, les voici. » Il déverrouille les portières. « Montez. »

J'obéis. L'intérieur est confortable et bien chauffé. Green farfouille dans sa serviette puis il ouvre sa portière, se penche en avant et pointe un objet dans ma direction.

« Hé, attendez une... »

Mais c'est tout ce que j'ai le temps de dire avant qu'il n'appuie sur la détente. Mon corps est projeté en arrière, ma tête heurte violemment la vitre à côté de moi, et le monde devient noir.

32

Ma perte de conscience ne dure que quelques instants. Je reviens à moi et la douleur provoquée par le choc de ma tête contre la vitre neutralise celle qui me traverse le corps, mais seulement pendant quelques secondes. L'électricité qui me court le long de la colonne vertébrale à cause du Taser ne tarde pas à prendre le dessus. Green dit quelque chose, mais je ne l'entends pas. Deux dards sont plantés dans mon torse, délivrant des centaines voire des milliers de volts. Il éteint le pistolet mais ça ne me soulage aucunement. Il arrache les dards. La douleur s'atténue mais je ne peux toujours pas bouger. Des gouttes de sang tombent des dards sur ma chemise. Il enroule les câbles autour de l'arme et la range dans sa serviette. Puis il grimpe sur la banquette derrière moi, incline mon siège vers l'arrière et me traîne à l'arrière du 4×4.

Il tire des menottes en plastique de sa serviette, il me roule sur le ventre, et quelques instants plus tard j'entends les petits crans des menottes se mettre en place. Je suis incapable de me débattre. Il retourne à l'avant. Le moteur démarre, et nous nous mettons en route. J'essaie de m'asseoir, mais je n'y arrive pas. Les vitres teintées signifient que personne ne peut voir à l'intérieur du véhicule. Je ne peux pas parler et je ne sais pas ce que je demanderais si je pouvais.

J'entends d'autres voitures. J'entends des gens parler dans la rue. L'agitation de la ville. Mais mon avocat ne prononce pas un mot. Je sens l'odeur de la banquette et de ma sueur, le goût de mon sang.

Après quelques minutes de route, la douleur commence à s'estomper, mes muscles se détendent, et je peux de nouveau parler. J'essaie de me défaire de mes liens en plastique, mais ça ne sert à rien. Ils s'enfoncent dans mes poignets et mes chevilles.

« Où allons-nous ?

– Vous avez essayé de tuer ma fille.

– Pardon ?

– Fermez votre gueule ! »

Je comprends soudain que la transition de la vie de Theodore Tate à celle de Quentin James est achevée.

« Où m'emmenez...

– Je vous ai dit de fermer votre gueule ! »

Il se range sur le bas-côté et tend la main vers moi.

Bon Dieu, il a une seringue dans la main.

« Si vous vous débattez, ce sera pire. »

Je me débats, et l'aiguille se brise dans mon bras avant qu'il ait pu m'injecter quoi que ce soit.

« Connard ! » hurle-t-il, et il se met à me cogner sur la tête avec quelque chose, je ne sais pas quoi, et tout se voile tandis que l'obscurité m'enveloppe de nouveau.

33

Je n'ai aucune idée de l'endroit où nous nous trouvons. Dans une forêt, quelque part. Il a dû me porter depuis le 4×4 jusqu'ici. Ou plus que probablement traîné, car de la boue et des feuilles se sont accumulées à l'arrière de mes chaussures. Le paysage alentour me rappelle l'endroit où j'étais il y a deux ans quand c'était moi qui tenais le pistolet et non l'inverse. Je suis allongé sur le flanc, la terre humide est froide. Il y a des centaines d'arbres, de fougères et de rochers, et une pluie fine tombe. Mon téléphone portable gît en une douzaine de morceaux par terre devant moi.

Le monde autour de moi redevient net, et j'ai la désagréable surprise de voir mon avocat au beau milieu de mon champ de vision. Il ne porte plus son costume. Le pistolet ressemble à un 9 mm. Je suppose qu'il est chargé à bloc, et le type devant moi semble d'humeur à s'en servir.

Il remarque que je regarde le pistolet, alors il le fait tourner dans sa main et en observe le côté, comme s'il le voyait pour la première fois.

« C'est incroyable ce qu'on peut se procurer pour quelques milliers de dollars quand on est suffisamment motivé, dit-il, et quand on est prêt à passer quelques heures dans les pires quartiers de la ville. Pistolet, Taser, il n'y a aucune limite si on a l'argent. Et le désir. »

Mes mains sont toujours ligotées dans mon dos. Je ramène les jambes sous moi et parviens à m'agenouiller. La douleur provoquée par le Taser a disparu, mais pas celle de la raclée que le type m'a collée pour me mettre K-O. Je dois constamment cligner les yeux pour ne pas voir trouble et j'ai un mal de chien à conserver mon équilibre. L'aiguille brisée est toujours dans mon bras. Du sang coule sur mon visage. Il commence à faire sombre. Il doit être 16 heures. Peut-être 17.

« Que voulez-vous ?

– D'après vous ? » répond-il.

Je me rappelle ce qu'il a dit dans la voiture. À propos de sa fille.

« C'était un accident. Je suis désolé.

– Vous croyez que le fait que vous soyez désolé va tout effacer ? Vous croyez que si elle meurt vos regrets vont m'aider à dormir la nuit ? »

Je ferme les yeux pendant qu'il me parle. Ses paroles ressemblent beaucoup à celles que j'ai dites à Quentin James, seulement dans son cas il n'y avait pas de « si » car Emily était déjà morte. Je n'avais pas besoin d'informations supplémentaires pour prendre ma décision. Plus rien n'allait changer. Une autre différence est que je n'ai pas ligoté Quentin avec des menottes en plastique. Je l'ai braqué à bout portant et forcé à marcher. Je l'ai forcé à porter une pelle parce que je voulais qu'il sache ce que ça faisait d'être une victime. Je voulais qu'il sache que ce qu'il éprouvait était ce que j'éprouvais chaque jour depuis l'accident et ce que j'éprouverais chaque jour pour le restant de ma vie. Bon Dieu, pour moi c'était encore pire. J'étais déjà mort, par sa faute. Je l'ai forcé à creuser une tombe, et il a chialé tout du long en me disant que c'était un accident, qu'il voudrait pouvoir changer les choses, que c'était Quentin James l'alcoolique qui avait tué ma fille et non l'homme qui tenait la pelle. L'homme qui tenait la pelle deviendrait meilleur. Il se ferait aider. Il irait en prison et vivrait avec ce qu'il avait fait, et il s'amenderait.

« J'étais un autre homme quand ça s'est produit, qu'il me disait. Je ne suis plus le même. »

Mais je m'en foutais ; ma femme non plus n'était plus la même, et ma fille était morte. Je le regardais tandis que la transpiration commençait à dessiner des auréoles sur sa chemise malgré la température fraîche. Il avait de la terre collée sur le visage, sur les mains ; il a retroussé ses manches et ses bras ont commencé à se couvrir eux aussi de terre. Je lui ai dit qu'il était trop tard, que ce qu'il disait maintenant n'avait aucune importance, que le fait qu'il était désolé ne changerait rien au passé et ne lui ferait pas éviter le sort qui l'attendait. Il a pleuré. Il m'a supplié de lui laisser la vie sauve. Il a tenté de me faire changer d'avis, mais en vain. Je n'allais pas laisser ses justifications et ses excuses bidon me faire revenir sur une décision que j'avais prise avant même d'aller là-bas. Je devais le faire. Je le devais. C'était la seule manière d'en terminer, et la seule manière de protéger les autres de lui.

Maintenant mon point de vue est en train de changer. Peut-être que je me retrouve ici pour les mêmes foutues raisons que lui. Je ne me suis jamais penché sur son histoire. Je n'ai jamais su si sa famille était morte, jamais su ce qui l'avait poussé à boire. J'avais beaucoup trop de colère en moi pour ça. Il chialait debout dans la tombe quand j'ai levé le pistolet vers lui. Il m'a répété qu'il était désolé et j'ai répondu que ça suffisait, que je ne voulais plus rien entendre, qu'il était temps pour lui d'assumer ses responsabilités. Malgré sa peur il devait avoir quelque espoir que je le laisserais partir. Alors que moi, j'espérais qu'il se résignerait à son sort, qu'il la bouclerait, qu'il se réconcilierait avec son Créateur et qu'il accepterait les choses. Mais il ne les acceptait pas.

Quentin James continuait de m'implorer quand je lui ai tiré une balle dans la tête. Ça m'a procuré moins de plaisir que je ne m'y attendais.

J'ai réarrangé son corps de sorte qu'il soit bien calé au fond de la tombe qu'il avait creusée, et je l'ai enterré. Je suis reparti sans lui offrir une prière ni cracher sur sa tombe. La transition a été naturelle entre le moment où je l'ai couvert de terre et celui ou je suis reparti. Aussi naturelle que quand j'étais passé du statut de père à celui d'assassin. J'ai rapporté la pelle jusqu'à ma voiture, je suis reparti, et je n'y suis jamais retourné.

À moins que je ne sois de nouveau au même endroit. Ça pourrait être la même forêt.

« C'était un accident.

– Vous aviez une fille, dit-il. Je l'ai lu dans la presse. Comment avez-vous pu, vous plus que tout autre, rouler alors que vous étiez complètement saoul ?

– Il n'y a pas de pelle, dis-je.

– Quoi ?

– Vous auriez dû me faire porter une pelle.

– Pourquoi ?

– À votre avis ?

– Vous croyez que je me soucie que vous soyez enterré ou non ? Vous croyez que je me soucie qu'on vous retrouve un jour ?

– Vous devriez.

– Pourquoi ?

– Parce que vous allez foutre votre vie en l'air. Je mérite ce qui m'attend, mais vous ne méritez pas d'être puni. »

Il fait un petit pas en arrière. Je préférerais qu'il avance. Je préférerais qu'il pointe son arme sur ma tête. Qu'il nous rende service à tous les deux et qu'il en finisse.

« Quoi ? fait-il.

– Tirez.

– Je vais le faire.

– Oui, c'est ce que vous dites, mais pour le moment ce ne sont que des paroles. Écoutez, pour ce que ça vaut, je suis désolé. Mais si vous attendez que je vous supplie de me laisser la vie sauve, je ne le ferai pas. C'est peut-être ce que vous voulez, mais ça ne fera que compliquer les choses. Ça vous hantera. Le fait est que vous allez m'abattre et que ça ne vous procurera aucune satisfaction. Vous ne ressentirez rien. Du moins, c'est ce qui s'est passé pour moi.

– Comment ça ?

– Ça pourrait être différent pour vous. Votre fille est vivante, non ? Plutôt que rester auprès d'elle, vous avez décidé de venir ici et d'être avec moi. Vos priorités sont mauvaises. Votre timing est à chier. Vous auriez pu m'amener ici n'importe quand. » Il porte une alliance. « Votre femme et votre fille, elles ont besoin de vous maintenant.

– Fermez-la. Ne me dites pas de quoi ma famille a besoin.

– Comment s'appelle-t-elle ?

– Pardon ?

– Votre fille. Son nom. Je ne sais rien d'elle.

– Vous ne méritez pas de savoir quoi que ce soit.

– Puisque vous allez me tuer, il me semble que je devrais savoir son nom.

– Allez vous faire foutre.

– Alors tirez.

– Pourquoi êtes-vous si pressé ? demande-t-il.

– Je ne sais pas. Je ne sais vraiment pas.

– Vous ne croyez pas que je vais le faire, n'est-ce pas ?

– Que voulez-vous que je vous dise ? Vous voulez que je vous dise quelque chose qui influencera votre décision ? Qu'est-ce que vous diriez de ça ? Votre fille aurait pu mourir, mais elle est vivante. Elle lutte pour rester en vie et elle est toujours avec vous. Est-ce que ça change quelque chose ? Bien sûr que oui. Il faudrait que vous soyez idiot pour ne pas l'admettre. Est-ce que je mérite de mourir ? À vous de voir. Moi, j'en suis à un stade où ça n'a plus d'importance.

– Comment osez-vous ?

– Quoi ?

– Comment osez-vous vous agenouiller là et jouer les foutus martyrs ? Comment osez-vous vous comporter comme si vous étiez la seule victime, comme si c'était vous qui n'aviez pas de chance ? Ne comprenez-vous pas ? Ne comprenez-vous pas ce que vous avez failli faire ?

– Bien sûr que si.

– Oui, vous êtes fort pour assumer vos responsabilités, hein ? Mais tout ce que vous faites, c'est essayer de m'embrouiller. Pourquoi vous ne la fermez pas, hein ? Bouclez-la et laissez-moi décider seul ce que je vais faire. C'est de ma vie qu'il s'agit. De ma fille de 16 ans que vous avez essayé de tuer. Comment osez-vous vous agenouiller là et faire comme si vous vous foutiez de mourir ou non ? Témoignez un peu de respect et implorez-moi de vous laisser votre putain de vie sauve, d'accord ? Faites-moi ressentir quelque chose. Faites en sorte que je vous déteste encore plus, ou que je déteste ce que je suis en train de faire.

– Je suis désolé pour votre fille.

– Emma, dit-il. Son nom est Emma.

– Le nom de ma fille est Emily. »

Je dis ça comme si elle était toujours en vie. Je ne sais tout d'abord pas pourquoi, mais bientôt je comprends. Je veux vivre. Je ne veux pas mourir ici. Je veux qu'on me laisse la chance de réparer mes erreurs.

« Emma. Emily », dit-il.

Il n'ajoute rien, mais il réfléchit. Il réfléchit intensément. Peut-être qu'il établit des parallèles entre les deux noms.

« J'ai toujours une femme, dis-je. Son nom est Bridget.

– Je sais. Et je suis désolé pour ce qui est arrivé à votre fille, mais ça rend ce que vous avez fait encore pire. Ne le voyez-vous pas ? Ça ne m'inspire aucune compassion, ça ne fait qu'accroître ma colère.

– Et c'est normal.

– Et voilà, vous recommencez, dit-il. Vous faites comme si de rien n'était.

– Êtes-vous vraiment avocat ?

– Quoi ?

– Vous parlez comme un avocat.

– Je suis spécialisé dans les divorces.

– Et quand vous êtes venu à la prison, vous avez donné votre nom, n'est-ce pas ?

– J'étais bien obligé pour vous faire sortir. Mais ils ne savent pas que c'est moi qui vous ai amené ici.

– Vous ne croyez pas qu'ils vont le deviner ? Vous ne croyez pas qu'ils comprendront que l'avocat, dont ils ne tarderont pas à découvrir qu'il est le père de la fille que j'ai blessée, a été la dernière personne à me voir ? Et que vous vous êtes acheté des armes au marché noir ? Ça indique une préméditation. C'est mauvais pour vous. »

Il réfléchit quelques secondes.

« Merde, dit-il.

– Vous voyez, vous vous laissez guider par vos émotions, pas par la logique. Vous auriez dû le savoir. C'est une équation assez simple, et vous l'avez ignorée. Ne faites pas ça. Ne foutez pas votre vie en l'air. »

Il fait un pas en avant, lève le pistolet de sorte qu'il est braqué sur ma tête. Mais il fait trop froid et il est trop nerveux, sa main tremble énormément. Sa respiration est saccadée. Il hésite, alors que moi, je n'ai pas hésité quand les rôles étaient inversés. J'étais à l'aise avec un pistolet à la main. J'ai simplement visé et tiré.

« Je vais le faire, dit-il.

– Ce n'est pas moi qui vais vous en empêcher.

– Bon Dieu, fermez-la. Laissez-moi réfléchir. »

Je reste agenouillé et m'efforce de regarder le pistolet, et il me terrifie. Le visage de l'avocat est crispé, sa bouche forme une grimace tandis qu'il se passe les différents scénarios dans sa tête. Soit il repart avec du sang sur les mains, soit il repart avec un petit sentiment d'insatisfaction. Je me retiens de lui prodiguer de nouveaux conseils. Il peut prendre sa décision tout seul.

Il met une minute à le faire. C'est pénible de le regarder. Pénible de fixer le pistolet en me demandant s'il est sur le point d'appuyer sur la détente. Finalement il fait un pas en arrière. Puis un autre. Mais il continue de me braquer avec son arme.

« Si elle meurt, dit-il, nous reviendrons ici. »

Il recule, se retourne, et je me retrouve seul.

34

Je m'allonge sur le flanc et lève les genoux contre mon torse, et je me tortille pour faire passer mes mains sous mes pieds. Ça ne fonctionne pas. Je roule sur moi-même, mais avec mes poignets menottés je n'arrive pas à ramener mes bras à l'avant de mon corps. Je m'agenouille de nouveau, puis je m'assieds, je tends les jambes et commence à les frotter sur une pierre couverte de mousse. La mousse s'arrache et expose un angle suffisamment saillant pour couper mes liens, qui ne mettent qu'une minute à céder. Je fais de même avec mes poignets, puis j'ôte l'aiguille de mon bras. Je la jette par terre à côté de mon téléphone bousillé.

Je pars dans la même direction que l'avocat. Mes vêtements sont humides et froids. Donovan Green, si c'est son vrai nom, ne m'a peut-être pas achevé d'une balle, mais ça ne signifie pas que je vais sortir d'ici vivant. À moins que je n'allume un feu, je vais crever de froid ici. Les arbres et les fougères m'effleurent, éraflant mes mains et accrochant mes vêtements. De petites égratignures se transforment en coupures puis se mettent à saigner. J'ai toujours mal à la tête, et aussi au torse, à l'endroit où étaient plantés les dards du Taser. Mais c'est ma main qui me fait le plus souffrir : j'ai l'impression que le doigt avec l'ongle arraché est en feu.

L'avocat a laissé des traces. Je garde les yeux rivés au sol et suis les deux fines lignes creusées par mes pieds dans la terre lorsqu'il m'a traîné. Je suppose qu'il a dû se garer à proximité pour ne pas avoir à me traîner sur une trop longue distance dans ces conditions, et quelques instants plus tard j'entends une voiture. J'accélère l'allure, et une minute plus tard j'atteins une route. Des phares arrière rouges disparaissent au loin.

Il y a encore plus de boue qu'avant sur mes chaussures, et je donne des coups de pied et les frotte contre un arbre pour m'en débarrasser. J'enfonce les mains dans mes poches et me mets à marcher. Aucune autre voiture ne passe tandis que j'avance dans la même direction que celle que j'ai vue disparaître. Je ne sais toujours pas où je suis. Je claque des dents, et environ toutes les minutes mon corps est secoué par un spasme involontaire qui dure deux secondes. Quentin James aurait eu droit à une balade similaire si je lui en avais laissé la possibilité, sauf que les conditions auraient été meilleures. Quand je l'ai emmené en forêt, il y avait du soleil, il faisait chaud, c'était une sacrément meilleure journée qu'aujourd'hui pour crever.

J'arrive à un croisement et deux voitures passent. Je frotte ma manche sur mon visage pour essuyer une partie du sang. Je commence à me faire une idée de l'endroit où je suis. Personne ne s'arrête pour m'emmener, et je ne tends pas mon pouce mordu pour faire du stop.

La route se dirige vers la ville et, finalement, vers chez moi. Le trajet me prendrait un quart d'heure en voiture. À pied, il me prendra quelques heures. Au bas mot. En voiture, je ferais du quatre-vingts à l'heure ici.

Le soir tombe, et c'est un soir sombre. Il se remet à pleuvoir. Une pluie d'averse qui nettoie la boue et la terre sur mon corps avant de se transformer en crachin. Je sens de moins en moins mes articulations. J'ai l'impression que mes pieds sont des blocs de glace. La longue marche me laisse le temps de réfléchir à cette journée et à ce que ma vie est devenue.

Il est près de minuit quand j'arrive chez moi. Je n'ai pas mes clés, détail auquel je n'ai même pas pensé jusqu'alors. Elles sont dans ma voiture, et ma voiture est dans une fourrière quelque part, ou peut-être à la casse. Je m'assieds sur les marches de devant et m'adosse à la porte. Je suis épuisé. La trame de mes semelles est incrustée de petits cailloux et d'éclats de verre. Il me semble que je pourrais dormir ici.

Je me repose quelques minutes avant de me relever et de faire le tour jusqu'au jardin. Je vais chercher un chiffon et un rouleau de toile adhésive dans la remise, j'entoure le chiffon autour d'une petite pierre, je colle un bout de toile adhésive sur une fenêtre pour étouffer le bruit, et je casse la vitre.

Pendant que la douche chauffe je trouve une bouteille de bourbon et vais m'asseoir dans le salon. Je me demande ce qu'aurait fait Quentin James si je l'avais laissé rentrer chez lui. Est-ce qu'il aurait continué de picoler jusqu'au jour où il aurait de nouveau tué ? Je rapporte la bouteille à la cuisine et la vide dans l'évier. Je passe la maison en revue à la recherche d'autres bouteilles. Il y en a de nombreuses, certaines juste assez pleines pour me réchauffer en cas de besoin. Je les vide toutes dans l'évier et balance les cadavres dans une poubelle de recyclage que j'emporte dehors. La poubelle déborde et je pose les dernières bouteilles par terre.

Je me déshabille et balance mes vêtements dans la machine à laver. La douche continue de couler, de la vapeur envahit le couloir. Je fais le tour de la maison, ramassant tous les vêtements que j'ai portés au cours des derniers mois, et j'en enfonce le plus possible dans la machine. Je la mets en route. Je me dirige vers la salle de bains et suis sur le point de me glisser sous la douche quand j'entends frapper à la porte. J'enroule une serviette autour de ma taille et regagne le couloir.

Une lumière rouge et bleue dessine un arc sur les fenêtres et illumine les murs. Il y a deux possibilités, une seule avec laquelle je puisse vivre : soit les voisins ont appelé la police parce qu'ils ont entendu quelqu'un entrer chez moi par effraction, soit Emma, la jeune fille de 16 ans que j'ai blessée hier soir, est morte. Peut-être que j'ai vidé tout ce bourbon dans l'évier trop tôt.

Je suis nerveux tandis que je marche vers la porte. C'est Landry.

« Tu vas devoir nous accompagner, Tate, dit-il, éliminant la première possibilité.

– Dis-moi pourquoi. Dis-moi ce que tu veux.

– Il s'agit du père Julian.

– Quoi ? Écoute, il raconte des conneries. Je ne l'ai pas approché de la journée.

– Tu nous accompagnes.

– Je ne comprends pas.

– Bon sang, Tate, c'est simple. Ne reste pas planté là à faire comme si tu ne savais pas.

– Comme si je ne savais pas quoi ? »

Il soupire et secoue lentement la tête.

« Bon, tu veux vraiment jouer à ce jeu ?

– Réponds-moi.

– Nous sommes allés parler au père Julian cet après-midi. Nous comptions lui demander si tu étais là-bas hier soir. Et je suis sûr qu'il aurait dit oui.

– Aurait dit ?

– Tu vois, c'est le problème. Il est mort. Quelqu'un l'a assassiné la nuit dernière. Et pour le moment je mettrais ma main à couper que ce quelqu'un, c'est toi. »

35

J'essaie de comprendre ce qu'il dit. Je ne sais même pas ce qu'il entend par hier soir. En théorie, hier soir vient de s'achever puisqu'il est minuit tout juste passé. Mais il ne parle pas d'aujourd'hui. Il parle d'hier. En théorie. Il parle d'il y a vingt-quatre heures. Beaucoup de choses se sont passées depuis. J'ai l'impression que deux jours se sont écoulés depuis que j'ai suivi le père Julian à l'église, même s'il n'y en a eu qu'un seul. Bon sang, il a dû mourir à peu près à ce moment-là.

« Quoi ?

– Tu vas devoir nous accompagner, Tate. »

Je baisse les yeux vers ma serviette. Je regarde mes pieds sales et les coulées de sang sur mon torse.

« Je n'y suis pour rien.

– Non ? fait-il en me scrutant de la tête aux pieds.

– Non.

– Tu affirmes que bien que tu aies eu une interdiction d'approcher, bien que tu te sois fait embarquer à l'église le matin du jour où il est mort, et bien que tu aies été filmé là-bas hier soir et que tu aies plié ta voiture, saoul, à quelques minutes de l'église à peu près à l'heure où le père Julian est mort, tu n'y es pour rien ? »

Je ne prends pas la peine de répondre. Difficile de se défendre quand on ne porte qu'une serviette autour de la taille. Mais je suppose que Landry ou un de ces potes a dû passer régulièrement chez moi depuis que j'ai été relâché dans l'après-midi. Ce qui signifie que le père Julian a été découvert après ce moment-là. S'il avait été découvert plus tôt, je n'aurais jamais été libéré.

« Habille-toi, Tate. Tu nous accompagnes.

– J'appelle mon avocat. »

Je songe à Donovan Green, mais je ne peux pas franchement imaginer qu'il serait ravi de me parler.

« Dis-lui de te retrouver au poste. »

Je n'ai rien à mettre hormis un short et un T-shirt qui prennent la poussière dans le coin de la chambre. Tout le reste est dans la machine à laver. J'enfile une veste et mes baskets.

On me fait prendre place à l'arrière de la voiture, menotté cette fois, et nous nous mettons en route. Landry reste sur place avec quelques types histoire de fouiller ma maison. Au poste, on me conduit une fois de plus à la salle d'interrogatoire. On m'enferme à clé, et personne ne parle plus du coup de fil à mon avocat, mais peu importe. Je n'ai pas été gâté aujourd'hui avec les avocats. Je pose la tête sur mes bras et ferme les yeux, conscient que je vais être ici un bout de temps.

Landry arrive une heure plus tard, accompagné de Schroder. Ce qui signifie que l'un d'eux va être mon ami pendant que l'autre me mettra la pression. Je sais déjà qui tiendra quel rôle, et je suppose qu'ils savent que je le sais. Ils installent une caméra et l'orientent de sorte que nous soyons tous les trois dans son champ. J'entends le ronronnement de l'appareil qui enregistre. Schroder s'assied face à moi et Landry reste debout. Il fait plutôt froid ici, d'autant que je porte une tenue d'été.

Schroder pose une chemise sur la table et l'ouvre, révélant une photo du père Julian. Sa tête a été défoncée, il a du sang sur le visage et sur la nuque. Ses vêtements sont en désordre. Il a un œil ouvert, mais l'autre est fermé à cause de la manière dont son visage est appuyé contre le sol. Il n'a pas l'air d'avoir connu une mort douce. Pas comme celle que j'aurais pu connaître plus tôt dans la forêt. Il y a une petite tache de sang dans son œil ouvert. Schroder commence à étaler plusieurs photos sur la table. Il y a un gros plan de la bouche du père Julian. Ses lèvres sont entrouvertes, ses dents, exposées et ensanglantées. Derrière il n'y a qu'une profonde noirceur.

« Commençons par établir quelques règles, dit Schroder. Tu sais comment ça se passe, tu as été de ce côté-ci de la table, donc nous n'allons pas essayer de t'embobiner. Nous allons simplement exposer les faits et tu vas dire ce que tu as à dire pour ta défense. Ça te convient ? »

Je hausse les épaules.

« Oui. Et mon avocat ? Tu crois que ça lui conviendra ?

– Tu peux avoir un avocat si tu en veux un. Nous t'épargnerons la rengaine sur le fait que seuls les coupables en ont besoin.

– Alors finissons-en. »

Il glisse une feuille vers moi.

« Signe ça », dit-il.

Je ne lis pas le document dans son intégralité. Je vérifie simplement quelques mots pour m'assurer qu'il s'agit bien du document que j'avais moi aussi l'habitude de faire signer aux personnes que j'interrogeais. C'est une décharge, qui stipule que je suis d'accord pour parler sans qu'un avocat soit présent.

« Quel est le problème ? demande Landry. Tu as quelque chose à cacher ? »

Je signe le formulaire. L'alternative serait d'appeler Donovan Green et de le faire venir ici.

Le formulaire disparaît dans la chemise. Les photos du père Julian restent sur la table.

« Le message est clair, déclare Landry.

– Quel message ? »

Il regarde en direction de Schroder et hausse les épaules, comme s'il n'en revenait pas d'entendre ça. Schroder étale d'autres photos.

« Tu ne voulais pas qu'il parle, dit Schroder. Et tu voulais faire passer un message. C'est pour ça que tu lui as coupé la langue.

– Pas si vite, dis-je en me penchant en avant.

– Comment se fait-il que tu sois dans un tel état. Tu es couvert de sang. De terre. Qu'est-ce que tu as fabriqué ? Tu as enterré quelque chose ?

– J'ai eu un accident hier soir.

– Et tu as été nettoyé à l'hôpital. Les vêtements que tu portais aujourd'hui sont dans ta machine à laver. Ils sont eux aussi couverts de sang ? demande Schroder.

– Tu aurais mieux fait de t'en débarrasser, Tate, ajoute Landry. Après toutes ces années à arrêter des gens pour le même genre de conneries, j'aurais cru que tu avais appris la leçon.

– Depuis quand la loi interdit-elle de faire sa lessive ?

– Vu ton comportement récent, répond Landry en s'adossant au mur, nous sommes en droit de trouver ça louche. »

J'observe leurs positions. L'un assis. L'autre debout. L'un mon ami, l'autre mon ennemi. Il n'y en a qu'un des deux qui va avoir du mal à tenir son rôle. Bientôt Landry fera des allers-retours derrière moi, pénétrant à l'occasion dans mon champ de vision, puis il se penchera au-dessus de moi. Ils jouent déjà au jeu auquel ils ont prétendu ne pas vouloir jouer. Ils sont obligés. Ils ne savent pas comment s'y prendre autrement.

« Pourquoi ne nous parles-tu pas du prêtre ? demande Schroder. Pourquoi le suivais-tu ?

– Je ne l'ai pas suivi, et je ne lui ai certainement pas fait ça. Pour commencer, si j'avais voulu faire passer un message en lui coupant la langue, ce message n'aurait été destiné qu'à vous, exact ? Bon Dieu, il aurait fallu que je sois idiot pour faire ça.

– Écoute-le, dit Landry, regardant Schroder mais s'adressant en fait à moi. Il croit que tout ça a un sens.

– Je ne l'ai pas tué.

– Essaye autre chose, réplique Landry. Personne dans cette pièce ne doute de ce dont tu es capable, Tate.

– Écoute, Tate, facilite-nous la tâche, d'accord ? intervient Schroder. Tu connais la musique. Tu peux rester ici toute la nuit sans répondre, mais nous finirons par savoir ce que nous voulons savoir. Pourquoi tu ne nous fais pas gagner à tous du temps ? »

Je regarde les photos du prêtre mort. Il y en a huit en tout.

« Pourquoi ? Pour que vous me colliez ce truc sur le dos ?

– Si tu ne l'as pas tué, alors quel est le problème ? Les indices te disculperont.

– Ça dépend de la façon dont vous les regarderez. J'ai l'impression que vous les avez déjà sous les yeux mais que vous n'êtes pas foutus de les interpréter correctement.

– Nous perdons notre temps, dit Landry. Je suggère qu'on l'enferme et qu'on informe les autres prisonniers que c'est un ancien flic. Ils lui feront perdre sa timidité.

– C'est ça, très drôle, Landry.

– Pourquoi le suivais-tu ? redemande Schroder.

– Je l'ai déjà dit, je ne le suivais pas. »

Il insiste :

« Qu'est-ce que tu faisais avant l'accident ?

– Je ne le suivais pas.

– Nous savons que tu ne le suivais pas à ce moment-là, observe Landry. Il était déjà mort.

– Nous avons des choses à lui montrer », déclare Schroder, puis il se lève et quitte la pièce.

Landry ne s'assied pas. Il pose les mains sur le dossier de la chaise et se penche en avant.

« Tu étais l'un des nôtres, dit-il. Qu'est-ce qui t'est arrivé ?

– D'après toi ? »

Avant qu'il ait pu répondre, Schroder revient. Il porte un carton rempli de sachets en plastique. Je ne sais pas combien il y en a car ils semblent n'en former qu'un. Il commence à les étaler sur la table.

« La montre, dit-il, appartenait à Gerald Weiss. Il a été enterré avec il y a deux ans. Alors comment se fait-il que tu te sois retrouvé en sa possession ?

– Je l'ai trouvée.

– Tu as pu l'obtenir de deux façons, déclare Landry. Soit tu l'as volée sur un cadavre quand tu étais dans l'eau, soit tu l'as volée sur un cadavre quand il a été sorti de son cercueil.

– Même toi tu n'arrives pas à croire ça, dis-je, et Landry a l'air furieux. Tu racontes des conneries. Et un jour ça va te retomber sur le coin de la gueule. Tu racontes des conneries et des gens vont souffrir à cause de ça.

– Tu es soit un voleur soit un assassin, réplique Landry d'un ton ferme, comme si c'était la même chose. Je crois que c'est pour ça que tu voulais tellement assister à l'exhumation d'Henry Martins. Tu savais qui était dans sa tombe. Tu voulais essayer de contrôler la situation. Mais le problème, c'était les cadavres, pas vrai ? Ils sont remontés à la surface. Sans ça, nous n'aurions jamais été au courant pour les autres corps.

– Écoute, arrête ton cinéma ou je vais changer d'avis et demander mon avocat. »

Schroder fait glisser un autre sachet. Il contient les coupures de presse que j'ai trouvées dans la chambre d'Alderman.

« Tu nous as caché des choses, dit-il, ajoutant les notices nécrologiques que j'ai imprimées quand je retraçais la chronologie des disparitions. Tu savais bien avant nous qui se trouvait dans les tombes.

– Parce que c'était mon boulot », dis-je.

Et c'est la vérité. C'était mon boulot, et rien n'a vraiment changé depuis que ça ne l'est plus. Les actes de violence ne sont jamais bien loin dans cette ville, comme la grisaille et la pluie. De braves gens souffrent. Il y a ici des gamins qui naissent, qui sont aimés, qui grandissent en apprenant la différence entre le bien et le mal. Et il y en a d'autres qui n'ont pas cette chance. Certains deviendront bons, d'autres deviendront mauvais, et il y en a qui sont balancés à la poubelle sitôt nés. Mon boulot était d'essayer de réparer ça, d'essayer de contrôler un peu la situation. Mais quelque part en route j'ai perdu pied. Je suis tombé dans l'abîme.

« Personne ne semble l'avoir oublié autant que toi, Tate, déclare Schroder. Tu n'as plus rien à voir avec l'homme que tu étais. Tu étais un type vraiment réglo. Et maintenant tu risques d'être condamné pour conduite en état d'ivresse; on te tient pour vol, pour harcèlement, et probablement aussi pour meurtre.

– Sans preuves vous ne pouvez pas me garder si vous ne m'inculpez pas. Ce qui signifie que je suis ici de mon propre gré. Et aussi que je suis libre de me lever et de partir.

– Non, c'est moi qui déciderai quand tu seras libre, réplique Schroder. Un technicien est en train d'analyser ton ordinateur. Tu suis le père Julian depuis le jour où Sidney Alderman a disparu. Et ces coupures de presse. Comment se fait-il que certaines soient des originales? D'après moi, ça indique qu'elles ont été découpées à l'époque de la disparition des filles. Comment te les es-tu procurées?

– Bruce Alderman me les a données. Il les a laissées dans ma voiture quand nous sommes allés à mon bureau. »

Schroder fait glisser un autre sachet en plastique. Il renferme une petite enveloppe avec mon nom écrit dessus. Elle est couverte de traces de sang. Pendant un bref moment je suis de nouveau dans mon bureau, l'odeur du métal brûlant et du sang flotte dans l'air, une brume rose forme un nuage au-dessus du gardien de cimetière dont la tête vient d'être traversée par une balle.

« Qu'est-ce qu'il y avait là-dedans? demande Schroder. Les articles? Tu vois, les articles ne sont pas pliés, et ils auraient dû l'être pour entrer dans cette enveloppe.

– Je ne me rappelle pas.

– Nous avons trouvé des échantillons d'écriture à l'église. C'est celle de Bruce Alderman.

– Et alors?

– Et alors qu'est-ce que tu as volé d'autre? demande Landry.

– Je n'ai rien volé. Cette enveloppe porte mon nom, donc ce qui était dedans m'appartenait.

– Il t'a écrit une lettre ? Une confession ? Une note de suicide ? demande Schroder.

– Non.

– Je croyais que tu ne te rappelais pas ce qu'il y avait là-dedans.

– C'est la vérité.

– Mais tu te rappelles ce qui n'y était pas.

– La mémoire joue de drôles de tours.

– Arrête de nous prendre pour des cons, Tate, dit Landry.

– C'était la montre, d'accord ? dis-je d'un ton plutôt convaincant. Alderman avait la montre. Je ne sais pas comment il se l'est procurée, et quand il me l'a donnée je ne savais pas à qui elle appartenait.

– Conneries, réplique Landry.

– Tu ferais mieux de la boucler à moins de pouvoir prouver le contraire.

– De tous les habitants de cette ville, pourquoi c'est toi qu'il est allé voir ? »

Je hausse les épaules.

« Je ne sais pas. Sans doute parce que j'étais le visage qu'il associait à ce qui se passait. C'était moi qui avais trouvé les cadavres. C'était moi qui avais débarqué avec l'ordre d'exhumer et tout déclenché.

– Tu nous as caché des choses, dit Schroder. Tu as volé des pièces à conviction qui nous auraient aidés à assembler les pièces du puzzle plus vite. La bague de Rachel Tyler – bon Dieu, Tate, n'oublions pas que tu as volé une bague sur Rachel Tyler. Les choses se seraient passées différemment. Nous aurions probablement mis la main sur le coupable. »

C'est vrai. Mais quand le cercueil a été ouvert et que j'ai vu son cadavre, je n'avais pas le choix. Il y avait d'autres filles mortes à cause de moi, à cause d'une mauvaise décision que j'avais prise deux ans plus tôt. Comment aurais-je pu ne pas prendre la bague ? Ça a mené à un suicide. Ça a fait de moi un assassin. Ça m'a mené à conduire saoul et à me retrouver au milieu d'une forêt où j'aurais dû être abandonné.

« Toutes ces filles innocentes, dit Schroder en étalant les articles, un sachet par fille. Est-ce que tu en as au moins quelque chose à foutre ?

– Bien sûr que oui.

– Faux, intervient Landry, sinon il nous aiderait.

– Tu as transformé une des pièces de ta maison en bureau, dit Schroder. En poste de commandement.

– Vous allez aussi m'inculper pour ça ?

– Parle-nous, bon Dieu de merde, répond-il, désormais furieux. Tu avais une raison de suivre le père Julian. D'après toi, qu'est-ce qu'il a fait ? Tu crois qu'il a tué Sidney Alderman ? »

Il se penche en arrière.

« Non, je ne crois pas qu'il s'agisse de ça, poursuit Schroder. Tu ne le suivrais pas pour ça. Tu te foutrais qu'un vieux gardien de cimetière retraité et amer se fasse descendre. Donc il y a autre chose. Tu le suivais parce que tu crois qu'il a quelque chose à voir avec les filles mortes. Ton bureau est exclusivement dédié à cette affaire, et au père Julian. Tu as des photos et des articles punaisés partout sur les murs. Tu crois qu'il y a un lien entre les deux. Nous nous intéressions à Sidney Alderman. Et encore plus après sa disparition. Nous pensions qu'il avait pris la fuite. Mais pas toi. Tu continuais de t'intéresser au père Julian. Il figurait sur notre radar pour la simple raison que toutes les personnes liées au cimetière y figuraient. Seulement le signal d'Alderman était plus fort, et quand il a disparu il a éclipsé tous les autres. Donc nous avons continué de le chercher. C'est comme si tu savais quelque chose. Comme si tu avais cessé de chercher Sidney Alderman parce que tu savais que ça ne servait à rien. Il y a deux possibilités : soit tu le croyais innocent, soit tu savais qu'il ne referait jamais surface. Exactement comme il y a deux ans avec Quentin James. Laquelle des deux ?

– À toi de me le dire.

– Tu crois que Julian a tué ces filles. Nous saurons bientôt si tes soupçons étaient fondés. En attendant, dis-nous ce qui est arrivé à Sidney Alderman.

– Je ne sais pas.

– Mais tu savais que ça ne servait à rien de le chercher. Pourquoi t'es-tu concentré sur le père Julian ?

– Je ne me concentrais pas sur lui.

– Pourquoi l'as-tu tué ?

– Je ne l'ai pas tué.

– Tout cela ne mène à rien, dit Landry. Montre-lui l'arme.

– L'arme ? » dis-je, confus.

Un sourire narquois apparaît sur le visage de Landry.

« L'arme, Sherlock. Comme je l'ai déjà dit, tu n'as vraiment appris que dalle pendant tes années dans la police. Nous avons fouillé ta maison, tu te souviens ? Quoi, tu croyais qu'on ne la trouverait pas ? »

Schroder tire le dernier sachet en plastique du carton et le pose sur la table. À l'intérieur se trouve un marteau qui m'appartient. Il est couvert de sang. Et je sais déjà que ce sera celui du père Julian.

36

« Tu l'as suivi pendant un mois. Tu le crois coupable de meurtre. Tu étais garé chaque jour devant son église avant l'interdiction d'approcher, et tu as remis ça plusieurs fois depuis. Et tu voudrais qu'on croie que tu n'as rien à voir avec sa mort », déclare Schroder.

Il repose lentement l'arme du crime, comme si c'était un verre rempli à ras bord. Il la place au centre de la table, à portée de main de chacun. Peut-être espère-t-il que je vais tenter de m'enfuir. Je suis sûr que c'est ce qu'espère Landry. Il espère que toute cette histoire va s'achever maintenant.

« Où l'avez-vous trouvé ?

– Là où tu l'as laissé, répond Landry.

– Je veux mon avocat maintenant.

– Oui, c'est ce que veulent toujours les coupables, dit Landry à Schroder avant de se retourner vers moi. Allez, Tate, tu connais la chanson. Tu as déjà vu ça et tu détestais ça autant que nous.

– Je détestais quoi ?

– Quand l'assassin continuait de nier alors qu'on avait tant de preuves contre lui.

– Vous n'avez rien.

– Rien ? Tu te fous de ma gueule ?

– Dis-nous encore pourquoi tu le suivais, demande Schroder. Allez, Tate, s'il était coupable, alors laisse-nous t'aider. Enfin quoi, merde, s'il s'avère qu'il a tué ces filles, tu finiras probablement par recevoir une médaille. Dis-nous simplement ce qui s'est passé. Nous faisons tous équipe.

– Je ne l'ai pas tué », dis-je, mais mes coéquipiers ne me croient pas.

J'ai soif.

« Laisse-nous quelques minutes seuls », dit Schroder à Landry.

Ce dernier a l'air vexé, mais je sais que c'est du cinéma. Je sais qu'ils ont préparé cette conversation avant d'entrer et que c'est le moment où Schroder devient mon ami.

Landry sort sans un mot. Ça fait partie du jeu.

« Tu dois me donner quelque chose, Tate, sinon je ne vais pas pouvoir t'aider. »

Je suppose que j'ai tout intérêt à jouer également le jeu. Mais avant de le faire, je décide de lui donner quelque chose.

« Le père Julian savait qui a tué ces filles.

– Quoi ?

– Il m'a dit qu'il le savait. Quant à Bruce Alderman, c'est lui qui les a enterrées. Il me l'a avoué.

– Quoi ? Pourquoi ne nous en as-tu pas informés ? »

Je raconte à Schroder mes conversations avec le prêtre, expliquant que j'ai imploré Julian de me dire qui était coupable, évoquant même la frustration que j'ai ressentie. Je vois que Schroder se demande jusqu'où il aurait poussé les choses s'il avait su que le père Julian avait reçu la confession de l'assassin. Je lui parle de Bruce Alderman et de ce qu'il a dit sur la dignité avant de se brûler élégamment la cervelle.

« Tu aurais dû nous le dire. Nous aurions pu convaincre le prêtre.

– J'en doute.

– Nous aurions pu faire quelque chose, Tate. N'importe quoi. Mais à la place tu as laissé un putain de mois s'écouler et maintenant c'est trop tard. C'est pour ça que tu te postais devant l'église, n'est-ce pas ? Tu ne suivais pas le père Julian. Tu observais pour savoir qui venait le voir. Tu attendais au cas où l'assassin se serait pointé, seulement tu ne savais pas qui tu cherchais.

– Je devais faire quelque chose.

– Tu as merdé.

– Je sais.

– Et maintenant le père Julian est mort. Et tu es dans la merde jusqu'au cou.

– C'est un abîme.

– Quoi ?

– Allez, Carl, tu me connais. Ça fait presque quinze ans que tu me connais.

– Et c'est pour ça que c'est également difficile pour moi. Nous avons trouvé le marteau dans ton garage.

– Et c'est la raison pour laquelle vous allez me laisser partir. »

Le temps est venu de jouer le jeu.

« Quoi ?

– Vous n'avez rien contre moi. »

Il baisse les yeux vers le marteau comme si j'avais oublié sa présence. Mais je ne l'ai pas oubliée.

« Vous l'avez trouvé dans mon garage.

– Oui.

– Soit, bon, pour commencer vous ne savez même pas s'il m'appartient.

– Ce n'est pas le...

– Deuxièmement, dis-je en levant la main et en comptant sur mes doigts, vous allez prélever les empreintes et découvrir que les miennes ne sont pas dessus. Vous vous direz qu'un ancien inspecteur de la criminelle a été suffisamment idiot pour nettoyer ses empreintes mais pas le sang, suffisamment idiot pour garder l'arme, suffisamment idiot pour la laisser dans son garage là où n'importe qui pouvait la trouver.

– Pas idiot, mais saoul, dit-il.

– C'est exactement là où je veux en venir.

– Pardon ?

– Troisièmement, dis-je, comptant toujours sur mes doigts. Et c'est l'élément crucial. La raison pour laquelle je suis sur le point de me lever et de m'en aller. »

Schroder se penche en arrière. Il sait déjà ce qu'il va entendre.

« Le déroulement des événements. Tu vois, nous connaissons le déroulement des événements, Carl, mais le problème est que le type qui a placé le marteau chez moi ne le connaissait pas. »

Schroder ne dit rien. Il savait que j'en arriverais à cette conclusion, mais pas aussi rapidement. Ou alors il espérait me faire suffisamment flipper pour que je lui donne plus d'infos, peut-être pour que je lui parle de Sidney Alderman.

« Tu penses qu'il est mort vers minuit », dis-je.

Je le devine parce que c'est à cette heure que j'ai vu quelqu'un quitter l'église, quelqu'un que j'ai pris pour le prêtre. L'assassin savait que ma voiture était là, mais il ne m'a pas vu parce que j'étais enveloppé de brouillard. Il a probablement supposé que j'étais ivre et dans les vapes à l'avant de la voiture parce que c'était souvent le cas. Il est resté dans l'ombre, croyant être invisible.

« Mais je ne suis pas arrivé jusqu'à chez moi. Seulement le tueur ne pouvait pas le savoir. Il a roulé jusqu'à chez moi et il a remis en place le marteau qu'il avait volé pour tuer le prêtre. Il ne savait pas que je l'avais suivi. Et ce qu'il ne savait pas non plus, c'est que j'avais eu un accident. Tes hommes m'ont embarqué. Ma voiture a été envoyée à la fourrière, et quand vous avez découvert que le prêtre était mort, vous avez dû la récupérer, cette fois en tant que pièce à conviction dans une enquête pour meurtre. Vous l'avez rapportée ici et passée au peigne fin. Pas de sang du père Julian et, surtout, pas de marteau, n'est-ce pas ? Et ce n'est pas comme si je l'avais consigné au tribunal avec mon portefeuille et mon téléphone portable. Je ne l'avais pas sur moi. Alors vous avez passé au crible la zone de l'accident, les routes entre le cimetière et le lieu de l'accident. Et vous n'avez rien trouvé. Jusqu'à ce soir. Donc comment ai-je fait pour rapporter le marteau chez moi ?

– Tu as pu t'en débarrasser quelque part, puis passer le récupérer ce soir. Peut-être que c'est pour ça que tu es couvert de terre.

– Pourquoi m'en débarrasser ? Je ne pouvais pas deviner que j'allais avoir un accident. À quoi bon m'en débarrasser pour aller le récupérer ce soir et le planquer dans mon garage ? »

Schroder ne répond rien.

« Et cette histoire de langue. Comme je l'ai déjà dit, pourquoi est-ce que je la lui aurais coupée ? Parce que je ne voulais pas qu'il parle ? C'est le genre de message qu'on laisse quand il y a d'autres personnes qui risquent de parler, d'accord ? Un truc de gang. Mais pas dans ce cas. Cette fois, c'était censé me faire paraître encore plus coupable. Pour qu'on croie que j'étais furieux qu'il soit venu vous voir pour se plaindre que je le suivais. »

Il se met à tapoter un stylo sur la table à un rythme lent, puis il sourit.

« Bien joué », dit-il.

Il se penche en avant et commence à remballer les photos.

« Donc tu savais que je ne l'avais pas tué, mais tu m'as tout de même traîné ici.

– Allez, Tate, tu sais ce que c'est. »

Il a raison. Je le sais. Mais il y a deux choses qui me turlupinent. La première est : pourquoi avoir caché le marteau dans mon garage et pas la langue ?

« Quelqu'un l'a tout de même tué, ajoute-t-il.

– Hum, hum.

– Tu peux nous aider.

– Tu n'aurais pas dû te foutre de ma gueule, Carl. Tu aurais simplement dû me demander de t'aider.

– Hé, ne commence pas à jouer les victimes, Tate. Tu as failli tuer une femme hier soir. Bon Dieu, si ça se trouve c'est ce que tu as fait – aux dernières nouvelles son état était stable, mais ça ne veut absolument rien dire et tu le sais. Le père Julian a dû demander une interdiction d'approcher à ton encontre mais tu n'as pas arrêté de l'enfreindre. Tu étais là-bas le soir de sa mort. Tu es mouillé jusqu'au cou, Tate. Le prêtre est mort, mais si tu avais été réglo il y a un mois peut-être qu'il serait toujours en vie. Sidney Alderman est introuvable et tu te comportes comme s'il était mort. Idem pour Quentin James. Tu dois commencer à me donner quelques réponses. » Il se penche en avant et désigne les sachets qui renferment la bague et les articles de presse. « Écoute, tu sais qu'en nous cachant ça tu as ralenti notre enquête. Les choses auraient été différentes. Nous aurions pu chercher ailleurs. Nous n'aurions peut-être pas tout misé sur Alderman. Putain, Tate, on avait besoin d'élucider cette affaire. On a déjà tellement d'emmerdes en ce moment à cause de ce foutu Boucher, c'est la goutte d'eau qui fait déborder le vase. Tu le saurais si tu en avais quelque chose à foutre, ou si tu lisais le journal. » Il marque une pause, tire un crayon de sa poche de chemise, le fait rouler entre ses doigts et le casse en deux. « Écoute, tu vois où je veux en venir. On avait besoin d'obtenir un résultat, pas simplement pour les victimes et leur famille, mais aussi pour nous. Les gens n'ont plus confiance en la police, Tate. Bon Dieu, on ne peut pas leur en vouloir. Les choses auraient pu être différentes, mais tu ne nous as rien dit.

– Est-ce que j'étais dans la presse aujourd'hui ?

– Quoi ?

– Les journaux, Carl. Est-ce que j'étais dedans ? L'accident ?

– Pas dans les journaux. L'accident s'est produit trop tard. Mais on a parlé de toi aux infos toute la journée.

– Depuis ce matin ?

– C'est ce que toute la journée signifie.

– Alors pourquoi tu ne te poses pas la question évidente ?

– À savoir ?

– Pourquoi le type qui a placé le marteau dans mon garage n'est-il pas venu le récupérer après avoir vu les infos ? Il devait savoir que le fait que j'étais en cellule me disculperait. »

Je devine à son expression que Schroder n'avait pas pensé à ça.

« Peut-être qu'il n'a pas regardé les infos.

– Arrête ton char, Carl, tu sais aussi bien que moi que ces types lisent toujours le journal et regardent les infos. »

Il tapote une moitié de crayon sur la table.

« La nuit va être longue, dit-il. Nous allons élucider ça.

– Alors je ferais mieux de me mettre à l'aise », dis-je, et je me penche en arrière sur ma chaise.

37

Schroder avait à la fois raison et tort. Raison de dire que la nuit serait longue. Tort de croire que nous éluciderions quoi que ce soit. Landry est réapparu pile au moment prévu, mais leur tentative de m'arracher quoi que ce soit a été gâchée par l'arme du crime. Le problème était qu'elle avait été déposée chez moi, et qu'ils le savaient tous les deux. Ils auraient eu plus de chances d'arriver à leurs fins s'ils ne l'avaient pas trouvée. Ils m'ont retenu suffisamment longtemps pour me poser encore et encore les mêmes questions et pour s'assurer que les agents qui étaient chez moi avaient eu le temps de fouiller ma maison. Et aussi pour s'assurer que je ne leur donnerais pas d'autres informations. Je voyais bien que Landry crevait d'envie de m'envoyer au trou, et que cette idée tentait également Schroder, mais au bout du compte ils n'avaient rien contre moi. J'ai expliqué que si j'étais couvert de sang et de terre, c'est que j'avais fait une mauvaise chute pendant que je faisais un tour pour m'éclaircir les idées. Personne n'a gobé ça, mais ça n'avait pas d'importance.

Un type me ramène chez moi dans une voiture de patrouille. Il n'essaie pas de faire la conversation.

La porte est fermée à double tour et je n'ai toujours pas mes clés, alors j'entre par la fenêtre que j'ai cassée plus tôt. Schroder n'a pas évoqué la fenêtre, et je suppose qu'il a deviné pourquoi elle était brisée. La fouille de la police n'a pas arrangé le désordre de ma maison. Les articles et les photos ont disparu de la chambre que j'avais transformée en bureau. Tout ce qui reste, ce sont des trous de punaises dans les murs. L'ordinateur n'est plus là, même le tableau blanc a été emporté. Landry va examiner tout ça et il me fera venir une fois de plus au poste pour me poser d'autres questions – peut-être dans la journée.

Je prépare du café, et la caféine me réveille assez pour que je me rende compte que je suis tellement crevé que je ne sais même plus ce que je suis censé faire maintenant. Je n'ai pas eu le temps de trop réfléchir à la mort du père Julian. Pas eu le temps de songer à la façon dont elle affecte mon enquête. A-t-il été tué parce qu'il connaissait les secrets de l'assassin ? Ou pour une autre raison ?

Le café est bon mais pas suffisamment pour envisager d'en faire un autre. Je me dirige vers la chambre. Tout est en désordre. Le matelas a été soulevé et balancé sur le sommier. Tous les tiroirs ont été arrachés. La penderie a été ouverte et tout ce qu'elle contenait a été sorti.

Je me rends à la buanderie et vérifie la machine à laver. Le cycle de lavage a été interrompu. Les vêtements que j'ai placés à l'intérieur ont disparu. Il y a des taches de sang sur certains d'entre eux à cause de l'accident et de ma virée dans les bois, mais ce sang est le mien.

Je prends une douche rapide. Daxter est dans la salle de bains, il me regarde. Je le nourris et il semble reconnaissant.

Il est près de 6 heures du matin quand je me mets au lit. Je suppose que Landry et Schroder vont probablement faire la même chose. Je m'apprête à régler le réveil, mais je n'arrive pas à me décider sur une heure, alors je l'éteins. J'enfonce la tête dans les oreillers et j'essaie de dormir.

38

La maison est pleine de couleurs chaudes et le visage de ma voisine est figé dans une expression froide.

« Pourquoi voulez-vous emprunter mon téléphone, Theo ?

– Parce que le mien ne fonctionne pas.

– Vous croyez que la police l'a placé sur écoute ? C'est possible. Elle a été ici toute la nuit. Ce que vous avez fait était vraiment stupide.

– Je sais.

– Après avoir perdu votre fillette et tout. Vraiment stupide.

– Je peux emprunter votre téléphone ou non ? »

Mme Adams m'observe pendant quelques secondes sans dire un mot, et je devine qu'elle pèse le pour et le contre. Elle ne veut pas de moi chez elle. Cette femme qui ressemble à la grand-mère typique et qui m'a apporté des plats cuisinés au moins une fois par semaine pendant près d'un an après la mort d'Emily. Cette femme que je trouvais parfois en train de désherber mon jardin ou de tailler mes arbustes. Elle qui me saluait toujours de la main, me souriait, me disait gentiment que ça irait, qu'Emily était avec Dieu, que tout irait bien.

« Je ne sais pas, répond-elle. Vous auriez pu la tuer.

– Ce n'était pas mon intention », dis-je, comme si ça excusait quoi que ce soit.

Elle ne relève pas, se contente de faire un pas de côté.

« Faites vite. »

Mme Adams reste un pas derrière moi, comme si elle craignait soudain que je lui pique l'un des milliers de bibelots qui couvrent les tables et les étagères.

« Annuaire ? »

Elle soupire, et je sens que si elle avait su que je serais aussi pénible elle ne m'aurait pas laissé entrer. Elle fouille dans un tiroir de cuisine et en tire les pages blanches.

J'appelle l'hôpital et m'enquiers de l'état d'Emma Green. Il s'avère que c'est bien son vrai nom – Donovan Green ne mentait pas. L'infirmière m'explique qu'elle ne peut communiquer d'informations qu'aux membres de sa famille.

« Pouvez-vous juste me dire si elle va bien ?

– Quand les types comme vous apprendront-ils qu'ils ne peuvent pas nous faire perdre notre temps en posant les mêmes questions à longueur de journée ?

– Les types comme moi ?

– Les reporters », répond-elle, crachant presque le mot.

Je suppose que si elle savait qui je suis vraiment ce serait encore pire.

Je passe mon deuxième coup de fil, cette fois à la morgue.

« Tate à l'appareil.

– Tate ? Mon Dieu, j'ai appris ce qui t'est arrivé. Tu vas bien ? » demande Tracey.

Elle est la première à prendre de mes nouvelles, et c'est plutôt agréable.

« Bien ? Je suppose que ça dépend de ce que tu entends par là. Écoute, j'ai besoin que tu me donnes un coup de main.

– Tate, je suis désolée pour tout ce qui t'est arrivé, mais tu sais que je ne peux pas t'aider. Pas simplement à cause de ces derniers jours, mais aussi parce que tu as volé la bague de cette fille morte ici à la morgue. Landry est venu m'interroger à ce sujet ce matin et je ne savais pas quoi lui dire.

– Je suis désolé de t'avoir mise dans cette situation.

– Oui, eh bien, moi aussi, je suis désolée. Parce que maintenant c'est moi qui ai reçu un avertissement. Ça pourrait devenir sérieux. Pour autant que je sache, je risque une mise à pied. Ou pire. Faut que j'y aille.

– Écoute, Tracey, s'il te plaît, c'est important.

– Je ne peux pas.

– Il s'agit de la fille. C'est tout.

– Quoi ?

– J'ai besoin de savoir comment elle se porte. L'hôpital refuse de me le dire.

– Je ne sais pas comment elle se porte.

– Mais tu peux te renseigner, non ?

– Tu pousses vraiment, Tate.

– Je t'en prie. C'est important.

– Rappelle-moi dans cinq minutes.

– Je vais devoir passer de toute façon. Mets mon nom sur la liste. Je te verrai dans quelques heures.

– Écoute, je ne peux pas...

– Merci, Tracey. Faut que j'y aille. »

Je raccroche avant qu'elle ait pu protester.

Mme Adams ne semble pas ravie que je prenne autant de temps. Dans la cuisine sont éparpillés divers ingrédients qui ont dû être combinés pour former le truc à l'odeur fantastique qui est en train de brunir dans le four.

Je passe un autre coup de fil. Ma mère répond, légèrement essoufflée, comme si elle arrivait du jardin en courant.

« J'ai essayé de t'appeler, dit-elle. Ton téléphone portable est éteint.

– Je l'ai perdu.

– Et ta ligne à la maison est coupée.

– J'ai oublié de payer la facture.

– C'est vrai ce que disent les journaux ?

– Je n'ai pas lu les journaux.

– J'aurais dû en faire plus, dit-elle.

– Quoi ?

– C'est de ma faute. J'aurais dû voir ce qui t'arrivait depuis l'accident. Mais ne t'en fais pas, nous allons t'aider maintenant.

– Ce n'est pas de ta faute. Et puis si j'appelle, c'est parce que je voudrais emprunter une voiture.

– Une voiture ?

– Papa utilise à peine la sienne, n'est-ce pas ? Et vous pourriez partager la tienne pendant que je m'en sers.

– Quel est le problème avec la tienne ? Oh, fait-elle, comprenant. Je ne sais pas si c'est une bonne idée.

– Je ne vais pas avoir d'accident, maman.

– Je ne...

– J'en ai besoin, d'accord ? Vous devez me faire confiance.

– Bien sûr que nous te faisons confiance. Mais ils ne t'ont pas supprimé ton permis ?

– Ils ont été compréhensifs à cause de tout ce qui m'est arrivé », dis-je, ce qui est un mensonge absolu.

Mon permis m'a été retiré. Si je me fais pincer au volant d'une voiture je retournerai direct en prison. J'aurai des amendes. C'est le facteur Quentin James.

« Je vais te l'apporter, dit ma mère. Je suis sûre que ton père n'aura rien contre. »

Mais nous savons l'un comme l'autre que si. Je raccroche et tends l'annuaire à Mme Adams.

« Moi, je ne vous ferais pas confiance », observe-t-elle.

Puis elle me tend l'un des muffins qu'elle vient de préparer, comme si un gène maternel en elle ne pouvait l'empêcher de prodiguer des attentions. Je le saisis avant qu'elle ait pu changer d'avis, songeant que c'est la chose la plus saine que j'ai avalée depuis des semaines.

« Vous savez, Theo, je ne veux pas vous paraître dure, pas après tout ce qui s'est passé, alors s'il vous plaît, ne prenez pas ça mal, mais il n'est jamais trop tard pour vous ressaisir. Nous sommes ici si vous avez besoin d'aide. »

Je la remercie pour le téléphone et pour le muffin. Elle m'en donne un autre à emporter chez moi. Si plus de gens étaient aussi cléments et obligeants, peut-être qu'on pourrait se débarrasser d'une partie du cancer qui ronge le squelette de cette ville.

Il va falloir une heure à ma mère pour apporter la voiture, alors je tue un peu de temps en allant acheter un journal. Je crois constamment que les gens vont me remarquer, qu'ils sauront qui je suis et ce que j'ai fait, mais personne ne fait attention à moi car il n'y a pas ma photo dans le journal, juste mon nom. Le type de la boutique me connaît cependant, vu que ça fait des années que je viens. Il me regarde, baisse les yeux vers la une du journal, les pose de nouveau sur moi. Il semble chercher quelque chose à dire, et je crois que toutes les vacheries qu'il pourrait m'asséner se télescopent et il finit par rester muet. Il me rend même la monnaie exacte. Je rentre chez moi et lis l'article sur l'accident. Le portrait qu'il dresse de moi n'est pas avantageux. Je lis ensuite celui sur le père Julian, mais il ne révèle rien que je ne sache déjà. Mais au moins mon nom n'est pas mentionné dans celui-là – pas encore.

J'allume la télé et regarde pendant deux minutes les infos du matin. Le père Julian fait les gros titres, et on dirait que les médias vont avoir du boulot aujourd'hui. Casey Horwell fait un compte-rendu. Elle explique que l'arme du crime a été retrouvée et elle dit où, prononçant mon nom comme si elle savait depuis le début ce dont je suis capable, son sourire narquois laissant entendre que, contrairement à la police, elle s'attendait à quelque chose du genre de ma part. Je me demande comment elle s'est démerdée pour découvrir où l'arme a été retrouvée et qui est sa source. Elle révèle que le père Julian a eu la langue coupée. La regarder suffit à me mettre en colère, et j'éteins la télé sinon je risque de balancer la télécommande dessus.

Je remets un peu d'ordre dans la maison et fais un peu plus de lessive. Puis je passe quelques minutes dans la chambre de ma fille. Les flics l'ont fouillée la nuit dernière, mais ils n'ont pas trop mis le bazar. Ils ont fait preuve d'un peu de respect. Ils ont fouillé cette pièce et n'ont rien trouvé qu'un sanctuaire solitaire et les signes d'un père plus seul encore. Daxter me regarde depuis le lit. Il me suit à travers la maison et je remplis sa gamelle.

Il y a six mois j'avais une chambre d'amis qui semblait attirer tel un aimant toutes les saloperies qui ne trouvaient pas leur place ailleurs dans la maison ou dans le garage. Ces temps-ci, c'est un bureau – ou du moins c'en était un jusqu'à la nuit dernière. Je m'assieds devant le bureau et sors un bloc-notes du tiroir. J'entreprends de compiler toutes les notes dont je me souviens, mais les quatre dernières semaines ont été une brume d'alcool, de culpabilité, de colère envers le prêtre et moi-même, et les petits détails m'échappent, noyés dans un océan de dégoût. Je fais de mon mieux avec ce dont je me souviens et commence à reconstituer une chronologie.

Lorsque ma mère arrive, elle fait le tour de la maison, ne pouvant s'empêcher de faire des commentaires sur le désordre, l'odeur, l'atmosphère étouffante, la fenêtre brisée. Elle me scrute de la tête aux pieds. L'entaille sur ma tête s'est refermée, mais elle n'est pas jolie à voir. Elle attribue les bleus sur mon visage à l'accident, comme Schroder et Landry avant elle. Il y a une énorme ecchymose qui court le long de mon cou, et elle ne voit pas celle qui traverse mon torse à cause de la ceinture de sécurité. J'ai des coupures partout sur les mains ; l'extrémité du pansement sur mon doigt est tachée de sang.

Ma mère approche des 70 ans, mais elle croit qu'elle en a toujours 40, et moi 9. Ses cheveux ne sont pas tout à fait aussi blancs que ceux de ma voisine, et ses lunettes pas tout à fait aussi épaisses – mais je suppose que dans dix ans elles se vaudront.

« Tu dois aller voir un médecin, dit-elle.

– C'est bon. J'ai déjà eu droit à un check-up.

– On dirait qu'il a été bâclé. »

Elle se met à ranger. Je lui dis de ne pas se donner cette peine, mais la seule chose qu'elle ne se donne pas la peine de faire, c'est m'écouter. Ma mère me dit que Bridget serait vraiment déçue si elle savait ce qui se passe, pas simplement parce que j'ai conduit saoul, mais aussi à cause de la manière dont je me suis détruit récemment. Je n'arrête pas de répéter « Je sais » encore et encore, mais elle ne semble pas se lasser de l'entendre. Après presque une demi-heure, elle me laisse la raccompagner chez elle et je garde la voiture.

« Je suis aussi à court d'argent, dis-je, et j'ai besoin d'un nouveau téléphone. Ça m'ennuie vraiment de te demander ça, mais est-ce que tu pourrais m'aider ?

– Il y a déjà de l'argent dans la boîte à gants, répond-elle. Nous nous en faisons pour toi, Theo. Plus que tu ne le crois. Est-ce que tu vas entrer dire bonjour à ton père ?

– Je ne sais pas. Ça dépend de ce qu'il pense du fait que je lui emprunte sa voiture.

– Alors tu ferais mieux de t'en aller », répond-elle en me faisant un grand sourire.

Elle se penche vers moi et m'étreint, et l'espace d'un instant j'ai l'impression que tout va bien se passer.

Quand j'arrive à la bibliothèque, j'ouvre la boîte à gants et trouve une enveloppe qui contient mille dollars en espèces. Elle a dû passer par la banque en chemin. Elle savait que je n'avais pas oublié la facture du téléphone, mais que je ne l'avais pas payée parce que ça fait des semaines que je ne travaille plus. J'ai l'envie soudaine de rebrousser chemin et de tout lui rendre – l'argent et la voiture – parce que je ne mérite pas que quiconque s'en fasse pour moi. Mais je ne le fais pas. Il y a trop de filles mortes, de gardiens de cimetière morts, sans parler du prêtre. Je dois continuer. D'autant que quelqu'un essaie de me coller des meurtres sur le dos.

La bibliothèque est calme, il y fait bon. Tout un tas de gens qui vivent dans un monde différent du mien sont assis là à lire des livres sur des univers semblables à celui dans lequel je suis en train de sombrer. Je consulte les archives dans le système informatique et imprime tous les articles de presse qui mentionnent les disparues. Il y a ceux que j'ai récupérés sous le lit de Bruce Alderman, plus d'autres qui ont été publiés depuis que les filles ont été découvertes. Je passe le restant de l'après-midi à tout relire et imprimer. J'imprime aussi les articles qui relatent le suicide de Bruce Alderman et la disparition de son père. Je finis avec une liasse de papier de presque un centimètre d'épaisseur.

Je quitte la bibliothèque et me retrouve dans les bouchons de la fin d'après-midi. Des 4×4 bloquent la vue au croisement, et ce n'est pas la première fois que je songe que c'est à cause d'eux que le monde entier est en train de devenir cinglé. J'en suis absolument certain dans mon cas. Je regarde l'argent que m'ont donné mes parents, et le calcul est simple – j'en ai suffisamment pour noyer tous mes problèmes dans l'alcool pendant plusieurs semaines. Je pourrais entrer dans un bar – il y en a plusieurs sur la route – et tout irait de nouveau bien, du moins pour un petit moment.

QFQJ?

Que Ferait Quentin James ? Je suppose que Quentin James se garerait. Qu'il pénétrerait dans un bar et laisserait cinq minutes en devenir dix, dix minutes devenir une heure, une heure devenir toute la soirée. Ou peut-être que si je l'avais laissé vivre les choses seraient désormais différentes. Peut-être qu'il aurait trouvé la rédemption, ou Dieu, ou quelque chose qui l'aurait tenu à l'écart de ces bars. Je n'en sais rien, et le fait de songer à James tue toute envie de boire. Je passe devant les bars sans me retourner.

39

Sur le chemin de la morgue je m'arrête à la boutique où j'ai acheté mon dernier téléphone portable. J'ai l'impression que c'était il y a une éternité. Beaucoup plus que quatre semaines. Je paie cent cinquante dollars pour un téléphone qui a plus de fonctionnalités que même Gene Roddenberry n'aurait pu en rêver. Je demande à ce que mon numéro soit transféré et on me répond que ça prendra une heure ou deux.

Il y a un agent de sécurité assis derrière un guichet à l'entrée de la morgue. Je lui dis mon nom et il consulte la liste des personnes autorisées à entrer. Il me donne un badge visiteur que j'attache à l'avant de ma chemise. Il semble assez sympathique, ce qui doit signifier qu'il n'a pas lu les journaux ni regardé les informations. Ce type a probablement sa dose de réalité rien qu'en bossant à la morgue.

Tandis que je longe le couloir la température chute à chaque pas. Je franchis les grandes portes en plastique qui séparent le couloir et les bureaux de la chambre froide, où tout le boulot est effectué. Ma dernière visite ici remonte à un mois. Avant ça, elle remontait à deux ans. Ce qui signifie qu'elles deviennent de plus en plus fréquentes.

« Salut, Tate, dit Tracey en s'éloignant des grands blocs de tiroirs qui renferment les autres personnes suffisamment malchanceuses pour être ici un vendredi à 18 heures. J'étais sur le point de partir. »

Elle semble différente. Ses cheveux sont un peu ébouriffés. Elle paraît plus pâle et fatiguée, plus usée, comme si la vie aussi bien que la mort commençaient à lui peser.

« La semaine a été dure, ajoute-t-elle, comme si elle lisait mes pensées.

– Tu m'en diras tant. »

Il y a des tables d'acier couvertes de draps et d'outils, mais pas de cadavres.

« Je boirais bien un verre, dit-elle, puis elle marque une pause, se rendant compte de sa bêtise. Désolée, Tate, c'était assez indélicat de ma part.

– Pas grave, conduire saoul l'est également. Comment va-t-elle ?

– Ça va. Elle est pas mal amochée, mais elle est hors de danger. Le problème, c'était le traumatisme crânien – il y a eu un gonflement interne, mais la pression a été soulagée. Elle a quelques mois difficiles devant elle, mais ça aurait pu être pire, pas vrai ? Tu le sais mieux que n'importe qui. »

Tu le sais mieux que n'importe qui. Combien de personnes m'ont dit ça au cours des dernières vingt-quatre heures ?

« Donc... elle va récupérer à cent pour cent ?

– Apparemment. »

Je bats des pieds pour les réchauffer. Mon doigt sans ongle me lance. Le pansement est gris sombre et dégoûtant, il n'a pas été changé.

« Ça fait mal ? demande-t-elle.

– Ça va.

– Laisse-moi refaire ton pansement pendant que nous discutons. »

Je la suis jusqu'au bureau et m'assieds. Elle tire une chaise jusqu'à moi, enfile des gants de latex et entreprend d'ôter mon vieux pansement. La compresse adhère un peu à cause du sang et du pus séchés.

« Tu as commencé à examiner le prêtre ?

– Allez, Theo, tu sais que je ne peux pas te parler de ça.

– C'est important.

– Je crois que tu oublies que je t'en veux toujours d'avoir volé la bague de Rachel Tyler.

– Je suis désolé.

– Oh, alors ça excuse tout, hein ? Du moment que tu es désolé. »

Elle tire sur la compresse, arrachant la croûte.

« Aïe, bon Dieu, Tracey ! »

J'ôte ma main.

Elle jette la compresse dans une poubelle.

« Je te couvre en ne disant rien, et tout d'un coup Landry débarque ici ce matin et m'interroge à ce sujet. Maintenant c'est moi qui vais être dans la merde.

– Je te revaudrai ça.

– Donne-moi ta main.

– Non.

– Allez, Theo, grandis. Donne-moi ta foutue main. »

Je tends la main et elle commence à nettoyer la plaie.

« Écoute, dis-je, je pense avoir droit à quelques informations. Après tout, on m'a accusé de l'avoir tué.

– Alors ça ne te donne droit à rien du tout. Depuis quand les suspects peuvent-ils débarquer ici et poser des questions à propos du meurtre dont on les soupçonne ?

– C'est différent.

– Pas pour moi. Ni pour personne d'autre. Tu ne devrais même pas être ici. » Elle découpe une compresse neuve et la pose sur le bout de mon doigt. Puis elle ajoute un peu de coton. « Bon sang, Tate, s'il y avait quelqu'un d'assez qualifié pour me remplacer, j'aurais probablement déjà été mise à pied.

– Ils savent que je ne l'ai pas tué. Est-ce que Landry te l'a dit ?

– Oui. Il me l'a dit. Mais ça ne change rien. »

Je regarde par-dessus mon épaule en direction des tiroirs de l'autre côté de la vitre du bureau. L'un d'eux contient le père Julian. Il y a deux soirs j'ai moi aussi failli me retrouver dans l'un d'eux. Mon doigt me lance de plus en plus, et Tracey enroule la compresse autour.

« Ça change tout pour moi, d'accord ? Mets-toi à ma place. Les flics savent aussi bien que moi que quelqu'un a tué le père Julian et essayé de me faire porter le chapeau. Je crois que ça signifie que l'enquête me concerne. Je crois que ça signifie que je mérite d'en savoir autant que possible afin de me défendre.

– Te défendre contre quoi ? Ils savent déjà que tu es innocent.

– Allez, Tracey. Tu connais la musique. Tu sais que trois de ces filles seraient toujours en vie si j'avais fait mon boulot correctement il y a deux ans. Je veux mettre la main sur ce type. »

Elle parachève mon pansement avec un morceau de sparadrap et se penche en arrière.

« Les personnes sur qui tu veux mettre la main ont tendance à disparaître, Theo. Je suis désolée, mais je ne peux rien te dire.

– Est-ce que le marteau a provoqué la mort ?

– Il commence à être tard. J'ai une famille qui m'attend.

– Allez, donne-moi quelque chose. Bruce Alderman, son père, maintenant le prêtre – ils sont morts pour une raison. Et la personne qui a déposé le marteau chez moi est probablement la même que celle qui a tué toutes ces filles.

– Sidney Alderman est mort ? Comment tu le sais ?

– Je suppose, mais ça semble logique, non ? Tout est lié.

– Pas tout, réplique Tracey.

– Comment ça ? »

Elle soupire et ses épaules s'affaissent, comme si elle en avait sa claque de parler à un gamin de 10 ans.

« S'il te plaît, laisse tomber.

– C'est ce que tu ferais à ma place ? Allez, Tracey, nomme-moi un seul flic qui ne ferait pas la même chose.

– Le problème, c'est que tu n'es pas flic. Tu ne l'es plus.

– Je sais, mais...

– Bon, une info, OK ? Je te donne une info, et après je veux que tu partes.

– OK.

– Et tu ne reviens pas. Tu promets ? »

J'ai déjà entendu ça.

« Dis-moi.

– Sidney et Bruce Alderman. Ils ne sont pas apparentés. Sidney Alderman n'est pas le père de Bruce Alderman. »

40

Je punaise les photocopies des articles de presse au mur de mon bureau et considère longuement l'endroit où se trouvait mon ordinateur, jusqu'à ce que des coups frappés à ma porte m'arrachent à ma rêverie. Je songe à les ignorer, mais ils ne cessent pas. Je longe le couloir et regarde par le judas. Carl Schroder se tient dehors avec deux boîtes de pizza entre les mains. Soudain il est réellement mon meilleur ami.

« J'ai pensé que manger te ferait du bien, dit-il.

– Je suis en train de me préparer quelque chose.

– J'ai regardé dans ton réfrigérateur, Tate. Qu'est-ce que tu pourrais bien te préparer ? »

Il s'arrange pour tenir les pizzas d'une seule main, cale une bouteille de Coca sous son bras, puis il fouille dans sa poche, en tire mes clés et ouvre la porte.

« Ça sera plus facile pour entrer et sortir. Ça t'évitera de casser d'autres fenêtres.

– Sérieusement, Carl, tu as choisi un mauvais moment, dis-je en saisissant mes clés.

– Arrête ton baratin. Ça fait un bout de temps qu'il n'y a rien à bouffer ici. À part ce genre de trucs. Tu as assez de boîtes de pizzas empilées dans ta cuisine pour construire un château fort. »

Mon estomac se met à gronder et j'ai l'eau à la bouche.

« J'allais apporter de la bière, dit-il en saisissant la bouteille de Coca sous son bras, mais quelque chose m'a dit que c'était une mauvaise idée.

– Très drôle. »

Nous nous rendons à la salle à manger. J'attrape deux assiettes et deux verres. Il y a divers types de viandes sur les pizzas, si bien qu'avec le Coca je suppose que j'aurai les apports nutritionnels dont j'ai besoin pour la journée.

« Alors, pourquoi es-tu ici ?

– Écoute, Tate, Landry peut être un vrai connard, mais ça ne signifie pas qu'il n'y a pas du vrai dans ce qu'il dit.

– À quel sujet ?

– À propos du fait que tu es devenu une épave.

– Je suis en passe d'y remédier. »

Il parcourt la pièce du regard, réfléchissant à ce que je viens de dire.

« Je suppose.

– C'est toujours comme ça après un événement aussi décisif.

– Quel événement ? demande-t-il.

– D'après toi ?

– L'accident. »

Et il a raison – il s'agit de l'accident, plus que du fait que Donovan Green m'a emmené dans la forêt ou que quelqu'un a essayé de me coller un meurtre sur le dos.

« C'est assez ironique », ajoute-t-il.

Je sais où il veut en venir. Il est en train de dire que si je n'avais pas grillé ce feu rouge et percuté cette voiture, je serais en prison à l'heure qu'il est. J'aurais été arrêté pour meurtre. Il est en train de dire que si je ne m'étais pas saoulé c'est moi qui aurais porté le chapeau. La chance, encore.

« Vous avez vraiment cru que je l'avais tué ?

– Bien sûr. Jusqu'à ce qu'on découvre l'arme. Ça a été le coup de massue pour nous. Ou le coup de marteau, je suppose, dans ce cas. Ça a tout remis en cause. Donc tu as eu de la chance.

– Je n'aurais pas dû avoir besoin d'en avoir. Je n'ai pas tué le prêtre et ça aurait dû suffire.

– Allez, tu sais que parfois ça ne suffit pas.

– Alors qu'est-ce que tu fais ici, à part t'assurer que je mange correctement ?

– Depuis combien de temps on ne se voit plus, Tate ?

– Probablement depuis l'époque où tu as cessé de m'appeler. Si je me souviens bien, ça doit remonter à la mort d'Emily.

– Ça n'avait rien à voir avec ça.

– Alors pourquoi ?

– À cause de Quentin James. Personne ne croit qu'il s'est enfui. Nous savons tous que tu l'as tué. Mais sans cadavre, sans preuve...

– Je ne l'ai pas tué.

– Hé, moi, je l'aurais tué. C'est ce qu'on aurait tous fait – et c'est pour ça qu'aucun d'entre nous n'a trop cherché à le retrouver. Mais ça craignait que ce soit toi. Et aucun de nous ne voulait entendre la vérité. Qu'est-ce qui se serait passé si un soir, après quelques bières, tu avais vidé ton sac ? Hein ? Non, aucun de nous ne pouvait t'appeler, Tate. C'était le seul moyen. C'était plus sûr. Et pas seulement pour toi, pour nous aussi. »

Je ne réponds rien. Je ne sais pas s'il dit vrai ou s'il a juste pondu une excuse crédible. Je suppose qu'à sa place j'aurais fait pareil.

Nous restons quelques minutes silencieux à manger notre pizza et à boire notre Coca. Il a un goût différent sans bourbon dedans.

« Dis-moi une chose, dis-je, finissant une part et m'apprêtant à en entamer une autre. Bruce Alderman. Est-ce que vous l'avez soupçonné des meurtres ?

– Nous avons soupçonné tout le monde.

– Oui, mais est-ce que vous vous êtes vraiment intéressés à lui ?

– Pas autant qu'à son père.

– Quel père ?

– Si tu cherches à dire quelque chose, Tate, crache le morceau.

– Je ne parlais pas de Sidney. »

Il repose sa part de pizza.

« Qui te l'a dit ?

– Que Sidney n'était pas le père de Bruce ? Je le sais depuis le début. Est-ce que tu sais qui est son vrai père ? »

Il saisit de nouveau sa part et mord dedans.

« C'est Tracey qui te l'a dit, voilà ce que je pense. Et probablement récemment. Peut-être même aujourd'hui, dit-il.

– Comment l'as-tu découvert ?

– Probablement de la même manière que toi. Tu veux m'expliquer en premier ?

– Allez, Carl. Tu ne serais pas venu si tu n'avais pas quelque chose à me dire.

– Arrête de t'imaginer des choses. Je n'ai rien à te dire. Je suis venu prendre de tes nouvelles.

– Ça me fait plaisir, dis-je, mais vas-y, dis-moi ce que tu as à dire. Tu sais que nous avons merdé il y a deux ans. Tu sais que nous aurions pu empêcher ça, et que trois filles seraient toujours en vie. Je ne peux pas laisser tomber. »

Il repose sa pizza.

« Je suis surpris qu'il t'ait fallu si longtemps pour abattre cette carte », dit-il. Je ne réponds pas. J'attends simplement qu'il poursuive. « Comme j'ai dit, nous soupçonnions tout le monde, d'accord ? Une affaire de cette envergure, toutes ces filles – nous devions faire autant de tests ADN que possible. Pas d'autre solution.

– Et Alderman a accepté ?

– Non, il n'a pas accepté. Il ne l'a même pas su. Il est venu identifier le corps de son fils. Quand il a voulu te frapper, il a cogné dans le mur, pas vrai ? C'est comme ça que nous avons eu un échantillon de son sang. Nous l'avons ajouté à la base de données que nous étions en train de construire.

– Et ?

– Et nous attendons toujours les résultats des tests ADN. Allez, Tate, ces conneries prennent encore deux mois. Rien n'a changé.

Mais des tests sanguins ont prouvé que les deux Alderman n'étaient pas liés biologiquement.

– Pourquoi avez-vous vérifié ?

– Je te l'ai dit, ce sont des tests de routine, d'accord ?

– Et le père Julian ? Vous avez comparé son ADN ?

– Comment savais-je que tu allais me poser cette question ?

– Alors ?

– Tu as eu de nombreuses occasions de nous parler du père Julian, Tate. Tu as toujours refusé. Mais, comme j'ai dit, nous attendons toujours les résultats des tests ADN.

– Le père Julian était le vrai père de Bruce, n'est-ce pas ?

– Qu'est-ce qui te fait dire ça ? »

Je songe au fait que le prêtre a dit que Bruce était comme un fils pour lui.

« Une intuition.

– J'en sais rien. Établir une absence de lien de parenté en comparant des échantillons de sang comme nous l'avons fait est rapide. Mais il va falloir attendre plus longtemps pour avoir la confirmation. Nous saurons bientôt.

– Quand ?

– Nous saurons quand nous saurons. C'est comme ça. »

Je voudrais que les résultats des tests arrivent aussi vite qu'à la télé. Mais ce n'est pas le cas. Il faut poireauter environ huit semaines pendant que les échantillons sont envoyés, testés, retestés, puis renvoyés.

« Vous allez comparer l'ADN que vous avez récupéré aux échantillons trouvés sur la scène de crime dans l'église ?

– Ça alors, on n'y avait pas pensé ! Bon Dieu, je ne me rendais pas compte à quel point on était paumés depuis que tu as quitté la police.

– Ouais, très drôle, Carl.

– Tu as merdé, déclare Schroder.

– Quoi ?

– Toute cette histoire. Tu as merdé. Et c'est juste une question de temps avant que nous retrouvions Sidney Alderman.

– Quand vous le retrouverez, vous pourrez le questionner sur le père Julian ? Peut-être qu'il sait quelque chose.

– Ouais, j'y veillerai personnellement. Je lui placerai les mains autour d'une boule de cristal. Peut-être que ça facilitera la conversation. Ça ne pourra pas être pire qu'avec toi. »

Il termine sa boisson, puis se lève.

Je le reconduis à la porte.

Sur le seuil, il se retourne et me fait face.

« Tu sais que sa femme est morte dans un accident, n'est-ce pas ? »

Il sait que je le sais. J'ai trouvé les articles sur Internet et les ai imprimés. Ils étaient punaisés à mon mur avec tous les autres.

« Et après ?

– Avec tout ce qui se passe, un petit malin s'est mis dans le crâne qu'elle était peut-être morte d'autre chose.

– Tu plaisantes, dis-je, soudain inquiet.

– Non. C'est des conneries, d'accord ? Une idée stupide. Mais la décision vient d'en haut. Une de ces vérifications superflues qui va coûter du temps et de l'argent et qui ne donnera rien. Résultat des courses, nous l'exhumons lundi.

– Vous n'avez pas besoin de soupçons plus solides pour faire ça ?

– Le pistolet avec lequel Bruce s'est suicidé. Tu sais où il se l'est procuré ?

– Je me le suis toujours demandé.

– Il appartenait à son père. Enfin, à Sidney Alderman.

– Et ?

– Et Alderman a acheté ce pistolet il y a dix ans. Il l'a acheté la semaine où sa femme est morte. Environ deux jours avant qu'elle ne se jette soudain devant une voiture par accident. Une sacrée coïncidence, tu ne trouves pas ?

– Vous pensez qu'il a acheté ce pistolet pour tuer sa femme et qu'il l'a poussée sous les roues d'une voiture à la place ?

– Je n'affirme rien. Mais tu te souviens de ce qui s'est passé la dernière fois que nous avons commencé à déterrer des corps ? Je te le dis, Tate, la semaine va être longue. Et fais-toi aider – trouve-toi un bon avocat, vieux. Ces charges pour conduite en état d'ivresse ne vont pas disparaître, amis dans la police ou non. Tu vas aller en prison. Alors refais-toi une santé, fais du jogging – tu as pris quoi, trois, quatre kilos en un mois ? Reprends ta vie en main. Oublie cette affaire, vieux. Je sais que nous aurions pu faire quelque chose il y a deux ans, mais tu dois laisser tomber et nous laisser faire notre boulot. »

Son téléphone portable se met à sonner.

« Une seconde, Tate. » Il parle rapidement, puis raccroche. « Bon Dieu, faut que j'y aille », dit-il, et il se précipite vers sa voiture.

Et je reste planté là à le regarder s'éloigner sur les chapeaux de roue, songeant à ce qu'ils vont retrouver sous la terre quand ils exhumeront la femme de Sidney Alderman lundi.

41

Je reste une éternité sans pouvoir bouger. Mon souffle se fait court et je me mets à transpirer. La maison est froide et l'air légèrement humide à cause de la fenêtre cassée dans le salon. J'ai l'impression d'avoir la poitrine dans un étau. Lundi ils découvriront Sidney Alderman enterré au-dessus du cercueil de sa femme. Il ne fera aucun doute qu'il a connu une mort violente. Il y aura des contusions, des entailles et des coupures profondes. Logiquement aucun indice ne devrait me trahir, du moins pas que je sache, mais ils trouveront peut-être quelque chose. Quoi qu'il en soit, ils sauront que c'est moi qui l'ai tué. Et ce ne sera pas comme avec Quentin James, quand ils savaient que je l'avais descendu mais n'avaient pas trop cherché à le prouver. Cette fois, ils feront un effort, car l'homme que j'ai tué était innocent.

Je me rends au garage et trouve un morceau de contreplaqué et quelques clous; naturellement, je n'ai plus de marteau. J'utilise une perceuse et des vis pour fixer le contreplaqué au-dessus de la fenêtre cassée. Cette tâche semble me calmer, du moins pendant quelques minutes. Lorsque la dernière vis est enfoncée, je commence à passer en revue mes options, et celle qui ne cesse de s'imposer à moi est que je devrais appeler Carl Schroder et lui dire de revenir pour lui avouer mes péchés.

Je m'assieds à la table et mange une autre part de pizza. J'ai intérêt à profiter autant que possible de la nourriture comestible vu que je ne vais pas en voir pendant dix ans. D'un autre côté, Schroder avait raison. Je ferais bien de m'inscrire à une salle de sport. Ou au moins de courir. De faire quelque chose. J'attrape à pleine main un bourrelet sur mon ventre. Il y a un mois j'étais mince. Mais plus maintenant. Je lève la main et sens autour de mon cou et de ma mâchoire du gras qui ne devrait pas être là non plus. J'espère ne pas avoir pris plus que les trois ou quatre kilos dont a parlé Schroder.

Je termine la pizza et le Coca. Daxter apparaît dans le couloir, espérant probablement que je lui ai gardé un bout de pizza. Je lui donne sa nourriture habituelle et il semble satisfait. Je vais me coucher et règle mon réveil. Je le pousse jusqu'au bord de la table de chevet pour ne pas l'arrêter involontairement durant mon sommeil.

Je finis par rêver de ma femme et d'Emily. Elles sont toutes les deux en vie, elles me parlent, mais ce qu'elles disent n'a pas beaucoup de sens car il semblerait que dans mon rêve j'enterre ma famille vivante. Rachel Tyler apparaît – une version plus jeune, l'une des Rachel Tyler accrochées au mur du couloir de la maison de ses parents. Elle m'accuse d'être un meurtrier, et dans ce monde des rêves tout comme dans la réalité c'est exactement ce que je suis.

Lorsque le réveil se déclenche il est 2 heures du matin et il pleut. Daxter est roulé en boule à côté de moi, la première fois qu'il fait ça depuis deux ans. Je me demande si ça signifie quelque chose. Ma maison est froide et tout un tas de mauvaises idées m'occupent l'esprit. Je m'habille et sors dans la nuit.

42

Je balance une pelle à l'arrière de la voiture de mon père et la gare devant la maison. Je scrute la rue au cas où quelqu'un me surveillerait, puis je prends la direction du cimetière, faisant des détours au hasard pour m'assurer que personne ne me suit. Je dois déterrer Alderman avant que les autres n'exhument sa femme.

Au cimetière tout semble différent, comme si j'étais toujours dans un rêve. La nuit est sombre et humide au possible. Un occasionnel éclat de lumière pâle perce l'obscurité et se reflète sur le pare-brise. Tout est parfaitement silencieux, et froid. J'ai l'impression que je m'apprête à creuser dans des sables mouvants.

Je me gare dans la rue deux pâtés de maisons après le cimetière et rebrousse chemin à pied. Des branches nues qui ressemblent à des squelettes s'étirent et s'entrecroisent au-dessus de ma tête tandis que je franchis le portail. Je ralentis l'allure et reste dissimulé dans l'ombre des chênes qui bordent la route au cas où il y aurait des flics. Il ne semble y avoir personne, mais j'inspecte un peu plus le cimetière avant de revenir chercher la pelle, conscient que je serais bien en peine d'expliquer ce que je fabrique avec un tel outil.

Après m'être assuré que je suis bien seul, du moins dans le cimetière, je commence à me diriger vers l'église. Je reste à proximité des arbres, m'approchant suffisamment pour repérer une voiture de patrouille garée devant avec un unique agent à l'intérieur. Il a probablement le chauffage allumé et un thermos de café pour se tenir chaud. C'est la procédure habituelle de protéger une scène de crime durant les premiers jours. Je parie qu'il s'emmerde ferme. Je reste dans la même position, à quatre pattes, le froid rendant mes genoux et mes doigts douloureux, et je l'observe pendant dix minutes. La pluie s'abat bruyamment sur ma veste, mais pas aussi bruyamment que sur la voiture. De temps à autre une lumière scintille à l'avant, provenant sans doute d'un téléphone portable. Le flic doit envoyer des SMS à sa femme ou à sa petite amie, ou aux deux. Sans doute pour se plaindre d'avoir à perdre son temps ici.

Je dois retourner à la voiture pour récupérer la pelle et déterrer Alderman. Mais maintenant que je suis si près de l'église, je ressens soudain un besoin plus impérieux – je dois savoir ce qu'il y a à l'intérieur. J'ai besoin de savoir si l'église renferme des réponses. Et puis, ça ne dérangera pas Alderman d'attendre une demi-heure de plus avant de se prendre des coups de pelle.

Je passe derrière les arbres et quelques tombes et contourne l'église jusqu'à l'arrière. Je reste caché cinq minutes, observant, attendant de voir s'il y a quelqu'un d'autre dans les parages. Il n'y a personne. La pluie continue de tomber lourdement et je suis certain que c'est à cause d'elle que le flic reste dans sa voiture au lieu de patrouiller le périmètre toutes les cinq minutes comme il en a reçu l'ordre.

L'église semble plus sombre et plus froide que d'ordinaire, comme si Dieu avait quitté les lieux et laissé place à quelque présence maléfique. Il n'y a pas de lumière à l'intérieur. L'homme qui a consacré sa vie à cet endroit gît sur une table à la morgue, peut-être avec son Dieu, peut-être seul.

Je marche rapidement jusqu'à une porte latérale et marque une pause, attendant que Schroder ou Landry jaillissent de l'obscurité, ou alors Casey Horwell et son caméraman. Mais personne n'apparaît. Un cordon de police est suspendu dans l'air sans vie entre des piquets lestés sur le sol. Un autre est collé en travers de la porte. J'essaie de l'arracher sans l'abîmer.

Parmi les clés que Schroder m'a rapportées se trouve celle que Bruce Alderman m'a laissée. Je regarde la clé, puis la serrure, et même si elles n'ont pas l'air de coïncider, j'essaie d'ouvrir la porte avec. En vain. Elle pourrait ouvrir l'une des autres portes. Je tire un crochet de ma poche, saisis ma Maglite dans ma bouche et entreprends de crocheter la serrure, craignant que le type garé devant l'église choisisse ce moment précis pour effectuer sa ronde. La serrure est dotée d'un mécanisme à goupilles relativement simple, mais rendu plus compliqué par le froid et par ma nervosité. Je mets presque dix minutes à entrer. À l'intérieur, l'air est froid, le noir devant moi, peu accueillant, et lorsque je referme la porte il ne me reste que ma Maglite pour tenir les démons des lieux à distance.

Avant de faire un pas, j'ôte ma veste et mes chaussures pour éviter de contaminer la scène avec de la boue et de l'eau. Je longe un couloir : sur la gauche se trouve la chapelle, et sur la droite, le bureau du père Julian. À côté de moi, à hauteur de taille, il y a une vasque remplie de ce qui doit être de l'eau bénite. La lampe torche perce un petit arc dans l'obscurité mais se noie dans le noir d'encre quand je la pointe vers l'extrémité de la chapelle – je suis quasiment certain qu'il est impossible de distinguer son faisceau depuis l'extérieur. Je fais courir ma main sur le sommet de la première rangée de bancs, où j'étais assis la dernière fois que j'ai parlé avec le père Julian ici. Je cherchais Bruce Alderman ce jour-là. Alors que quand je suis revenu le lendemain à la recherche de Sidney Alderman, nous avons discuté dans son bureau.

J'éteins la lampe torche et me tiens dans l'obscurité. Il y a quelque chose ici, j'en suis certain. Quelque chose de sombre. Peut-être l'église elle-même est-elle en colère. Des péchés ont été confessés – des péchés ont-ils été commis ? Les murs et les vitraux auraient parfaitement le droit d'être en colère. Ils en ont vu et entendu de belles au fil des années, et maintenant que le gardien des secrets est parti, tout ce chagrin et cette douleur commencent à suinter.

Je rallume la lampe torche et parcours la chapelle du regard, sans rien chercher de précis. Les seuls yeux à me regarder sont ceux des icônes accrochées aux murs, des icônes figées dans du verre coloré ou dans la trame de tapisseries. Jésus qui nourrit les pauvres. Jésus qui transforme l'eau en vin. Jésus qui meurt pour nos péchés. Le père Julian est-il mort pour ses péchés ? Pour les miens ?

Le sol est jonché de repères laissés par la police. Ce qu'ils indiquent a été photographié, saisi et emporté. Il n'y a pas de traces de sang. Pas d'empreintes boueuses. L'assassin du père Julian est-il entré dans l'église de la même manière que moi ? Par une porte latérale ? Est-il arrivé le soir, ou a-t-il passé toute la journée ici ?

Se connaissaient-ils ?

Je pose ma veste et mes chaussures derrière le premier banc et me dirige vers le bureau du père Julian. C'est un méli-mélo de livres, de papiers, de fouillis éparpillé à travers la pièce – pas suite à une bagarre, mais comme si l'assassin avait fouillé la pièce à la hâte. Ou alors les flics. C'est le genre de chose qui me manque le plus depuis que j'ai quitté la police : la possibilité de voir les scènes de crime dans leur état original. Il y a d'autres repères au sol, des disques de plastique jaunes avec des numéros imprimés dessus. Et aussi de la poudre pour prélever les empreintes, des petits sachets, des flacons en plastique, des cotons-tiges. Quelqu'un a dû estimer que la femme de ménage s'occuperait de tout remettre en ordre.

Je tire le fauteuil à roulettes du père Julian et m'assieds dedans, puis je pose les mains à plat sur le bureau. Je ne sens pas le grain du bois à cause des gants en latex que je porte, mais le bureau semble solide, froid, le genre de meuble qui pourrait durer mille ans. Un souvenir me revient soudain. Je suis à la plage avec Bridget et Emily. Nous construisons un château de sable ; le visage de ma fille est plein de sourires et de taches de rousseur, ses cheveux blonds sont maintenus sur les côtés par la casquette à l'effigie d'Elmo qui est vissée sur sa tête. L'écume approche, les murs du château ne tiendront que quelques minutes avant de s'effondrer dans l'océan.

« C'est pas grave, papa, dit ma fille en cessant de creuser, comprenant la nature futile de ce qu'elle essaie de sauver. On pourra toujours revenir la semaine prochaine. On aura un million d'autres jours pour en construire un autre. »

J'ôte les mains du bureau, et le souvenir disparaît. Je ne cherche pas à le retenir.

J'ouvre un à un les tiroirs du bureau, mais ils sont tous vides. Je les tire complètement et vérifie en dessous – encore une fois, rien. Je les remets en place et entreprends de retourner les livres posés sur le bureau du père Julian en espérant que quelque chose tombera d'entre les pages. Rien ne tombe. Nul doute que quelqu'un d'autre a déjà fait la même chose. Je vérifie sous le bureau. Toujours rien.

Je fais le tour de la pièce, sans trop savoir ce que je cherche. J'ouvre des bibles et des livres, des romans et des manuels, les parcourant sans rien découvrir. Je ne pense pas que ce soit le père Julian qui ait mis un tel bazar. Le père Julian que je connaissais n'aurait jamais permis que son bureau se retrouve dans cet état. Il y a des trous dans les murs de plâtre, de toute évidence laissés par des poings. Il y en a d'autres plus bas, des traces de coups de pied donnés par une personne folle de rage. Des courants d'air froid pénètrent par ces trous. Les livres tirés des étagères ont été déchirés et jetés à terre, abandonnés en tas. Des pages et des couvertures ont été arrachées. La personne qui a fait ça a-t-elle trouvé ce qu'elle cherchait ?

Je sors du bureau et me rends au presbytère. Le faisceau de ma lampe torche s'affaiblit, et j'ai la sensation que si elle s'éteint complètement, les démons qui m'entourent s'empareront de moi pour de bon. Jésus me regarde, me jugeant probablement, se demandant peut-être ce qu'un type comme moi peut foutre dans un tel endroit. *Eh bien, Jésus, j'essaie de me rattraper. J'essaie de me repentir. C'est ce que tu veux, non ?*

J'immobilise le faisceau à l'endroit où gisait le prêtre mort il y a deux jours pendant que je faisais le pied de grue dehors, craignant de me faire pincer. Je m'accroupis au bord de la silhouette de craie qui montre la position dans laquelle il a été retrouvé. Le tapis au niveau de la tête est presque noir à cause du sang séché. Je ferme les yeux et songe à la série de photos que Schroder et Landry m'ont montrée. Le père Julian gisait sur le dos avec la tête rejetée sur le côté. Des gros plans montraient des impacts à l'arrière de sa tête laissés par les coups de marteau. Je ne sais pas combien de fois il a été frappé, mais plus d'une. Peut-être le premier coup a-t-il suffi à le tuer. Il l'aura au moins mis à genoux. Je suppose qu'il a dû atterrir à plat ventre avant d'être retourné sur le dos. J'essaie d'imaginer les trente secondes qui ont précédé. Le prêtre savait-il que son assassin était là – s'il le savait, pourquoi lui avoir tourné le dos ?

La langue a dû être coupée une fois qu'il était mort. Ce n'est pas le genre de chose qu'on peut faire à moins que la victime ne soit ligotée, et même dans ce cas, ça n'est pas facile. Les photos ne montraient aucune trace de lutte, ni la moindre blessure défensive sur les mains du prêtre. Je lève les yeux et braque ma lampe torche sur le plafond. Il y a des traces de sang là-haut, projetées par le mouvement du marteau.

Je me relève. La langue du père Julian n'a pas été coupée pour me faire porter le chapeau : sinon elle aurait été abandonnée chez moi avec le marteau. Elle n'a pas été coupée pour laisser un message, mais dans un accès de colère. Le père Julian a refusé de dire à son assassin une chose que celui-ci avait besoin de savoir. Ça l'a rendu furieux. C'est pour ça qu'il y a des trous dans les murs jusque dans la salle à manger du presbytère. Que cherchait-il ?

La scène de crime est horrible sous le faisceau de l'ampoule halogène ; tout est jaunâtre, comme du vieux papier journal.

Et tous les meubles semblent hors d'âge, comme s'ils sortaient d'un catalogue des années 1960. Ma première pensée est que ça ne doit pas être très marrant d'être prêtre. Tout ce qu'on possède doit être vieux et passé de mode. C'est un mode de vie qui ne repose pas sur les biens matériels, mais sur les écritures et l'amour et la paix. Dans le cas du père Julian, il y a peut-être eu un peu trop d'amour s'il s'avère qu'il est bien le père de Bruce Alderman.

Le presbytère est autant en désordre que le bureau. Des papiers et des livres partout. Le mobilier a été renversé, le canapé et les coussins, lacérés. La chambre n'est pas en meilleur état. Le matelas a été tiré du sommier et tailladé, chaque tiroir, arraché et renversé, un ramassis de vêtements et d'objets de toilettes jonche le sol. Dans la salle de bains, l'armoire à pharmacie est vide. De même que le placard sous le lavabo. Je regagne la chambre. Il y a des photos encadrées sur la commode – certaines ont été renversées, d'autres ont un verre fêlé. Je ne reconnais aucune des personnes sur les photos hormis le père Julian et Bruce Alderman. Elles sont presque toutes en soutane.

Je soulève alors le coin de la moquette de la chambre et découvre que tel père tel fils : il y a une enveloppe en dessous. Je me demande lequel des deux a eu cette idée en premier – Bruce ou le père Julian – puis je me dis que si ça se trouve c'est génétique.

L'enveloppe est remplie de photos. Une quinzaine, peut-être vingt. La plupart représentent des bébés, mais il y a aussi quelques jeunes enfants et deux adolescents. Je reconnais Bruce Alderman. Les photos ont été prises alors qu'il ne regardait pas l'appareil, comme s'il n'avait pas conscience de la présence du photographe. Sur la plupart des clichés il est isolé, seul. Mais les images sont tirées de leur contexte. Seules, elles ne signifient rien.

Difficile de savoir combien d'enfants j'ai sous les yeux ; les âges et les visages varient, de sorte que je ne peux pas dire si un bébé de 6 mois et un gamin de 6 ou 16 ans ne sont qu'une seule et même personne. Il y a seize photos en tout, mais pas nécessairement seize enfants. La qualité et l'état du papier, ainsi que les vêtements portés par les enfants, indiquent clairement que les photos ne datent pas toutes de la même période. Certaines ont l'air d'avoir 30 ans, d'autres semblent très récentes. Impossible de savoir si c'est le père Julian qui les a prises ou si elles lui ont été envoyées. Hormis ceux de Bruce, tous les clichés ont été pris en gros plan – des photos de Noël, d'anniversaires, de moments heureux figés dans le temps.

Je soulève un peu plus la moquette de la chambre, puis dans d'autres parties du presbytère, avant de retourner au bureau et de faire de même. Rien. Ces photos, ces enfants – est-ce le secret qui a coûté la vie au père Julian ?

Je retourne dans le couloir. Je suis ici depuis plus d'une heure et Alderman m'attend toujours. Je jette un dernier coup d'œil dans le bureau du père Julian. Quand je suis venu ici il y a un mois il s'est excusé pour le désordre. Il avait de toute évidence cherché quelque chose. Je ferme les yeux et tente de me concentrer. Quelque chose commence à m'apparaître. J'en vois le contour, de plus en plus net... et soudain je songe à la clé que Bruce Alderman m'a laissée. Pas de chiffre ni de marque dessus. Cette clé appartenait-elle au père Julian ? Était-ce ce qu'il cherchait ?

Soudain la porte par laquelle je suis entré s'ouvre, puis se referme. Le bruit de voix étouffées me parvient par le couloir, suivi par le grésillement strident d'une radio. Je plonge sous le bureau du père Julian et éteins ma lampe torche. La radio crépite de nouveau ; je perçois le mot « renforts », et je comprends que l'agent dehors a pour une raison ou pour une autre décidé de faire son boulot, fait le tour de l'église, et découvert que quelqu'un avait arraché le cordon de sécurité sur la porte.

Je m'avance furtivement pour aller jeter un coup d'œil dans le couloir. Le faisceau d'une lampe torche rebondit sur le sol et les murs. Il est de plus en plus vif. Je recule à l'instant où l'agent atteint le bureau. Le faisceau illumine le mur derrière moi.

Il balaie le bureau et s'éloigne. L'agent fait un pas dans la pièce, puis ressort. Il passe à la pièce suivante. Je suppose que j'ai deux minutes pour foutre le camp d'ici.

Je sors de sous le bureau et marche jusqu'à la porte. Mes pas sont silencieux sur le sol froid. J'écoute l'agent qui poursuit son chemin dans le couloir. Puis je passe la tête par la porte. Il est plus loin, près du presbytère. Il tourne à un angle, et dès qu'il a disparu je me dirige vers la chapelle pour récupérer mes vêtements. Lorsque j'arrive au bout du couloir, je vois l'éclat d'une seconde lampe torche parmi les bancs. Son faisceau traverse soudain la pièce et se pose sur moi. Je détourne les yeux avant qu'il atteigne mon visage.

« Hé ! Hé, vous ! Pas un geste ! »

Mais je fais tout le contraire. Je tourne les talons et cours vers la sortie.

43

Je ne suis plus en forme. Je le sens dès mes premières foulées. Mes chaussettes glissent par terre et la poursuite s'achève presque avant même d'avoir commencé. J'entends l'agent derrière moi, et quelques instants plus tard le premier policier apparaît à l'autre bout du couloir, courant dans ma direction. Je tire la porte, elle s'ouvre dans le couloir et bloque le passage à au moins un de mes poursuivants. Puis je saisis la vasque d'eau bénite et la balance dans la direction opposée. Elle se fracasse sur le sol sans atteindre personne, mais j'entends bientôt un bruit de glissade et l'homme derrière moi hurle « merde ! » tandis qu'il tombe par terre. Son équipier ralentit l'allure. Je continue de foncer.

J'atteins la rangée d'arbres tandis que les deux hommes jaillissent du bâtiment derrière moi. Je change de direction et continue de courir sans ralentir bien que mes pieds heurtent des racines ou écrasent des bouts d'écorce, des glands, des cailloux. Je les entends qui me suivent, gagnant du terrain. Je tourne à gauche, à droite, tentant de les semer. Le faisceau de leurs lampes torches balaie les arbres, m'atteignant de temps en temps, mais de moins en moins fréquemment. La pluie tombe à verse, étouffant tous les bruits de la poursuite. Je continue de courir, zigzaguant parmi les arbres. Soudain je me retrouve à découvert, traversant le cimetière au milieu des pierres tombales. Je ne sais pas où je suis, et tout ce que j'espère, c'est que les flics ont autant de mal que moi à se repérer.

Une voiture approche dans ma direction depuis la route et je me tapis derrière une pierre tombale. Elle passe devant moi.

J'entends des cris et de la confusion. Je regarde par-dessus la pierre tombale et vois que l'un des agents n'est qu'à quelques mètres de moi. Il s'approche et je me recroqueville de nouveau. Il progresse rapidement. Je rampe vers la tombe suivante, puis la suivante, restant caché quelques secondes supplémentaires. Je lève la tête – les agents sont désormais à vingt mètres. Je me relève et m'enfonce plus profondément dans le cimetière. Mes pieds s'embourbent légèrement dans l'herbe. Une autre voiture longe la route et je suis forcé de me cacher de nouveau. L'air froid rend ma respiration difficile, et je commence à aspirer de grandes bouffées d'oxygène qui me brûlent et me font tourner la tête. Je me cache derrière une grande pierre tombale et regarde dans la direction d'où je viens. Je vois des lampes torches bouger à travers les arbres et les tombes pas très loin de moi. Je ne sais pas quelle direction prendre.

Je m'éloigne en voûtant les épaules, augmentant la distance entre moi et les lampes torches. D'autres voitures de patrouille arrivent – je distingue leurs phares, j'entends des portières claquer. J'atteins un autre bosquet et me repose une trentaine de secondes. Mes pieds me font souffrir et ils sont probablement en sang, mais je ne veux pas regarder. Je repars dans ce que je crois être, même si je n'en suis pas certain, la direction de l'église. Je panique un moment lorsque je me demande si mon portefeuille ou mes clés sont dans la veste que j'ai abandonnée, et je me hâte de vérifier. Mes clés sont dans ma poche de pantalon, et mon portefeuille – je m'en souviens désormais – est resté chez moi. Je poursuis dans la même direction. J'ai conscience de l'arrivée de nouvelles voitures, et je me repose quelques secondes supplémentaires derrière une autre pierre tombale pour regarder le spectacle. Le regroupement de véhicules m'indique l'emplacement de l'église. Je n'entends pas de sirènes, mais je vois un paquet de lumières clignotantes bleues et rouges derrière les arbres, et d'autres qui sillonnent le cimetière. Je continue de courir. Encore et encore. Je songe à ces kilos en trop dont Schroder a parlé, et je sens que chacun d'eux me ralentit. La morphologie du paysage change. Je monte, puis je descends, puis je monte encore, gravissant des pentes légères qui semblent plus raides qu'elles ne le sont réellement et qui m'empêchent presque de voir quoi que ce soit derrière moi. J'atteins une nouvelle section du cimetière, mais je n'ai toujours aucune idée de l'endroit où je me trouve. Je continue de regarder en arrière. Plus de lumières. Plus de voitures de patrouille. Du moins pas que je puisse voir. D'autres arbres devant moi, une autre zone couverte de tombes. Je franchis à toute allure des arbustes et un jardin, puis j'atteins une clôture. Je voudrais l'escalader, mais je ne peux pas, pas encore, pas tant que les battements de mon cœur n'auront pas ralenti et que mon corps n'aura pas retrouvé la force de continuer.

La clôture donne sur une maison, une vieille demeure en bois avec un énorme espace entre la partie habitation et le garage. Je me laisse tomber dans le jardin et cours vers cet espace. Il n'y a pas de clôture de l'autre côté. J'atteins la route et regarde à gauche et à droite. Je sais où je suis. Il y a un arrêt de bus à quelques mètres de moi. Je marche jusqu'à l'arrêt, puis décide que ce n'est pas l'endroit idéal pour attendre. Je traverse la route et m'assieds derrière une haie. Je prends lentement quelques profondes inspirations pour essayer de retrouver un rythme cardiaque normal.

Je repars en direction de ma voiture. Dix minutes plus tard, je longe la route du cimetière. Je vois des lumières et de l'agitation loin devant moi, mais la voiture est garée à deux bons pâtés de maisons de tout ça. Je déverrouille les portières et m'engouffre derrière le volant, maculant le sol de boue, de feuilles et de sang. Je pose l'enveloppe qui contient les photos sur le siège passager. Elle a été légèrement froissée pendant la poursuite et est un peu mouillée. Je démarre, mais laisse les phares éteints jusqu'à avoir tourné au premier croisement. Je songe à la pelle dans le coffre et je me dis que ce n'était pas la meilleure nuit pour aller creuser de toute manière. Et puis, je n'aime pas l'idée de rendre sa voiture à mon père après avoir trimballé un cadavre dedans. Ça n'était pas mon intention quand je l'ai empruntée.

Lorsque j'arrive chez moi je suis au bord de l'épuisement, même si je ne me sens pas fatigué. C'est la surcharge sensorielle. Sans alcool pour adoucir les angles, sans sommeil, je sais que je ne tiendrai pas le coup.

Je prends une douche rapide et vérifie l'état de mes pieds. Ils sont écorchés, mais moins que ce à quoi je m'attendais. Je sors ensuite les photos de l'enveloppe humide et les étale pour qu'elles sèchent. Je ne les examine pas de trop près. Pas encore. Je ne peux pas. Mais je ne peux pas non plus les laisser là au cas où Landry ou Schroder débarqueraient. Je les essuie donc avec un torchon sec, puis les glisse dans une enveloppe neuve et jette l'ancienne. Je soulève la moquette dans le coin de ma chambre, supposant que puisque ça a si bien fonctionné pour Alderman et le prêtre, il n'y a pas de raison pour que ça ne fonctionne pas aussi pour moi.

Je me mets au lit et m'endors aussitôt.

44

Personne ne vient frapper à ma porte pendant la nuit. Je suppose que la police a réduit sa liste d'individus susceptibles d'avoir visité l'église la nuit dernière à trois personnes – moi, l'assassin, un journaliste. Ma veste et mes chaussures auront été retrouvées, mais même si les flics les reconnaissent, il n'y a rien dessus pour prouver qu'elles m'appartiennent bien, hormis mon ADN, et il leur faudra huit semaines pour avoir les résultats. Landry et Schroder envisageront à coup sûr de venir me parler ; ils se demanderont s'ils ont un moyen de me faire avouer que je suis allé à l'église, même s'ils savent qu'ils n'en ont pas. Je connais les règles du jeu. Et puis, il me suffira de dire que c'est la personne qui a laissé l'arme du crime chez moi qui a également abandonné mes vêtements dans l'église histoire de m'enfoncer un peu plus, et c'est aussi ce que j'affirmerai dans deux mois quand ils auront les résultats des tests ADN des cheveux collés à ma veste. Landry aura songé à tout ça, envisageant les choses sous tous les angles, espérant en trouver un qui lui permettra de m'inculper. Et je parie qu'au bout du compte il comparera ses arguments aux miens, et qu'il saura que les miens l'emportent.

Bien sûr, tout cela est vain si je ne peux pas retourner au cimetière et déterrer Alderman avant lundi.

La pluie a cessé et pour le moment les nuages sont assez dispersés. J'ouvre les rideaux et place mes vêtements trempés dans la machine à laver. On dirait que me dégueulasser la nuit est en train de devenir une habitude. Puis je me prépare du café, me demandant à quel stade de l'évolution humaine le café est devenu un ingrédient aussi important, et je suppose que, quoi que l'avenir nous réserve, le café durera à coup sûr plus longtemps que la religion. Je porte à mon bureau les photos que j'ai récupérées sous la moquette. Je les examine une fois de plus, mais ne reconnais que Bruce parmi les divers garçons et filles. Puis je les retourne. Au dos de chacune sont inscrits un prénom et une date. La date la plus ancienne remonte à il y a vingt-quatre ans. Je les feuillette, et les noms du mois écoulé ressurgissent dans mon esprit, reliant les points entre eux.

Je repose les photos. Je me lève et me mets à tourner en rond dans mon bureau. Ma respiration s'accélère. L'excitation commence à monter, le genre d'excitation que je n'ai pas ressentie depuis longtemps, depuis mes dernières enquêtes criminelles dans une vie antérieure, quand je sentais en frissonnant que les choses s'éclaircissaient et que j'approchais de la ligne d'arrivée.

Il y a cinq filles sur ces photos. Quatre d'entre elles ont le même prénom que celles que nous avons retrouvées mortes. Je ne sais pas où se trouve la cinquième, mais j'ai son prénom. Deborah. Il y a aussi trois garçons : Bruce, Simon et Jeremy. Je ne sais pas non plus où se trouvent Simon et Jeremy.

Je retourne la photo de Rachel et repense à celles que j'ai vues accrochées au mur chez ses parents. Et soudain j'entends de nouveau le père Julian me dire : *Bruce était comme un fils pour moi.* Comme un fils. Ces garçons et ces filles étaient-ils les enfants du père Julian ? Je pense que oui. Je me souviens d'avoir regardé les photos des disparues et songé qu'elles se ressemblaient, que leur assassin avait un type. J'avais à la fois raison et tort. Ce qui intéressait l'assassin, ce n'était pas les caractéristiques qu'elles partageaient, ni leur allure ou leur âge. Ce qui l'intéressait, c'était qui elles étaient. Il les a spécifiquement ciblées parce qu'elles étaient toutes apparentées.

45

La maison semble un peu plus en ordre que lors de ma dernière visite. Je suppose que la vie de ses habitants n'est plus en suspens. La nouvelle qu'ils redoutaient est arrivée, et même s'ils peinent à l'accepter, la vie commence à reprendre ses droits.

« Je ne sais pas si je dois vous remercier ou vous haïr, déclare Patricia Tyler, et elle semble réellement avoir un mal fou à se décider.

– Je peux entrer ? S'il vous plaît, c'est important.

– Je ne sais pas. À vrai dire, je ne sais plus quoi penser. »

Je sors la photo de Rachel que j'ai trouvée chez le père Julian. Les autres sont dans l'enveloppe, dans la poche de ma veste. Je la lui tends. Je sais qu'elle la reconnaît immédiatement. Les jointures de ses doigts blanchissent tandis qu'elle la tient fermement.

« Où avez-vous trouvé ça ? demande-t-elle, bien que je sois presque certain qu'elle le sache déjà.

– S'il vous plaît, je peux entrer ? »

Elle fait un pas en arrière pour me laisser passer et m'entraîne dans le couloir.

« Michael n'est pas à la maison, dit-elle, puis elle marque une pause. Dieu merci. »

Les photos sur le mur sont toutes les mêmes que la dernière fois, mais je les vois désormais un peu différemment. Michael Tyler, qui tient la main de Rachel quand elle doit avoir 5 ans, ne figure pas sur les photos plus anciennes.

Nous nous asseyons dans le salon. Patricia Tyler me propose quelque chose à boire et je lui demande de l'eau. Elle se lève et revient une minute plus tard avec deux verres qu'elle place soigneusement sur deux sous-verre. Je pose alors la question que je suis venu poser.

« Vous avez raison, répond-elle. J'ai l'impression que ça fait une éternité. Plus longtemps encore, quand j'y réfléchis vraiment. Rachel avait 4 ans quand j'ai rencontré Michael, et 6 quand nous nous sommes mariés. C'était comme commencer une nouvelle vie. Tout ce que je pouvais espérer, c'était que Michael considérerait un jour Rachel comme sa fille. » Elle boit une gorgée d'eau. « Et c'est ce qui s'est produit. Il l'adorait, et ces dernières années – eh bien, elles le tuent aussi sûrement qu'elles me tuent.

– Et le père Julian était le père biologique de Rachel, dis-je, et ce n'est pas une question.

– C'était il y a plus de vingt ans, et vous êtes la première personne à me questionner à son sujet. » Elle pose de nouveau les yeux sur la photo. « Je me souviens de ce moment, reprend-elle. C'était le jour du deuxième anniversaire de Rachel. J'avais quitté le travail de bonne heure. C'est ma mère qui s'occupait de Rachel quand j'étais au travail. Elle avait préparé un gâteau et nous avions organisé une fête, mais Rachel ne comprenait pas pourquoi. »

Je me rappelle une fête similaire pour ma propre fille. Je me rappelle m'être laissé emporter et avoir acheté trop de cadeaux. Emily était excitée au moment de les ouvrir, mais elle semblait plus intéressée par les papiers d'emballage que par ses nouveaux jouets, et elle courait à travers la pièce comme une dératée pendant que les amis et la famille la regardaient, riaient, jouaient avec elle. Elle aurait cinq autres anniversaires. Rachel Tyler, dix-sept.

« Ce moment... » commence-t-elle, et elle tord la photo vers moi pendant quelques infimes secondes. Rachel est assise dans le coin d'une pièce, la tête posée sur les genoux, les bras enroulés autour des jambes, les yeux à demi ouverts ou à demi clos. « C'était la fin de la journée. Je m'apprêtais à la ramener à la maison, mais elle ne voulait pas rentrer. Elle voulait rester avec ma mère, parce qu'elle croyait que ça signifiait qu'elle aurait d'autres cadeaux le lendemain. »

Elle marque une pause, et j'ai le sentiment qu'elle songe à cette occasion manquée, qu'elle croit que si elle avait laissé sa fille chez sa mère il y a près de vingt ans, Rachel serait toujours en vie.

« Je ne sais même pas pourquoi j'ai pris cette photo, ajoute-t-elle. Enfin, je me rappelle l'avoir prise, et je me rappelle lui avoir demandé de sourire, mais je ne sais plus vraiment pourquoi. J'en avais déjà pris beaucoup ce jour-là. Je l'ai envoyée au père Julian. Il m'en avait demandé une. Tout tourne autour du père Julian, n'est-ce pas ? De Stewart. C'est pour ça que vous avez cette photo. Vous l'avez prise chez lui. Et il est mort, et Rachel est morte, et il y a un lien, n'est-ce pas ? C'est pour ça que vous êtes ici.

– Que s'est-il passé quand vous avez eu le bébé ?

– Les choses avaient déjà commencé à bouger avant la naissance de Rachel. Nous savions l'un comme l'autre qu'un avortement était exclu. Il ne l'aurait pas permis, et de toute manière, ce n'était pas une chose que j'aurais envisagée. Je savais aussi que nous ne pourrions pas rester ensemble. Je serais donc une mère célibataire, mais ce ne serait pas la fin du monde. Je serais obligée d'arrêter de travailler pendant les dix-huit premiers mois, mais Stewart m'a proposé de m'aider financièrement. Alors nous avons ouvert des comptes bancaires. Après mon mariage, Stewart n'était plus forcé de payer autant, mais il continuait de le faire. Je ne lui ai jamais rien demandé de plus, et il n'a jamais demandé à voir Rachel. »

Je réfléchis quelques instants à ce qu'elle vient de dire, certain qu'il y a autre chose derrière tout ça. Si le prêtre était le père de tous les enfants sur les photos, payait-il une pension alimentaire pour chacun ? Et dans ce cas, où trouvait-il l'argent ? Je poursuis la conversation avec l'intention de revenir plus tard sur ce point.

« Rachel était-elle au courant ?

– Quand elle a été assez grande elle a compris que Michael n'était pas son vrai père. Elle a demandé qui était son père, mais je ne le lui ai jamais dit. » Elle boit une gorgée d'eau. « Je boirais bien quelque chose de plus fort. Vous voulez un verre ?

– L'eau me convient, dis-je, et je bois une gorgée pour lui montrer à quel point ça me convient.

– Je suppose que je vais m'en satisfaire aussi. Je sais ce que les gens peuvent penser, tomber enceinte d'un prêtre, mais, eh bien, je ne regrette rien. Les choses étaient différentes à l'époque. Le père Julian... heu, ça semble tellement bizarre de l'appeler comme ça, non ? C'est le père de mon enfant, et voilà que je l'appelle père Julian au lieu de Stewart. Je me demande si ça veut dire quelque chose.

– Je ne sais pas.

– Excusez-moi, je me mets à radoter.

– Non, je vous en prie, c'est important.

– À l'époque Stewart était un jeune homme, et il était très, très beau. D'une beauté presque incroyable. Je crois que les femmes allaient à l'église rien que pour le voir, pas pour l'écouter. Il avait ce... ce magnétisme... et ce n'était pas juste lié à son apparence. Tout le monde l'appréciait ; il était très charmant, très plaisant. Mais il était également seul, vraiment seul, et il avait l'air vulnérable, ce qui ne le rendait que plus attirant. Et un jour cette solitude est devenue trop lourde pour lui, pour moi, et nous, nous... bon, vous connaissez la suite. Bref, il était toujours silencieux après que nous... vous savez, après que nous avions été ensemble. Mais il était passionné, et même s'il savait qu'il faisait une bêtise, c'était plus fort que nous. Il me disait que quand il était avec moi, c'était comme si quelqu'un d'autre s'emparait de lui, comme s'il n'était plus lui-même. Je crois que c'était un homme bon coincé dans une profession qui n'était pas faite pour lui.

– Est-ce que vous le lui avez dit ?

– Plus d'une fois. Mais il répondait que la prêtrise était une vocation, qu'il pourrait aider les autres, qu'il serait plus utile avec une soutane que sans. C'était difficile pour moi. Il était si dévoué à l'Église, et il souffrait tellement chaque fois que nous étions ensemble. À la fin, c'est moi qui ai mis fin à la liaison, j'étais forcée. Ce n'était pas ce que je voulais, mais est-ce que j'avais le choix ? La situation le déchirait. Et un mois après notre rupture, j'ai découvert que j'étais enceinte.

– Que s'est-il passé quand vous le lui avez dit ?

– Il voulait assumer ses responsabilités, mais ses responsabilités ne collaient pas avec sa vocation. C'était comme si chaque jour une bataille se livrait en lui. Et je crois que cette bataille l'a accompagné tout au long de sa vie. Il n'aurait jamais abandonné la prêtrise pour être avec moi, et il n'aurait pas pu rester prêtre si d'autres avaient appris ce qui s'était passé. Alors nous avons convenu de garder le secret. Et j'ai cessé d'aller à l'église. »

Elle se tapote les yeux et essuie quelques larmes avant de boire une nouvelle gorgée d'eau.

« Michael était-il au courant ?

– Oui. Je devais lui dire. Vous imaginez s'il n'avait rien su ? Chaque jour il se serait interrogé. Il aurait peut-être cru que j'avais couché avec tellement d'hommes que je ne savais pas qui était le père de Rachel. Alors je lui ai dit, et il n'était ni en colère ni déçu. Il était soulagé, étrangement. Je ne sais pas exactement pourquoi. Je crois qu'il préférait savoir qu'un prêtre m'avait mise enceinte plutôt que croire que j'avais couché avec un drogué ou un criminel. C'était plus pur, ou quelque chose comme ça. Si vous voyez ce que je veux dire. »

Je vois ce qu'elle veut dire, curieusement.

« Êtes-vous restée en contact avec le père Julian ?

– Au début, bien sûr, mais après ma rencontre avec Michael je n'ai plus voulu que Stewart soit impliqué dans ma vie. Il a paru comprendre. Puis le jour où Rachel a eu 16 ans il a cessé les paiements et je n'ai pas posé de questions, parce que je savais pourquoi. 16 ans, c'était l'âge butoir. Je ne l'ai jamais revu de toutes ces années. Et sans ma mère, eh bien...

– C'est lui qui a présidé à l'enterrement de votre mère ?

– Ma mère avait continué d'aller à son église. C'est ce qu'elle aurait voulu.

– Elle ne savait pas qui était le père de Rachel ?

– J'ai refusé de lui dire.

– Donc le père Julian a vu Rachel ce jour-là ? »

Elle boit une nouvelle gorgée d'eau, et lorsqu'elle écarte le verre de ses lèvres elle semble en examiner le bord, comme si elle cherchait quelque défaut microscopique.

« Il l'a vue. Et une semaine plus tard elle a disparu. C'est ça, le lien, n'est-ce pas ? C'est pour ça que vous êtes ici. Si j'avais dit à Rachel qu'il était son père, les choses seraient-elles différentes aujourd'hui ? C'est pour ça qu'elle est morte ? Parce que je l'ai emmenée à l'enterrement de ma mère ? »

Je sais quelle réponse elle veut entendre, mais je ne peux pas la lui donner.

« Savez-vous si le père Julian a eu d'autres enfants ?

– Tout est de ma faute », dit-elle, et elle se met à pleurer.

Je serre mon verre d'eau, hésitant à aller m'asseoir à côté d'elle, à lui poser la main sur l'épaule pour essayer de la réconforter.

« Rien de tout ça n'est de votre faute, dis-je, et ma phrase semble banale, précisément parce qu'elle l'est. Mais je vous en prie, c'est important. Le père Julian a-t-il eu d'autres enfants ? »

Elle se penche en arrière et me dévisage.

« D'autres enfants ? Je... je n'y ai jamais vraiment songé. Il aurait pu, je suppose. Mais j'en doute.

– Comment se procurait-il l'argent qu'il vous envoyait ?

– Je... je ne sais pas. Mais le père Julian est... je veux dire, *était* un homme bon. Il a dû faire le nécessaire. »

Je tire les autres photos de ma poche et les lui tends.

« Il y a des noms au dos », dis-je.

Elle les examine mais ne reconnaît personne.

« Impossible que tous ces enfants soient les siens », déclare-t-elle.

Mais je crois qu'elle pense le contraire. Et je crois qu'elle voit les ressemblances.

« Ces paiements qu'il effectuait, ils étaient crédités directement sur votre compte ?

– Bien sûr. C'était le seul moyen.

– Est-ce que vous avez toujours vos extraits de compte ?

– Je... je suppose », répond-elle.

Je suis certain qu'elle les a, je suis certain que Patricia Tyler est le genre de femme qui n'a rien jeté depuis trente ans.

« Ça vous ennuierait de m'en trouver un ?

– Pourquoi ?

– Parce qu'avec son numéro de compte, s'il a eu d'autres enfants, je pourrais découvrir leur nom.

– Vous croyez... » Elle s'interrompt, réticente ou hésitant à continuer. « Vous croyez que toutes ces filles qui sont mortes... vous croyez vraiment qu'elles étaient sœurs ? »

Je soutiens son regard. Elle me fixe dans le blanc des yeux et je lui réponds par l'affirmative. Elle porte la main à sa bouche comme pour se retenir de dire ce qu'elle est sur le point de dire.

« Alors vous savez déjà qui sont ces filles, finit-elle par déclarer. Elles ont été identifiées.

– Pas toutes.

– Pardon ?

– Il y a cinq filles sur ces photos.

– Cinq ? Oh », fait-elle, et elle comprend immédiatement. Elle comprend qu'il y a quelque part une autre fille que je dois retrouver. « Je sais où ils sont », dit-elle.

Elle disparaît quelques minutes avant de revenir munie d'un extrait de compte vieux de cinq ans.

« C'est le dernier paiement qu'il a effectué », explique-t-elle.

Je regarde l'extrait de compte. Le nom du prêtre n'apparaît pas dessus. Juste son numéro de compte, et le mot « Rachel ».

« Est-ce que je peux l'emporter ?

– Bien entendu. »

Je vide mon verre d'eau et elle me raccompagne à la porte.

« La police est-elle sur le point de découvrir qui a tué le père Julian ? demande-t-elle.

– Elle avance.

– Mais vous avancez plus vite, n'est-ce pas ?

– Oui.

– Pouvez-vous me promettre quelque chose ?

– Je vais essayer, dis-je, sachant à l'avance ce qu'elle va me demander.

– Promettez-moi de le retrouver avant qu'il n'arrive quelque chose à l'autre fille. Et promettez-moi que quand vous le retrouverez, vous le ferez payer pour ce qu'il a fait. Pour Rachel. Pour les autres. Pour nous tous. Faites-le payer, et assurez-vous qu'il ne fera plus jamais de mal à une autre jeune fille. »

46

« Qu'est-ce que vous foutez ici ?

– J'ai besoin de votre aide, dis-je.

– Vous vous foutez de moi. »

Nous sommes samedi matin, il est encore de bonne heure. J'aurais dû appeler Landry ou Schroder, mais j'ai préféré venir à l'hôpital. J'ai besoin de faire les choses à ma manière, surtout si je veux tirer Sidney Alderman de la tombe de sa femme. Impossible de le faire si je me retrouve en garde à vue à répondre à des questions et à expliquer comment j'ai appris ce que je sais.

Comme nous sommes samedi, les couloirs sont pleins de parents et d'amis manifestement désorientés. L'air est chargé d'une odeur écœurante de désinfectant et de vomi, mais on s'y fait assez vite. Le père d'Emma me pousse au niveau du torse et je recule de quelques pas. Je ne résiste pas. Il s'avance vers moi. Quelques personnes regardent dans notre direction, mais personne n'intervient.

« J'aurais dû vous tuer, dit-il.

– Vous aurez tout le temps de le faire. » Je lève les mains en signe de capitulation. « Mais écoutez-moi au moins avant de m'agresser et de vous faire mettre à la porte de l'hôpital.

– C'est à cause de vous que nous sommes ici. C'est vous qui allez vous faire mettre à la porte, et moi, je recevrai une médaille.

– Vous feriez peut-être bien de m'écouter. J'ai des choses intéressantes à dire. Vous êtes mon avocat, vous vous souvenez ? Vous m'avez fait libérer. Ce qui signifie que c'est votre boulot de me parler. Si vous refusez, je vais à votre cabinet et je me trouve un autre avocat. Je lui raconte tout. Je lui explique notre petite virée.

– Allez vous faire foutre.

– Vous n'avez pas songé à tout, hein ? Je suis sous votre responsabilité jusqu'au procès. Vous voyez, vous pensiez que je serais mort et que ça n'aurait aucune importance. Mais maintenant ça en a. Aidez-moi et je change d'avocat. Personne n'a besoin de savoir ce qui s'est passé.

– Tirez-vous.

– Réfléchissez. Calmez-vous et réfléchissez. »

Il fait un pas en arrière et se tient dans l'entrebâillement de la porte de la chambre. Il regarde sa fille. Elle est consciente et reliée à tout un tas d'appareils. Il y a une télé allumée. Elle détourne les yeux de la télé pour les poser sur son père. Puis la femme de celui-ci, une jolie blonde habillée de façon peut-être un peu trop formelle pour un hôpital, me regarde. Elle devine qu'il se passe quelque chose, mais elle ne sait pas quoi. Elle ne me reconnaît pas. Si elle me reconnaissait elle se mettrait à hurler. Elle m'arracherait les yeux. Mon avocat se tourne de nouveau vers moi.

« Qu'est-ce que vous voulez ? »

Je lui explique ce que je veux, et il ne cesse de secouer la tête.

« Impossible, dit-il finalement.

– Je croyais que rien n'était impossible pour un avocat.

– Vous vous trompez.

– Mais plus c'est impossible, plus vous gagnez d'argent.

– Aucun juge ne signera ça.

– Précisément. Mais vous n'aurez pas besoin de juge. Procurez-moi le mandat vierge et je me charge du reste. Et après, vous n'entendrez plus jamais parler de moi. Écoutez, il ne vous arrivera rien. Je ne dirai à personne où je l'ai eu.

– Non.

– Non ?

– Exactement, dit-il. Je vais aller voir mon patron et lui expliquer ce que j'ai fait, et il comprendra. Il me dira qu'il aurait fait la même chose.

– Et moi, je pourrais aller voir les journaux et leur parler de vous. Même s'ils ne me croient pas, ça salira votre réputation. Les gens compatiront peut-être, peut-être même qu'ils comprendront, et ils regretteront à coup sûr que vous ne m'ayez pas descendu, mais ils y repenseront chaque fois qu'ils passeront votre nom pour choisir un autre avocat à la place.

– Faux. Les gens m'adoreront.

– Je crois vous vous faites des idées. Êtes-vous prêt à courir ce risque ? »

Il regarde sa femme. Elle semble un peu inquiète, mais je parie qu'elle n'est pas au courant de la petite virée que son mari m'a fait faire.

Mon avocat avait prévu de me tuer. Il n'a pas réussi, et je suis ici pour l'entraîner plus avant dans la voie sur laquelle il s'est engagé. Mais je lui offre aussi une porte de sortie. Il faut simplement qu'il la voie – et comme il est avocat, je suppose qu'il la verra.

« Juste le mandat vierge, dit-il.

– C'est tout.

– Ça ne prendra une heure.

– J'ai le temps. »

Je monte à la cafétéria et commande un café et deux sandwiches crudités-œuf-poulet. Il y a quelques journaux qui traînent. Rien dans l'article sur le père Julian publié en première page ne suggère qu'il menait une double vie. Il y a une citation d'un haut gradé de la police : *Nous avons des pistes, mais ne pouvons rien dire de plus pour le moment.* Tout ce qu'ils ont, c'est l'arme du crime et pas de suspect. Il y a un autre article quelques pages plus loin. Celui-ci retrace l'histoire du père Julian. Il a été affecté à l'église il y a trente ans. Il est né à Wellington dans une famille de la classe moyenne, était excellent élève, a rejoint la prêtrise à 21 ans. Sa mère est morte il y a vingt-cinq ans, son père est toujours en vie. L'article donne des informations qui voleraient en éclats si je disais que le père Julian était le père de plusieurs enfants.

Je lis le reste du journal, mais Donovan Green revient avant que j'aie pu atteindre la fin. Il tire la chaise située en face de moi, semble sur le point de s'asseoir, puis il se ravise. Il ne veut pas s'asseoir avec un type comme moi. Il enfonce la main dans la poche de sa veste et en tire une enveloppe. Il la pose sur la table et garde deux doigts dessus.

« Nous en avons fini maintenant, d'accord ? demande-t-il.

– Ça dépend.

– De quoi ?

– De ce qu'il y a là-dedans, une carte de Noël ou ce que je vous ai demandé ? »

Il fait glisser l'enveloppe à travers la table. Je l'ouvre et jette un coup d'œil au mandat. J'en ai déjà vu de similaires et je sais qu'il est authentique.

« Je ne veux plus jamais vous revoir, dit-il.

– Pour ce que ça vaut, je suis désolé.

– Oui. Les avocats entendent tout le temps ça, d'accord ? Tout le monde est toujours désolé après coup. »

Je ne réponds rien. Il me scrute quelques secondes de plus, et je devine qu'il pense que les choses seraient différentes s'il m'avait tué.

« Pire, dis-je.

– Quoi ?

– Ce serait pire. Faites-moi confiance. Vous avez pris la bonne décision. »

Il acquiesce, semblant comprendre, puis se retourne et s'éloigne. Je pousse le journal sur le côté, termine mon déjeuner et retourne à ma voiture.

47

La circulation aux environs du centre de soins est un peu plus dense pendant le week-end, mais ça n'a rien à voir avec l'hôpital. L'hôpital est une chose temporaire. Ça ne dérange pas les parents et les amis d'y aller parce qu'ils savent qu'ils n'auront à le faire que quelques fois. Ici, c'est permanent. Les visites sont moins fréquentes qu'elles ne devraient l'être. Le centre de soins est trop déprimant, malgré ses tableaux de couleurs vives et ses fleurs. Impossible ici de dissimuler la douleur et le malheur.

Je suis assis à côté de ma femme et lui tiens la main. Elle regarde sans la voir la pluie dehors. C'est difficile de concevoir qu'une personne puisse être indifférente au temps qu'il fait. Soleil, pluie, orage : aucune importance.

« Les choses s'arrangent, lui dis-je. J'ai arrêté de boire, mais c'est difficile, je l'avoue. C'est difficile à décrire. Depuis que je ne bois plus j'ai l'impression d'avoir perdu une partie de moi. J'ai l'impression qu'il me faudrait juste un dernier verre pour dire adieu à l'alcool. Un de plus, ça ne me ferait pas de mal, hein ? Juste histoire de dire adieu. Je pense tout le temps à toi. Je voudrais que les choses soient différentes, mais je veux que tu saches que tu m'aides à traverser cette épreuve. C'est pour toi que j'ai décidé de remettre ma vie sur les rails. »

Je lui dis ça, mais ce que je ne lui dis pas, c'est que ça ne fait qu'un jour. Peut-être que dans une semaine j'aurai changé de discours. Ou peut-être que j'arriverai à boire ce verre d'adieu sans replonger dans l'abîme. Peut-être.

Lorsque je regagne le rez-de-chaussée, Carol Hamilton est derrière le guichet.

« C'est une bonne chose que vous recommenciez à venir, dit-elle.

– Elle me manque.

– Je sais. C'est une situation horrible, et c'est pire pour vous que pour elle. J'aimerais simplement pouvoir faire plus.

– Je sais. Je me dis la même chose chaque jour. »

Elle ne répond rien, et je laisse le silence nous envelopper comme un linceul tandis que chacun de nous s'imagine comment les choses pourraient être différentes.

« Ça m'ennuie de vous demander ça, dis-je, la ramenant brusquement à la réalité, mais est-ce que vous auriez un ordinateur que je pourrais utiliser brièvement ? Et un photocopieur ?

– Je... heu...

– Je n'en ai que pour une minute ou deux. Promis.

– D'accord, Theo. Suivez-moi. »

Elle me mène à un bureau dont les murs sont essentiellement couverts de photos de famille et de dessins d'enfants. La pièce contient tant d'objets personnels qu'il est facile de deviner que les personnes qui travaillent ici ont besoin de rester ancrées dans une autre réalité, une réalité où leurs familles sont épargnées par les horreurs de la vie. Je suis sur le point d'utiliser l'ordinateur et le photocopieur lorsque je repère une machine à écrire manuelle. Je ne sais plus quand j'en ai vu une pour la dernière fois.

« L'une des infirmières, explique Carol, est très vieux jeu. »

Elle ne s'étend pas sur la question et je ne demande aucune précision.

J'insère le mandat dans la machine à écrire, tape le nom du prêtre et l'adresse de la banque dans l'espace réservé à cet effet. Puis je gribouille une signature illisible. Carol Hamilton m'observe tout du long mais ne me demande pas ce que je fabrique. Elle ne fait pas remarquer que j'ai dépassé les deux minutes promises. Quand j'ai fini, je la remercie pour son temps, et elle fait une chose qu'elle n'a jamais faite jusqu'alors – elle me pose une main sur l'épaule et, de l'autre, saisit ma main et m'enjoint de ne pas perdre espoir. Je ne sais pas si elle parle de Bridget ou de moi.

J'ai déjà mis le moteur en route et enclenché la première vitesse quand elle jaillit du bâtiment et m'interpelle d'un signe de la main.

« Ça ne veut rien dire, annonce-t-elle, vous devez bien le comprendre. Mais vous devriez tout de même voir ça.

– Quoi ?

– Suivez-moi. »

Je coupe le contact et lui emboîte le pas jusqu'à la chambre de ma femme. Celle-ci est assise devant la fenêtre, fixant la pluie du regard. Carol reste à la porte tandis que je pénètre dans la chambre. Bridget est exactement dans la même position que plus tôt, et je me demande tout d'abord ce que Carol veut me montrer. Puis je le vois soudain. Bridget serre dans sa main une photo de notre fille. À un moment depuis mon départ elle s'est levée, a marché jusqu'à la table de chevet et saisi la photo encadrée. Je songe aux photos des filles mortes dans ma poche, et j'ai l'impression d'un présage : je suis stupéfait qu'elle ait choisi ce jour pour s'emparer de cette photo. Elle la tient contre elle, le cadre appuyé contre sa poitrine, le visage d'Emily tourné vers la fenêtre comme si Bridget voulait le partager avec le monde. Je cherche un autre signe, je veux croire que c'est plus qu'un simple geste machinal, et j'observe son visage, tentant d'y déceler quelque chose – une larme, l'ombre d'une émotion – mais il n'y a rien. Pourtant, c'est la première fois qu'elle va chercher un objet et le porte jusqu'à sa chaise. Du moins pour autant que je sache – si ça se trouve, elle fait ça tous les soirs avant de reposer la photo à sa place chaque matin. Je n'en sais rien, mais j'aime me dire qu'au cœur de la nuit elle sort de son lit et se rapproche d'Emily. C'est triste, c'est déprimant, mais c'est le genre de chose à laquelle je peux accrocher un peu d'espoir.

Je m'assieds près d'elle et pose la main sur son épaule, et lorsque je l'étreins, des larmes coulent de mes yeux et imprègnent sa robe, et j'implore ce Dieu dans lequel je voudrais croire sans y parvenir de laisser Bridget me dire que tout ira bien, me caresser la nuque et me réconforter.

Mais elle ne le fait pas. Quand je regarde de nouveau son visage il est exactement comme quelques instants plus tôt. Je m'accroche cependant à mon espoir. Je reste avec elle un moment – je ne sais pas exactement combien de temps, une heure, peut-être deux. Carol Hamilton a quitté la pièce. Je la revois lorsque je me dirige vers la sortie et elle me sourit sans rien dire. Je suppose qu'elle est trop effrayée pour m'offrir un espoir auquel elle ne croit pas.

Dehors il pleut à verse. Je roule jusqu'à chez moi et me change, allant jusqu'à repasser une chemise et un pantalon que j'ai récupérés dans le sèche-linge. C'est peut-être grâce à mon apparence que j'obtiendrai les informations dont j'ai besoin au lieu de me faire arrêter.

De retour en ville je n'arrive pas à trouver de place de parking et dois me résoudre à laisser ma voiture à six pâtés de maisons de la banque. Il y a quelques années, celle-ci aurait été fermée le samedi après-midi ; mais de nos jours, presque tout est ouvert. Je consulte ma montre et vérifie les horaires d'ouverture sur la porte. La banque ferme dans moins de vingt minutes. J'ai parfaitement calculé mon coup.

Je fais deux pas dans la banque avant de m'arrêter net, et l'agent de sécurité me lance un regard étrange. Je marche vers lui. Il semble se demander quoi faire. Je sors une carte de police que je n'ai pas utilisée depuis plus de deux ans et demi. J'avais une plaque qui allait avec, mais j'ai dû la rendre. Le mot « nul » a été tamponné sur le côté de la carte, mais je le couvre du doigt et la montre au vigile pendant une seconde avant de la ranger.

« Je vous ai vu à la télé, déclare-t-il. Je ne savais pas que vous étiez toujours dans la police.

– En théorie, non, mais je travaille pour elle. C'est pour ça que j'ai toujours la carte, dis-je, espérant être convaincant.

– Je croyais que soit on était flic, soit on ne l'était pas. »

Je lui lance un regard désabusé.

« Les choses ne sont plus ce qu'elles devraient être, dis-je. Tout ce que je sais, c'est que ça rapporte plus que d'être flic. »

Il hausse les épaules d'un air indifférent. Je suppose qu'il s'en fout. À douze dollars de l'heure, qu'est-ce que ça peut bien lui faire ?

« J'ai un mandat pour accéder à un compte client, dis-je. Vous pouvez m'indiquer la personne à qui je dois m'adresser ?

– Bien sûr. » Il se passe la main sur le côté de la tête pour lisser le coin de sa perruque qui rebique. Puis il me mène à un bureau et frappe à la porte ouverte. Une femme d'environ 35 ans se lève et marche jusqu'à nous. « Il y a quelqu'un qui veut accéder à un compte », annonce-t-il. Elle le regarde d'un air un peu ahuri puisque accéder à un compte, c'est ce que tout le monde vient faire ici. Alors le vigile ajoute : « Il a un mandat.

– Oh ! eh bien, c'est un peu plus compliqué que ça, explique-t-elle en me scrutant de la tête aux pieds. Hé, je ne vous aurais pas vu à la télé ?

– Probablement. Je peux entrer ?

– Bien sûr. »

Elle se tourne vers l'agent de sécurité et lui fait signe de partir. Celui-ci ne répond rien et se contente de s'éloigner, mais quand il retrouve son poste près de la porte il semble redoubler de vigilance maintenant qu'il y a un ancien flic dans les parages.

La femme ferme la porte et s'assied derrière son bureau. Une plaque avec son nom est posée dessus. Erica. Au mur est accrochée une photo aérienne de Christchurch qui ne montre pas la réelle émotion de la ville, ainsi que deux autres clichés. Sur l'un d'eux Erica se tient près d'un homme dont la tête me dit vaguement quelque chose, probablement un type qui figure dans l'une des nombreuses pubs pour cette banque qu'on voit à la télé.

« Alors, de quoi s'agit-il, inspecteur...

– Tate », dis-je sans prendre la peine de préciser que je n'appartiens plus à la police.

La carte que j'allais lui montrer reste dans ma main, et mes chances de sortir d'ici avec ce que je veux viennent d'augmenter.

« J'ai un numéro de compte », dis-je en glissant vers elle le relevé bancaire que m'a confié Patricia Tyler.

J'ai souligné le numéro de compte du père Julian. Je lui glisse aussi le mandat. Le nom du juge qui figure en haut du document est aussi bidon que la signature.

La particularité des mandats, c'est qu'il faut les présenter au bon moment. Erica soulève celui que je lui présente, et elle fait alors précisément ce à quoi je m'attends – elle consulte sa montre. J'ai vu ça des douzaines de fois quand nous débarquions quelque part avec ce genre de mandats à la fin d'une journée de travail : nous choisissions souvent ce moment exprès. L'autre particularité des mandats, c'est que les gens ne savent pas quoi en faire. Ils les regardent mais ne savent pas comment réagir car c'est généralement la première fois qu'ils en voient un. Ils ont vu ce genre de situation à la télé et ils supposent que ce qui se passe à la télé est probablement ce qui se passe dans la vie réelle. Ils ont soudain le sentiment que le mandant les prive de tous leurs droits, et ils ne bronchent pas. Les seuls à résister sont ceux qui ont quelque chose à cacher.

Erica le lit dans son intégralité. Il est indiqué que j'ai le droit *d'accéder à tous les comptes disponibles du détenteur*, à la suite de quoi j'ai indiqué le numéro de compte du père Julian.

« Ce numéro de compte provient bien d'ici, n'est-ce pas ?

– Oui, répond-elle. Est-ce que c'est dans le cadre d'une enquête criminelle ?

– Je n'ai pas le droit de répondre à ça, dis-je, et je suppose qu'elle n'en attendait pas moins.

– Je vais devoir appeler mon supérieur.

– Pas de problème.

– Je vais probablement devoir lui faxer le mandat.

– Ça ne me dérange pas d'attendre. Vous devez aussi signer au bas de la page après l'avoir lu. »

Elle vérifie une fois de plus l'heure.

« Accordez-moi une minute.

– Prenez votre temps. »

Elle me laisse dans son bureau, et je ne sais pas si c'est elle ou la police qui va venir me chercher. Je n'arrête pas de consulter ma montre, songeant à chaque fois que je ferais mieux de me lever et de partir, de limiter les dégâts avant que Landry ou Schroder ne débarque.

« Le compte est au nom de John Paul, annonce-t-elle à son retour. Comme le pape », ajoute-t-elle.

Je suppose que le mandat a été faxé à son supérieur et que les choses ne sont guère allées plus loin. Peut-être qu'il a été envoyé à leur cabinet d'avocats, mais comme c'est probablement le genre de cabinet qui facture trop cher pour être appelé le week-end, le fax doit attendre quelque part dans une corbeille. J'ai vu ça des douzaines de fois. Elle ne me donne pas grand-chose, juste quelques détails. Elle ne voit pas ce qui l'en empêcherait. Elle se rassied derrière son bureau.

« Depuis combien de temps est-il actif ? »

Elle tourne l'écran d'ordinateur vers elle.

« Vingt-quatre ans.

– J'ai besoin d'un historique des virements effectués.

– D'accord. Ça prendra quelques minutes.

– Pas de problème. »

Elle pianote sur son clavier, puis se penche en arrière. Je n'entends aucune imprimante se mettre en route.

« Ce John Paul avait-il d'autres comptes ? Ou juste celui-ci ?

– Juste celui-ci. Mais... »

Elle s'interrompt, baisse de nouveau les yeux vers l'ordinateur.

« Quoi ?

– Quand il a ouvert ce compte, il a aussi loué un coffre.

– Un coffre ? Ici ?

– Dans cette agence même.

– Je peux le voir ?

– Le mandat ne prévoit pas ça.

– Écoutez, Erica, c'est très, très important. »

Elle semble hésiter.

« Ce coffre, est-ce que John Paul l'ouvrait avec une clé ?

– Bien sûr. Comme tout le monde.

– Quand y a-t-il accédé pour la dernière fois ? »

Elle consulte son écran.

« Il y a six semaines.

– Combien de clés possédait-il ?

– Juste une.

– Pouvez-vous me dire s'il s'agit de celle-ci ? »

Je tire mes clés de ma poche. J'ôte de l'anneau celle que m'a laissée Bruce Alderman et la lui tends.

« Oui. Cette clé ouvre l'un de nos coffres, même si je ne peux pas vous garantir qu'il s'agisse spécifiquement de celui de John Paul. Il n'y a rien d'indiqué sur nos clés pour une bonne raison, vous savez, au cas où elles seraient égarées et où quelqu'un chercherait à s'en servir. »

Je me lève.

« J'ai besoin que vous m'y emmeniez.

– Pardon ? » Elle consulte de nouveau sa montre. « Je ne sais pas... je vais devoir demander à mon supérieur.

– D'accord, faites ce que vous avez à faire. Mais vous venez implicitement de dire que n'importe quelle personne en possession de la clé pouvait accéder au coffre, que c'était pour ça que vous n'indiquiez rien dessus. Mais si vous voulez, je peux faire amender le mandat, ça n'est pas un problème. Je peux le faire signer par le juge et être de retour dans... » Je jette un coup d'œil à ma montre. « ... Une heure et demie. Deux heures maxi.

– Deux heures ?

– Oui. C'est le temps que ça prend. »

Elle ne s'accorde que quelques secondes de réflexion.

« Soit. Puisque vous avez la clé, je ne vois pas le problème. La salle des coffres est par là. »

Elle saisit la clé, et je la suis hors de son bureau.

48

La plupart des coffres sont un peu plus gros qu'un annuaire téléphonique, sauf peut-être une douzaine qui font deux ou trois fois cette taille. Ils recouvrent intégralement trois murs, chacun est numéroté. Erica s'en approche lentement, comme si elle était toujours réticente, mais elle regarde sa montre et se souvient que c'est l'heure de partir et que c'est samedi soir. Elle insère la clé dans l'un des gros coffres, la tourne, ouvre la porte et sort une boîte métallique. Elle la pose sur la table, puis désigne trois petites pièces sur le côté.

« Vous y serez au calme. Prenez votre temps », dit-elle d'une voix qui semble indiquer qu'elle voudrait au contraire que j'en finisse au plus vite – et je compte bien lui faire plaisir.

La pièce est étroite. Je peux toucher les murs de chaque côté sans tendre les bras. Je dépose la boîte sur la table et l'ouvre.

Des microcassettes audio sont rangées côte à côte. Elles sont toutes numérotées. Je tire de ma poche un grand sac en plastique pour pièces à conviction et commence à le remplir. La boîte contient aussi un cahier de comptable. Je l'ouvre et découvre tout un tas de noms, de dates et de chiffres, et je le balance également dans le sac. Je sors de la pièce et m'aperçois qu'Erica est de retour. Elle regarde le sac en plastique sans rien dire. Je l'ai scellé et signé de sorte qu'il paraît officiel. Je lui demande de le signer aussi, ce qu'elle fait après m'avoir tendu le carton rempli des relevés de compte qu'elle a imprimés.

Elle me reconduit à la porte d'entrée. L'agent de sécurité m'attend.

« J'ai toujours voulu être flic, déclare-t-il. Et c'est ce que j'aurais fait si je n'avais pas eu un genou bousillé. »

J'ai entendu la même histoire de la bouche de nombreux agents de sécurité au fil des années. C'est toujours soit un genou bousillé, soit la peur ou l'absence de motivation, soit un échec aux tests psychologiques.

La banque est désormais presque vide. Les caméras de sécurité fixées au plafond ont capturé mon image sous douze angles différents et je sais que ça va me retomber sur la gueule. Mais ce sera pour un autre jour. Peut-être le jour où ils déterreront Sidney Alderman. Et aujourd'hui tout va bien. Aujourd'hui ma femme a serré une photo de ma fille et j'ai trouvé une piste qui pourrait me mener direct à l'assassin de Rachel Tyler. Quand vous tombez sur ce genre de piste, rien ne peut vous arrêter.

Tandis que le vigile déverrouille la porte pour me laisser sortir, Erica commence à s'éloigner.

« Une dernière chose », dis-je, et elle se retourne. Elle semble sur le point de consulter une fois de plus sa montre mais se retient. « La photo sur votre bureau où on vous voit avec un homme... il doit avoir 50 ans, peut-être 60. J'ai l'impression de l'avoir déjà vu.

– Il a été le directeur de cette banque pendant de nombreuses années, répond-elle. Vous avez dû le croiser si vous êtes déjà venu.

– Il ne l'est plus ? dis-je, commençant à comprendre de qui il s'agit.

– Henry est mort il y a deux ans.

– Henry Martins.

– C'est exact. Vous le connaissiez ?

– Je suis allé nager avec lui un jour. »

Dehors, la pluie est toujours lourde et dense, de même que la circulation. Je passe devant un type occupé à racler des chewing-gums sur le trottoir et à balancer sa collecte dans un seau en plastique. Il porte un t-shirt orné d'un lapin de Pâques sur une croix. La légende dit *Jésus avait une doublure cascade*, et je me demande comment le père Julian aurait réagi en voyant ça. Un autre type qui sniffe de la colle appuyé contre un parking à vélos le regarde. Je suppose que le samedi les barjos sont de sortie un peu plus tôt que d'habitude.

Je passe devant eux et cours sous la pluie jusqu'à ma voiture.

49

J'ai hâte d'écouter les cassettes mais je n'ai rien pour les passer. Je vide le contenu du sac en plastique sur le siège passager. Il doit y avoir une quarantaine de cassettes. J'ouvre le cahier comptable et vois que c'est une sorte de registre. Les dates semblent correspondre à celles griffonnées sur le côté des microcassettes. J'examine les relevés bancaires. Il y en a plus de deux cent cinquante, soit un par mois. Une multitude de montants, de dates, de noms. Je cherche celui d'Henry Martins, en vain, même s'il semble désormais bien y avoir un lien entre Rachel Tyler et ce dernier.

Je replace le tout dans le sac et démarre.

Je me rends au centre commercial et peine à trouver une place de parking. Samedi en fin d'après-midi, et c'est à croire que personne dans cette ville n'a rien de mieux à foutre que de venir faire ses courses une heure avant la fermeture des magasins. Dans la boutique d'électronique il n'y a que des enregistreurs numériques, mais le vendeur suggère deux autres boutiques que je pourrais essayer. Je finis par trouver mon bonheur.

« Le dernier en stock, explique le vendeur. Presque plus personne n'utilise ça. Même les secrétaires se servent d'appareils numériques.

– J'ai un faible pour les vieilles technologies. »

Lorsque je regagne la voiture, je découvre qu'un caddie s'est éloigné du troupeau et a percuté le pare-chocs arrière, laissant une petite éraflure que mon père repérera à coup sûr dès que je m'engagerai dans son allée. Il dira que c'était la raison pour laquelle il ne voulait pas me prêter sa voiture. Et s'il découvre que je conduis sans permis, ce sera la cerise sur le gâteau. Merde, si on peut envoyer des hommes sur la Lune, on devrait pouvoir fabriquer des caddies capables de retrouver tout seuls leur chemin.

J'insère des piles neuves dans le magnétophone et saisis une cassette au hasard. Je suis presque certain de ce que je vais entendre. J'enfonce la touche « Lecture », et après quelques secondes de souffle mes soupçons sont confirmés.

« *Pardonnez-moi mon père, car j'ai péché.*

– *À quand remonte votre dernière confession ?* »

La voix du père Julian est profonde et claire. Ça me donne le frisson d'entendre la voix d'un mort, et ça me rend malade de savoir qu'il bafouait toutes ces personnes en les enregistrant. L'autre voix pourrait appartenir à n'importe qui. C'est un homme. Il pourrait avoir une vingtaine d'années. Ou 80.

« *J'ai recommencé.*

– *Recommencé quoi ?* »

Je regarde les noms que le prêtre a notés dans son cahier. Le confessionnal est censé être parfaitement anonyme, mais je soupçonne qu'en réalité il ne l'est pas. Je crois que le prêtre a une bonne idée de la personne à qui il parle puisque celle-ci fait probablement partie de ses paroissiens.

« *J'ai trompé ma femme. Je sais que c'est mal, mon père, mais je ne peux pas m'en empêcher. C'est comme si je devenais quelqu'un d'autre. Comme si je savais que c'était mal mais que je ne réfléchissais pas aux conséquences.*

– *Peut-être que vous y réfléchissez mais que vous choisissez de les ignorer.*

– *Je ne sais pas. Peut-être. Ça expliquerait bien des choses.* »

J'appuie sur la touche « Stop » puis fais défiler la bande en avance rapide pendant un moment. Quand j'enfonce de nouveau la touche « Lecture », j'entends la voix du père Julian.

« [...] apercevoir que vous ne faites pas simplement du mal à vous-même.

– *Je sais, je sais,* répond une voix de femme. *C'est juste que, eh bien, je ne peux parfois pas m'en empêcher. C'est comme si je devenais quelqu'un d'autre.*

– *Peut-être devriez-vous envisager les choses d'un autre...* »

J'enfonce la touche « Stop ». Bon Dieu, est-ce qu'ils utilisent tous la même excuse ? Ils ne sont responsables de rien dans leur vie ? Leurs actes sont justifiés sous prétexte qu'ils deviennent quelqu'un d'autre ?

Je suis une personne différente quand ça se produit. Je ne suis plus moi. C'est ce que m'a dit Quentin James quand il se tenait à côté de la tombe qu'il venait de creuser, attendant que je lui pardonne.

Ai-je moi aussi utilisé cette excuse ?

Possible. Mais je ne crois pas. Je n'ai jamais alterné entre plusieurs personnalités. C'est l'alcool qui faisait de Quentin James l'homme qu'il était, et il vivait avec un pied dans chaque monde, menant deux existences distinctes. Dans mon cas, c'est différent. Quentin James a fait de moi un autre homme, et il n'y a pas de retour en arrière possible. Il n'y a qu'un seul Theodore Tate.

Quand j'arrive devant chez moi je suis physiquement épuisé, mais mon esprit est toujours au comble de l'excitation ; c'est une combinaison étrange, j'ai à la fois envie d'aller me coucher et de tourner en rond comme un lion en cage. Je n'ai au bout du compte l'occasion de faire ni l'un ni l'autre car tandis que je marche dans l'allée en direction de ma maison je suis intercepté par Casey Horwell et son caméraman. Je ne vois de camionnette nulle part et suppose qu'ils ont campé dans la berline rouge foncé qui est garée de l'autre côté de la rue. Une fois de plus, Horwell porte suffisamment de maquillage pour ressembler à la salope de journaliste qu'elle est. Je vois des lignes fines et des craquelures dans son fond de teint. Son haleine sent le café rance. Je m'arrange pour tenir le sac rempli de cassettes et les relevés bancaires hors du champ de la caméra.

« Monsieur Tate, dit-elle en me collant son micro sous le nez. Il ne vous a pas fallu longtemps pour reprendre le volant d'une voiture après avoir perdu votre permis de conduire. Et en plus vous êtes suspect dans l'affaire du meurtre du père Julian. Les amis dans la police dont vous semblez si fier doivent vraiment se donner un mal de chien pour vous éviter la prison.

– Je croyais que les journalistes aimaient poser des questions et non proférer des affirmations, dis-je, regrettant immédiatement d'avoir parlé.

– À vrai dire, nous faisons les deux.

– Mais de manière imprécise. »

Je m'apprête à la contourner, mais elle fait un pas sur le côté et me bloque le chemin. Elle veut probablement que je la pousse, et c'est exactement ce que j'ai envie de faire. Je voudrais l'attraper par le bras et la virer *manu militari* de ma propriété, mais j'opte pour une autre tactique.

« Voulez-vous bien nous expliquer comment l'arme du crime s'est retrouvée dans votre garage ? demande-t-elle.

– Quelle arme du crime ?

– Le marteau.

– Quel marteau ?

– Celui qui a servi à tuer le père Julian.

– Qui est le père Julian ? »

Elle fronce légèrement les sourcils, se demandant où je veux en venir.

« Le prêtre de l'église devant laquelle vous avez passé votre temps au cours des quatre dernières semaines.

– Quelle église ? »

Le froncement de sourcils s'accentue et une fine craquelure apparaît sur son maquillage.

« Vous croyez que c'est un jeu ?

– Quel jeu ?

– Les cadavres s'accumulent et vous êtes le seul lien.

– Quel lien ? »

Le pli sur son front s'approfondit. Son sourire sournois s'estompe, rapidement remplacé par une expression irritée, et sous la surface de son maquillage une Casey Horwell différente enrage.

« Où est Sidney Alderman ? demande-t-elle.

– C'est quoi un Alderman ? »

Elle se tourne vers son caméraman.

« C'est bon, dit-elle, et il abaisse la caméra. Vous êtes foutu, ajoute-t-elle à mon intention. Nous vous avons filmé en train de conduire, ça ne va pas arranger votre situation.

– Vous n'avez rien trouvé de mieux ?

– À vrai dire, si. Vous ne l'avez pas encore vu, mais vous le verrez bientôt. Allez, Phil, dit-elle en se tournant de nouveau vers son caméraman. On s'en va.

– Attendez.

– Pourquoi ?

– Votre source. Qui est-ce ?

– Êtes-vous vraiment con à ce point ? Vous croyez que je vais vous le dire ?

– Répondez simplement à cette question. Est-ce que c'est un flic ?

– Je ne vous dirai rien.

– Est-ce que c'est un flic ? »

Je hurle désormais, et elle fait un pas en arrière. Son caméraman épaule de nouveau sa caméra et recommence à filmer.

« Je vous conseille de reculer, Tate.

– Et moi, je vous conseille de réfléchir à la situation dans laquelle vous vous êtes mise. Votre source, si ce n'est pas un flic, alors qui ça peut bien être, hein ? Qui d'autre a pu vous raconter toutes ces conneries sur l'arme du crime, hein ? Ça ne peut être qu'une seule personne. On vous manipule, Horwell, et vous êtes trop stupide pour le voir, et quand vous le comprendrez vous serez trop arrogante pour l'admettre. Mais vous êtes responsable de ce qui vous arrivera, vous comprenez ? Si vous gardez ce nom pour vous et qu'il s'avère qu'il s'agit du type qui a tué ces filles, et qu'il tue encore, alors ça vous retombera dessus. Vous saisissez ? Si vous la bouclez et que vous n'allez pas voir la police, vous êtes complice.

– Allez vous faire foutre, réplique-t-elle. Vous ne savez rien. Vous n'êtes qu'un détective privé ringard qui croit pouvoir faire tout ce qu'il veut impunément, sous prétexte que sa fille a été tuée. Vous croyez que sa mort va encore vous valoir la compassion des gens après tout ça ? C'est vous qui êtes arrogant et stupide, Tate. Votre carrière est foutue et j'y veillerai personnellement. Vous êtes un assassin de merde mais vous ne vous en tirerez pas à si bon compte. Et vous me verrez chaque jour à votre procès et je révélerai au monde qui vous êtes vraiment. »

Je voudrais lui sauter dessus et la gifler jusqu'à ce qu'elle me donne le nom de sa source, mais je ne vais pas le faire, surtout avec le caméraman qui n'attend probablement que ça. Je ne peux qu'espérer que les cassettes et les relevés bancaires me diront ce qu'elle refuse de me dire.

Je passe devant elle et referme la porte derrière moi. Je me tiens dans le couloir, mon cœur cognant dans ma poitrine, furieux après elle et furieux après moi d'avoir succombé à ses provocations. Je vais m'asseoir dans mon bureau mais ne parviens à me concentrer sur rien. Je laisse les cassettes et les relevés bancaires sur le bureau et vais au salon. J'allume le lecteur CD et monte le volume, puis je tourne en rond dans la cuisine, ouvrant les placards à la recherche de quelque chose à manger avant de finir par me préparer du café. J'ai besoin de quelque chose pour me calmer et décide que le café ne va pas faire l'affaire, alors je le pose sur le comptoir et le regarde refroidir. Ma colère commence à retomber. Je fais ce que je peux pour écarter Casey Horwell de mes pensées, et lorsqu'elle est reléguée à l'arrière-plan je vais m'asseoir dans mon bureau et saisis les relevés de compte.

Je suppose que les extraits originaux ont dû changer de couleur et de style à mesure que la banque a changé de logo et même occasionnellement de nom, mais les impressions se ressemblent toutes. Je commence à additionner les montants, les comparant au registre que tenait le père Julian. Au fil des années, exactement cent cinquante mille dollars ont été déposés sur le compte. Et exactement le même montant a été retiré. Les dépôts proviennent des personnes sur les cassettes qui ignoraient que leurs *Pardonnez-moi mon père car j'ai péché*, au lieu de les mener au salut, les feraient tomber sous la coupe du père Julian. Le registre couvre vingt-quatre années. Les relevés bancaires aussi.

Tout indique un chantage. Difficile d'appeler ça autrement. Vingt-quatre années durant le père Julian a fait chanter plus de cent personnes. Les montants varient, probablement en fonction de deux facteurs : les revenus de la victime, et le prix que celle-ci était prête à payer pour que son secret ne soit pas dévoilé. Si ça se trouve les victimes ne savaient même pas qui les faisait chanter. Elles avaient peut-être leurs soupçons, mais les personnes qui ont des secrets peuvent être assez paranos pour croire que leur prêtre n'est pas le seul à les connaître. Pendant près d'un quart de siècle le père Julian a joué avec le feu. Il devait savoir qu'il finirait par se brûler. Ou peut-être qu'il s'est brûlé tout du long. Peut-être qu'il prenait l'argent et s'en servait pour éteindre de petits incendies.

Au bout du compte le feu l'a rattrapé. Il a enregistré quelqu'un qui n'était pas disposé à payer, et cette personne savait que je suivais le prêtre et qu'il serait facile de me faire porter le chapeau. Rien de plus simple. Il suffisait d'allumer la télé pour me voir couvert de sang et accusé du meurtre du gardien de cimetière, ou, un mois plus tard, accusé de harceler le prêtre.

Mais ce n'est qu'une théorie. Et si les choses se sont passées comme ça, alors la mort du père Julian n'a rien à voir avec celles des filles. C'est tout à fait possible, mais ce serait une sacrée coïncidence. Et le fait qu'Henry Martins était le directeur de la banque où le père Julian conservait ses cassettes était-il aussi une coïncidence ?

Le prêtre devait choisir ses victimes minutieusement et ne faire chanter que celles dont il savait qu'elles ne représentaient pas une menace, celles qui étaient prêtes à payer un certain prix pour avoir la paix. Il n'a jamais cherché à me faire chanter, mais je suis certain qu'il a enregistré ma confession. Peut-être qu'il a eu trop peur de ce que je lui ferais s'il essayait. J'avais déjà confessé un meurtre. Il me savait capable d'en commettre un second.

La colère s'empare de moi et soudain je voudrais que le père Julian soit toujours en vie, rien que pour le faire payer – je ne sais pas exactement comment, certainement pas de la même manière que Quentin James, et j'essaie de ne pas laisser mon esprit s'égarer dans cette direction. Je le ferais souffrir. Beaucoup souffrir. Ce salaud a refusé de me parler des confessions de l'homme qui a tué les filles – et, pire encore, il devait savoir qui elles étaient. Il a trouvé en lui la force de faire chanter les gens, de trahir le secret de la confession pour se faire de l'argent, mais il n'a pas pu se résoudre à sauver ces filles. Comment un homme avec ce genre de priorités pouvait-il se regarder dans la glace ?

Peut-être qu'à ses yeux faire chanter ses victimes était moins grave que révéler les péchés qu'il avait entendus. Peut-être qu'il n'a jamais partagé le moindre de ces secrets, et n'a jamais eu l'intention de le faire. Est-ce que ça signifie qu'il n'a pas brisé le sceau de la confession ? Je suppose que c'est une question technique à laquelle ne peut répondre qu'un homme exposé à ce dilemme.

Je me demande s'il savait que le feu le rattraperait. Je suis presque sûr que oui, et je suis aussi certain qu'il l'acceptait.

Je parcours le registre et les relevés bancaires, examinant les virements effectués par le père Julian. Il y a certaines personnes qu'il a payées pendant seize ans, d'autres pendant moins longtemps, voire beaucoup moins. La plupart des noms que je connais figurent ici, mais pas tous, et le nombre de noms sur les relevés suggère qu'il y avait d'autres enfants dont il ne possédait pas la photo, et qu'il pourrait y en avoir dont le nom ne figure même pas sur ces documents – des enfants dont le père Julian aurait refusé d'assumer la responsabilité. Je me demande quels noms correspondent au Simon et au Jeremy des photos, et je soupçonne qu'il ne me faudra que quelques coups de fil pour le découvrir.

Ces documents recensent les pensions payées par le père Julian pour les enfants qu'il a eus en secret. Combien de personnes pouvaient être au courant ? Je l'ignore, mais je suis presque certain qu'Henry Martins savait.

50

Les entrées du registre sont organisées chronologiquement et bien détaillées, et il apparaît clairement que le père Julian ne faisait chanter qu'une infime proportion des personnes qui se confessaient à lui. Je consulte les entrées d'il y a deux ans et découvre mon nom. Je trouve la cassette correspondante et l'insère dans le lecteur sans trop savoir si je suis prêt à entendre la voix de l'homme que j'étais alors. Je fais défiler la cassette jusqu'au moment indiqué par le père Julian. Je ne sais pas trop où j'en suis de ma foi en Dieu, ni où j'en étais il y a deux ans. Je ne croyais pas en Dieu, parfois je Le haïssais même, mais quelque chose m'a aussi poussé à aller au confessionnal pour raconter ce que j'avais fait. J'ai depuis appris à vivre avec mes secrets.

J'entends les dernières secondes de la confession d'un autre, après quoi il y a quelques instants de silence, puis ma voix. Elle semble différente. Elle paraît chargée d'émotion, ce qui me surprend. À l'époque, je me croyais complètement détaché.

« Bénissez-moi, mon père, car j'ai péché. »

Je ferme les yeux et, l'espace de quelques instants, je me retrouve replongé dans le passé : je suis de nouveau dans le confessionnal, avec de la terre sous les ongles et une pelle dans le coffre de ma voiture. La voix du père Julian jaillit du dictaphone en même temps que je me rappelle ses paroles, les prononçant en silence juste avant de les entendre. Il semble calme. Nous aurions pu parler de tout et n'importe quoi, et je me rappelle m'être demandé à l'époque quelle était la pire confession qu'il avait jamais entendue. Serait-ce la mienne ? Ou bien la mienne serait-elle insipide ? Et si le père Julian écoutait les confessions de tueurs sans pitié, pourquoi ne faisait-il rien pour les faire arrêter ?

« Qu'est-ce que ça fait de vous, mon père, quand vous commettez un péché et que vous ne ressentez rien ?

– Je crois que...

– Suis-je toujours un homme, mon père, ou bien suis-je un monstre ?

– Le fait que vous soyez ici est la réponse à votre question. Néanmoins, ce que vous allez faire maintenant compte aussi.

– Je ne vais pas me livrer à la police.

– Vous devez...

– Il a tué ma fille, mon père. Il l'a tuée et il en aurait probablement tué d'autres.

– Ça ne signifie pas que vous avez bien agi.

– Mais ça ne signifie pas non plus que j'aie mal agi. »

J'enfonce la touche « Stop » et les voix se taisent. Si je pouvais revenir en arrière, est-ce que je referais la même chose ? Je ne sais pas. Je songe à Patricia Tyler et à la promesse qu'elle m'a demandé de faire — *Faites-le payer, et assurez-vous qu'il ne fera plus jamais de mal à une autre fille.*

J'éjecte la cassette et commence à arracher la bande. Je n'ai pas besoin – ou, pour être plus exact, je n'ai nulle envie – d'entendre le reste de ma confession. Je n'en tirerai rien de neuf, à part de la souffrance.

J'emporte la bande dehors et y mets le feu avec une allumette. Elle se ratatine et fond, et les souvenirs enregistrés partent en fumée. Le père Julian ne m'a jamais fait chanter, et je suppose qu'il n'a jamais fait chanter une personne qui avait confessé un meurtre. Ç'aurait été trop dangereux pour lui.

Je retourne m'asseoir à l'intérieur. Je tapote du doigt sur le bureau puis reviens à la liste de noms. Je la parcours, cherchant quelque chose de neuf, et bientôt je tombe sur celui de Sidney

Alderman. Je vérifie la date. L'entrée remonte à une semaine après la mort de sa femme. Je cherche la cassette et l'insère dans le magnétophone.

« *Je suppose qu'on pourrait appeler ça un péché,* déclare Alderman, articulant avec peine. *Est-ce que nous sommes désormais quittes ?*

– *Avez-vous bu ?*

– *Si j'ai bu ? Bien sûr, et pourquoi pas ? Elle est partie. J'ai besoin de quelque chose pour me tenir compagnie.*

– *Vous avez toujours votre fils.*

– *Mon fils ? Vous voulez dire votre fils, pas vrai ?* »

Il y a un silence qui dure suffisamment longtemps pour que je croie que la bande a été effacée, mais la voix du père Julian jaillit alors de nouveau du haut-parleur et la conversation reprend.

« *Elle vous a tout dit.*

– *Je crois que je l'ai toujours su. Ou du moins soupçonné.*

– *Je suis désolé, Sidney.*

– *C'est tout ? Vous ne voulez pas me présenter vos excuses ? Vous ne voulez pas me dire que vous avez accidentellement sauté et mis enceinte ma femme ?*

– *Je vous en prie, Sidney, je ne voulais pas que ça se passe comme ça.* »

J'arrête la cassette. Bon Dieu, quel genre d'homme était le père Julian ? Combien de mariages a-t-il brisés ? J'appuie de nouveau sur la touche « Lecture ». Les deux hommes sont morts, l'un à cause de moi, et peut-être l'autre aussi. Les deux fantômes d'un passé récent continuent de parler. Ni l'un ni l'autre ne pouvait deviner qu'ils finiraient par partager plus que Lucy Alderman et connaîtraient un sort similaire.

« *Oui, eh bien, moi non plus, je ne voulais pas que ça se passe comme ça.*

– *De quoi parlez-vous ?*

– *Bruce... il est, eh bien, il est différent maintenant. Je le vois différemment. Ce n'est pas mon fils et je ne sais pas quoi faire.*

Mais il y a une chose que je sais, c'est que je ne veux plus que vous vous approchiez de lui.

– Vous allez partir ?

– Partir ? Non. Je ne vais pas partir. Vous voyez, mon père, dit-il, crachant presque ce dernier mot, *le problème, c'est qu'elle est morte à cause de vous. Et je veux que vous le sachiez. Alors je serai ici chaque jour pour le restant de votre vie, et vous me verrez constamment, et vous n'oublierez jamais.*

– Comment ça, elle est morte à cause de moi ?

– Allons, mon père. Vous pouvez le deviner. Vous lisez les journaux, non ? Ce type qui l'a tuée, il a dit qu'elle avait surgi de nulle part. Eh bien, ce n'est pas tout à fait vrai. Elle a été poussée de nulle part.

– Vous l'avez poussée ?

– Je la détestais. Elle m'a menti. Elle m'a trompé. Elle m'a raconté le même mensonge pendant toutes ces années. Est-ce que vous continuiez de la baiser, mon père ?

– Vous l'avez tuée ?

– Et vous ne pourrez rien y faire à part voir mon visage chaque jour. Je veux que cette culpabilité vous tue. Comme elle me tue. Est-ce que nous sommes quittes ?

– Je... je ne...

– Je croyais que ça me soulagerait. Mais le plus drôle, c'est que non. En fait, c'est encore pire. Je l'aime tellement. Je vous en veux, et je voudrais vous tuer, mais je n'en ai pas le courage.

– Sidney, vous devez...

– Ne me dites pas ce que je dois faire ! Vous savez, j'avais même acheté un pistolet. J'allais m'en servir contre elle, puis contre vous. Mais je ne peux pas. Et puis ce qui est arrivé à Lucy vous fera encore plus souffrir que tout ce que je pourrais vous faire.

– Et Bruce ?

– Vous feriez mieux de ne jamais rien lui dire. Jamais ! »

J'enfonce la touche « Stop ». La douleur du gardien de cimetière est vieille de dix ans, mais elle semble encore fraîche. Il y a un mois il m'a dit qu'il avait réfléchi à ce que j'avais fait à l'assassin de ma fille et qu'il aurait voulu avoir le courage de faire la même chose à la personne qui avait tué sa femme.

Je songe à ses paroles et me demande si elles justifient ce que je lui ai fait. Je me demande s'il y a une sorte de symétrie maintenant qu'il gît sur le cercueil de la femme qu'il aimait, la femme qui l'a trahi, la femme qu'il a tuée.

J'éjecte la cassette, la replace dans le boîtier en plastique et la mets à l'écart. Je parcours le reste du registre à la recherche de noms qui attireraient mon attention, conscient qu'il doit y avoir quelque chose là-dedans même si je ne sais pas quoi. C'est d'ailleurs en partie le problème : j'ai passé tellement de temps à réfléchir à tout ça que je me heurte soudain à un mur. Il y a une réponse quelque part dans cette liste de noms, dans ces cassettes, mais je suis tellement impliqué que je ne vois plus les choses telles qu'elles sont.

Qu'est-ce qui m'échappe ?

Je me lève et quitte la pièce. Je laisse tout tel quel, les noms, les chiffres, les cassettes et les dates, conscient que j'ai besoin de m'éclaircir les idées pour pouvoir au moins...

Les dates !

Évidemment.

Je retourne dans le bureau et examine la chronologie que j'ai reconstituée. Si l'assassin s'est confessé, il l'a sans doute fait le jour des disparitions des filles ou dans les jours qui ont immédiatement suivi. La première date que je recherche est celle de l'enterrement d'Henry Martins. Le carnet de bord indique qu'il y a eu une confession ce soir-là. Un certain Paul Peters. Je trouve la cassette correspondante et l'insère dans le lecteur. Je fais défiler en avance rapide. Soudain, ce que je suis sur le point d'entendre éveille en moi encore plus d'appréhension que les deux enregistrements précédents. Ça pourrait être la confession d'un simple voleur de pommes, ou bien celle d'un monstre. J'enfonce la touche « Lecture ».

51

« *Je sais qui vous êtes.* »

La voix semble familière mais je n'arrive pas à la situer.

« *Avez-vous quelque chose à confesser ?*

– Vous l'avez tuée, vous savez.

– Qu'est-ce que vous racontez ? »

Le père Julian semble un peu essoufflé, comme s'il avait couru depuis le presbytère jusqu'au confessionnal.

« *C'est comme si c'était vous qui l'aviez étranglée. Ce qu'on fait dans la vie a des conséquences, ne croyez-vous pas, mon père ?*

– Si, bien sûr, mais ce que vous dites n'a aucun sens.

– Tous nos actes ont des conséquences, n'est-ce pas, mon père ? Qui que nous soyons.

– Nous devons être conscients et responsables de nos actes, en effet, c'est vrai.

– Même vous, mon père.

– Avez-vous quelque chose à dire ?

– Est-ce qu'il y en a d'autres ?

– D'autres ? Je ne sais pas de quoi vous parlez.

– D'autres enfants. Comme moi. Est-ce qu'il y en a d'autres comme moi ?

– Nous sommes tous les enfants de Dieu, quels que soient nos actes.

– Je ne parle pas de Dieu.

– Je ne comprends pas.

– Je parle de vous, père Julian. Je parle de vos enfants à vous. Y en a-t-il d'autres ?

– Oh mon Dieu.

– Vous voyez, vous comprenez. Vos actes ont des conséquences, mon père. Ou devrais-je vous appeler papa ?

– Je… je ne sais pas qui vous êtes.

– Voudriez-vous le savoir ?

– Bien sûr.

– Je suis l'homme qui vient de tuer votre fille, mon père. Elle s'appelait Rachel Tyler. Elle est morte lentement, papa. C'était ma sœur, et elle est morte lentement.

– Non », prononce le père Julian dans un murmure.

Je perçois la douleur dans sa voix. Je connais cette douleur. Je crois avoir dit la même chose quand j'ai décroché le téléphone pour apprendre qu'Emily était morte et ma femme anéantie à jamais.

« Je lui ai parlé de vous. Elle ne savait pas que vous étiez son père, mais je le lui ai dit avant qu'elle meure. Elle a su tout ce qu'elle voulait savoir, et plus encore. Croyez-vous que ça a été un réconfort pour elle ?

– Je… je…

– Vous quoi, mon père ? Vous ne savez pas ? Vous ne savez pas quoi dire ? Qu'est-ce que vous croyez que j'ai ressenti quand j'ai découvert qui j'étais ? Qu'est-ce que vous croyez que ça fait d'avoir été abandonné ?

– S'il vous plaît, s'il vous plaît, ne dites pas…

– Ne dites pas quoi ? Vous ne savez plus quoi faire, pas vrai, mon père ? Vous vous sentez impuissant. Avez-vous soudain le sentiment que Dieu vous a abandonné ? Je connais parfaitement ce sentiment. Vous vous sentez impuissant et c'est exactement ce que Rachel a ressenti à la fin de sa vie. Dites-moi, mon père, voulez-vous toujours faire quelque chose pour elle ? »

Le père Julian ne répond pas. J'entends son souffle. Il est plus fort qu'il ne devrait l'être sur un magnétophone doté d'un si petit haut-parleur. Les voix sont grêles, mais sa respiration est profonde, on dirait une baleine blessée.

«*Vous ne pouvez pas la tuer*, finit-il par dire, ce qui est parfaitement absurde puisque c'est déjà fait. *S'il vous plaît, je vous en prie, dites-moi que ce n'est pas vrai.*

– Enterrez-la.

– Quoi ?

– Je vous donne une chance, papa. Vous pouvez l'enterrer et prier sur sa tombe. Vous pourrez aller la voir autant que vous voudrez – chose que vous n'avez jamais faite de son vivant.

– Vous êtes fou, dit le père Julian.

– Vous n'avez pas le choix. Je l'ai gardée pour que vous l'enterriez. Elle est ici, dans votre église. Vous ne pouvez pas aller à la police car vous ne voulez pas que vos paroissiens apprennent que c'était votre fille. Ni que vous avez d'autres enfants.

– Je n'en ai pas d'autres.

– Vous m'avez moi. Tout ce qu'il vous reste à faire, c'est l'enterrer et prier, et peut-être que nous en reparlerons la prochaine fois.

– La prochaine fois ? »

Mais l'homme ne répond pas. La porte du confessionnal s'ouvre et se referme. Le père Julian lui hurle d'attendre, mais des bruits de pas résonnent, puis plus rien. Quelques secondes plus tard, l'enregistrement s'arrête, et bientôt une nouvelle voix jaillit du haut-parleur et un homme confesse une attirance pour une femme qui n'est pas la sienne.

Je rembobine la cassette et réécoute la conversation. Les paroles de l'assassin de Rachel sont glaçantes et je sens mon estomac qui se noue. J'ai presque l'impression d'être avec eux dans le confessionnal. Je me demande où l'assassin a abandonné le corps de Rachel. Sur un banc ? Devant la porte de l'église ? J'imagine le père Julian la prenant dans ses bras, songeant à appeler la police mais craignant de voir ses secrets exposés. C'était un lâche qui ne pouvait pas briser le sceau de la confession, un lâche qui a demandé à Bruce, son propre fils, d'enterrer les jeunes filles, et la vérité par la même occasion.

Je reprends le registre et trouve la date de la disparition de la deuxième fille. Je fais défiler la cassette correspondante, percevant des bribes de dialogue, jusqu'à entendre de nouveau la même voix. Je rembobine jusqu'au début de la conversation.

« *Vous m'avez menti, mon père ?*

– *Comment ça, mon fils.*

– *Mon fils ? C'est bien le mot, non ?*

– *Oh ! mon Dieu.* »

J'arrête la cassette et vérifie le nom indiqué dans le registre. Cette fois, le père Julian a inscrit Luke Matthews. La fois précédente, c'était Paul Peters. Je vérifie les autres dates et trouve deux autres noms qui attirent mon attention : John Philips et Matthew Simons. Quatre noms composés à partir de celui des apôtres. Le père Julian n'a jamais inscrit le vrai nom de son fils. Le connaissait-il ? Était-ce l'un des enfants pour lesquels il versait une pension ? Ou celui-ci avait-il été totalement abandonné ?

« *Je savais qu'il y en avait d'autres. Et maintenant Julie est la deuxième.*

– *Qu'avez-vous fait ?* demande le père Julian.

– *Vous la connaissiez ?*

– *Qu'avez-vous fait ?* répète-t-il.

– *Vous ne l'avez probablement jamais vue, n'est-ce pas ?*

– *Non.*

– *Alors remerciez-moi. Vous pourrez lui offrir le même enterrement qu'à ma sœur. Ma sœur.* »

Le père Julian se met à pleurer. Ses sanglots enregistrés sont la chose la plus pénible qu'il m'ait été donné d'entendre.

J'enfonce la touche « Pause » et me rends à la cuisine. Je prépare du café. Soudain je ne veux plus retourner dans mon bureau. Je ne veux plus entendre le reste de la conversation. Je voudrais simplement brûler les cassettes, aller à la boutique d'alcools la plus proche et me noyer dans le bourbon qui m'a maintenu dans un état de stupeur pendant un mois. Les sanglots du père Julian m'ont fait monter les larmes aux yeux. Je les ferme, et les larmes se mettent à couler sur mes joues. J'ai presque l'impression d'être à côté du père Julian. Je sais ce qu'il a ressenti la première fois qu'il a entendu qu'une de ses filles était morte. J'ai vécu ça. Mais lui l'a entendu deux fois. Et sans doute plus. Probablement quatre fois. Est-ce que c'est devenu plus facile ou plus dur ? Est-ce que ça l'a fait vieillir prématurément ? Est-ce que ça l'a brisé ? Est-ce que ça l'a poussé à renier son Dieu, ou est-ce que ça a renforcé sa foi ? Il ne pouvait pas trahir le secret de la confession. Même quand il savait ce qui se passait, il n'a rien dit. Il le trahissait pour faire chanter des hommes adultères, mais pas pour sauver ses enfants. Le père Julian avait un sens moral tordu, mais bon, les églises sont remplies de personnes qui prêchent une chose et font son contraire. Il devait se faire horreur chaque jour. Peut-être qu'il en avait assez. Il n'a rien déposé dans son coffre au cours des quatre semaines qui ont précédé sa mort. Il savait que la clé avait disparu, et peut-être qu'il savait que c'était Bruce qui l'avait prise. Il avait peut-être même deviné qu'il me l'avait donnée. Je crois qu'il savait que d'une manière ou d'une autre la fin était proche.

Je ne touche pas au café. Je le laisse sur le comptoir et regagne mon bureau.

« *Vous pourrez prier pour elles, mon père. Vous pourrez prier pour les deux en même temps.*

– Comment avez-vous su que c'était votre sœur ?

– Peut-être Dieu vous le dira-t-Il. »

La confession s'achève. Je trouve la troisième, consignée sous le nom de John Philips.

« *Pourquoi faites-vous cela ?* demande le père Julian lorsque son fils l'informe qu'il a retrouvé une autre de ses sœurs. *Que vous ont-elles fait ?*

– La question, c'est ce qu'elles auraient pu faire.

– Pourquoi tout ça ? Pourquoi venir ici et me le dire ?

– Parce que vous êtes ma seule famille. »

Je continue d'écouter. Le dialogue est similaire aux autres. Les sanglots du père Julian sont toujours aussi forts. Un nom est mentionné. Jessica Shanks. Elle a été la troisième fille à disparaître, et la plus âgée. C'était la première pour laquelle le père Julian a versé une pension, cinq ans avant la naissance de Rachel.

J'arrête la bande et trouve la dernière confession.

« *Elles sont maintenant toutes mortes, mon père.*

– Je ne veux pas que vous reveniez ici.

– Toutes mes sœurs. Vous pouvez les voir quand vous en avez envie. Prenez-vous désormais le temps de leur rendre visite ?

– Je veux que vous partiez.

– Est-ce que j'ai raison ?

– Comment ça ?

– Il y en a d'autres, n'est-ce pas ?

– Non.

– Si vous me mentez, mon père, je l'apprendrai.

– Je sais.

– Et je ne serai pas content.

– Je ne mens pas.

– Si vous mentez, mon père, je ferai deux choses. Je trouverai les filles et je les tuerai. Je les ferai souffrir. Voulez-vous savoir ce que je ferai d'autre ?

– Non.

– Je reviendrai ici, papa, et je vous couperai la langue pour que vous ne puissiez plus jamais me mentir. »

52

C'est désormais une certitude. Les disparues étaient les filles du père Julian. Et leur assassin est son fils.

Je regarde les photos de Jeremy, Simon et Bruce. Puis je regarde la photo de la cinquième fille, Deborah. Si ça se trouve elle est déjà morte, morte et enterrée, et personne ne l'a retrouvée, ou peut-être qu'elle vit dans une autre ville, dans une autre partie du monde, séparée de tout ça par des océans et des continents.

Les notes du père Julian indiquent qui il enregistrait et qui il faisait chanter, mais elles ne disent pas combien d'enfants il avait. Les relevés bancaires ne le disent pas non plus. Le nom Alderman n'y figure même pas. Ils ne contiennent pas assez d'informations pour que je détermine de combien de femmes le père Julian a profité grâce à sa position.

Sept noms apparaissent sur les relevés bancaires. Quatre d'entre eux appartenaient aux filles mortes. Quant aux trois derniers, ce sont peut-être ceux de Simon, Jeremy et Deborah. Ou peut-être qu'il s'agit d'autres enfants dont je ne soupçonne pas encore l'existence. Il ne me reste qu'à espérer que les photos correspondent aux relevés bancaires.

J'ai trois prénoms – Jeremy, Simon et Deborah – et trois noms de famille qui figurent sur les relevés bancaires. J'attrape un annuaire et commence à les associer, espérant trouver quelque chose, et la chance me sourit quand je me retrouve à parler à Mme Leigh Carmel. Je me présente et elle s'empresse de me demander ce que je veux. Sa voix hésitante m'indique qu'elle croit que je vais chercher à lui vendre quelque chose. Je lui explique que j'essaie de joindre son fils, puisque j'ai deux chances sur trois pour qu'il s'agisse d'un fils plutôt que d'une fille, et je tombe juste.

« Qu'est-ce qu'il a fait encore ? demande-t-elle.

– J'ai juste besoin de lui parler. C'est important.

– Il ne fait que des bêtises, dit-elle. Ça a toujours été le problème avec Jeremy. Pourquoi ne vous adressez-vous pas à son agent de probation ? Il semble être plus proche de lui que nous ne l'avons jamais été. »

Elle me donne le numéro, je raccroche et appelle aussitôt l'agent de probation.

« Vous savez que ce n'est pas le genre d'information que je peux donner par téléphone, déclare-t-il. Pas à un détective privé.

– Et si je vous laissais mon numéro pour qu'il me rappelle ?

– Notre boulot n'est pas de transmettre des messages.

– D'accord, d'accord, laissez-moi réfléchir une minute. Bon, pourriez-vous me dire où il était il y a deux ans ? Est-ce qu'il était en prison ?

– Il y a deux ans ? Oui. Il était en prison à l'époque. Il purgeait une peine de quatre ans. Il est sorti il y a deux mois.

– Qu'est-ce qu'il a fait ?

– Ça figure dans les archives publiques, répond-il. Vous n'avez qu'à les consulter. »

Je le remercie pour son temps et raye Jeremy Carmel de ma liste. Je me retrouve donc avec deux prénoms et deux noms de famille.

La chance me sourit de nouveau après quelques coups de fil supplémentaires lorsqu'une femme décroche et que je lui demande à parler à Simon.

« Qui ?

– Pardon, je voulais dire Deborah. J'essaie de la joindre.

– Eh bien, nous aussi. Nous ne l'avons pas vue depuis hier. Je peux vous demander qui vous êtes ? »

En entendant ces mots je me mets à serrer le téléphone. Je me présente et explique que je suis détective privé.

« Vous enquêtez sur quoi ? demande-t-elle. Est-ce qu'il est arrivé quelque chose à Deborah ? Est-ce qu'elle a des problèmes ? C'est pour ça que nous n'avons plus de nouvelles ?

– Non, rien de tel.

– Alors quoi ?

– J'ai simplement besoin de la joindre. C'est important.

– Je n'aime pas ça, dit-elle, et je m'aperçois que je serre le téléphone si fort que les jointures de mes doigts ont viré au blanc. Vous me donnez l'impression qu'elle est en danger. »

Je décide de jouer franc jeu.

« C'est possible. S'il vous plaît, vous devez m'aider, j'ai besoin de...

– Quel genre de danger ? Dites-moi ! Qu'est-il arrivé à ma fille ? »

J'ignore sa question et j'insiste. C'est le seul moyen, autrement je risque de passer deux heures au téléphone avec elle.

« Savez-vous si elle a un petit ami ?

– C'est une plaisanterie ? C'est quelqu'un qui vous a demandé de faire ça ? J'appelle la police.

– Attendez, attendez une seconde. Deborah sait-elle qui est son vrai père ? »

La femme ne répond rien, et je ne lui pose pas d'autre question, je laisse durer le silence, conscient qu'une fois sa surprise passée elle risque de se mettre en colère ou de tout nier en bloc.

« Qui êtes-vous ?

– Je vous l'ai déjà dit.

– Qu'est-ce que vous cherchez à savoir ? Dites-moi.

– Son vrai père est-il Stewart Julian ? »

Nouveau silence.

« Où est ma fille ? Pourquoi ne me le dites-vous pas ?

– S'il vous plaît, le père Julian est-il le vrai père de Deborah ?

– En quoi est-ce important ?

– C'est important parce que ça m'aidera à retrouver Deborah.

– J'appelle la police.

– Soit, si vous voulez, mais répondez-moi d'abord. Le père Julian a été assassiné parce qu'il protégeait certains secrets. Ses propres secrets. Était-il le père de Deborah ?

– Oui.

– Avait-il d'autres enfants ?

– D'autres enfants ? Je... je suppose que je ne me suis jamais posé la question. C'est sans doute possible, tout est possible. Mais j'en doute.

– Très bien, je vais essayer de trouver Deborah. Je veux que vous appeliez la police et que vous signaliez sa disparition. Mais je veux tout d'abord que vous me donniez son adresse et son numéro de téléphone. »

Je note les coordonnées et essaie d'appeler Deborah aussitôt après avoir raccroché. Elle ne répond pas. Je laisse un message.

Il ne me reste donc plus que Simon Nichols. C'est la dernière personne sur les photos, le dernier enfant pour qui une pension a été payée, et il y a toutes les chances pour qu'il s'agisse de l'assassin.

Il y a plusieurs Nichols dont le prénom commence par un S dans l'annuaire. Je les appelle tous, mais ça ne donne rien. Je parviens finalement à localiser sa mère, qui répond à la dixième sonnerie, juste avant que je raccroche.

« J'essaie de joindre Simon.

– Simon ? fait-elle. Heu, je peux vous demander qui appelle ?

– Mon nom est Theodore Tate. Je suis détective privé.

– De quoi s'agit-il ?

– J'ai simplement quelques questions à lui poser, des questions de routine qui pourraient vraiment m'aider pour une enquête. »

Elle ne répond pas, et j'entends des petits bruits qui ressemblent à des sanglots.

« Vous arrivez un an trop tard », dit-elle.

Soudain je sais ce qui va se produire. Je sais qu'elle est sur le point de m'annoncer que son fils a été assassiné.

« Il y a environ un an, précise-t-elle après m'avoir expliqué que son fils Simon a été poignardé chez lui. La police n'a jamais arrêté le coupable, ni... »

Elle n'arrive pas à terminer sa phrase.

Ses sanglots me rappellent ceux du père Julian tandis qu'il écoutait les confessions de l'assassin de ses filles. J'entends la femme pleurer, mais je ne pense qu'à une chose : ma liste de suspects est vide, et je ne sais absolument pas comment je vais pouvoir retrouver le dernier frère, celui qui a tant de morts sur la conscience.

53

Je scrute les photos des filles comme si j'allais soudain y trouver une réponse. Je regarde Simon, désormais mort, encore un meurtre non élucidé dans cette ville où les meurtres s'accumulent. La signature de l'assassin est différente cette fois-ci. Je me demande s'il a aussi tué Jeremy, ou s'il en a l'intention, ou s'il sait même qu'il a un autre frère. Il était probablement au courant pour Bruce. Quelle était leur relation pour que Bruce ait été épargné ? Ses dernières paroles résonnent dans ma tête, m'arrachant un frisson. Bruce et le père Julian pensaient rendre un peu de dignité aux filles en leur offrant une tombe sur laquelle ils pourraient prier et veiller. Mais que faisaient-ils des personnes qu'ils tiraient de leur cercueil et balançaient dans le lac ? Que faisaient-ils de leur dignité ?

Je continue de chercher une autre piste, retournant tous les indices dans ma tête, parcourant les relevés bancaires et le registre, espérant, espérant... mais il n'y a rien. Je jette un coup d'œil à ma montre. Le temps file à toute allure. Et Deborah Lovatt est en danger.

Je me rends à ma voiture. La boue qui l'a éclaboussée hier soir a séché. Mon père aurait une attaque cardiaque s'il voyait ça. Je tire mon téléphone portable et essaie d'appeler Schroder, mais il ne répond pas. Je raccroche et compose de nouveau son numéro. Même résultat. Je lui laisse un message, puis décide d'appeler Landry.

« Bon Dieu, Tate, tu ne sais vraiment pas quand il faut laisser tomber.

– Je pourrais avoir quelque chose pour toi.

– Vraiment ? Moi aussi, j'ai quelque chose pour toi. Tu as laissé ta veste et tes chaussures à l'église la nuit dernière.

– Qu'est-ce que tu racontes ?

– Bien essayé, Tate, mais tu sais quoi ? Je ne vais même pas essayer de discuter avec toi. Nous savons l'un comme l'autre que tu étais là-bas et nous savons l'un comme l'autre que je peux le prouver. Alors rends-moi service et fous-moi la paix.

– Écoute, Landry, c'est important, d'accord ? Très important. Est-ce que vous avez trouvé un magnétophone dans l'église ?

– Un magnétophone ? Qu'est-ce que tu racontes ?

– Vous en avez trouvé un, oui ou non ?

– Non, il n'y avait pas de magnétophone.

– Bon. Je peux t'aider à découvrir qui a tué ces filles.

– J'écoute.

– Où es-tu ?

– Quelle importance ?

– J'ai besoin que tu ailles à l'église.

– Pourquoi ?

– Parce que vous avez manqué quelque chose.

– Manqué quoi ? Ce magnétophone ?

– Je t'expliquerai quand tu y seras.

– Allez, Tate, arrête ce petit jeu. Il est trop tard pour ce genre de conneries. Je suis fatigué.

– Rappelle-moi quand tu seras là-bas, d'accord ? »

Je raccroche avant qu'il ait pu répondre.

Je me rends chez Deborah Lovatt et devine immédiatement qu'il n'y a personne. Sa mère m'a dit qu'elle vivait avec deux colocataires. S'ils ont le même âge que Deborah, ils doivent être en train de faire la fête en ville, ou alors ils sont au cinéma. Je descends de voiture et fais le tour de la maison, mais tout a l'air normal. Pas de porte défoncée. Pas de fenêtre cassée. Je sors une carte de visite au dos de laquelle j'écris que je dois parler à Deborah de toute urgence, puis je coince la carte entre la porte et le montant de sorte qu'elle couvre la serrure. La mère de Deborah a dû appeler la police, mais vu le fonctionnement de cette ville, les flics ne sont peut-être pas près d'arriver.

La circulation est dense tandis que je me dirige vers le centre-ville, les rues sont pleines de personnes en quête d'un endroit où s'amuser. Pendant que j'attends à un feu rouge, j'entends de la musique jaillir de la voiture derrière moi, le « boum-boum-boum » faisant vibrer le châssis de ma voiture. Je perçois du mouvement dans mon rétroviseur – les occupants de la voiture qui font la fête avant même d'avoir atteint leur destination.

Mon téléphone se met à sonner et je réponds. La musique en provenance de l'autre voiture couvre la voix de Landry. Je plaque mon téléphone contre mon oreille.

« ... faire maintenant ?

– Quoi ? »

Le feu passe au vert. Le type derrière moi klaxonne alors qu'il ne s'est pas écoulé une seconde. Je franchis le croisement et me range sur le côté. Un type habillé en Jésus est assis au bord de la route. Il est occupé à mordre dans une boîte d'œufs. Il me regarde, ses yeux injectés de sang croisant les miens, et je prends conscience que c'est à ça que je ressemblerai si je décide que picoler est ce qu'il me faut.

« Tu es là, Tate ?

– Accorde-moi une seconde. »

La voiture de derrière me dépasse dans un concert de coups de klaxon et de cris ponctués de gestes de la main. Je m'éloigne du trottoir pour aller me garer ailleurs, loin du type à la boîte d'œufs.

« OK, je t'écoute.

– Tu joues vraiment avec mes nerfs, Tate. Je suis à l'église, alors qu'est-ce que je fais maintenant ?

– Rends-toi au confessionnal.

– Pourquoi ?

– Fais-le.

– OK, OK. Tu sais, on dirait que tu es en train de conduire.

– Non, je ne suis pas en train de conduire.

– Ben voyons. Bon, je suis au confessionnal. Et maintenant ?

– Ouvre-le.

– Qu'est-ce que je cherche ?

– Vérifie le côté du père Julian. Vérifie le plafond. Le mur de derrière. Vérifie tout.

– Pour trouver quoi ? Ce magnétophone dont tu parlais ? Tu crois que le père Julian enregistrait ses conversations en secret ?

– Fais-le.

– Il n'y a rien.

– Si, il y a quelque chose. Tape sur le mur.

– Taper sur le mur ? Tu crois qu'il y a une fausse cloison ?

– Oui. »

Il se met à taper sur le mur. Les petits coups me parviennent à travers son téléphone portable.

« C'est une putain de perte de... » Il n'achève pas sa phrase, et je sais ce qu'il a découvert. « Comment étais-tu au courant ? demande-t-il.

– Le père Julian enregistrait les confessions. Il faisait chanter ses paroissiens. » Je regarde dans le rétroviseur et vois le type à la boîte d'œufs qui marche dans ma direction. Le miroir le fait paraître plus proche qu'il ne l'est vraiment. « Puisque vous ne l'aviez pas encore trouvé, j'ai supposé que le magnétophone était dissimulé. Quel meilleur endroit pour le cacher ?

– C'est pour ça que tu le suivais ? Merde, Tate, pourquoi tu ne nous as pas prévenus ? Tu aurais pu nous épargner un paquet de boulot et d'emmerdements. Et le découvrir comme ça, merde... ça la fout mal. On dirait que c'est toi qui l'as planqué là quand tu es venu la nuit dernière.

– Je ne suis pas venu. Tout ce que je savais, c'était que le magnétophone devait être quelque part, et puis je viens seulement de comprendre. Écoute, le père Julian a enregistré son assassin, d'accord ? L'homme sait qui a tué ces filles. Est-ce qu'il y a une cassette dans l'appareil ?

– Oui.

– Alors écoute-la. Si ça se trouve il s'est confessé avant de tuer le père Julian. Il est possible que la dernière voix sur la cassette soit la sienne.

– Tu dois venir au poste. »

Le type à la boîte d'œufs tire sur le pan de sa chemise et s'en sert pour essuyer ma vitre avec de petits gestes circulaires. Ce n'est certainement pas le genre de nettoyage que voudrait mon père. Je baisse la vitre de quelques centimètres et lui tends deux dollars. Il marmonne quelques paroles indistinctes, puis il s'éloigne.

« Tate ? Tu es toujours là ? demande Landry.

– Écoute la cassette.

– C'est ce que je ferai quand j'en aurai fini avec toi.

– Peut-être que le prêtre l'a appelé par son nom. Peut-être qu'il a fait ça parce qu'il savait ce qui l'attendait.

– Un agent va passer te chercher chez toi.

– Je ne suis pas chez moi.

– Comment ça ? Tu n'as plus de permis. Tu es en train de te balader ?

– Et puis, vous avez des choses plus importantes à faire.

– Ah oui ? Tu vas vouloir m'envoyer ailleurs ?

– Il y a une autre fille.

– Oh, bon Dieu, c'est quoi ton problème ? Dès que tu vas quelque part des gens meurent, ou alors ils disparaissent.

– Elle n'est peut-être pas morte. Mais tu dois la retrouver.

– Raconte. »

Je lui expose ce que je sais. Pas tout, mais l'essentiel. Et en tordant un peu la vérité. Je lui parle des photos des enfants du père Julian, prétextant que Bruce me les a données mais que je viens seulement de faire le lien. Je lui explique comment les quatre filles sont mortes, ajoute qu'une autre a disparu. Je lui parle de la clé que Bruce m'a laissée, et des cassettes que j'ai trouvées, ainsi que du registre.

« Tu te fous de moi, dit-il. Tu sais que tu es dans une sacrée merde, pas vrai ? Aller dans une banque comme ça ? Tu aurais dû m'appeler.

– Le temps manquait, et comme j'ai dit, j'avais une clé. »

J'omets d'évoquer le mandat bidon. Ce sera pour plus tard.

« Ça fait un mois que tu me caches des informations, que tu ralentis mon enquête, et tu me dis que le temps manquait ?

– Hé, ce n'est pas de ma faute si j'ai de l'avance sur toi. Et tu devrais me remercier. L'essentiel de ce que tu as, tu l'as grâce à moi. Tout ce que j'ai fait, c'est accélérer ton enquête.

– Va te faire foutre, Tate. Les tests ADN nous auraient indiqué que ces filles étaient apparentées. Nous aurions compris la suite.

– Oui, peut-être, peut-être pas. Mais vous n'en seriez pas encore là. Vous seriez toujours en train d'attendre les résultats.

– Je vais venir chez toi. Maintenant. Tu as intérêt à y être, OK ? Je viens récupérer tout ce que tu as. Et nous allons avoir une gentille et longue discussion, rien que nous deux. »

Il raccroche avant que je puisse protester.

Je retourne chez moi et ai à peine franchi la porte que Landry arrive. Il semble furieux. Il y a une noirceur en lui qui me pousse à me demander combien de fois il a regardé dans l'abîme.

« Où sont-elles ? demande-t-il. Les cassettes ?

– Toi d'abord. Tu as écouté celle que tu as trouvée dans le confessionnal ?

– Oui. Je l'ai écoutée. Il n'y a rien d'intéressant dessus. D'ailleurs, aucune de ces cassettes ne nous sera utile. Tu sais que nous ne pouvons pas les utiliser. Même si c'était nous qui les avions trouvées. Tu imagines la merde que ce serait si le public apprenait leur existence ? Il va y avoir un tas de confessions de personnes qui trompent leur mari ou leur femme, qui fraudent les impôts, qui trichent de toutes les manières possibles et imaginables. Et ce ne sera pas tout. Est-ce que le secret du confessionnal s'étend aux enregistrements ? Ou est-ce qu'il se limite au prêtre ?

– Alors tu ne vas pas révéler leur existence.

– Nous allons les écouter, évidemment, mais je ne vois pas comment elles pourraient mener à la moindre arrestation. Et si notre assassin est sur ces cassettes...

– Il y est.

– ... alors nous allons devoir trouver un moyen de contourner le problème. Mentionner ces cassettes reviendrait à lui offrir une défense. »

Je le mène à mon bureau et lui tends le registre.

« L'argent provient du chantage, observe-t-il, et l'argent va aux enfants. On dirait que le père Julian était un homme occupé. C'est probablement un miracle qu'il ait tenu aussi longtemps sans se faire démasquer.

– Les miracles étaient sa spécialité.

– Peut-être pas à la fin.

– Je crois qu'Henry Martins était au courant.

– Quoi ? »

Je lui expose le lien avec Martins. Il écoute, mais, comme moi, il ne sait pas quoi en faire.

« Son corps était trop décomposé à cause du séjour dans l'eau, dit-il. Impossible d'effectuer un test toxicologique. Impossible de déterminer s'il a été assassiné.

– Et le nouveau mari ? Celui qui a tout déclenché ?

– Qui ?

– Le type dont la mort a mené à l'exhumation d'Henry Martins. »

Il commence à empiler les cassettes dans un sac à pièces à conviction.

« C'était un décès accidentel. Il s'avère qu'il était exposé à une toxine dangereuse dans le cadre de son boulot. Je ne sais pas, ce n'est pas moi qui me suis occupé de cette affaire. De la peinture au plomb ou un truc du genre. Une exposition assez prolongée. Bizarre que ça ait mené à ça. »

Il est près de 23 heures, et je me sens soudain épuisé. Tout ce que je veux, c'est mettre Landry à la porte et aller me coucher.

« C'était à lui ? Il a l'air neuf, dit-il en soulevant le petit magnétophone.

– Je l'ai acheté aujourd'hui. J'ai un ticket de caisse.

– Oui, eh bien, je l'embarque. Considère que c'est le début de ta coopération avec la police. Continue sur cette voie et ça finira peut-être par être bénéfique pour toi, Tate. Avec ce que nous avons contre toi – et je ne parle pas des accusations de conduite en état d'ivresse. Je parle du fait que tu es entré par effraction dans l'église...

– C'est faux.

– Je parle du fait que tu as ralenti une enquête criminelle. Je parle de...

– Écoute, j'ai saisi le message, OK ? »

Il attrape les photos.

« C'est eux ?

– Oui. »

Il reste quelques secondes sans rien dire, puis :

« Je devrais vraiment t'embarquer.

– Écoute, Landry, je suis sur le point d'aller me pieuter, OK ? Je suis crevé. Et je t'ai dit tout ce que je savais, je t'ai donné tout ce que j'avais. Fais ton boulot et identifie ce cinglé avant qu'il ne tue Deborah Lovatt.

– La cinquième fille.

– Oui. La cinquième fille.

– OK, Tate. Pour une fois, je te crois. Mais je dois tout de même t'embarquer.

– Écoute, si tu m'embarques, qu'est-ce qui va se passer ? Tu vas devoir écouter toutes ces cassettes d'abord, et tu vas devoir vérifier tout ce que je t'ai dit. Donc, tout ce que tu vas faire, c'est me laisser poireauter dans une salle d'interrogatoires pendant douze heures avant de venir me parler. Ça ne rime à rien. Laisse-moi rester ici, laisse-moi dormir un peu, et si tu as besoin de moi demain tu sauras où me trouver. »

Il ne répond rien, mais acquiesce lentement.

Je le raccompagne à la porte, et il a beau être furieux après moi, je suis quasiment certain que si c'était lui qui avait décidé de ne pas exhumer Henry Martins il y a deux ans, ce serait lui qui aurait aujourd'hui besoin de rendre justice à ces filles mortes.

Je l'écoute s'éloigner.

Je m'écroule sur mon lit, et je crois même dormir deux minutes avant que mon téléphone portable ne se mette à sonner.

« Pourquoi ai-je l'impression que tu te fous de moi ? » demande Landry.

Je ne réponds pas. Il continue :

« J'ai écouté un bout de la cassette qui était dans le magnétophone histoire de me faire une idée de ce qui m'attendait.

– Et ?

– Et quoi ? Je suis tombé sur Sidney Alderman. Il confessait le meurtre de sa femme. Je suppose que c'est ce que tu voulais que j'entende en premier, ce qui signifie que tu savais que j'allais prendre ton magnétophone. Tu savais que je l'écouterais. Pourquoi ? demande-t-il.

– C'est à se demander de quoi il était capable, non ? Un type comme ça, ça fait réfléchir.

– Bonne nuit, Tate.

– Bonne nuit, Landry. »

Je raccroche mon téléphone, ravi que la police n'ait plus la moindre raison de déterrer Mme Alderman.

54

Au début je ne sais pas où je suis. Je me réveille épuisé et désorienté, puis tout me revient soudain – pas simplement la veille, mais les deux dernières années. Ces moments sont les pires de tous. Parfois je me réveille et pendant deux ou trois secondes tout va bien – je vais me rouler sur le flanc et Bridget sera là, et Emily sera dans le salon en train de regarder la télé. Puis ces deux secondes passent et la réalité ressurgit, la douleur se réveille, aussi intense qu'il y a deux ans.

Je me lève, toujours un peu groggy. J'allume mon téléphone portable et découvre que j'ai un message. Il est de Landry. Je suppose que si je ne me dépêche pas de le rappeler il risque de débarquer. J'emporte le téléphone dans mon bureau et m'assieds. Pour la deuxième fois en quelques jours, tout ce que j'avais a été emporté. Il ne me reste que les articles que j'ai imprimés à la bibliothèque, la chronologie que je suis en train de reconstituer et quelques notes. Je regarde les articles avec les photos des filles, et je suis hanté par la confession de l'assassin. Ces jeunes femmes attendent que je leur rende justice. Il y a toujours de l'espoir pour elles. C'est un espoir différent, mais j'ai promis de ne pas les abandonner.

Je rappelle Landry.

« Tu me caches des choses, Tate.

– Je t'ai dit tout ce que je savais.

– Mais tu ne m'as pas donné tout ce que tu avais.

– Qu'est-ce que tu racontes ?

– Les cassettes. Il en manque une. D'après le registre que tenait le père Julian, tu es dessus.

– Oui, bon, j'étais dessus. Et c'était une confession qui ne regardait que le prêtre et moi. Tu peux t'énerver autant que tu veux, Landry, mais tu sais qu'il était absolument hors de question que je te laisse avoir cette cassette.

– À cause de ce qu'il y avait dessus ? Manifestement, la confession a eu lieu vers l'époque où Quentin James a disparu. C'est très louche, Tate.

– Qu'est-ce que tu veux, Landry ? Tu ne m'as pas simplement appelé pour ça.

– Quand as-tu vu Casey Horwell pour la dernière fois ?

– Quoi ? J'en sais rien. Pourquoi ?

– Arrête ton char, quand ?

– Hier. Elle m'a coincé devant chez moi. Elle avait tout un tas d'accusations dont elle voulait me faire part.

– Et c'est tout ?

– Oui, c'est tout. Pourquoi ? Tu veux que j'allume la télé pour voir ce qu'elle raconte ? Tu sais que c'est des conneries. L'essentiel de ce qu'elle...

– Elle a disparu, annonce-t-il, m'interrompant.

– Disparu ?

– Oui. Personne ne l'a vue depuis douze heures.

– Ça ne signifie pas qu'elle a disparu. Elle est probablement en train de cuver une gueule de bois quelque part.

– Peut-être. Mais ça n'a pas l'air de t'affecter.

– M'affecter ? Pourquoi ça m'affecterait ? Tu crois qu'il lui est arrivé quelque chose ?

– Sa productrice affirme que Casey l'a contactée hier soir. Elle a dit qu'elle avait une piste à vérifier, et qu'elle te concernait. Et son caméraman prétend que tu l'as menacée. Est-ce qu'elle est revenue te voir hier soir ?

– Tu étais ici hier soir. Tu l'as vue ?

– Après mon départ.

– J'ai éteint mon téléphone et je suis allé me coucher. C'est tout. Je ne l'ai pas revue. Et je ne l'ai pas menacée. Je l'ai mise en garde à propos de sa source. Quelqu'un lui refilait des informations sur l'affaire. Et il y a de grandes chances pour que ce soit le type qui a essayé de me coller le meurtre sur le dos. Tu ne crois pas qu'il est possible qu'il ait tenté de couvrir ses arrières ? Après tout, c'est ce qu'il fait, non ? Il s'est débarrassé du père Julian, il veut tuer sa sœur, et Horwell s'est retrouvée prise dans tout ça parce qu'elle était trop arrogante pour voir qu'il la manipulait.

– Peut-être.

– Tu dois découvrir qui est sa source.

– Sa productrice n'en savait rien. Soit ça, soit elle n'a pas voulu me le dire.

– C'est le même type qui est sur les cassettes. Tu le sens, non ? Tu le sens autant que moi. Tu sais pertinemment que c'est ce qui s'est passé.

– OK. Je vais vérifier. Mais je te demande une chose. Tu ne vois personne aujourd'hui, d'accord ? Personne.

– Et Deborah Lovatt ? Tu dois la retrouver.

– Je sais, mais la vérité, c'est que nous ne savons même pas qu'elle a disparu.

– Quoi ? Tu te fous de moi ?

– Non, je ne me fous pas de toi.

– Elle a disparu depuis plus longtemps qu'Horwell.

– Pas la peine de t'énerver, Tate, nous la cherchons. Et le mieux que tu puisses faire pour le moment, c'est de ne pas t'en mêler. »

Il raccroche.

Je vais m'asseoir sur la terrasse, tentant de mettre un peu de distance – même si ce ne sont que trente minutes et quinze mètres – entre mes notes et moi. Étrangement, tout ce que j'ai appris se transforme en bruit blanc. Je suis incapable de me concentrer sur une seule idée, et je ne sais plus à quand remonte la dernière fois que j'ai ressenti ça. Sans doute quand j'enquêtais à la criminelle. Il y a des années de cela. Ma vie était différente et j'étais différent. Les noms des personnes enregistrées sur les cassettes, les relevés bancaires, les enterrements – tous ces faits n'en sont pour le moment plus, ce sont juste des formes qui flottent au fond de mon esprit sans rien à quoi se raccrocher, chaque détail tournoyant un peu trop loin pour que je m'en empare. J'essaie de penser à autre chose, mais le mouvement des images s'accélère et je ne peux rien faire pour les retenir.

Je retourne à mon bureau et examine les photos des filles, essayant une fois de plus de filtrer les informations à la recherche de ce qui m'échappe. J'observe surtout la photo de Rachel. Dans un sens, c'est à elle que je pense le plus. C'est elle que j'ai vue gisant dans un cercueil avec une bague crasseuse à côté de la main. Sa souffrance est celle qui me hante le plus. Je tiens sa photo et examine ses traits, et le bruit blanc que j'entendais jusqu'alors commence à s'estomper.

Si Rachel était la seule fille à avoir été assassinée, j'envisagerais l'affaire d'une manière totalement différente. Mais elle n'est pas la seule. Elle était, en revanche, la première. Je songe à ce fait, tentant de ramener l'affaire à ses points essentiels. Tout a commencé le jour où Rachel est allée à l'enterrement de sa grand-mère. Sa visite au cimetière a été le catalyseur. Quelque chose a dû se produire ce jour-là.

J'appelle Mme Tyler et elle ne semble pas trop contrariée de m'entendre. À vrai dire, elle aurait même l'air contente, comme si elle avait accepté de nombreuses choses au cours des dernières vingt-quatre heures, comme si elle sentait le dénouement approcher et qu'elle voulait y participer.

« Le jour de l'enterrement de votre mère, dis-je, est-ce qu'il y a eu quelque chose de spécial ? Est-ce qu'il s'est passé quelque chose de particulier ? »

Elle réfléchit à ma question mais rien ne lui vient.

« Je ne sais même pas de quoi je suis censée me souvenir.

– Quelqu'un a-t-il abordé Rachel ? Ou vous ? J'imagine que quelqu'un l'a reconnue ce jour-là. Peut-être qu'il lui a parlé.

– Dans ce cas, elle ne m'en a rien dit. »

Je regarde le visage des autres filles, puis je cache leurs photos et toutes les informations qui les concernent et tente de les oublier un moment pour me concentrer exclusivement sur Rachel. Tout ramène à elle et, surtout, à ce jour. Si quelqu'un l'a abordée, ça a pu être le père Julian, ou l'un des deux Alderman. Le fait que Sidney en voulait au père Julian d'avoir couché avec sa femme fait de lui un candidat plausible. Peut-être qu'il en savait beaucoup plus sur le prêtre que ce dernier ne l'imaginait. Peut-être qu'il connaissait d'autres femmes qui étaient elles aussi tombées enceintes.

« Quand vous alliez à l'église du père Julian, dis-je, au tout début, y avait-il d'autres femmes qui étaient enceintes ?

– Heu… non, pas que je me souvienne.

– Des femmes avec des enfants en bas âge ?

– Heu, oui, il y en avait une, Fiona Chandler.

– Elle était mariée ?

– Non. Elle l'avait été, mais son mari l'avait quittée avant la naissance du bébé. C'était vraiment moche. Elle ne parlait jamais de lui, et elle s'est remariée quelques années plus tard.

– Parlez-moi de ses maris.

– Je ne sais rien du premier. Comme j'ai dit, elle ne parlait jamais de lui. Son second mari, Alec, était très gentil. Mais un jour, il y a dix ans, il s'est levé et est tombé raide par terre. Crise cardiaque. Elle ne s'est jamais remariée, c'était très triste. Enfin, ça l'est toujours. Pourquoi… pourquoi me demandez-vous ça ? »

Je ne réponds pas. Je laisse passer quelques secondes, et elle comprend d'elle-même.

« Oh, mon Dieu, lâche-t-elle dans un souffle. Est-ce que… est-ce que vous êtes en train de dire que… que Stewart… qu'il a aussi mis Fiona enceinte ? Que c'était son bébé ?

– C'est possible.

– Oh non, oh non. »

Elle fond en larmes.

« J'ai besoin d'entrer en contact avec elle.

– Vous... vous ne comprenez pas, dit-elle. Vous n'avez aucune idée.

– De quoi parlez-vous ? »

Ses sanglots redoublent.

« Vous... Oh ! mon Dieu », dit-elle, incapable d'ajouter quoi que ce soit tandis que les mots se mêlent à ses larmes et à ses sanglots. Elle finit par se ressaisir juste assez pour poursuivre. « Vous devez savoir quelque chose, dit-elle. Je ne sais même pas comment le dire, mais... mais vous devez savoir.

– Dites-moi. »

Et c'est ce qu'elle fait, et soudain je comprends tout.

55

Tout ramène à Henry Martins. J'ai demandé à Patricia Tyler il y a quatre semaines si elle connaissait ce nom, et elle ne le connaissait pas. Mais si seulement elle l'avait connu, si seulement elle avait connu le nom du premier mari de Fiona Chandler, tant de choses auraient pu être évitées. Il n'y avait aucune raison de soupçonner un lien entre Rachel et l'homme à qui appartenait le cercueil dans lequel elle avait été balancée. Rien ne reliait les autres filles aux morts dont elles avaient pris la place – elles s'étaient simplement retrouvées dans le cercueil de personnes qui venaient d'être inhumées parce que la terre fraîchement retournée était plus facile à creuser. J'ai passé les quatre dernières semaines à semer la mort et le malheur, mais maintenant tout va changer. Henry Martins était le premier mari de Fiona Chandler. Il l'a quittée quand le père Julian l'a mise enceinte. Il a changé de milieu, rencontré une autre femme qui ne le tromperait pas, fondé une famille. Et une vingtaine d'années plus tard je me tenais près de sa tombe et assistais à l'exhumation de son cercueil.

« Hé ! Hé ! Vous ne pouvez pas entrer ! »

Les réponses ont surgi tout d'un coup et le bruit blanc est de retour. Des mots et des images hurlent dans chaque recoin de mon esprit, et c'est souvent ce qui se produit quand une enquête touche à sa fin, quand il ne manque plus qu'une arrestation pour provoquer la décharge d'adrénaline finale. Seulement cette fois j'ai les mains qui tremblent et je me sens idiot, alors la décharge finale risque de ne pas se produire.

Je viens d'enfreindre une douzaine de règles du code de la route pour arriver jusqu'ici. La pluie tombe à verse, martelant le toit de ma voiture en produisant un vacarme de champ de mines. Je m'engouffre dans le couloir. Si Henry Martins n'avait pas découvert la liaison de sa femme, s'il ne l'avait pas abandonnée et avait élevé le garçon comme si c'était le sien, rien de tout cela ne serait arrivé. Les filles, le prêtre, la famille Alderman, même ce bon vieux Henry lui-même – ils seraient probablement tous en vie. Je me demande fugacement s'il y aurait eu d'autres répercussions, si l'une de ces personnes aurait croisé le chemin de ma femme ou de Quentin James il y a deux ans, retardant l'une ou l'autre des dix secondes qui auraient suffi à faire éviter l'accident.

« Hé, vous êtes sourd ? Vous pouvez pas entrer.

– Où est-il ?

– Quoi ?

– C'est peut-être toi qui es sourd. Où est-il ?

– Il est parti, mec. »

Je plaque le Clouté contre le mur. Il a ajouté deux ou trois piercings à sa collection depuis la dernière fois que je l'ai vu. Je voudrais pousser ce connard maigrichon à travers le mur et l'étrangler, mais ce n'est pas après lui que je suis en colère, c'est après moi, parce que je me suis laissé si aisément berner. Après David, parce que c'est lui qui m'a berné. Il y a un mois sa douleur était si vive, si insupportable, si crédible. Comment s'est-il démerdé pour me jouer un tel numéro ? Même si j'avais été flic je n'aurais rien vu. D'ailleurs, les flics qui lui ont parlé n'ont rien vu.

« Parti ? Où ?

– Il a déménagé. Il y a quelques jours. Et il a pas payé son loyer. »

Je lâche le Clouté. Il s'écarte du mur du couloir et bombe le torse, tentant de paraître beaucoup plus coriace qu'il ne l'est vraiment, tentant de faire comme si c'était lui qui m'avait laissé le malmener.

« Où est-il allé ?

– Qu'est-ce que vous voulez que j'en sache ? » demande-t-il d'une voix plus assurée maintenant que je l'ai lâché.

Je le pousse de nouveau contre le mur et me dirige vers la chambre de David. La dernière fois que je l'ai vue, on aurait dit un champ de bataille. Les meubles sont toujours là, mais tout le reste a disparu.

« Il m'a dit de les garder, déclare le Clouté, mais, mec, ces trucs valent que dalle.

– Il lui est arrivé d'amener d'autres femmes ici ?

– Non. Il a été avec personne depuis... eh bien, depuis que Rachel a disparu.

– Elle a été retrouvée.

– Ouais, il me l'a dit. »

Je parcours la chambre du regard mais il n'y a rien ici qui puisse m'aider. Je soulève le lit. Je fouille dans les tiroirs de la table de chevet. J'arrache le coin de la moquette au cas où le penchant pour cette planque serait encore plus génétique que je ne le croyais, mais il n'y a rien.

« Putain, vous êtes en train de tout bousiller.

– Tu es sûr qu'il ne voit personne d'autre ? »

Le Clouté hausse les épaules.

« Mec, je suis pas sa mère.

– Eh bien, avec un peu de chance elle en saura un peu plus que toi.

– J'en doute. Il ne lui a pas parlé depuis la disparition de Rachel. À ce que je sais, il la déteste. Mec, il peut vraiment pas la sacquer.

– Je me demande pourquoi, dis-je, même si je le sais déjà.

– Ouais », fait-il, comme si lui aussi le savait alors qu'il n'en a pas la moindre idée.

Personne ne peut le savoir.

« Quand est-il parti ?

– Je vous l'ai dit, mec, il y a quelques jours.

– Quand exactement ? Mardi ? Mercredi ? Jeudi ?

– J'en sais rien.

– Tu n'en sais rien ?

– Mec, je sais même pas quel jour on est aujourd'hui. »

Je passe devant lui en le bousculant et commence à passer en revue le reste de la maison.

« Hé, mec, vous pouvez pas fouiller partout.

– Alors dis-moi où il est.

– J'en sais rien.

– C'est ton ami, non ?

– Il me doit du fric.

– Alors toi, tu ne lui dois rien. Réfléchis. D'après toi, où il est allé ?

– Je me souviens qu'il a parlé d'une femme qu'il devait rencontrer. Il avait rendez-vous. Mais c'était un rendez-vous bizarre. Ça, je m'en souviens.

– Bon Dieu, si c'était assez bizarre pour que tu t'en souviennes, tu ne peux pas te rappeler les détails ?

– J'étais, merde, vous savez... J'étais à moitié, heu, dans un état différent.

– Tu étais défoncé.

– Pour autant que je me souvienne, ouais.

– Tu as entendu le nom de la fille ?

– Nan. Peut-être. Je sais pas.

– Est-ce que ça pouvait être Deborah ?

– Ouais, fort possible. Mais ça aurait tout aussi bien pu être Susan. Ou Nicola.

– Tu m'aides vraiment. »

Le Clouté hausse les épaules.

« C'est tout ce que je sais, mec. Hé, si vous le trouvez, dites-lui qu'il me doit du fric, OK ?

– Écoute, c'est important, dis-je en lui tendant ma carte. Si tu te souviens de quelque chose, passe-moi un coup de fil.

– Ouais, OK », répond-il.

Il empoche la carte, mais je suis certain que dans cinq minutes il aura oublié son existence.

« Bon, on va faire ça à ta manière, dis-je. Tu as des ciseaux ?

– Allez vous faire foutre, mec.

– Bon Dieu, je vais pas te découper en morceaux. Si je voulais m'amuser, je me contenterais de te descendre. Bon, ciseaux ? Allez, *mec*, on se dépêche. »

Il se rend dans la cuisine et réapparaît quelques secondes plus tard. J'enfonce la main dans ma poche et en sors l'argent que ma mère m'a donné. J'en tire deux billets de cent dollars et les coupe en deux. Je lui tends deux moitiés, ainsi que les ciseaux, et je replace dans ma poche les deux moitiés restantes.

« Qu'est-ce que vous voulez que je fasse avec ça ?

– Ça va t'aider à réfléchir. Donne-moi quelque chose d'utile et tu auras le reste. »

56

Je reste assis dans ma voiture sans aller nulle part. Je songe à Rachel Tyler, puis à David Harding, et je me demande lequel des deux a éprouvé le plus de dégoût en apprenant la vérité. Pendant toutes les années où ils sont sortis ensemble, il est impossible que David ou Rachel aient su qu'ils étaient frère et sœur. Tandis qu'ils partageaient le même lit, qu'ils s'étreignaient la nuit, qu'ils parlaient de leurs rêves et de leurs peurs, ils ne pouvaient pas savoir.

Rachel & David pour toujours.

C'était ce qui était gravé sur la bague.

Puis, d'une manière ou d'une autre, David a découvert la vérité. Ça l'a rendu malade. Ça rendrait n'importe qui malade, et ça ferait enrager n'importe qui. Je me demande s'il savait qu'il avait ce genre de réaction en lui, une colère aussi profonde. Est-ce qu'il en a voulu à Rachel ? Est-ce qu'il s'en est voulu à lui-même ? Ou seulement au père Julian ? David avait son propre abîme, mais peut-être qu'il ne le savait pas, jusqu'au jour où il a tout compris. Il a tué Rachel parce qu'il ne supportait pas que sa sœur soit sa maîtresse. La plupart des hommes auraient ressenti cette colère, cette honte, cette douleur, mais quelle est la réaction normale ? Aller de l'avant, essayer d'oublier ? Ne jamais en parler, enterrer ces souvenirs et ces émotions aussi profond que possible et ne jamais les réveiller ? Ou bien aller voir un psy, admettre qu'on est responsable, analyser encore et encore jusqu'à ce que ça devienne un événement aussi bénin que manquer l'échéance de sa déclaration d'impôts ou renverser du vin sur la moquette ?

La rage de David ne s'est pas limitée à Rachel Tyler. Elle s'est étendue aux autres filles, celles qu'il n'avait jamais rencontrées, puis au père Julian, le poussant même jusqu'à placer l'arme du crime chez moi. Il m'a choisi parce qu'il m'avait vu à la télé, mais le problème, c'est que David avait un mode de vie d'étudiant – il faisait la grasse matinée tous les jours et il a manqué le bulletin d'informations qui relatait mon accident. Il n'a pas su qu'il devait aller récupérer l'arme du crime dans mon garage.

Je démarre et m'éloigne de la maison. D'autres possibilités commencent à s'immiscer lentement dans mes pensées.

« Je ne lui ai jamais dit qui était son père, déclare Fiona Chandler tandis que je me tiens au seuil de sa maison.

– Donc votre nom de jeune fille est...

– Harding, répond-elle. Puis j'ai porté le nom de Martins, et maintenant Chandler. De jolis noms et de mauvais souvenirs. »

Elle m'invite à entrer pour m'abriter de la pluie et nous nous tenons dans son couloir avec la porte ouverte. Elle tire une longue bouffée de cigarette, puis expulse la fumée, visant vers l'extérieur. Celle-ci forme de petits nuages qui flottent dans l'air froid et glissent lentement vers moi.

« Comment David a-t-il réagi quand vous lui avez parlé de son père ?

– Je ne lui ai jamais dit toute la vérité. Il croit qu'Henry Martins est son père. Il n'est pas au courant pour le père Julian.

– Je suis quasiment certain du contraire.

– C'est impossible. David avait déjà de multiples raisons d'être en colère. Il n'a pas eu une vie des plus faciles. Il a été abandonné par deux hommes qu'il n'a jamais connus. Comme il n'avait pas besoin de tout savoir, je ne lui ai parlé que d'Henry. Je lui ai expliqué qu'il m'avait quittée quand j'étais enceinte, mais je ne lui ai jamais dit qu'Henry n'était pas son père. Il m'a demandé s'il payait une pension alimentaire. Il n'en payait pas. Le père Julian avait pour sa part proposé d'en payer une, mais je ne voulais pas de son argent. Il avait ruiné ma vie, et je ne voulais plus jamais avoir affaire à lui. Alors tout ce que David savait, c'est qu'il avait un père qui ne voulait pas de lui et qui refusait de le soutenir financièrement.

– Pourquoi avoir continué d'aller à l'église si vous ne vouliez plus avoir affaire au père Julian ?

– Je sais que ça n'a aucun sens, répond-elle avec un haussement d'épaules. C'est juste que, eh bien, je continuais de croire qu'il abandonnerait la prêtrise pour être avec moi. Mais il ne l'a pas fait.

– Et vous n'avez jamais parlé à Patricia de votre liaison avec le père Julian ?

– Ce n'était pas le genre de chose qu'on racontait. Peut-être qu'aujourd'hui oui, mais pas à l'époque.

– Est-ce que David a retrouvé Henry ? Est-ce qu'il lui a parlé ?

– C'est ce qu'il voulait. Et ça n'a fait qu'accroître sa colère.

– Comment ça ?

– Ça s'est produit la semaine où j'ai parlé de lui à David. Une de ces coïncidences, je suppose. Il voulait aller voir Henry parce qu'il le prenait pour son père. Il voulait le mettre face à ses erreurs, j'imagine, mais il n'en a pas eu l'occasion. Henry est mort la même semaine. C'était une horrible coïncidence, et je suppose que David s'est senti une fois de plus abandonné.

– Et quand l'avez-vous vu pour la dernière fois ?

– Je suis allée à l'enterrement de la mère de Patricia. David m'a accompagnée, naturellement. David et Rachel s'étaient rencontrés quand ils étaient enfants parce que Patricia et moi nous fréquentions. Enfin bref, je crois que c'est quelques jours plus tard que Rachel a disparu. À peu près à l'époque où Henry est mort – je ne me souviens plus des détails exacts. J'ai appelé plusieurs fois David, mais il ne voulait jamais me parler. Au bout d'un moment il a cessé de répondre au téléphone. Et puis le temps a passé. Pour être honnête, je ne sais pas vraiment ce qui lui est arrivé. Le choc et le chagrin, je suppose, mais c'est à de tels moments qu'une famille devrait se rapprocher, non ? »

Elle me fixe du regard en attendant mon approbation, et j'acquiesce lentement.

« Sauf qu'il n'arrêtait pas de perdre des gens – il a perdu Rachel, il a perdu un père qu'il croyait être sur le point de rencontrer. Et ces événements nous ont déchirés. Croyez-moi, j'ai essayé. J'ai vraiment essayé. Mais parfois il n'y a rien à faire. David, eh bien, il avait sa vie. Il contrôlait son destin et je ne pouvais pas changer les choses à sa place. Vous comprenez ? J'ai fait tout mon possible, mais au bout du compte ça n'a pas suffi et il a dirigé sa colère contre moi, et, eh bien... eh bien, j'aurais dû tout lui dire plus tôt. Si je lui avais expliqué quand il était petit, peut-être qu'il me considérerait comme sa mère et non comme... je ne sais pas, comme un monstre ou une traînée ou une incubatrice ou Dieu sait ce qu'il pense de moi. »

Mon téléphone portable se met à sonner.

« Je ferais bien de répondre, dis-je, tirant le téléphone de ma poche. C'est important. »

Je m'éloigne de quelques pas et ouvre mon téléphone. Je ne reconnais pas le numéro.

« Allô ?

– Salut, mec, c'est Oliver.

– Qui ?

– Oliver. Vous venez de passer chez moi.

– Oh, le Clouté.

– Quoi ?

– Rien.

– J'ai quelque chose pour vous.

– Oui, l'argent fait des miracles, hein ?

– Comment vous saviez que je le gagnerais ?

– Est-ce que je t'aurais menti ?

– Franchement, je crois que vous êtes capable de n'importe quoi.

– Alors tu ferais peut-être bien d'y réfléchir et de me dire ce dont tu t'es souvenu.

– OK, OK, mon pote, mais vous devez me filer les deux autres moitiés de billets.

– Promis.

– Je les veux maintenant.

– Non, tout ce que tu veux, c'est éviter de me faire chier.

– OK, OK. Écoutez, David a dit un truc bizarre l'autre jour, enfin, peut-être que ça signifie rien, hein, mais cette fille qu'il devait voir. Comme j'ai dit, il venait de la rencontrer, OK ? Alors ça m'a semblé un peu étrange qu'il dise ça.

– Tu ne m'as toujours pas dit ce qu'il avait dit.

– Oh, ouais, mec, vous avez raison. Merde. Ce que je veux dire, c'est qui emmène quelqu'un qu'il vient de rencontrer à un enterrement ? C'est ce qu'il a dit. Il a dit qu'il l'emmènerait à un enterrement dimanche, d'accord ? Il n'y a même pas d'enterrements le dimanche. Enfin bref, c'est là qu'il sera demain, mais je ne sais pas à l'enterrement de qui.

– C'est aujourd'hui dimanche.

– Vraiment ? Oh, merde, hallucinant. J'aurai quand même mon fric ?

– Non, parce que personne ne se fait enterrer le dimanche.

– Merde, mec, c'est pour ça que ça m'a semblé si bizarre. Mais c'est ce qu'il a dit.

– Alors tu t'es trompé. À moins que... » Je lève les yeux vers Fiona Harding. « Faut que j'y aille », dis-je, m'adressant autant à elle qu'au Clouté.

J'enfonce le téléphone dans ma poche et pique un sprint jusqu'à ma voiture.

57

« Pourquoi j'arrive pas à joindre Schroder ?

– Il est occupé, Tate, me répond Landry. Il travaille sur sa propre enquête. J'allais t'appeler de toute manière. Où es-tu ?

– C'est David Harding. Il a d'abord tué Henry Martins. Puis Rachel. Puis les autres.

– Qu'est-ce que tu me chantes ? Tu as bu ?

– C'est lui, Landry. J'en suis absolument certain. Il a retrouvé Henry Martins et l'a accusé de l'avoir abandonné, et quand il a appris de la bouche de Martins que son vrai père était le père Julian, il l'a tué, mais pas avant d'avoir été assez malin pour obtenir une liste de noms. Martins était au courant pour les comptes bancaires du prêtre. C'est comme ça qu'il a découvert qu'il avait toutes ces liaisons. C'est peut-être même la raison pour laquelle il a soupçonné sa propre femme. Il connaissait les noms et il les a donnés à David avant de mourir.

– Où es-tu ?

– Écoute-moi, Landry. David Harding...

– Non, c'est toi qui vas m'écouter. Où es-tu ? »

La ville est désormais plongée dans l'obscurité. La couverture de nuages est épaisse, mais le ciel perce de temps en temps, laissant paraître un quart de lune ou quelques étoiles avant de se voiler de nouveau. C'est dimanche soir, Christchurch s'apprête à regarder la télé avant d'aller se coucher et d'entamer une nouvelle semaine.

« Réponds-moi, Tate. Où es-tu ?

– Ici et là.

– Bon Dieu, je t'ai dit de rester chez toi. Où est Horwell ?

– Quoi ?

– Elle vient d'appeler sa productrice il y a quelques minutes. Tu es dans une sacrée merde.

– Quoi ?

– Faut que tu viennes au poste. »

Je me range sur le côté de la route et coupe le moteur.

« Qu'est-ce qui se passe, Landry ?

– Horwell a téléphoné. Elle a réussi à mettre la main sur son téléphone portable. Elle dit que tu l'as enlevée et que tu vas la tuer. Elle dit que tout ce qu'elle soupçonnait à ton sujet est vrai, et que tu l'as découvert. Elle affirme avoir la preuve que tu as tué Quentin James et Sidney Alderman, et aussi le père Julian. Et elle nous a dit où elle était.

– C'est des conneries.

– Viens au poste.

– Est-ce que tu as trouvé Deborah Lovatt ?

– Arrête d'aggraver ton cas.

– C'est David Harding. C'est lui qui fait tout ça.

– Tu te trompes à son sujet. Je sens quand on se fout de ma gueule, Tate, et je n'ai rien senti de tel avec Harding.

– Parce que ce type est un sociopathe. C'était du cinéma. Allez, Landry, tu dois me faire confiance. »

Je redémarre et me mets à rouler à toute allure. Je négocie un virage un peu trop vite et la voiture de mon père dérape. Je lâche le téléphone tandis que je reprends le contrôle de la voiture.

« Qu'est-ce que c'est que ce bordel ? demande Landry quand je récupère le téléphone. Où tu vas ?

– Quand a lieu l'enterrement du père Julian ?

– Quoi ? Il a été enterré aujourd'hui.

– On n'enterre personne le dimanche.

– Ouais, eh bien, Dieu ou je ne sais qui a fait une exception. L'enterrement a eu lieu en même temps que la messe.

C'était l'église du père Julian, alors c'était dans un sens logique de l'enterrer aujourd'hui. Écoute, Tate, tu dois te calmer et réfléchir à ce que tu fais. Si tu t'en prends à Horwell, tu vas...

– Je ne sais pas où elle est, Landry. Tu ne vois pas que tu te fais manipuler ?

– Manipuler ? Explique-moi ça.

– Comprends par toi-même. Écoute, je vais récupérer Deborah Lovatt. Je sais où elle est. Elle...

– Elle est chez elle, Tate. Elle a passé le week-end avec son petit ami et elle avait oublié son téléphone portable. Elle est chez elle et nous lui avons parlé.

– Quoi ?

– Je ne sais pas ce que tu t'imagines, Tate, mais c'est dans ta tête. Maintenant écoute-moi, tu dois... »

Mais je ne l'écoute pas. Deborah, chez elle ? Ça n'a aucun sens.

« ... de sérieuses emmerdes.

– Quoi ?

– J'ai dit...

– Laisse tomber. Faut que j'y aille. »

Je raccroche et éteins mon téléphone portable.

Si Deborah Lovatt se porte bien, alors qui David doit-il retrouver aujourd'hui ?

Le cimetière m'attire comme un aimant. L'attraction est si forte que même si je roulais toute la nuit dans la direction opposée, c'est là-bas que je finirais. Le cimetière est entièrement plongé dans l'ombre. Mes phares repoussent l'obscurité tandis que je m'y engage. Il n'y a de voiture de police garée nulle part, et je suppose que ça fait partie du plan de David Harding. Quand une victime de meurtre est enterrée, sa tombe est d'ordinaire placée sous surveillance. C'est la procédure habituelle, parce que les assassins aiment venir sur les lieux. Mais pas ce soir. David Harding a envoyé les flics dans une autre direction, probablement le plus loin possible du cimetière. Il nous utilise, Casey Horwell et moi, comme appâts, et ça marche.

Le ciel est couvert, aucun clair de lune, et je me dirige en courant vers l'église tandis que la pluie commence à nettoyer la nuit. Je songe à la manière dont a dû se dérouler la conversation entre David et Henry, et décide qu'elle a dû mal commencer et finir plus mal encore. Je ne peux que supposer qu'il a été la première victime de David. Je me demande ce que David a pensé, ce qu'il a ressenti, si sa réaction a été similaire à la mienne. Je n'ai rien éprouvé après avoir tué Quentin James. Ça ne m'a assurément pas donné envie de recommencer, même si je l'ai fait depuis. Je me demande si le meurtre d'Henry Martins est passé comme une lettre à la poste, ou s'il a créé un besoin en lui.

J'atteins l'église. Il n'y a personne alentour. Pas de voitures. Aucun signe de vie. Mais il y a huit heures c'était différent. Il y a huit heures, tous les rubans qui protégeaient la scène de crime ont été enlevés et les bancs se sont remplis de fidèles. Le père Julian est revenu une dernière fois dans son église pour une ultime messe. Ses amis, sa famille et ses paroissiens ont prié pour lui. Ils ont chanté, versé des larmes, échangé des anecdotes, avant de déposer des souvenirs et des photos sur son cercueil. Certains ont dû être soulagés. Aucun d'entre eux ne connaissait vraiment l'homme qu'ils enterraient.

Je pénètre à l'intérieur de la même manière que l'autre nuit et traverse la chapelle jusqu'à l'avant de l'église, ma lampe torche ouvrant la voie. Une présence semble toujours flotter ici – peut-être celle du père Julian. Je parcours le registre et observe que l'enterrement du prêtre y est déjà inscrit. J'examine le plan du cimetière et trouve l'emplacement de sa tombe.

Je tiens ma petite Maglite tandis que je marche parmi les morts, et des images de films d'horreur semblent soudain devenir réelles. Des mains qui jaillissent du sol, des morts décomposés qui retrouvent un semblant de vie tandis qu'ils grattent de leurs doigts osseux la terre qui les emprisonne. J'écarte les images de mon esprit, et elles sont remplacées par celle de David Harding, un homme bien plus effrayant et bien plus réel.

Il me faut dix minutes pour atteindre l'autre côté du cimetière. Courir parmi les tombes et les arbres est comme courir à travers un dédale. Il pourrait y avoir une douzaine d'autres personnes ici et je ne les verrais pas. Vu le temps que j'ai passé au cimetière ces derniers temps je devrais le connaître comme ma poche, mais ce n'est pas le cas. Peut-être que si je me remettais à boire je retrouverais plus facilement mon chemin. La pluie commence à s'atténuer et la terre molle aspire mes pieds. Lorsque j'atteins la section que je cherche, je ne suis même pas sûr d'être au bon endroit. Tout se ressemble.

Je passe les pierres tombales en revue. Des noms et des dates défilent devant mes yeux tandis que je cours au milieu, ralentissant à peine pour lire les inscriptions à la lumière de ma lampe torche. Anniversaires, dates de décès, messages des morts, des vivants, aimés de tous, de certains, de quelques-uns – les morts ne font plus qu'un tandis que j'avance parmi les tombes, mes pieds menaçant de glisser sur l'herbe à chaque pas. Je me mets à chercher de la terre fraîchement retournée.

Il y a des milliers de tombes ici. Mais une seule qui m'intéresse.

Je ne tarde pas à comprendre que je suis perdu. Arbres sombres, tombes sombres, rien pour m'aider à me repérer. Même lorsque je rebrousse chemin, je ne sais pas où je suis. La tombe que je cherche pourrait être n'importe où. L'église pourrait être n'importe où.

Puis tout s'emballe lorsque mes pieds se défilent sous moi, et je tombe soudain. Je parviens à lever un peu les bras, mais pas assez, et mon visage heurte le côté opposé de la paroi de la tombe ; ma tête est projetée en arrière, mes épaules percutent le rebord du cercueil et une jambe s'enfonce dedans tandis que l'autre va se coincer contre le mur de terre. Je reste quelques instants sans pouvoir bouger. L'obscurité m'enveloppe. Je n'ai aucune idée de ce qui s'est passé. Le monde est devenu noir et tout s'emmêle dans ma tête.

Je comprends lentement que je me trouve six pieds en dessous du reste du monde, et ce n'est pas plaisant. Je sens une main sous moi, appuyée contre mon torse. Mon visage est coincé contre le bord du cercueil. Je parviens à me rouler sur le flanc, et soudain la lumière réapparaît lorsque mon corps s'écarte de la lampe torche. Je la ramasse.

Il n'y a personne d'autre dans la tombe. Le cercueil est ouvert, la doublure rose est propre si l'on excepte la terre qui est tombée dedans. Tout est humide autour de moi. Et flou. Le cercueil est complètement flou, et quand je tends la main devant moi et braque la lampe torche dessus, ma main comme la lampe sont elles aussi indistinctes. Je porte mes doigts à mon front, et lorsque je les retire ils sont couverts de sang.

Je saisis le bord du cercueil et tente de me relever, mais mes mains glissent dessus et je retombe. J'éteins la lampe torche et laisse l'obscurité se faire autour de moi, et pendant un moment je suis dans un abîme beaucoup plus profond que cette tombe, dans un autre monde qui n'a jamais connu ni lumière ni vie. J'écoute la nuit mais n'entends rien – du moins pas au début – puis je commence à percevoir un murmure doux. Il disparaît, et je suis en train de me convaincre que ce n'était que le vent lorsque le murmure reprend. J'allume brièvement la lampe torche afin de m'orienter, puis je me glisse jusqu'à l'extrémité du cercueil et me lève, conservant mon équilibre en appuyant les mains contre les parois humides de la tombe. Je songe à Sidney Alderman, puis à tous les agents que j'ai connus au fil des années, à tous les flics de cinéma et de séries télé et de livres policiers qui prétendent ne pas croire aux coïncidences. Je songe à Quentin James et à l'homme que je suis devenu. Je pense que tous ces flics qui ne croient pas aux coïncidences ne connaissent rien à la vie.

Je lève les mains, passe les bras par-dessus le rebord de la tombe et me hisse en enfonçant les pieds dans la terre humide. Chaque journée au-dessus du sol est une bonne journée, c'est ce qu'on dit, et soudain je comprends que la première personne à avoir prononcé cette phrase avait sacrément raison. J'essaie de percevoir une fois de plus le murmure, mais je n'entends rien. Je braque le faisceau de ma lampe sur la pierre tombale temporaire et le nom du père Julian apparaît. Il n'y a pas d'autres inscriptions – elles figureront sur la pierre définitive.

Il y a un amas de terre à environ un mètre de la tombe. Une grande pierre plantée juste devant a dû me bloquer la vue tout à l'heure. Je reste allongé par terre et regarde autour de moi, mais tout ce que je vois, ce sont des ombres sombres sur un paysage noir. Je passe devant quelques tombes en rampant, puis je m'accroupis. Je sors mon téléphone de ma poche et découvre qu'il s'est brisé dans la chute. Peut-être Dieu essaie-t-Il de me dire quelque chose à propos des téléphones portables.

Je m'agenouille et tends l'oreille. Je ferme les yeux et j'attends, et après quelques secondes le bruit reprend – très brièvement, mais suffisamment net pour que je détermine la direction d'où il provient.

Je m'écarte un peu plus de la tombe.

Je devine une forme sombre au niveau du sol. Je m'accroupis et rallume la lampe torche. Une fille, âgée d'environ 20 ans, est allongée nue, la peau couverte de traînées de boue. Elle a les mains ligotées dans le dos, les chevilles attachées. Le ruban adhésif qui a servi à la ligoter fait aussi office de bâillon. La pluie a nettoyé le sang d'une coupure qu'elle a à l'épaule, au-dessus de la poitrine. Elle tremble. Son visage est si pâle qu'elle semble complètement exsangue. Elle essaie de reculer. Elle ne voit que la lampe torche, et je comprends qu'elle me prend pour la personne qui lui a fait ça. Je ne sais pas qui elle est, de quelle sœur il peut s'agir. J'éteins la lampe et ôte ma veste pour la placer autour de ses épaules lorsqu'un bruit de voiture transperce le silence.

58

« T'en fais pas, je vais te tirer de là, OK ? »

La lampe torche est toujours éteinte, si bien que je ne sais pas si elle me croit ou non. Mais je suis certain que le « ou non » va nettement l'emporter quand je vais lui annoncer la suite. Je renfile ma veste.

« Je vais te laisser attachée, OK ? »

Elle se met à gémir.

« Il faut qu'il croie être seul ici avec toi. »

Les phares balaient la nuit dans ma direction, et je plonge derrière une pierre tombale. La voiture s'immobilise. Je suppose que David vient de balancer le père Julian dans le lac. Il suit la routine habituelle, même si ce n'est pas lui qui l'a démarrée.

« Ne lui dis rien, OK ? S'il te laisse parler, ne lui dis pas que je suis ici. Tu dois rester calme. Je suis de la police, je vais t'aider à te sortir de là, mais tu dois me faire confiance. Ça va aller, d'accord ? Je te le promets. »

Les phares ne pointent plus vers moi, mais plutôt vers la tombe dans laquelle je suis tombé tout à l'heure. David les laisse allumés mais il coupe le moteur. Il descend du véhicule, traverse le faisceau de lumière, et je vois qu'il est habillé tout en noir. Peut-être pour marquer le deuil de son père. J'ai tout d'abord l'impression que quelque chose a changé en lui, puis je comprends que je me trompe, que l'homme que je vois est le David Harding qu'il a été au cours des deux dernières années, depuis qu'il a découvert que la jeune femme qu'il aimait était sa sœur. L'homme que j'ai vu il y a un mois, le David Harding éploré qui regardait fixement la bague comme s'il avait le cœur déchiré, était un imposteur. Je m'éloigne de la pierre tombale et vais m'accroupir derrière une autre un peu plus loin.

Il parcourt le cimetière du regard et je me demande s'il me cherche. Il se fige lorsque ses yeux se posent sur la jeune fille. Il y a assez de lumière pour qu'il la voie. Il remue les épaules, comme pour se décontracter la nuque, puis se met à avancer vers elle. Il a les mains vides. Lorsqu'il arrive à son niveau il s'accroupit.

« Ce n'est pas de ta faute, dit-il. Il n'y a vraiment qu'un seul coupable, et si ça peut te réconforter, il a assumé la responsabilité de ses actes. »

La fille murmure. Il y a suffisamment de lumière pour distinguer son expression de terreur absolue. Ses cheveux sont emmêlés et collés à ses joues. David tend la main et les repousse sur les côtés de son visage.

« Tu te demandes probablement comment je peux faire ça, dit-il, et je me pose parfois la même question. J'y réfléchis souvent, tu sais. Depuis Rachel. C'était aussi ta sœur. Je songe souvent que les choses auraient pu être différentes, mais tu sais quoi ? Ça ne sert à rien. Les choses sont ce qu'elles sont. »

Il l'attrape par les bras et commence à la traîner vers la tombe. Elle glisse facilement sur le sol humide. Je ne sais toujours pas qui est cette fille.

Elle essaie de se dégager, mais elle est trop faible, trop transie, et probablement trop en état de choc pour pouvoir lui résister. Il la tire jusqu'à la tombe. Elle gît sur le flanc près du trou, et il s'accroupit au-dessus d'elle.

Je commence à m'approcher en contournant le faisceau de lumière.

Les murmures de la jeune fille redoublent.

« Chut, fait-il, chut. Tout va bien se passer. Tout va bien se passer. Ce sera beaucoup plus facile pour toi que ça ne l'a été pour les autres. »

Il ôte son blouson, sa ceinture, ouvre sa braguette et commence à baisser son jean.

Il entend alors mes pas tandis que je cours vers lui. Il regarde par-dessus son épaule, mais ne peut pas bouger car il a son pantalon autour des genoux, et lorsque je le frappe il n'a aucun moyen de se défendre. Nous tombons dans la tombe et il atterrit lourdement sur le cercueil avec moi au-dessus de lui, comme Sidney Alderman. Un grand bruit d'os brisés retentit, mais si ce sont les miens, je ne sens rien.

Il fait moins noir que tout à l'heure et j'ai une meilleure idée de la configuration des lieux. Je parviens à me redresser avant lui. Je le tire par l'avant de son blouson et lui décoche un coup de poing dans lequel je mets toute ma force, et cette fois le bruit d'os brisés provient de ma main lorsqu'elle entre en contact avec le côté de son visage. Il retombe en arrière et je secoue la main en me demandant combien de doigts je viens de me casser.

Je me lève et recule.

David Harding gît inconscient, le bras tordu en un angle étrange et le visage enfoncé dans le coin du cercueil.

Je m'extirpe du trou comme je l'ai fait tout à l'heure. La fille me regarde fixement. Il y a une petite tache de sang dans son œil gauche, peut-être un vaisseau éclaté. J'ôte le ruban adhésif qui lui recouvre la bouche et elle se met à inspirer profondément. J'attrape mes clés et tente de découper le ruban autour de ses poignets avec la plus longue, mais je n'arrive à rien.

« Où... où est... est-il ? demande-t-elle, claquant des dents et regardant à droite et à gauche telle une junkie défoncée.

– Tout va bien, dis-je.

– C'est... c'est ce qu'il a dit. »

J'essaie de décoller les bords du ruban adhésif, mais les doigts de ma main valide sont engourdis par le froid.

« Comment t'appelles-tu ?

– Stacey, répond-elle.

– Écoute-moi, Stacey, tout va bien se passer. Mon nom est Tate et je suis ici pour t'aider. Tu vas m'attendre ici quelques secondes.

– Non, non, ne partez pas.

– J'en ai pour dix secondes.

– Je vous en prie. »

Ça me fait mal d'ignorer ses supplications, mais je m'éloigne. J'ouvre la portière de la voiture de David et fouille dans la boîte à gants. Je trouve un canif qui me permet de découper rapidement les liens de Stacey.

Elle s'assied et croise les bras devant sa poitrine.

« OK, Stacey, voici ce que je veux que tu fasses. Je vais t'aider à te lever et à marcher jusqu'à la voiture, dis-je en ôtant ma veste. Il fait chaud et sec à l'intérieur, et... » Je lui passe ma veste autour des épaules. « ... et je veux que tu partes d'ici. Tu sais conduire, n'est-ce pas ?

– Où je vais ?

– Je veux que tu rentres chez toi. Puis que tu appelles la police.

– D'accord. »

Je l'aide à monter dans la voiture. Elle resserre la veste autour d'elle tout en s'asseyant. Je me penche à l'intérieur et mets le contact.

« Conduis prudemment, Stacey. Tu es en état de choc, tu dois être prudente. Tu crois que tu peux conduire ?

– Oui.

– Tu es sûre ?

– Il y a une autre femme.

– Où ça ?

– Il l'a forcée à téléphoner. Il l'a fait mentir à propos de l'endroit où nous nous trouvions.

– Où est-elle, Stacey ? »

Elle se met à pleurer.

« J'avais si peur. Je ne pouvais pas l'aider. Je le voulais, mais je ne pouvais pas. Je ne pouvais rien faire.

– Où est-elle ?

– Il l'a jetée dans le lac. Il lui a attaché quelque chose autour des jambes et elle ne pouvait pas nager à cause du poids. Elle a coulé. Elle a coulé à toute vitesse. C'était si... »

Elle n'achève pas sa phrase.

« Attache ta ceinture de sécurité, Stacey.

– OK, répond-elle comme si elle fonctionnait désormais en pilotage automatique. Est-ce que vous avez un téléphone portable ? Je peux appeler la police.

– Pas sur moi. Si tu crois que tu n'es pas en état de conduire, attends à la sortie du cimetière.

– C'est de quel côté ?

– Fais demi-tour et repars dans la direction d'où il est arrivé.

– OK.

– Et Stacey ?

– Oui ?

– Prends ton temps. Plus rien ne presse. J'ai une promesse à tenir. »

59

Il doit y avoir une pelle dans les parages, mais je ne la vois pas. Je ne veux pas perdre mon temps à la chercher, et après une minute je laisse tomber. La nuit est silencieuse à l'exception du vent qui tourbillonne dans les arbres et de la pluie qui claque sur le sol.

Je pointe le faisceau de ma lampe torche vers l'intérieur de la tombe, et David gît toujours dans la position où je l'ai laissé.

« Hé, hé, David, réveille-toi. Hé ! »

J'attrape des poignées de terre et les lui lance au visage en espérant que ça le réveillera, mais en vain. Ma main cassée me fait souffrir. Je continue de lui jeter de la terre dessus. Il gémit. Il semble à moitié endormi lorsqu'il essaie de se rouler sur le flanc dans le cercueil. Il est un peu à l'étroit, et il porte la main à son visage, puis, quelques instants plus tard, il ouvre les yeux.

Tout doit soudain lui revenir, car il se redresse. Son bras forme un angle bizarre et il le regarde d'un air confus. Il semble comprendre ce qui lui est arrivé lorsque la douleur se réveille. Son visage se crispe et il tente de soutenir son bras cassé avec sa main valide.

« Putain, qu'est-ce qui se passe ? demande-t-il.

– Tu te souviens de moi ? »

Il lève les yeux vers moi, et je braque la lampe vers mon visage pour qu'il me voie bien.

« Hé, écoutez, monsieur, je ne veux pas de problèmes, dit-il comme si c'était moi qui causais des problèmes et qu'il s'était juste trouvé au mauvais endroit au mauvais moment.

– Arrête ton baratin, David. Tu ne m'auras pas deux fois.

– Je ne sais même pas qui vous êtes. »

Il y a un mois, il pouvait peut-être se tirer de n'importe quelle situation avec son cinéma. Mais ici, en ce moment, le masque de normalité qu'il arbore ne trompe personne.

« Tu sais qui je suis.

– Qu'est-ce que ça change ?

– Si tu le sais, alors tu sais aussi que tu es dans une sacrée merde.

– Alors quoi, vous allez me tuer maintenant ? C'est ça, votre plan ? demande-t-il.

– À vrai dire, je n'ai pas encore décidé. Honnêtement. Tu vois, les quatre dernières semaines ont été plutôt dures pour moi. Bon sang, les deux dernières années. J'essaie de soupeser le pour et le contre, mais je ne sais vraiment pas.

– Allez vous faire foutre. »

Il se lève et regarde autour de lui, tentant probablement de trouver un moyen de se sortir de là avant que je lui règle son compte. Je me demande comment il a fait pour tirer le père Julian de sa tombe. Il n'a pas l'air assez fort pour soulever un tel poids. J'éclaire le sol et repère des traînées dans l'herbe. Il a probablement enroulé une corde autour du cadavre avant de le tirer avec sa voiture. Peut-être qu'il l'a traîné comme ça jusqu'au lac.

« Dis-moi pourquoi.

– Sortez-moi d'ici, mec, mon bras me fait un mal de chien.

– Parle-moi.

– Non.

– Allez, dis-moi pourquoi. Est-ce que c'était parce que tu aimais baiser tes sœurs ? » dis-je, essayant de le choquer.

Il ne répond rien. Se contente de me regarder.

« C'est pour ça que tu les as toutes violées, hein ? Parce que tu aimais ça.

– Qu'est-ce que vous en savez ?

– J'ai écouté les cassettes, David. Je sais que ça t'a plu.

– C'est tellement facile pour vous, pas vrai ? » Il est de nouveau calme. Peut-être le vrai David vit-il dans deux mondes à la fois, le bien et le mal, la lumière et la nuit, créant parfois une illusion de normalité et se transformant à d'autres moments en monstre.

« C'est facile d'être là-haut à me juger, parce que c'est pas vous qui avez la tête pleine de mauvais souvenirs, c'est pas vous qui...

– Tu n'es qu'un sale détraqué qui est passé à l'acte. Voilà ce que je comprends. Rachel ne méritait pas ce que tu lui as fait, loin de là, mais au moins je peux comprendre pourquoi. Ce que je ne saisis pas, c'est les *autres* ? Pourquoi les avoir tuées ?

– Et pourquoi pas ? »

Il lève la main vers le sol au-dessus de la tombe et je m'approche. Il l'ôte sans que j'aie besoin de lui écraser les doigts.

« Quand tu es venu ici pour l'enterrement de la grand-mère de Rachel, qu'est-ce qui s'est passé ? Qui lui a parlé ?

– Personne ne lui a parlé.

– Alors quelqu'un t'a parlé à toi ? Sidney Alderman ?

– Juste un vieil ivrogne qui puait comme s'il ne s'était pas lavé depuis un mois. Je l'ai envoyé se faire foutre. Vous voulez savoir ce qu'il m'a dit ?

– Quoi ?

– Il a dit : "Qu'est-ce que ça fait de baiser ta sœur, David ? C'est un bon coup ?" Je l'ai repoussé et il s'est foutu de moi, comme s'il était fier de lui. Je l'ai frappé et je l'ai envoyé par terre. Il a cessé de rigoler, mais il n'en avait pas fini. Il a dit : "Tu sais qui est ton père ? Tu sais qui est son père ? Renseigne-toi, mon gars, renseigne-toi. Et fais quelque chose." Je me suis éloigné, mais ses paroles, mec, elles ont continué de me suivre. Pas parce que le type savait qui j'étais, c'était autre chose. Et j'ai découvert le lendemain qui était mon père.

– Henry Martins te l'a dit. »

Il éclate de rire.

« Ce vieux connard était aussi pourri que les autres. Il m'a raconté pour le père Julian, et il m'a dit que je n'étais pas le seul. Cet enfoiré de prêtre couchait avec les femmes de sa paroisse depuis des années. Je lui ai demandé pour Patricia Tyler. Putain, il était au courant ! Il la connaissait. Je suis retourné au cimetière. Bruce était mon frère. Le vieux, il était déglingué par l'alcool, mais Bruce était normal. Un peu nerveux, mais normal. Et il était ce qui ressemblait le plus pour moi à une famille.

– Et ta mère ?

– Vous vous foutez de ma gueule, hein ? Si elle s'était pas tapé n'importe qui à l'époque, rien de tout ça ne serait arrivé. J'aurais eu une vie normale.

– Tu n'aurais même pas existé. »

Il hausse les épaules comme si ça n'avait pas d'importance.

« Quand tu étais à l'enterrement, comment Sidney a-t-il su qui tu étais ?

– Qu'est-ce que j'en sais ? Je suppose qu'il a reconnu ma mère, et après ça j'avais toutes les preuves qu'il me fallait.

– Tu as dit à Rachel qui était son père, et tu l'as emmenée le voir, n'est-ce pas ?

– Elle lui a demandé si c'était vrai, et il a avoué. Je l'attendais dehors. Quand elle m'a dit ça, j'ai eu l'impression de me prendre un coup de marteau dans le ventre. Je suis tombé à genoux et j'ai vomi. Et quand elle a essayé de me réconforter je l'ai repoussée. Je ne voulais plus m'approcher d'elle. Je lui ai dit de me laisser seul, mais elle voulait discuter. Le problème, c'est qu'elle pouvait pas vu que je lui serrais la gorge. Et même quand elle est morte j'arrivais toujours pas à la lâcher. Vous croyez sans doute que je raconte des conneries. Vous croyez que c'était mon plan de la tuer si ce que ce vieil ivrogne avait dit était vrai, mais c'est faux. J'avais pas de plan. Bon Dieu, on était encore dans le cimetière quand c'est arrivé. Je voyais même l'église. »

La pluie redouble et je me demande si elle s'accumule dans le cercueil ou si elle pénètre le bois. J'ai les deux mains enfoncées dans mes poches – la droite me fait un mal de chien. Je me mets à marcher autour de la tombe. David n'arrête pas de tourner sur lui-même dans le cercueil pour me regarder.

« Et les autres ?

– Quoi, les autres ?

– Pourquoi les as-tu tuées ?

– C'étaient mes sœurs. Je me disais que si ça s'était produit une fois, ça pouvait se reproduire.

– Tu te fous de ma gueule. Tu avais déjà assassiné Henry Martins, ce qui signifie que tu connaissais la vérité avant même que Rachel ne vienne voir le père Julian. Ce qui signifie que tu avais passé deux jours à réfléchir à tout ça. Ce qui signifie que la certitude que tu sortais avec ta sœur avait grandi dans ton cerveau comme un cancer et que le seul moyen de t'en débarrasser, c'était de la tuer. Quand tu l'as emmenée voir le père Julian tu savais que tout était fini pour elle. Et quand tu as su qui étaient les autres filles, tu les as éliminées pour ne pas risquer de sortir avec elles par accident. Tu les as tuées parce que tu aimais ça. Et la fille de ce soir ? Ce n'est pas une de tes sœurs, si ? C'est simplement que tu ne peux plus t'empêcher de tuer ? »

Il hausse les épaules.

« Qu'est-ce que ça peut foutre ?

– Tu lui parlais comme si c'était ta sœur. Ça montre à quel point tu es dérangé. Mais moi ? Pourquoi avoir essayé de me coller le meurtre du père Julian sur le dos ?

– Vous avez tué mon frère.

– Il s'est suicidé. »

Je songe aux derniers mots que m'a dits Patricia Tyler, à la promesse qu'elle a voulu que je fasse. Le mois qui vient de s'écouler a été rempli de promesses non tenues. Je pense à l'homme que j'étais autrefois, à l'homme que je devenais quand je buvais, à l'homme entre les deux, et à l'homme que je suis désormais. Lequel d'entre eux suis-je vraiment ? Je pourrais continuer de discuter jusqu'à l'arrivée de la police, ou l'emmener moi-même au poste. Ça me vaudrait un peu de reconnaissance. Ils enfermeraient David, et il y a assez de preuves pour l'envoyer en prison pour un bon bout de temps, mais un bon bout de temps, dans ce système judiciaire, c'est seulement dix ans. Est-ce vraiment ça, la justice ? Il n'aura même pas 35 ans quand il sera relâché. Et je doute que les filles mortes trouvent ça juste. Ou Patricia Tyler. Ce malade aura-t-il trouvé la rédemption dans dix ans ? La rédemption est-elle même possible ?

« Nous allons à la police, dis-je.

– Pas question.

– C'est la seule option. »

Il reste silencieux et réfléchit.

« OK, mais vous allez devoir me sortir d'ici. J'ai le bras cassé.

– Ne tente rien.

– Je ne tenterai rien. »

Je ferme les yeux. Je pense à Emily. Je pense à toutes les filles mortes. Je pense à ma promesse. Je m'accroupis et tends la main. Il la saisit et m'attire à lui, et je tombe, tout comme je n'arrête pas de tomber depuis le jour où j'ai emmené Quentin James dans la forêt. Je laisse faire, je savais que ça arriverait, et quand j'atterris sur lui il ne voit pas sur mon visage la surprise qu'il espérait voir. Son plan, son seul plan, m'entraîner dans le trou et me fracasser le crâne contre le cercueil ou me briser le cou, n'a pas fonctionné. Il s'en aperçoit désormais, et il s'aperçoit de son erreur.

Le sang coule sur ma main. Il est chaud, visqueux, épais, et son contact me dégoûte. Lorsque j'ôte ma main, je laisse le canif que j'ai trouvé dans sa voiture planté dans la poitrine de David. Il l'arrache comme s'il venait d'être piqué par quelque chose, puis le regarde avec l'air de ne pas comprendre de quoi il s'agit. Il pose les yeux sur moi, son visage est pâle, sillonné de traînées de sang et de larmes. Sa bouche s'ouvre et se ferme, mais il n'arrive pas à parler ; sa bouche forme un O silencieux.

Ce garçon solitaire qui a appris qui il était et qui s'est vengé sur le reste du monde. Il respire bruyamment, puis son souffle s'adoucit peu à peu. Le couteau lui tombe des mains.

Il bascule en arrière et meurt sous mes yeux. Je m'essuie la main sur la doublure trempée du cercueil avant de m'extirper du trou. Je m'assieds par terre et m'adosse à la pierre tombale, et je regarde le ciel, cherchant une brèche dans les nuages, espérant une interruption de la pluie, regrettant plus que tout de ne pas avoir quelque chose à boire.

Je ne sais pas trop combien de temps s'écoule, mais je suis toujours assis là quand la police arrive. Trois jours sobre, et je suis désormais plus que jamais certain de savoir exactement qui je suis.

Remerciements

De nombreuses personnes m'ont aidé de bien des manières avec *Nécrologie*. Je veux commencer par remercier Harriet Allan de Random House. Harriet est une personne formidable qui a montré une grande foi dans mes capacités de conteur, et sans son soutien et ses conseils, et sans tous les autres membres de l'équipe de Random House, ce livre – tout comme les deux précédents – n'existerait pas.

Merci également à mon ami David Batterbury, qui m'a aidé plus qu'il ne le sait, non seulement lors de la rédaction de ce livre, mais aussi dans presque tous les autres aspects de ma vie. Et à Daniel Myers, mon ami, agent, et collègue auteur qui me fournit les conseils magiques dont j'ai besoin pour devenir un meilleur écrivain.

Je veux remercier les amis qui ont fait en sorte que j'atteigne la fin de 2007 avec encore un peu de raison : Paul Waterhouse et sa femme Tina, qui m'ont donné leur avis sur le livre et qui sont toujours là pour moi ; Daniel et Cheri Williams ; Nathan et Samantha Cook ; Kim McCarthy ; et Phil « Dr. Phil » Hughes, sur qui je peux compter pour tout à tout moment.

Amanda Harris m'a suggéré des idées qui se sont avérées très utiles tandis que *Nécrologie* prenait forme. Shawn Ingham m'a rappelé une chose fondamentale qui m'a beaucoup aidé pour la rédaction finale. Ray-Charles Smading, un homme pour qui il n'est pas un sujet dont on ne puisse plaisanter. Jane Parkin, mon éditrice, qui m'a facilité les corrections en s'avérant professionnelle, créative, et qui est une relation de travail fantastique.

Et Sonja « Épouvantail » Sowinski, qui a déniché les quelques dernières erreurs et qui incite activement chaque personne en Allemagne à acheter mes livres.

Je veux aussi remercier toutes les personnes qui m'ont écrit au cours de l'année passée. Vos e-mails m'ont probablement aidé plus que tout le reste : ils me font comprendre qu'il y a un but à faire ce que je fais – à savoir, divertir.

Et bien sûr merci à Jo « Oddgy » Richards, sur qui je teste toutes mes idées et qui est une amie fantastique – même s'il lui arrive de me téléphoner le dimanche à 8 heures du matin pour me réveiller.

Paul Cleave
Janvier 2008

DÉJÀ PARU

Gillian Flynn

Les Apparences

Traduit de l'anglais (États-Unis) par Héloïse Esquié

Le thriller le plus éprouvant depuis *Ne le dis à personne* et *Avant d'aller dormir.*

Amy, une jolie jeune femme au foyer, et son mari, Nick, forment en apparence un couple modèle.

Victimes de la crise financière, ils ont quitté Manhattan, leur vie aisée, leur travail dans la presse, pour s'installer dans la petite ville du Missouri où Nick a grandi.

Le jour de leur cinquième anniversaire de mariage, celui-ci découvre dans leur maison un chaos indescriptible : meubles renversés, cadres aux murs brisés, et aucune trace de sa femme. L'enquête qui s'ensuit prend vite une orientation inattendue : sous les yeux de la police, chaque petit secret entre époux et autres trahisons sans importance de la vie conjugale prennent une importance inimaginable et Nick ne tarde pas à devenir un suspect idéal.

Alors qu'il essaie désespérément de son côté de retrouver sa femme, Nick ne tarde pas à découvrir qu'elle aussi lui dissimulait beaucoup de choses, certaines sans gravité, d'autres bien plus inquiétantes.

Il serait criminel d'en dévoiler davantage tant l'intrigue que nous offre Gillian Flynn recèle de surprises et de retournements. Après *Sur ma peau* et *Les Lieux sombres*, la plus littéraire des auteurs de thrillers, qui dissèque ici d'une main de maître la vie conjugale et ses vicissitudes, nous offre en effet une véritable symphonie paranoïaque, dans un style viscéral dont l'intensité suscite une angoisse quasi inédite dans le monde du thriller.

Gillian Flynn est née à Kansas City. Après *Sur ma peau* (Calmann-Lévy) et *Les Lieux sombres* (Sonatine Éditions), *Les Apparences* est son troisième roman.

Darren Williams

Conséquences

Traduit de l'anglais (Australie) par Fabrice Pointeau

1969. Angel Rock est une petite localité du sud de l'Australie, austère et abandonnée du monde. Le village a été durement touché par la crise, l'industrie du bois peine à le maintenir en vie. Nature hostile, conditions de vie difficiles, familles isolées, c'est dans ce contexte douloureux qu'un drame s'abat sur la communauté: Tom Ferry, 13 ans, et son petit frère Flynn disparaissent dans le bush, aux abords du village. Une battue est organisée pour les retrouver, en vain.

Sydney, quelques semaines plus tard. Une adolescente en fugue originaire d'Angel Rock est retrouvée morte dans une maison abandonnée. Le suicide ne fait aucun doute pour les autorités. Mais Gibson, un policier sombre et tourmenté, décide de poursuivre ses investigations.

Défiant sa hiérarchie, il gagne Angel Rock où il va mener une enquête qui, bien vite, va tourner à l'obsession. Dans cette petite communauté où rien ne s'oublie mais où rien ne se dit jamais, Gibson devra affronter le poids du passé, le sien et celui du village, pour mettre au jour des secrets enfouis depuis trop longtemps.

Avec ce récit crépusculaire d'une puissance narrative exceptionnelle, Darren Williams nous offre le tableau d'une éclatante noirceur d'un village australien dévasté par l'évolution sociale, hanté par les non-dits, frappé par la tragédie, où les enfants paient pour les péchés de leurs parents. Avec des personnages d'une complexité peu commune, au premier rang desquels des adolescents en crise, un style lyrique et hypnotique, l'auteur envoûte littéralement ses lecteurs jusqu'au coup de théâtre final.

Darren Williams est né en 1967. Il vit à Brisbane.

Zoran Drvenkar
Toi

Traduit de l'allemand par Corinna Gepner

Un tueur en série. Cinq adolescentes. Un thriller magistral.

Imagine une tempête de neige sur l'autoroute. Un bouchon qui s'étire sur plusieurs kilomètres, aucune visibilité. Un homme sort de sa voiture et en silence assassine méticuleusement, à mains nues, vingt-six personnes dans les véhicules alentour. C'est le début d'une série de meurtres sans mobiles apparents commis par celui que la presse surnomme « le Voyageur ».

Imagine maintenant cinq adolescentes. Cinq amies avec leurs espoirs et leurs peurs, leurs envies et leurs problèmes. Cinq jeunes filles que rien ne peut séparer, qui vont être prises au piège d'une situation qui les dépasse. Prises en chasse par un homme à qui tu ne voudrais pas avoir affaire, elles vont se jeter dans une fuite en avant sauvage et désespérée.

Imagine enfin un voyage jusqu'à un hôtel isolé en Norvège où tous ces protagonistes vont se retrouver pour une confrontation à la tension extrême et un dénouement qui te laissera sans voix.

Zoran Drvenkar n'est pas un auteur comme les autres. Après *Sorry*, il subvertit une nouvelle fois tous les codes du genre et revient avec un thriller remarquable, à la construction vertigineuse. C'est dans un véritable piège qu'il entraîne un lecteur impliqué comme jamais, vibrant pour des personnages aussi complexes que fascinants.

Zoran Drvenkar est né en Croatie en 1967. Alors qu'il n'a que 3 ans, ses parents déménagent à Berlin. Il commence à écrire en 1989, notamment des ouvrages pour enfants et adolescents qui ont été récompensés par de nombreux prix littéraires en Allemagne mais aussi des recueils de poèmes, des pièces de théâtre et des scénarios. Après Sorry, Toi *est son deuxième livre publié en France.*

À PARAÎTRE

Février 2013

Derek Van Arman

Il

Traduit de l'anglais (États-Unis) par Johann-Frederik Hel Guedj

Le chef-d'œuvre inconnu du roman de serial killer.

Les très grands romans de serial killer se comptent sur les doigts d'une main : *Le Dahlia noir*, de James Ellroy, *Le Silence des agneaux*, de Thomas Harris, *Le Poète*, de Michael Connelly. Après *Au-delà du mal*, de Shane Stevens, nous sommes heureux de vous proposer un nouveau sommet du genre, *Il*, de Derek Van Arman.

« La plupart des tueurs en série n'ont rien à voir avec les mythes qu'ils ont engendrés. Ils ne vivent pas isolés, au milieu des bois ou au fin fond d'un asile. Ce sont vos propres voisins. Comme Bundy, Statler, Gacey, Williams, Merrin et des centaines d'autres sur cette liste, ce sont des individus que vous croisez aux réunions de parents d'élèves ou aux matchs de base-ball de Little League, ils prennent le bus avec vous, leurs enfants jouent avec les vôtres, et ils récitent peut-être même le "Notre Père" avec vous, lors de vos réunions de famille. » Ainsi parle Jack Scott, directeur de l'agence fédérale en charge des crimes violents et spécialiste des serial killers. Lorsqu'une mère et ses deux filles sont sauvagement assassinées dans une mise en scène macabre, c'est le début d'une chasse à l'homme impitoyable. Jack, qui pensait avoir tout enduré, devra affronter son passé pour mettre la main sur un tueur atypique, aussi pervers que machiavélique.

Roman choral, baroque, d'une ampleur peu commune, *Il* marque d'une pierre noire l'histoire du roman de serial killer. Cette descente vers le mal, angoissante et crépusculaire, au suspense implacable, outrepasse toutes les limites du genre, et nous donne un aperçu d'un réalisme rare sur les méthodes d'investigation de la police américaine. À tel point que l'auteur a été mis en examen par le FBI afin qu'il livre les sources lui ayant permis d'être aussi proche de la réalité. Problèmes judiciaires qui expliquent pourquoi ce livre, paru aux États-Unis en 1992 et immédiatement devenu culte, est resté inédit en France jusqu'à ce jour.

Derek Van Arman est un pseudonyme. Il *est son seul roman.*

Mis en pages par DV Arts Graphiques à La Rochelle
Imprimé en France par Normandie Roto s.a.s.
Dépôt légal : janvier 2013
N° d'édition : 168 – N° d'impression : 123728
ISBN 978-2-35584-168-2